KB125242

POLARIS 2021

도망치지 않고 뭣하느냐

김주영 ★ 이정인 ★ 이채하 ★ 이현섭

아작

차례

스타헬스와 함께라면

———— 이정인

1

"학생, 지금 뭘 하는 건가?"

검은 민소매티 사이로 암석처럼 울퉁불퉁한 근육이 보였다. 나는 아저씨 얼굴을 슬쩍 보고는 기어들어 가는 목소리로 대답했다.

"스, 스쿼트 하는데요."

"그렇게 보이긴 하는데 말이야."

아저씨는 엄지 위에 턱을 올린 채 흔들바위처럼 고개를 45도로 기울였다. 내 자세가 마음에 안 드는 모양이었다.

"나 보지 말고 계속해봐."

자기가 내 트레이너라도 되나? 다시 다리를 벌리고 엉덩이를 뒤로 쑥 뺀 채 하체를 천천히 수직으로 내렸다. 잠깐 쉬었다 하니 허벅지가 더 뻐근했다.

"무릎, 무릎!"

이 아저씨는 대체 누구야. 사람들의 시선이 온통 내게 쏠린 듯

했다.

힘이 들어서인지 사람들의 시선에 부끄러워서인지 얼굴은 주전자처럼 달아오르고 숨도 가빠왔다. 체감상 50개는 한 것 같은데 아저씨는 미동도 없이 내 동작을 주시하고 있었다.

"학생, 그만하고 나 좀 봐봐."

심부름 가는 반찬가게 아저씨도 아니고, 눈이 부리부리한 수학학원 원장님도 아니었다. 헬스장에 와서 처음 본 아저씨였다. 언제부터 나랑 친했다고 이름도 모르는 아저씨가 운동을 가르쳐주겠다며 나서고 있었다.

"지금 학생 모습이 이렇단 말이야."

아저씨는 무릎을 앞으로 쭉 내민 채 우스꽝스러운 자세를 취했다. 오리 궁둥이처럼 툭 튀어나온 엉덩이가 올라갔다 내려가기를 반복했다.

"어때, 응?"

"웃기네요."

"웃기다고? 그래, 운동하면 멋이 있어야지 웃기면 쓰나."

그러곤 정석에 가까운 자세로 시범을 보였다.

"스쿼트는 무게중심이 중요해. 학생처럼 무릎에 힘이 쏠리면 운동 효과도 없고 관절에 무리가 가서 다칠 수도 있다고. 엉덩이에 자극이 가는지도 계속 확인하란 말이야. 무릎 집어넣고 허리도 쭉 펴고, 응?"

나는 아저씨를 따라 엉덩이를 뒤로 쭉 뺐다.

"아까보다 낫네. 턱은 집어넣고. 정면 바라봐, 정면."

아저씨가 알려준 대로 하니 전혀 다른 운동을 하는 기분이었다. 1시간 동안 혼자 뭘 했던 거지?

"잘하네, 할 줄 아는데 왜 그랬어. 학생 오고 나서 쭉 지켜봤는데 하도 답답해서 가르쳐준 거야."

"감사합니다."

"에이, 별로 안 감사한 것 같구만. 젊은 놈이 뭐가 그리 건성이야?"

아무래도 이상한 아저씨한테 잘못 걸렸다. 할 말이 없어서 어정쩡한 표정을 짓고 있자 아저씨도 뻘쭘했는지 헛기침을 했다.

"그리고 헬스장까지 와서 맨몸 스쿼트만 하고 있을 거야? 기구는 써봤어?"

"어떻게 쓰는지 몰라서요."

"이리 와봐. 사람이 도구를 사용해야지. 자기 몸이 내는 힘도 에너지니까 소중히 써야 한다고."

그때는 알지 못했다. 스타헬스에서 유성 아저씨와 진아를 만난 뒤로, 내 인생이 중력과 무중력의 차이만큼이나 크게 변하리라는 것을.

＊

운동을 시작한 이유는 더 이상 괴롭힘당하고 싶지 않아서였다.

중학교에 들어오며 내가 세운 목표는 머릿수만 채우자는 거였다. 남들 앞에서 튀지 않고 무난히 집단에 적응하는 것. 나처럼 사회성이 떨어지고 뭐 하나 잘하는 것 없는 아이가 해볼 만한 다짐이었다. 초등학생 때는 이런 전략이 먹혔다. 단짝 친구는 없었지만, 아이들과 적당히 어울리며 따돌림을 면할 수 있었다.

"찬혁이는 원래 존재감이 없잖아."

이런 말이 가슴에 박힐 때도 있었지만 기분 나쁜 티를 낸 적은 없었다. 있는 듯 없는 듯 존재하다 학교를 떠나는 것이 내가 할 수 있는 최선이었으니까. 기대했던 중학교 생활도 크게 다르지 않았다.

그런데 문제가 생겼다. 김철민, 그 애가 모든 걸 망쳐버렸다.

중간고사가 얼마 남지 않은 학기 초의 국어 시간이었다. 수업 시간을 착각했는지 그날따라 국어 선생님이 교실에 들어오지 않았다.

"아무나 내려가봐야 하는 거 아니야?"

누군가의 말에 김철민이 곧바로 빈정거렸다.

"그럼 네가 내려가시든지."

모두가 웃음을 터뜨렸고 회장 윤태도 교무실에 갈 생각이 없어 보였다. 아이들은 이때다 싶어 신나게 소란을 피우기 시작했다.

나는 교과서 위에 만화책을 펴놓고 읽고 있었다. 지구의 마지막 생존자들이 우주선을 타고 모험을 펼친다는 내용에 과학 지식을 끼워 넣은 시리즈였다. 한참 책장을 넘기고 있는데, 뭔가가 뒤통수를 툭 건드렸다. 가정통신문을 접어 만든 종이비행기였다.

고개를 돌리자 교실 뒤편에서 킬킬거리는 김철민네 패거리가 눈에 들어왔다. 아직 서먹함이 완전히 가신 분위기는 아니었지만 누가 교실의 주인이고 중심인지 모두가 알고 있었다.

"아, 네가 맞으면 어떡하냐. 박준호 맞추려 했는데."

김철민이 웃음기를 띤 얼굴로 말했다. 내 앞에 앉아 있던 박준호도 익살스러운 표정을 지으며 녀석의 장난에 반응했다.

내가 그때 어떤 표정을 지었는지는 잘 기억나지 않는다. 아마 무표정하게 뒤를 돌아봤다가 다시 만화책으로 시선을 옮겼을 것이다. 조금 인상을 썼던 것 같기도 하다. 패거리 지어 노는 애들을 싫어했을뿐더러 마침 캡틴이 탄 우주선이 적막의 행성에 착륙

하려던 참이었으니까. 교실의 소음 때문에 행성의 분위기에 몰입할 수가 없었다.

"야, 쟤 표정 왜 저러냐?"

등 뒤에서 웃음기 빠진 김철민의 목소리가 들렸다. 나도 모르게 어깨가 움츠러들었다.

뭔가 잘못되었다는 직감이 들었지만, 되돌릴 방법이 없었다. 김철민 특유의 질질 끄는 실내화 소리가 가까워지자 비굴하게도 후회가 밀려왔다. 왁자지껄한 소음 속 그 발소리만 들렸다. 다리가 덜덜 떨리고 목구멍이 콱 막혔다.

"야, 이찬혁."

온몸이 미술실의 석고상처럼 굳어버렸다.

"내가 뭐 잘못했냐, 너한테?"

"아니."

김철민이 내 얼굴을 내려다보았다. 눈을 마주칠 수 없었다.

"근데 왜 씨발, 그런 눈으로 보는 거야?"

윗입술과 아랫입술이 붙어 떨어지지 않았다.

"말을 해. 왜 입을 두고 말을 못 해."

김철민의 손가락이 아랫입술을 움켜잡고 흔들기 시작했다. 손톱에 입 안쪽이 긁혔는지 혀끝에 피 맛이 났다.

"침 묻었잖아, 더러운 새끼야. 아오, 냄새. 이 좀 닦고 다녀라."

김철민은 내 옷깃에 손을 닦고는 그대로 뺨을 쳤다. 벌레를 쫓는 것처럼 가볍게 툭, 툭, 툭.

녀석은 책상에 펼쳐져 있던 만화책을 들어 올리더니, 갑자기 목소리가 살가워졌다.

"찬혁아, 이게 그렇게 재밌어? 근데 만화도 좀 작작 봐야지.

내가 친구니까 걱정해주는 거야. 현생 좀 살자, 응? 머리도 감고, 말도 또박또박하고. 그러니까 아무도 너랑 안 놀아주는 거 아니야. 아, 혹시 몰랐어? 이제라도 주제 파악해야지."

교실 뒤편의 패거리가 낄낄거리자, 녀석은 더 신이 난 듯 만화책 모서리로 내 정수리를 콕콕 찔러댔다.

"찬혁아, 오랜만에 친구랑 노니까 재밌지. 나 아니면 누가 너한테 말 걸어주냐?"

"야, 김철민. 작작하고 와."

패거리의 여자애가 녀석을 불렀다.

"누구야? 지금 찬혁이랑 놀아주는 거 안 보여?"

책 모서리가 다시 머리를 내리쳤다. 눈을 질끈 감았지만 달라지는 건 없었다. 머리에 느껴지는 고통보다 아이들의 시선에 마음이 더 쓰라렸다.

곧이어 김철민의 팔이 내 목을 세게 감았다.

"다 꺼져봐, 찬혁이 산책 좀 시키게."

나는 녀석에게 헤드락을 당한 채로 교실을 빙빙 돌았다. 책상과 책상 사이, 교탁과 칠판 사이를 정신없이 끌려갔다.

그만, 제발 그만!

목에 힘을 주어도 소리가 나가지 않았다.

흔들리는 바닥, 아이들의 웃음소리, 허리에 밀려오는 통증과 머릿속을 맴도는 수많은 말.

아무도 날 구해주지 않았다. 정말 아무도. 아이들은 웬만한 선생님보다도 김철민 눈치를 더 봤으니까. 피가 몰린 얼굴이 터질 것처럼 뜨거웠다. 속에서부터 멀미가 밀려왔다.

퍽, 그때 누군가가 뒤에서 내 엉덩이를 세게 걷어찼다. 그제야 머리를 조르던 팔에 힘이 풀렸다. 다리가 후들거려 주저앉고 말았다.

"아, 까비. 정발로 차려고 했는데."

양손을 주머니에 넣은 회장 윤태가 나를 내려다보았다.

"올, 축구화 새로 뽑았네."

"수업 끝나고 바로 차러 가자."

김철민은 씩 웃더니 내 머리에 슛하는 시늉을 했다.

쉬는 시간을 알리는 종이 치자마자 그 애들은 무슨 일이 있었냐는 듯 운동장으로 뛰쳐나갔다. 창문 너머로 공 튀기는 소리와 함께 즐거운 비명이 들려왔다.

＊

사람의 마음은 어떻게 움직이는 걸까. 하루 만에 나를 보는 시선이 그렇게 바뀔 수 있는 걸까. 그날 이후로 아무도 내게 말을 걸지 않았다. 어쩌면 왕따 에너지라는 게 있는지도 모른다. 눈치 없는 당사자는 몰라도 시간이 갈수록 점점 쌓여 임계점을 넘으면 폭발하는 무서운 에너지.

혼자라는 사실을 깨닫자 시간은 놀랍도록 느리게 흘러갔다. 누구와도 말을 주고받을 수 없는 쉬는 시간이면 책상 위로 드리운 햇빛에 손바닥을 대보았다. 보기엔 따뜻해 보이는데 막상 손을 대니 서늘했다. 왈칵 눈물이 쏟아질 것 같아 졸린 척 눈을 비비고 나면, 햇빛 위로 떠다니는 먼지들이 은하계의 별들처럼 반짝이고 있었다.

"제군들, 각자 위치로!"

만화책 속 캡틴은 나와 달리 용맹스러웠다.

점심시간이 되면 쫓기듯 밥을 먹고 곧장 도서관으로 향했다. 가끔 굶을 때도 있었다. 도서관의 만화 코너에는 우주 탐험 시리즈가 30권이나 꽂혀 있었다. 책을 읽을 때만 시간이 빠르게 흘렀다. 김철민이 내 교과서를 쓰레기통에 버리고 내 책상 위에 올라가 발자국을 남기는 동안에도, 원정대는 탐험을 멈추지 않았다.

'함부로 눈물 흘리지 말게. 눈물 한 방울의 수분도 없어 메말라 가는 행성들도 있지 않나?'

매일 밤 나는 이불 속에서 캡틴과 광활한 우주로 떠나는 상상을 했다. 우주 평화가 위급한데 고작 학교가 대수겠는가. 김철민도 우주의 작은 먼지에 불과하다. 중학교에서의 3년도 우주 역사의 찰나일 뿐이다. 그러니 아무것도 아니야, 정말 아무것도. 미지의 별을 찾는 천문학자처럼 어두운 방에서 위로가 될 만한 말들을 찾다 겨우 잠들곤 했다.

그러다 그 시간이 돌아왔다. 한 달에 한 번, 중간고사보다 끔찍한 기분을 선사하는 자리 바꾸기 시간 말이다. 늘 울상이던 옆자리 효정이의 얼굴이 모처럼 밝았다.

김철민은 추첨을 시작하기도 전부터 신이 나 있었다.

"오늘이 찬혁이 여친 뽑는 날인가?"

녀석의 놀림에 여자애들은 웃으면서도 불안한 표정을 감추지 못했다. 누가 될지는 모르지만, 옆에 앉을 운 나쁜 아이에게는 미안한 일이었다. 초라해서 얼굴을 들지 못하고 있는데, 선생님이 통통 교탁을 치는 소리가 들렸다. 고개를 들어 칠판을 바라보자 못 보던 여자애 하나가 서 있었다.

"자, 오늘 새로 전학 온 친구가 있네. 이름은 홍진아고. 진아는 친구들한테 인사 한번 할까?"

단발머리에 동그란 안경을 쓴 여자애가 꾸벅 고개를 숙였다. 작지만 다부진 아이, 웬만한 상처에도 눈 질끈 감고 일어날 것 같은 단단한 아이. 그게 진아의 첫인상이었다.

2

헬스장은 대로변 4층짜리 건물에 있다. 동네 헬스장치고는 규모가 큰 편이다.

'스타헬스와 함께라면 나도 몸짱 스타!'

입구에 부착된 포스터에는 유치찬란한 문구와 함께 근육질의 남녀가 과장된 포즈를 취하고 있다. 계단을 올라오면 2층에는 러닝머신과 각종 근력운동 기기가 빼곡히 차 있고, 3층에는 여유 공간이 필요한 고중량 기기와 스피닝을 위한 자전거 수십 대가 있다. 4층에는 샤워실과 탈의실, 그리고 에어로빅 강습을 위해 장판을 깔아놓은 넓은 방이 있다. 1층은 조명가게와 카페가 쓴다. 저녁이면 창가에 전시된 조명들이 반짝거리며 어둠을 밝히고 있다.

포스터 속의 남자처럼 될 수 있을 거라 기대하진 않았다. 김철민네 패거리가 함부로 건들지만 못한다면 바랄 게 없었다. 강해지고 나면 아이들도 나를 피하지 않겠지.

거울 속의 모습을 보면 한숨만 나왔다. 연약한 팔다리와 힘없이 축 처진 어깨, 갈비뼈가 드러난 몸통이 초라해 보였다.

내가 김철민이었어도 날 괴롭혔을 거야.

순간 그런 생각이 들어서 고개를 절레절레 흔들었다. 괴롭힘에

중독이라도 된 것일까. 너무 끔찍해서 다시는 하고 싶지 않은 생각이었다.

"학생, 지금 근육 얼마나 붙었나 보는 거야?"

뒤로 지나가던 아저씨가 수건으로 얼굴을 닦으며 말했다.

"아, 아니에요. 그냥 보는 거였어요."

"그렇게 깔짝대서는 발전이 없어."

아저씨는 발걸음을 돌려 거울 앞에 섰다.

"어때, 굉장하지?"

옷을 들어 올리자 탄탄한 복근이 나타났다.

"만져볼래?"

"아아, 됐어요."

아저씨 근육의 3할 이상은 주접과 참견에서 나오는 게 분명했다.

"이놈을 모셔오고 유지하는 데 20년이 걸렸지. 하루아침에 바뀌는 건 없어. 마음이든 근육이든 찢어지고 붙기를 반복하는 수밖에 없는 거야."

아저씨는 내 마음을 아는지 모르는지 어깨를 툭툭 치곤 샤워실로 올라갔다.

*

헬스장을 다닌다고 모든 문제가 바로 해결될 리는 없었지만, 나는 성실히 출석 도장을 찍었다. 운동도 운동이었지만 학교에서 내내 침묵을 지키다 아저씨와 말을 주고받으면 숨통이 트이는 기분이었다.

"아저씨, 벤치 프레스 어떻게 하는지 알려주실래요?"

"네가 웬일이냐? 이제 운동에 재미 좀 붙였구나."

아저씨는 사소한 질문에도 자기가 더 신나서는 자세부터 호흡 법까지 세세하게 가르쳐주었다.

아저씨는 자기를 '유성 아저씨'라고 부르라 했다. 심오한 뜻이 있냐고 물어보니 부모님이 지어준 이름이 밤하늘의 아름다운 유성과 같다고 했다. 한자는 다르지만 자기가 그렇게 해석하면 되는 것 아니냐고 너스레를 떨었다.

헬스장에 다닌 지 일주일째 되던 날이었다. 여느 때처럼 벌써 가느냐는 아저씨의 잔소리를 뒤로하고 샤워실로 올라가는데 3층에서 으악, 악을 쓰는 소리가 났다. 한 여자애가 끙끙거리며 벤치프레스를 하고 있었다. 호기심에 슬쩍 다가가 얼추 무게를 가늠해보았다.

말도 안 돼, 500킬로그램?

그때 여자애가 던지듯 무게를 내려놓고 벌떡 상체를 일으켰다.

진아였다. 나는 깜짝 놀라 우물거리며 뒷걸음질 쳤다. 진아도 놀라긴 마찬가지인 것 같았다.

"뭐야, 네가 왜 여기에 있어."

진아가 말했다.

"그, 그러니까⋯."

무슨 말을 해야 할지 몰라 머릿속이 하얘졌다.

진아는 전학을 오자마자 내 옆자리에 당첨되었다. 아이들은 모두 발을 구르며 난리가 났고, 무슨 영문인지 모르는 건 진아뿐이었다.

'이야, 꼴통 옆에 근육 돼지가 왔네.'

김철민은 진아를 처음 보자마자 별명을 붙여버렸다. 진아는 낯선 환경에 어리둥절해서 그런지 아이들의 반응에 신경 쓰지 않는 눈치였다.

"여긴 어떻게 들어온 거지?"

경계하는 낌새가 목소리에 배어 있었다. 진아도 내가 왕따란 걸 벌써 눈치챈 걸까?

어떻게 들어오긴. 집이랑 가까워서 왔을 뿐이야. 미안, 자리 피해줄게. 안 그래도 내 짝이 돼서 기분 안 좋을 텐데.

이렇게 말하고 싶었지만 속으로 생각만 했다. 나가려 하자 진아가 나를 불러 세웠다.

"잠깐, 기다려봐. 왜 그렇게 쫄아 있어. 혹시 아저씨가 말한 그 애가 너니?"

진아는 기구 옆에 빼두었던 보라색 머리핀에 대고 말했다.

"아저씨, 3층으로 오셔봐. 누가 보고 누락하래, 응?"

아래층에서 쿵쿵 소리가 들리더니, 아저씨가 숨을 헐떡이며 뛰어 올라왔다.

"아니, 그게 아니고. 저번에 말했던 그 애라니까 글쎄."

"그땐 내가 작전 중이었잖아. 정식으로 이 애가 그 애입니다, 소개하는 게 기본 아냐? 한동안 나 없었다고 이러기야?"

"요즘에 하도 정신이 없어서 말이지. 앞으로 잘할게, 약속!"

아저씨는 진아 앞에서 은근히 애교를 부렸다. 둘이 대체 무슨 사이인 거지?

"바로 옆자린데 우리 신입인 줄도 모르고, 나도 참 둔하지."

진아의 정체가 뭔지 좀처럼 감을 잡을 수 없었다. 헬스장 사장네 딸인가? 아니면 족보가 미치도록 꼬인 유성 아저씨의 사촌 누나? 요상한 머리핀을 쓰는 걸 보니 재벌 IT기업 사장의 손녀일지도 모른다. 생각해보니 진아는 전학생답지 않게 침착하고 도도했다. 아이들과 친해지려 억지웃음을 짓지도 않았고, 또렷한 눈매로 교실 풍경을 관찰했다. 쉬는 시간에는 다른 반 창문에 고개를 댄 채 누구를 찾는 것 같았다.

"흠, 상태는 별로지만 여기까지 온 걸 보면 너의 운명을 믿어야겠지? 일단 헬스장에 계속 나와볼래? 여기가 뭐하는 곳인지는 차차 알아가게 될 거야."

진아가 내게 내린 첫 번째 명령이었다. 헬스장을 계속 나와라.

"지금은 이거 하나만 알아둬, 여기를 발견했다는 건 네가 선택받은 아이라는 뜻이야."

＊

책상에 엎드려 두 팔을 나란히 포갠다. 이마를 대고 수그리면 아늑한 나만의 은신처가 완성된다. 그늘진 책상의 표면을 가만히 바라보다 눈을 감으면, 금방이라도 잠에 빠져들 것 같다.

가끔 김철민네 패거리가 등짝을 때리고 도망갈 때는 정말 울고 싶을 지경이지만, 그래도 이러고 있을 때 가장 마음이 편하다. 나를 받아주는 건 책상 위의 작은 어둠뿐이니까.

툭툭, 누가 내 어깨를 두드렸다. 보나 마나 김철민이겠지. 나는 눈을 뜨고 싶지 않았다.

어서 등짝이나 실컷 때리고 꺼져. 머리에 물을 뿌리고 싶으면 뿌리고 가. 아니면 뭐, 내 가방으로 족구라도 하시게?

"찬혁아, 일어나봐. 이찬혁!"

진아의 목소리였다. 나는 천천히 고개를 들며 막 잠에서 깬 척을 했다.

"안 잔 거 다 알아. 나랑 잠깐 어디 좀 가야겠어."

진아가 손목을 잡아끌었다. 곧 수업 시작을 알리는 멜로디가 울렸다.

"이제 과학 시간인데?"

"어차피 멍 때릴 거면서. 나랑 가면 더 신기한 걸 볼 수 있을걸? 물론 출석 걱정은 안해도 돼."

진아는 연보라색 필통에서 컴퓨터용 사인펜을 꺼내더니 내 책상 왼쪽 상단 모서리에 동그라미를 하나 그렸다. 그러곤 자기 책상의 오른쪽 모서리에도 똑같은 모양을 그렸다.

"지금 뭘 하는 거야?"

그러곤 내 의자 밑과 자신의 의자 밑에도 같은 동그라미를 그렸다. 우리를 둘러싼 직사각형의 꼭짓점을 찍은 셈이었다.

"자, 마킹 완료. 이제 연결해볼까?"

진아는 스마트폰을 꺼내 처음 보는 어플리케이션을 눌렀다. 이상한 시뮬레이션 모형과 함께 문자와 숫자의 복잡한 배열이 나타났다 사라지기를 반복했다.

"점 밖으로 나가볼래?"

얼떨결에 자리에서 일어났다. 진아가 시키는 대로 실내화를 점 밖으로 뻗은 순간, 야릇한 느낌이 찾아왔다. 주변은 변함없는데 실내화부터 무릎까지, 나의 몸만 흑백으로 보였다. 컬러 사진에 흑백 사진을 오려 붙인 콜라주 작품처럼 말이다.

"이게 뭐지?"

"채도가 낮아져서 그래. 계속 가봐."

사각형 밖으로 완전히 빠져나오자 온몸이 회색빛으로 변했다.

"너, 너 무슨 짓을 한 거야?"

책상 앞에는 고개를 숙이고 있는 또 다른 내가 있었다. 회색빛의 나와는 달리 아주 선명했다.

놀라서 뒷걸음질을 치다 그만 뒤에 앉아 있던 수아의 물통을 넘어뜨렸다. 책상에 엎어진 물이 둥근 형태를 그리며 퍼져나갔다.

"아이, 씨. 진짜."

수아가 젖은 교과서를 치우며 성질을 냈다.

"미안해, 진짜 미안해."

수아는 내 얼굴을 보지도 않았다. 옆에 있던 민석이가 도와주 겠다며 물이 고인 곳에 휴지 더미를 얹어주었다. 민석이도 나를 보지 않았다.

"이게 왜 혼자 넘어지나 몰라. 난 아무것도 안 했는데."

수아가 볼멘소리를 했다.

"어때, 신기하지?"

뒤를 돌아보니 진아 역시 회색빛이 된 채로 사각형 밖에 서 있 었다. 나처럼 또 다른 자신을 사각형 안에 놓아둔 채였다.

"사람들은 우리를 볼 수가 없어. 세계를 조금 조작했거든."

"유체이탈이라도 했단 말이야?"

"저 사각형 속의 우리는 과거에 한 말과 행동, 경험과 감각의 데이터를 종합해서 만든 허수아비야. 과학쌤이 발표를 시켜도 알 아서 대답해줄 거야."

"허수아비? 저, 저기 있는 내가 가짜라고?"

"과거 차원에 있는 너의 존재 데이터를 복사해서 현재에 옮겨 심 은 거니까, 가짜라 하긴 뭐한걸. 잘 편집된 복사본이라 해야겠지?"

4차원이라면 만화책에서 읽은 적 있다. 우리 눈은 3차원밖에 보 지 못하지만, 4차원 우주에선 과거, 현재, 미래가 동시에 존재한 다는 얘기 말이다.

"구멍 난 스웨터에 다른 천 조각을 대어 꿰맨 것과 비슷하달까. 우리가 빠져나온 시공간에 다른 차원의 우리를 끼워 넣었어. 꼭 마법 같지? 시공간도 존재도 모두 데이터의 일종인 걸 이용한 거지."

"그럼 우리는 왜 안 보이는 건데?"

"3교시 수업 시작을 기준으로 딱 45분짜리 데이터를 잘라냈거든. 우리 인생은 무수한 존재의 배열로 이뤄진 연속적인 데이터야. 아침밥을 먹는 너, 양치를 하는 너, 교문을 통과하는 너, 오늘 하루만 해도 셀 수 없이 많은 데이터로 이뤄져 있지.

지금 우리는 데이터상으론 아주 가벼운 45분짜리야. 존재하긴 하지만 보통 사람들의 감각으로는 지각할 수 없어."

진아의 말을 들으니 아득한 심연 앞에 선 기분이었다.

"그러다 영영 돌아가지 못하면 어떡해."

"종이 치기 전 연속선 중간의 공백으로 돌아가면 돼. 자주 사용하는 기술이니까 너무 걱정하지 마."

진아는 잔뜩 겁먹은 내가 귀엽다는 듯 싱긋 웃어 보였다.

3

진아와 나는 반쯤 열린 뒷문으로 교실을 빠져나왔다. 복도는 조용했다. 뒤뚱뒤뚱 어딜 바쁘게 가는 교감 선생님을 마주쳤을 땐 깜짝 놀랐지만, 역시나 우리를 보지 못했다.

"부딪치지 않게 조심해. 우린 괜찮아도 저분은 투명한 돌부리에 걸려 넘어지는 셈이니까."

교감 선생님이 멀어지자 진아가 키득거리며 속삭였다.

"이제 어쩔 셈이야?"

"아주 못되고 약아빠진 녀석이 학교에 들어와 있어. 일단 그 녀석을 잡아야지. 우주 곳곳의 학교를 돌며 데이터를 훔치는 투팽이란 종족이야."

"투, 투팽?"

"너, 외계인 한 번도 본 적 없지?"

"외계인이 정말 있단 말이야?"

"그럼, 바로 우리 학교에."

진아는 검지로 안경다리를 올렸다.

"일주일 전 투팽 행성의 우주선 한 대가 지구 대기권을 통과했어. 존재 데이터가 지나간 흔적을 추적하니 이 학교가 나왔지. 그러니 그렇게 멍때리고 있다간 큰일난다고."

외계인보다도 외계인 얘기를 태연하게 하는 진아가 더 정체불명이었다. 도대체 이 여자앤 어디서 온 걸까? 얘가 하는 얘길 믿어도 되는 걸까?

"못 믿겠다는 눈친데, 그럼 이걸 써봐."

진아는 품에서 안경집을 꺼냈다. 열어보니 진아 것과 똑같은 안경이 들어 있었다.

"내 도수는 어떻게 알고. 아니, 이게 다 뭐야?"

안경 너머로 이상한 세계가 나타났다. 뿌연 분홍빛 연기가 구름처럼 학교를 떠다니고 있었다. 비행운처럼 복도를 따라 선을 그리는 것도 있었다.

"데이터는 시공간에 지나간 흔적을 남겨. 사람마다 데이터 구름을 분석하면 어디에 오래 머물렀고, 어떤 경로로 움직였는지도 알 수 있지."

나는 창틀에 턱을 괴고 교실을 바라보았다. 아이들이 분홍빛 양털 같은 구름에 들어가 머리만 쏙 내밀고 있었다.

"교실에 오래 있어서 저렇게 구름이 많은 건가?"

"맞아, 똑똑한데? 여기 안경테의 우툴두툴한 부분을 만지면 보고 싶은 데이터의 흔적만 따로 볼 수도 있어. 사람들의 존재 데이터는 가지각색으로 분포해 있거든. 덕분에 네가 도서관 죽돌이란 것도 알았지."

"자, 잠깐만. 이거 완전 사생활 침해라고."

진아의 장난에 얼굴이 붉게 달아올랐다.

"아직 정식 대원은 아니지만, 작전을 함께하게 되었으니 그 정도는 알아야지 않겠어? 책을 많이 읽은 걸 보니 상상력은 좋을 것 같은데 운동장엔 통 나가질 않더라고."

체육 시간이면 늘 몸살을 핑계로 보건실을 들락거리곤 했다. 세상엔 왜 공놀이라는 게 있을까? 맞으면 아프고 날아오면 무섭기만 한데 말이다. 아무래도 중력 없는 행성에서 태어났어야 한다.

"학교 정문 앞에서 외계인으로 추정되는 데이터 흔적이 발견됐어. 외계인은 지구에 머무른 시간이 얼마 되지 않아 가벼운 티가 나거든. 한 가지 이상한 건, 학교 앞 횡단보도에서 어느 순간 흔적이 사라졌단 거지."

학교 앞 횡단보도라면 전교생의 적어도 절반이 매일 거쳐 가는 곳이다. 특히 하굣길에는 피시방과 학원으로 가는 길이라 더 바글거린다.

"영화에서 보면 외계인들이 땅속으로 들어가던데."

"땅속? 상상력을 좀 더 발휘해봐. 너라면 어디에 숨을 것 같아?"

"맨홀 뚜껑 밑? 아니면 실내화 주머니 속?"

"그렇게 귀여운 애였으면 진작 잡아서 놀리고 있었겠지. 생각해봐, 땅속이나 심해라 해봤자 고작 지구잖아? 숨으려면 훨씬 더 깊숙한 곳에 들어가지 않겠어?"

"깊숙한 곳이라면."

"힌트, 일주일 동안 이 학교에 전학 온 건 나뿐이야."

"설마, 몸속에?"

"땡, 비슷했어. 학생 중 한 사람의 존재 데이터에 들어간 거야. 비겁한 놈들. 데이터 추적을 피하려는 속셈이지."

단기간 데이터 결합기술은 은하계기술심의위원회에서 범죄로 규정되어 있다고 한다. 두 존재의 결합이 해제될 때 데이터가 훼손될 수 있기 때문이다.

"데이터 경로를 분석해서 수상한 행적을 보인 녀석들을 용의자로 추리긴 했어. 일단 너랑 같은 반의 박진섭. 쉬는 시간마다 한 번도 빠짐 없이 화장실에 가는 게 말이 돼?"

"박진섭? 걔 거기서 담배 피우는 거야. 거기가 패거리 애들 아지트거든."

"어쩐지 네가 굳이 교무실 앞 화장실에 가는 이유가 있었구나. 다음은 2학년 3반의 최아영. 쉬는 시간마다 학교의 복도란 복도는 죄다 돌아다니는 게 딱 봐도 복사할 지점을 찾는 것 같아."

그 누나라면 잘 알지. 전에 한번 아파트 단지에서 마주쳤다가 돈을 뜯길 뻔했다.

"혹시 비슷한 기록의 다른 학생도 있지 않아?"

"맞아. 어떻게 알았어?"

"그 누나는 남자친구를 망토처럼 두르고 전교를 순회하는 게 일과거든. 그러다 심심하면 교실에 들어와 돈도 뜯어가고."

"세상에, 너 정말 힘들게 사는구나. 마음 편히 똥도 못 싸고 돈도 뜯긴단 거 아냐! 나 같으면 벌써 목성으로 전학 갔다."

민망해서 어깨를 으쓱했다. 내가 학교에서 배운 건 이런 것들이었다. 누가 힘이 세고, 담배를 피우고, 약한 애들에게 껄렁대나 하는 것들. 상대를 안다고 피할 수 있는 건 아니지만 말이다.

"그럼 얘는 어때, 1학년 4반 정다빈."

"모르겠어. 처음 들어보는 앤데."

"얘가 제일 특이해. 겉으로 보기엔 평범하게 생활하는 것 같거든. 그런데 최근 며칠간 3교시만 되면 교실을 빠져나가 학교를 한 바퀴 크게 도는 거야. 정문 앞 은행나무에서 운동장 구석의 철봉을 거쳐 학교 뒤편 급식실, 그리고 분리수거장까지."

정다빈이 갔다는 경로를 머릿속에 그려보았다. 그 지점들은 꼭 짓점이었다. 학교를 둘러싼 거대한 사각형의 꼭짓점.

"설마 학교를 통째로 복사하려는 걸까?"

"충분히 가능한 일이야. 투팡 행성 놈들에게 학교는 원하는 데이터가 가득한 광산이나 마찬가지니까."

진아와 나는 분리수거장으로 달려갔다. 데이터 구름 정보에 따르면 정다빈은 매일 학교를 한 바퀴 돌고 정확히 11시 22분에 분리수거장에 도착했다.

"이렇게 수백 명의 존재 데이터가 있는 시공간을 복사하려면 매일 정해진 시간마다 반복해서 복사 작업을 진행해야 해. 물론 우리한테 들킨 이상, 어림도 없는 소리지. 오늘 여기서 외계인을 검거하는 거야. 자신 있지?"

100도가 되기 전엔 끓지 않는 물처럼, 대규모 복사 작업에도 임계점이 필요한 모양이었다.

"왜 하필 학교일까? 데이터를 많이 훔칠 거면 회사나 지하철이 낫지 않아?"

"투팽놈들이 원하는 건 생명력을 잔뜩 보유한 학생들의 데이터야. 놈들은 불법 데이터 개조실험을 벌이다 모든 데이터가 절망과 고통으로 오염되었거든. 존재 데이터에서 부정적인 감정과 관련된 데이터를 모조리 제거하려다가 오히려 화를 입은 거지."

나 같은 사람의 데이터를 부러워하는 종족도 있다니. 참 별일이었다.

창고를 개조해서 만든 분리수거장에 들어가자 텁텁한 공기와 함께 악취가 풍겼다. 평소엔 쓰레기만 버리고 후다닥 나오는 공간인데, 여기서 코를 쥐어 잡고 외계인을 기다리게 될 줄은 몰랐다.

"아무리 의욕이 넘쳐도 너무 심하게 때리면 곤란해. 다치는 건 외계인이 아니라 다빈이의 신체니까. 이제 싸우려면 장비가 있어야겠지?"

진아는 우유처럼 새하얀 빛깔의 지우개를 건넸다.

"제압한 다음 이마에 대고 지워. 다빈이 내부에 잠입한 외계인의 데이터를 빨아들일 거야. 최대한 빨리 빼내야 다빈이가 입는 피해를 줄일 수 있어. 그리고 이것도."

이번엔 연분홍색 립밤이었다.

"이걸 가지고 싸운다고?"

"어디 보자. 이 녀석 괜찮지 않아?"

진아는 바닥에 버려진 주황색 빗자루를 들었다.

"설마, 진아야. 그걸 타고 날아가는 건 아니지?"

"얘는, 내가 마법사라도 되니?"

진아는 립밤을 켠 내 손을 잡고 숱이 숭숭 빠진 빗자루에 빗금을 그었다.

"너랑 잘 맞나 써봐."

빗자루를 받아들었다. 얼마나 버려져 있었는지 손잡이 부분에도 때가 타 있었다.

"으아아아악!"

갑자기 빗자루가 괴상한 소리를 내며 흔들렸다. 빗자루를 붙잡으려다 난 그만 뒤로 자빠지고 말았다.

"저, 저게 뭐야!"

"큭큭, 임시 존재 데이터를 심어줬어. 당분간 살아 있을 거야."

빗자루는 귀신들린 물건처럼 마구 뛰어다니며 분리수거장을 난장판으로 만들었다.

"살았다, 살았어, 내가 살아 있다!"

"그만, 그만!"

정신 나간, 아니 정신이 생겨난 빗자루는 온몸을 부르르 떨며 진아 앞에 넙죽 머리털을 숙였다.

"감사합니다. 소령님! 열심히 살겠습니다!"

"나 소령 아냐. 전역했어. 그리고 네 데이터는 20분쯤 되니까 알아두고."

"예? 그건 너무 짧은걸요."

"잠깐만 우릴 도와줘. 이기면 꼭 다시 깨어나게 해줄게."

나는 빗자루를 손에 들고 허공에 휘둘러보았다. 조금만 힘을 주어도 빗자루가 알아서 팔의 방향을 따라 움직였다. 속도가 너무 빨라 놓치지 않는 게 관건이었다.

진아는 구석에서 부러진 대걸레를 찾아내 립밤을 발라주었다. 립밤에는 사물을 자기편으로 만들어주는 힘이 있는 모양이었다.

우리는 청소도구를 광선검처럼 들고 문 뒤에서 외계인을 기다렸다. 교정은 고요했다. 피구를 하는 아이들의 함성과 체육 선생님의 호루라기 소리가 멀리서 깜박이는 불빛처럼 들려왔다.

수거장 앞 공터에서 불어오는 바람에 이마에 흐르는 땀이 서늘해졌다. 외계인이라니, 아직도 믿기지 않았다.

그때 학교 건물 너머로 동그란 안경을 쓴 남자애가 나타났다. 순간 힘이 풀려 떨어뜨린 빗자루가 우당탕 소리를 냈다.

"이찬혁, 정신 차려."

진아가 눈을 동그랗게 뜨고 주의를 줬다. 나는 덜덜 떨리는 손으로 빗자루를 쥐어 들며 고개를 끄덕였다.

소음을 못 들었는지 남자애는 빠른 걸음으로 걸어오고 있었다.

진아는 가만히 있으라는 손짓을 하더니, 나를 남겨둔 채 천천히 수거장 밖으로 모습을 드러냈다.

"어이, 좀도둑!"

남자애는 진아의 등장에 화들짝 놀라 멈춰 섰다. 안경을 쓰고 눈썹까지 앞머리를 내린 모습이 똑똑하면서도 어딘지 재수 없어 보였다.

"어쭈, 잘생긴 애로 골랐네. 원래 네 모습과는 다르게 말이야."

"무슨 말인지 잘 모르겠는데. 혹시 나 아니? 학원에서 봤나?"

남자애가 시치미를 뗐다.

"그래, 다빈아. 너랑은 오늘 처음이지. 그 속에 숨어 있는 못된 녀석도 처음이고. 하지만 너희 행성이 해온 짓거리는 이제 지긋지긋할 정도거든? 너도 내 이름을 들어봤을 텐데?"

정다빈이 헛웃음을 지었다.

"미안한데 진짜 뭐라 하는지 모르겠어. 오히려 이 시간에 거기 있는 네가 의심스러운데? 우리 학교 학생이 맞긴 해?"

"그렇지, 의심스럽지? 나도 내 모습이 멀쩡히 보이는 네가 의심스러워."

진아가 허공에 대걸레를 돌렸다.

"며칠 전부터 안경을 쓰기 시작한 정다빈 학생. 갑자기 눈이 나빠진 걸까, 아니면 최소량의 데이터도 놓치지 않으려 투팽산 데이터 감지기라도 장착한 걸까?"

정다빈의 눈빛이 순간 바뀌었다.

"가까이 오지 마. 애를 다치게 하면 너희도 불법을 저지르는 거야. 나야 데이터만 빠져나가면 그만이고."

"그래, 넌 무사하겠지. 근데 네가 빠져나가고 망가질 다빈이의 데이터는 생각해봤어?"

놈의 얼굴이 구겨졌다.

"정의로운 척 시비만 거는 스타헬스 놈들, 언젠가 너희 싸구려 러닝머신을 다 개박살 내버릴 거다."

정다빈이 이를 빠드득 갈았다.

"이제야, 좀 본색이 나오시네. 그러다 다빈이 치아 상할라."

진아는 돌리던 대걸레를 붙잡고 정다빈을 향해 겨눴다.

"찬혁아, 이리 나와봐. 건방진 외계인 잡을 시간이야."

4

나는 주춤거리며 분리수거장 밖으로 나왔다. 빗자루를 든 양손이 부들부들 떨렸다. 저기 교복 입은 평범한 남자애가 외계인이라고?

외계인은 의심스러운 눈으로 나를 쳐다보더니, 다시 진아에게로 시선을 돌렸다.

"비겁하게 둘이서 덤비기야?"

"범인 하나에 경찰 둘, 딱 적당한데?"

외계인은 재킷 주머니를 뒤져 반짝이는 뭔가를 꺼냈다. 그러곤 보란 듯이 분홍색 껌 하나를 집어 들어 종이도 벗기지 않은 채 입에 넣고 씹기 시작했다.

"저건 풍선껌 같은데. 딸기 맛?"

"풍선껌이 아니야."

진아가 말했다.

"데이터 압축 폭탄이야. 벽으로 붙어!"

진아는 말을 마치자마자 나를 옆으로 밀쳤다. 힘이 어찌나 센지 몸이 붕 떠서 건물 아래 떨어졌다. 진아는 대걸레를 든 채 반대편 소음방지벽을 타고 외계인을 향해 달렸다. 외계인의 입에서 거대한 분홍빛 소용돌이가 물대포처럼 뿜어져 나왔다.

"진아야!"

고체도 액체도 아닌 끈적끈적한 물질이었다. 데이터 압축 폭탄? 그럼 이게 다 데이터란 말인가?

공격을 피하려 뛰어오르던 진아의 다리를 소용돌이가 휘감았다. 폭우로 쏟아지는 토사물처럼 거침없는 속도였다. 진아는 저항할 틈도 없이 분리수거장 외벽에 온몸을 부딪치며 쓰러졌다.

나는 달려가 진아의 온몸에 묻은 덩어리를 떼어냈다.

"읍읍, 읍!"

진아는 코와 입술을 막고 있던 덩어리를 떼어내 허공으로 던졌다. 덩어리는 서서히 분홍빛이 옅어지더니 연기가 되어 사라졌다.

"너, 제법이다!"

진아의 고함에 몸이 움찔했다. 이 난리에 웃음을 터뜨리는 걸 보면 애도 정상은 아니다.

"우주에 떠돌아다니는 잉여 데이터야. 껌처럼 씹으면 폭발하지. 이딴 저급한 무기를 만드는 건 투팽 놈들밖에 없어."

주변의 덩어리들 역시 공중으로 떠오르더니 형체도 없이 사라졌다.

외계인은 다시 폭탄을 입에 넣었다. 진아는 벌떡 일어나 대걸레를 들고 달려들었다. 소용돌이가 뿜어졌고, 이번에는 진아도 날렵하게 피했다. 분홍 덩어리로 덮인 학교 외벽이 거대한 과자 집처럼 보였다.

"우리도 가요, 우리도!"

빗자루가 손을 이끌었다.

"아냐, 난 아직 준비가 안 됐다고…."

나는 빗자루에 매달리듯 앞으로 달려갔다. 어느새 외계인이 내 앞에 있었다. 이런 무식한 빗자루, 정면으로 가면 어쩌잔 말인가! 외계인은 놀라는 기색도 없이 짝짝 껌을 씹던 입을 벌렸다.

"자, 돌아보자구요!"

눈을 질끈 감았다. 몸에 아무런 힘도 느껴지지 않았다. 얼마나 멀리 날아가고 있는 걸까? 눈을 떠보니 내 몸이 그 자리에서 팽이처럼 돌고 있었다. 양손으로 붙잡은 빗자루가 사방으로 덩어리를 쳐내고 있었다.

"저기, 있잖아."

"네?"

"나 토할 것 같아."

어지러워서 헛웃음이 나올 정도였다. 빗자루는 생기발랄한 목소리로 대답했다.

"저런, 가엾어라! 그럼 반대로 돌아보죠!"

잠시 회전이 멈추고 구역질이 밀려오려는 찰나, 빗자루가 오른쪽으로 돌기 시작했다. 다시 소용돌이가 쏟아졌다. 회전이 끝나자마자 우리는 그대로 땅바닥에 나뒹굴었다.

"봤죠? 우리는 환상의 콤비예요. 이제 날 데려가겠다고 말해요. 어서, 빨리!"

온 세상이 분홍 덩어리 범벅이었다. 저걸 내가 다 쳐냈다고? 빗자루가 강아지처럼 부르르 떨며 털에 묻은 덩어리들을 털어냈다. 바닥에 누워 보니 청명한 하늘 위로 흰 구름이 떠가고 있었다. 정신이 아득해졌다. 지금 뭘하고 있는 거지?

"이찬혁, 정신 차려!"

진아의 목소리였다.

나는 빗자루를 지팡이처럼 짚고 일어났다.

"이것 참, 저도 어지럽네요. 찬혁 씨도 완전 돌아버리겠죠?"

진아는 소용돌이에 쫓기고 있었다. 외계인은 껌이 몇 개나 있는 건지 벽을 타고 도망치는 진아를 향해 연거푸 덩어리를 쏟아냈다.

"자, 가요! 어서 소령님을 도와야죠!"

다시 빗자루를 부여잡고 놈을 향해 달렸다. 그래, 나도 못할 게 뭐 있나. 빛의 속도로 달려 머리통을 멋지게 날려버리는 거다. 그때 외계인의 고개가 내 쪽을 향했다. 어, 어 이러면 안 되는데. 외계인은 물러서기는커녕 오히려 내 쪽으로 달려들었다.

마음먹고 휘두른 빗자루가 턱하고 녀석의 손에 잡혔다. 나는 힘을 쓸 틈도 없이 그대로 빗자루와 함께 날아가 분리수거장에 처박혔다. 연거푸 재채기하며 일어난 곳에는 찌그러진 캔들이 가득했다.

진아는 공중에서 몇 번이고 제비를 돌며 외계인과 싸우는 중이었다. 뭐라도 도움을 주고 싶은데 밖으로 나가기가 두려웠다. 이러다 진아마저 외계인에게 붙잡힌다면? 저 껌 중독자 외계인이 무슨 일을 벌일지 모른다.

"이제 다 끝났어요, 우리가 뭘 하겠어요."

공중에서 날뛰던 힘은 어디로 갔는지 빗자루도 금방 기가 죽은 목소리였다.

"존재 데이터도 거의 다 끝나가요. 다시 잠들어야겠죠. 이 어두침침한 곳에서."

뭐라도 방법을 찾아야 했다. 나는 자켓을 더듬다 지퍼로 닫아 놓은 안주머니에서 립밤을 꺼냈다.

"내가 살려줄게. 이렇게 하면 되는 건가?"

진아가 바른 흔적 위에 다시 립밤을 칠하자 녀석이 몸을 부르르 떨었다.

"좋아요, 좋아. 살아나고 있어요."

빗자루를 들고 일어서려는데, 문득 생각이 스쳤다.

"잠깐, 이걸 바르면 살아날 수 있다 이거지."

곧장 옆에 있던 콜라 캔을 잡고 립밤을 칠해보았다. 달그락거리던 캔이 벼룩처럼 펄쩍펄쩍 뛰며 소리를 질렀다.

"깨어났다! 이제 자유다, 자유!"

"지원군을 모으겠다 이 말이군요, 탁월한 판단이에요!"

보이는 캔마다 립밤으로 임시 데이터를 부여해주었다. 코카콜라, 펩시, 칠성사이다, 스프라이트, 아침햇살, 마운틴듀, 밀키스까지. 나만의 대원들이 하나둘 모여들었다.

"이제, 출발하죠! 진아 소령님 지쳐 쓰러지기 직전이에요."

"그, 그래 뭐라고 해야 하지?"

"돌격 앞으로, 어떠세요?"

"돌격이라고? 난 그런 말 할 줄 모르는데."

사람들 앞에 서면 무슨 말을 해야 할지 머리가 새하얘진다. 바닥을 내려다보니 캔들이 나만 바라보고 있었다.

"화끈하게 지르세요, 화끈하게!"

"미안, 모르겠어, 그러니까…."

사람은 아니지만 내가 살려놓은 엄연한 존재들이다. 그 생각을 하니 더 말이 안 나왔다. 빗자루를 손에 쥐고 우물쭈물하다가 앞으로 발을 헛디뎠다.

"모두 전투 개시, 대장님이 뛰시는 거 안 보이냐!"

빗자루의 도움 덕에 우당탕 소리를 내며 캔들이 뒤따라 뛰기 시작했다. 에라 모르겠다, 일단 가보는 거다.

서로 대치하던 외계인과 진아가 둘 다 나를 쳐다보았다.

"저건 또 뭐야?"

외계인은 인상을 찡그리더니 다시 입을 벌렸다.

"흩어져, 양옆으로!"

외친다고 외쳤지만, 목소리가 너무 작았다.

"옆으로 붙어라, 살고 싶으면!"

빗자루가 쩌렁쩌렁한 목소리로 내 말을 따라 했다. 캔들의 거대한 물결이 갈라지며 소용돌이가 허공을 갈랐다. 외계인은 양옆으로 밀려오는 캔들을 보며 당황한 눈치였다. 그 틈을 놓치지 않고 진아가 대걸레를 휘둘렀다. 웬만한 야구선수 부럽지 않은 풀 스윙이었다. 외계인은 안타를 맞은 야구공처럼 날아가 외벽 아래 쓰러졌다.

이제 끝난 걸까? 방심하려는 찰나, 녀석은 쓰러진 채로 다시 소용돌이를 뿜어냈다. 나는 정통으로 덩어리를 맞고 캔들과 함께 나뒹굴었다.

"자, 잠깐 이게 흔들리는데?"

공터 바닥이 파도처럼 넘실거리기 시작했다.

"데이터 포화 상태야. 잉여 데이터가 시공간에 흡수되고 있어."

진아가 내 손을 잡아 일으켰다.

평평하던 학교 외벽이 공기를 불어넣어 빵빵해진 볼처럼 부풀어 올랐다.

"저런 건 처음 봐."

다시 바닥이 넘실대는 바람에 몸을 가누지 못하고 넘어졌다. 다행히 내가 헤매는 사이 캔들은 관중처럼 녀석을 포위하는 데 성공했다.

"이제 껍도 다 떨어졌지?"

외계인은 진아에게 맞은 팔을 부여잡고 있었다.

"비겁한 놈들, 너희 얼굴 다 기억해뒀어."

그러더니 바지 주머니에서 뭔가를 꺼내 들었다. 파란색 사탕이었다. 뭐야, 이번엔 블루베리 맛인가?

말릴 틈도 없이 사탕이 쏙 외계인의 입에 들어갔다.

펑!

터지는 소리와 함께 온 세상이 파란 연기로 가득 찼다. 몸이 허

38

공으로 떠올랐다. 이게 무중력 상태일까. 마음대로 팔다리를 움직일 수 없었다.

"차아안 혁아아아!"

시간이 멈춘 것 같았다. 모든 움직임이 느려졌다. 진아의 목소리도, 고개를 돌리는 나의 몸짓도. 곁에서 유영하던 사이다 캔이 소리를 질렀다.

"이게 다아 뭔 일이여어어."

그 이후의 기억은 희미하다. 삐빅, 삐빅 진아의 스마트폰에서 울리던 경고음에 눈을 뜬 것 같다.

"찬혁아, 우리 돌아가야 해."

나를 업고 계단을 오르던 진아의 뒷통수도 기억난다.

"외계인은, 외계인은⋯."

"사라졌어. 지금 돌아가지 않으면 우린 소멸하고 말 거야."

✳

정신을 차렸을 때는 다시 책상 앞이었다. 익숙한 교실의 소음 속 김철민의 목소리가 튀어나왔다.

"어이, 미토콘드리아! 아까 좀 웃겼다? 네 세포는 미토콘드리아로 광합성을 하냐?"

패거리가 날 비웃으며 김철민을 따라 나갔다. 머리가 어지러웠다.

"처음이라 좀 힘들었지?"

진아가 필기 된 노트를 덮으며 말했다.

"어떡해. 외계인이 도망간 거 맞지?"

"다빈이 몸에서 나간 가벼운 데이터가 정문 밖에서 발견됐어.

하지만 곧 다시 올 거야. 복사 임계점이 머지않았으니까."

조회 시간에 들어온 담임 선생님은 분리수거장을 엉망으로 만든 범인을 찾았다.

"교장 선생님이 화 많이 나셨거든? 당장 자수하지 않으면 CCTV까지 돌리신대. 설마 우리 반에 있진 않겠지?"

하지만 수거장엔 CCTV가 없었고 그건 아이들도 모두 알고 있었다. 양심에 조금 찔리긴 했지만, 기밀을 말할 수는 없었다.

✳

"진아에게 얘기 들었다. 네 활약이 굉장했다며?"

유성 아저씨는 풀이 죽은 내 어깨를 툭툭 치며 땀 냄새를 풍겼다.

"그래도 놓쳤는걸요."

"괜찮아. 아직 학교도 넘어가지 않았고, 놈들을 잡을 기회도 또 있을 거다."

첫 번째 작전 후에야 스타헬스의 정체를 온전히 알게 되었다. 이 헬스장은 러닝머신을 뛰어 발생하는 에너지를 동력원 삼아 우주를 비행하는, 말 그대로 우주선이었다.

"자, 봐라, 여기 러닝머신에 속도 조절장치가 있지? 이걸 한 칸 높일 때마다 에너지 생산 속도도 빨라지는 거야."

선장인 진아와 부선장인 유성 아저씨를 포함해 스무 명의 대원들이 매일 다음 비행을 위해 에너지를 생산하고 있다. 주 동력원인 러닝머신을 포함해 각종 근력 운동기구들이 내는 에너지는 차곡차곡 우주선에 축적된다.

스타헬스호는 퇴역 군인인 진아가 만든 자경단이다. 우주 곳곳의 범죄자들을 잡아 은하계 재판소에 보내고 현상금을 받아 생활을 이어간다고 했다. 만화 속에나 있을 법한 세계가, 그것도 동네 헬스장에 있을 줄이야.

"지구 기준으론 내 나이가 벌써 430살이야. 아이작 뉴턴도 나한테 손자뻘이라고."

"그럼 할머니라고 불러야 하냐?"

"됐어, 넌 짝꿍이니까 호칭은 봐줄게."

진아는 어린 시절 우물가에서 외계인에 납치되었다가 지금까지 우주를 떠돌고 있다고 했다.

"우주에 나오고 안 사실인데 우리 아빠가 알고 보니 외계인이었더라고. 엄마는 자기 남편이 외계인인 줄 꿈에라도 알았을까? 뭐, 너무 오래전 일이라 물어볼 수도 없게 되었지만."

진아는 물구나무를 선 채로 팔굽혀펴기를 하며 말했다.

"투팽 놈들, 이번엔 제대로 혼내주고 말 거야. 찬혁아, 너도 함께할 거지?"

나는 말 없이 고개를 끄덕였다.

진아 옆에는 웅크린 청록색 짐볼이 입을 쩍 벌리고 하품을 하고 있었다.

5

"투팽 놈들을 너무 얕봤어. 감시 강화하고 수상한 낌새가 보이면 바로바로 보고 올려."

헬스장 카운터 뒤의 문을 열자 작전실이 나왔다. 유성 아저씨가 버튼을 조작하자 둥그런 테이블 위에 우리 동네 지도가 3차원으로 나타났다. 아저씨는 데이터 흔적을 토대로 외계인의 예상 출몰지역을 짚었다.

스타헬스엔 스무 명의 대원들이 있지만, 실제 전투에 나가는 인원은 진아와 유성 아저씨뿐이다. 아저씨도 보통은 우주선에서 머물며 상황실장 겸 엔지니어 역할을 하니 내가 오기 전엔 진아 혼자 현장을 도맡았던 셈이다. 그럼 나머지 대원들은? 헬스장에 익숙해지고 안 사실이지만 모두가 동력 발전용 로봇들이었다.

과거엔 은하계 전역을 누비며 침략 명령을 따르던 살인 병기들이었지만, 이미 망가질 대로 망가져 폐기물협곡에 버려진 걸 유성 아저씨가 주워온 것이었다. 러닝머신을 뛰거나 단순한 근력 운동은 할 수 있지만 복잡한 시공간에서 기민하게 대처할 정도로 복구된 수준은 아니었다.

혹시나 해서 헬스장 티셔츠를 입은 젊은 남자 대원에게 말을 걸어보았다.

"정말, 로봇 맞아요?"

남자는 가지런한 치아를 뽐내며 환하게 웃었다.

"금일 누적생산량은, 전체 목표 생산량의, 칠점, 이오삼사육, 퍼센트, 입니다. 금일 예상생산량은….'

"알았어요, 그만 얘기해도 돼요."

"감사합니다. 즐거운 비행 되세요."

어쩐지 땀을 뻘뻘 흘리는 유성 아저씨와 달리 로봇들의 티셔츠는 보송보송했다.

"진짜 지구인 같지?"

유성 아저씨는 일정한 속도로 러닝머신을 뛰는 남자의 몸을 흐뭇하게 바라보았다.

"입만 안 열면 밖에 나가도 아무도 눈치 못 채겠어요."

"마음 같아서는 인지 지능도 업그레이드해주고 싶은데 혼자 하려니까 영 힘들어서 말이지. 돈도 많이 들고. 진아 쟤는 이쪽 일은 아무것도 모른다니까. 무식하게 힘만 세 가지고."

"아저씨, 지금 내 얘기 해?"

"아닙니다. 소령님, 얼른 작전이나 짜시죠."

외계인은 수시로 지구인의 데이터와 결합하며 위치 추적을 피하기에, 결합 대상을 바꾸는 과정에서 외부로 나온 순간이 추적의 단서가 된다고 했다. 수상한 행적을 보이는 지구인들도 주의 대상이었다.

아저씨가 파악한 예상 출몰지역은 둥글게 우리 학교를 둘러싸고 있었다. 노래방과 피시방, 치킨집, 카페, 수학학원, 분식집 등 아이들의 데이터를 훔치기 좋은 장소가 포함되어 있었다.

"저런 자잘한 공간들에 만족하진 않을 거야. 놈들의 목표는 학교라는 대형 데이터 창고이니까."

"그 데이터 복사라는 거, 당하면 큰일 나는 거예요?"

내가 물었다.

"어차피 복사되는 거라면, 나눠줄 수도 있는 거잖아요."

"찬혁이 너, 어른들이 이런 말 하는 거 들은 적 있지? 이 또한 지나가리라."

나는 고개를 끄덕였다. 어머니가 종종 그렇게 중얼거리곤 했다.

"데이터를 복사당하면 그 말이 통하지 않게 될 거다. 복사한 데이터에 일어나는 변화는 본 존재의 데이터에도 영향을 미치거든. 생각해봐, 너는 계속 어른으로 커가는데 어린 시절 데이터의 일부는 어딘가에 붙잡혀 고통으로 채워지고 있는 거야. 지워지기는

커녕 해가 갈수록 사람들을 괴롭히는 나쁜 기억처럼."

늘 유쾌하게 빛나던 아저씨의 눈빛이 조금 슬퍼보였다.

11시 22분, 시공간 좌표에서 우리 학교를 납치할 최적의 시각이다. 진아와 나는 3교시마다 분리수거장 앞을 지켰다. 몰래 수업을 빠져나와 복도를 걸을 때면 창문 너머로 보이는 교실의 풍경이 모두 똑같아 보였다. 똑같은 크기의 교실, 똑같은 수의 학생들. 내 존재 데이터를 길게 나열하면 저런 모습일지도 모른다. 오전 9시나 오후 3시나 늘 같은 자리에 묶여 있으니까.

분리수거장을 지키는 동안 외계인의 모습은 보이지 않았다. 문제는 학교 밖에서 발생했다.

"지윤이가 웬일로 잠을 다 자니."

수학 선생님이 책상에 엎드린 지윤이를 보며 말했다. 다른 아이들이었으면 꾸지람을 줬겠지만, 워낙 모범생이다 보니 선생님의 반응도 사뭇 달랐다. 지윤이는 안경까지 벗어두고 잠을 자고 있었다.

"뒤로 나가서 잠 좀 깨고 들어오렴."

지윤이는 잔뜩 구겨진 얼굴로 터벅터벅 교실 뒤편으로 걸어갔다. 수업시간에 지윤이가 그런 모습을 보이는 건 처음 봤다.

"이상하지 않아?"

진아가 속삭였다.

"그러게, 외계인이 들어갔나?"

진아는 고개를 절레절레 흔들며 내 수학책 귀퉁이에 문장을 적었다.

– 학교에서 외계인 얘기 함부로 하지 마랏! 기밀이야.

– 미안, 근데 아무도 내 얘기 안 듣긴 해.

- 데이터 결합은 아닌 듯.

- 그럼?

- 외계인에 복사당한 것 같아.

- 그거라면 아저씨한테 들었지!

"너희는 뭘 그렇게 적고 있니?"

수학 선생님의 시선이 우리에게로 향했다.

"찬혁이가 모르는 문제가 있다고 해서요."

"이야, 둘이 사이좋다!"

누군가가 꼬투리를 잡아서 교실이 웃음바다가 되었다.

"요즘 7반 수업 분위기 마음에 안 든다. 선생님이 너희 담임쌤 옆자리인 거 알지?"

수업이 모두 끝나고 진아는 내가 청소를 마칠 때까지 기다려 주었다.

"나랑 갈 데 있어."

"지윤이 일이지?"

"응. 지윤이 얘 참 재미없게 산다. 가장 많이 머문 장소가 스터디카페야. 아마 그쪽으로 외계인이 간 것 같아."

"그, 있잖아."

"응, 왜? 외계인 본 거 있어?"

"그건 아니고. 우리 둘이 다니면 애들이 놀릴 것 같아서."

진아는 어이가 없다는 듯 눈썹을 올리더니 입을 쭉 내밀었다.

"야, 이찬혁. 너 나한테 혼나볼래?"

진아가 무섭게 인상을 써서 나는 시선을 피했다.

"저런 우주먼지 같은 놈들 신경 쓰면서 무슨 외계인을 잡겠단 거야. 내 말이 틀려?"

"그건 그렇지만."

"지구인들은 중요하지 않은 걸 중요하다고 믿으며 살더라. 그런 걱정으로 데이터가 가득 차버리면, 누가 책임질 건데?"

운동장에는 늦게까지 남아 공을 차는 애들이 있었다. 진아는 우리 쪽으로 굴러온 공을 있는 힘껏 찼다. 골키퍼 장갑을 낀 남자애가 입을 벌리고 공의 궤적을 바라보았다. 공은 반대편으로 날아가 텅, 하고 골대를 때렸다.

"외계 혼혈인 거 너무 티 났나? 암튼 빨리 가자. 다른 친구들 데이터도 빼앗기기 전에."

요금을 결제하고 스마트키로 인증하자 스터디카페의 자동문이 열렸다. 정적에 잠긴 공간에 펜과 종이가 마찰하는 소리만 들려왔다. 숨이 막혔다. 지윤이는 구석 자리에 인터넷 강의를 틀어놓고 엎드려 있었다. 다른 자리에는 필통만 한 분홍색 데이터 구름이 떠다니는데 지윤이의 구름은 담요처럼 몸을 덮고도 남았다. 이곳에서 얼마나 공부를 많이 했는지 짐작이 갔다.

조사를 마친 진아가 손짓을 보냈다. 휴게실로 빠져나와서야 숨을 쉴 수 있었다.

"학교만큼 오래 머무는 공간은 아니라 다행히 훔쳐간 양은 적어. 데이터를 되찾을 때까진 지윤이의 일상에 무기력증이 계속될 거야. 투팽 놈들 이렇게 간을 보겠단 건가?"

"외계인은 여기 없는 거야?"

"눈에 띄는 흔적은 보이지 않네. 어제 복사를 하고 오늘은 다른 곳으로 간 것 같아. 흠, 이제 어디로 갈까?"

스터디카페를 나오자 곧 날이 어둑어둑해졌다. 하나둘 간판에 불이 들어오고 스쳐 가는 버스에 탄 사람들이 점점 많아졌다.

진아가 손가락으로 동네 편의점을 가리켰다.

"찬혁아, 배 안 고파?"

"난 괜찮아. 너는?"

"배고프다. 저기서 뭐 좀 먹으면서 생각해보자."

진아는 눈을 동그랗게 뜨고 뚫어져라 진열대를 노려보았다. 그중에 외계인이 숨어 있기라도 한 것처럼. 나는 컵라면에 사이다한 캔을 샀고, 진아는 핫바를 종류별로 다섯 개나 샀다.

"목 안 맥혀?"

"지구에선 소주 아니면 안 마셔. 나머진 느끼하더라고. 근데 언제부터였나 20살이 안 되면 소주를 못 산단 거야. 참 내, 430살이라 해도 믿는 사람이 있어야 말이지. 평범한 시민들하고 싸울 수도 없고."

우리는 편의점 내부 테이블에 앉았다. 학교 애들을 마주칠까 봐 평소엔 잘 오지 않는 곳이었다. 진아는 그런 내 마음을 알긴 하는지 뜨거운 핫바를 후후 불지도 않고 뜯고 있었다.

"너 핫바 닮은 외계인 알아?"

진아가 목소리를 낮추고 말했다.

"그런 외계인도 있어?"

"예전에 지구 와서 깜짝 놀랐다니까. 얘네가 지구인한테 정복당해서 대량으로 뜯어먹히고 있나 해서. 성분 분석을 해보니 그냥 닮은꼴이더라고. 궁금해서 먹어봤는데 완전 내 취향이야."

진아는 깨끗하게 먹은 꼬치를 들어 보였다.

"수상한 놈 보이면 이걸로 콱 찔러버려야지."

고작 편의점 라면이지만 모처럼 누군가와 음식을 사이에 두고 대화를 나누니 기분이 이상했다.

편의점에 수상한 사람은 없어 보였다. 알바생 누나는 토익책을 펴놓고 졸린 눈을 하고 있었고, 다행히 얼굴을 모르는 아이들이 두세 테이블을 차지하고 있었다.

그때 편의점 문이 열리고 머리를 뒤로 묶고 캡모자를 쓴 여자가 들어왔다. 왠지 낯이 익은 얼굴이었다.

"누구야, 아는 사람이야?"

"우리 학교 영양사 선생님인데?"

하얀 가운을 벗고 모자를 써서 못 알아볼 뻔했다. 영양사 선생님은 창가 쪽에 앉은 우리를 보지도 않고 진열대로 향했다. 퇴근하다 들리신 걸까? 영양사 선생님은 찾는 물건이 있는지 스마트폰을 만지작거리며 진열대 사이를 오갔다.

"잠깐만, 좀 이상한데?"

진아는 안경테의 버튼을 눌러 선생님의 데이터를 스캔하더니, 고개를 갸웃했다.

"저 선생님 여기 근처 사시니?"

"그건 모르겠는데."

"갑자기 어제부터 이 동네를 구석구석 돌아다녔다고 뜨는데?"

진아는 벌떡 일어나 선생님에게로 향했다. 불길한 예감에 나도 국물도 못 마시고 일어났다.

"선생님, 안녕하세요. 저 진아라고 해요."

진아가 명랑한 목소리로 말을 걸자 영양사 선생님은 화들짝 놀라는 눈치였다.

"어, 그래. 진아야, 아직 집에 안 갔어?"

"네, 잠깐 할 일이 있어서요. 선생님은 여기서 뭐 하세요?"

"먹고 싶은 게 있었는데 여기 없네. 다른 데 가봐야겠다. 내일 학교에서 보자."

영양사 선생님은 나쁜 짓을 하다 들킨 사람처럼 스마트폰을
집어넣고 서둘러 문으로 향했다.

"선생님! 찬혁이도 할 말 있대요."

선생님은 들은 체도 하지 않고 편의점을 빠져나갔다.

"뭔가 이상하지?"

"응. 따라갈 거야?"

"당연하지. 오늘 운이 좋은데? 핫바도 먹고 외계인도 보고."

우리는 멀찍이 거리를 두고 선생님을 쫓았다. 선생님은 분홍빛
구름을 남기며 빠르게 걸어갔다. 계속 뒤를 돌아보는 탓에 몇 번
이고 가로수 뒤에 숨어야 했다.

"어디로 가실까. 오늘은 가볍게 편의점이나 털려 했을 텐데 말
이지."

선생님은 동네를 빙빙 돌다가 상가 입구로 들어갔다.

"코인노래방?"

우리는 헨젤과 그레텔처럼 분홍 비행운을 따라 지하 계단을
내려갔다. 구름은 곧 자취를 감췄다. 계단에서부터 비트와 노랫
소리가 울리고 있었다.

"넌 오른쪽 복도를 맡아. 내가 왼쪽을 뒤져볼게."

불투명한 부스의 유리문 너머로 사람들의 얼굴을 확인하기 쉽
지 않았다. 발라드와 댄스, 힙합이 흘러나오는 부스들을 차례로
기웃거리자 어둠 속의 사람들이 나를 쳐다보았다.

그러다 구석의 부스에서 혼자 앉아 있는 여자를 발견했다. 노
랫소리는 나오지 않았고, 여자는 어둠 속에서 불빛이 나오는 화
면을 응시하고 있었다. 덜컥 겁이 났다.

"진아야, 진아야? 나 찾은 것 같아."

내 목소리는 노랫소리에 묻혔다. 이러다 외계인을 놓치면 어떡하지? 덜덜 떨리는 손으로 주머니에서 지우개를 꺼냈다. 그래, 문을 여는 거야. 나 때문에 작전을 망칠 순 없어.

부스에 다가선 순간, 시계 초침이 움직이듯 천천히 문이 열렸다. 순간 음악이 멎었다. 개미굴처럼 좁은 복도에 서늘한 기운이 감돌았다.

천장까지 키가 훌쩍 닿는 그림자가 소리 없이 복도로 나왔다. 머리카락이 쭈뼛 섰다.

6

"서, 선생님?"

영양사 선생님은 정신을 잃고 소파에 등을 기대고 있었다.

그림자의 얼굴을 본 순간, 온몸이 투명한 줄에 묶인 것처럼 꼼짝할 수 없었다. 표정이 보이지 않아 감정을 읽을 수 없는 얼굴이었다.

그림자가 서서히 다가왔다. 놈의 얼굴에서 어두운 밤, 개울에 물 흐르는 소리가 났다. 소리만으로도 온몸이 차갑게 젖어드는 것 같았다. 그게 놈들의 언어일까?

"찬혁아!"

그때 진아가 그림자를 향해 달려들었다. 그림자는 진아의 돌진에 나를 놓치고 쓰러졌다.

그림자는 하나가 아니었다. 차례로 부스가 열리며 안에 들어 있던 그림자들이 몸을 드러냈다.

"지, 진아야. 놈들이 너무 많아."

그림자들이 진아의 주위로 몰려들었다. 불투명한 무리 너머로 발버둥 치는 진아의 실루엣이 보였다. 어서 가야 하는데, 진아를 도와줘야 하는데, 그림자 하나가 내 가슴을 밟고 있었다. 짓밟힌 심장이 얼어붙을 것처럼 차가웠다.

"진아야, 진아야!"

온 힘을 다해 그림자의 발을 떼어냈다. 재빨리 달려가 봤지만, 진아는 쓰러져 있었다. 떨리는 손으로 진아의 경직된 몸을 부둥켜안았다. 그렇게 크고 맑던 눈이 힘없이 감겨 있었다.

그림자들은 진아와 나를 둘러싸고 어깨를 들썩거렸다. 우는 것 같기도 하고 웃는 것 같기도 했다.

어떡하지? 내가 뭘 할 수 있지? 다 내 잘못이야. 속에서 울컥하는 기운이 치솟았다. 활기 넘치던 진아의 몸이 너무나 차가웠다.

"진아한테 무슨 짓을 한 거야!"

다시 물소리가 났다. 내가 알아듣지 못하자 그림자는 부스 안에 쓰러져 있던 남자의 옷깃을 잡았다. 서서히 그림자가 사라지고 남자가 눈을 번쩍 떴다.

"왜 우리가 하는 일을 방해하는 거지?"

남자가 바닥에 앉은 채로 고개를 돌렸다. 저게 데이터 결합이구나.

"친구들을 지켜야 하니까요."

거짓말이었다. 우리 학교에 내 친구는 없다.

"순수하구나."

남자는 몸을 일으켜 천천히 다가왔다. 굳은살 배긴 손이 내 볼을 툭툭 치며 더듬었다.

"데이터가 왜 이러지? 무슨 일이 있었던 거야?"

"제 데이터가 뭐 어쨌는데요? 어서 우릴 보내주세요. 아, 안 그럼 우리 대원들이 가만두지 않을 거야."

씩씩하게 말하려 했지만, 목소리 끝이 떨리는 건 어쩌지 못했다.

"죽은 사람의 데이터 같잖아."

"뭐라고요?"

"이런 데이터는 필요 없다. 우리가 원하는 건 더 밝고 아이다운 데이터야. 그리고 이 골칫거리는⋯."

남자는 무표정한 얼굴로 진아를 내려다보았다.

"죽음보다 괴로운 시간을 맛보게 될 거다. 다신 우리 근처에 나타나지 마라. 너희 같은 데이터는 우리한테 쓰레기나 마찬가지니까."

말을 마친 남자는 풀썩 쓰러졌다. 결합을 해제한 그림자는 옅은 비행운을 남기며 사라졌다. 부스에서 나온 수십 개의 그림자가 뒤를 이었다.

＊

진아를 업고 숨이 차도록 달려 헬스장에 돌아왔다.

"이게 다 무슨 일이냐."

유성 아저씨는 테이블 위에 진아를 올리고 데이터 상태를 점검했다.

"썩을 놈들, 데이터 버그를 심어놨어."

"바이러스 같은 건가요?"

"비슷해. 진아의 데이터 내부를 돌아다니며 이곳저곳을 갉아먹을 거야."

"어떡해요. 그냥 두면 안 되잖아요."

"현재로선 잡을 방법이 없단다."

"뭐라고요?"

나도 모르게 목소리가 커졌다.

"데이터 버그를 제거하려면 다른 버그를 풀어서 싸움을 붙이는 수밖에 없어. 문제는 이 버그가 어디 있는지 투팽 놈들만 안다는 거지."

유성 아저씨는 턱을 만지작거리며 생각에 잠겼다.

눈 감은 진아의 얼굴을 보니 나는 마음이 울컥했다.

"다 제 잘못이에요. 저만 아니었으면 진아가 붙잡힐 일도 없었을 텐데… 코인노래방이 놈들의 함정인 줄만 알았다면."

"네가 어떻게 알았겠니."

아저씨가 나를 위로했다.

"진아가 깨어나는 데 며칠 시간이 걸릴 거다. 진아가 이렇게 된 걸 아니까 놈들은 내일 작전을 개시하겠지. 흠, 이걸 어쩐다. 임계점 수위도 높은 상태인데."

내일 11시 22분, 놈들은 여유롭게 학교 데이터를 접수하고 떠날 것이었다.

"내가 나간다 해도, 우리 둘만으론 무리야. 우린 둘 다 지구인이잖니."

음악이 꺼진 조용한 헬스장, 창문 밖으로 빗줄기가 내리고 있었다. 신호등에 멈춰선 자동차들의 붉은 불빛이 데이터가 지나간 흔적처럼 보였다. 헬스장 안에는 열심히 러닝머신 위를 달리는 로봇들의 발소리만 들렸다.

"내가 선장이었으면 이대로 지구에서 철수했을 거야. 우린 현상 금만 타면 그만이고, 너무 위험한 일에는 손 떼는 게 이득이니까."

아저씨가 한숨을 쉬었다.

"하지만 진아가 가만있지 않을 거란 말이지. 군인 출신이라 얘가 정의감이 남달라요. 자, 투팽 놈들이 데이터를 가져가는 건 어쩔 수 없고, 결국 남은 방법은 하나, 놈들이 학교 데이터를 복사할 때 같이 복사되어 잠입하는 것뿐이야."

투팽족이 데이터를 복사해 간다고 본 존재의 의식까지 이동하는 것은 아니라고 했다. 복사된 데이터의 의식은 단순 로봇 수준에 불과했다. 그래서 본 존재가 지구에서 복사당한 줄도 모르고 살아가는 동안, 복사본을 투팽 행성에서 노예처럼 부릴 수 있는 거였다. 하지만 아저씨에게는 특이한 기능의 시계가 있었다.

"불가능을 가능하게 해주는 시계랄까. 복사되는 동안 버튼을 누르고 있으면 본 존재의 의식을 복사본으로 이동시킬 수 있어. 마네킹 같은 복사본들 틈에서 깨어 있을 수 있게 도와주는 장치지."

아저씨는 작전을 짜느라 머리를 싸매고 있었다. 투팽 행성에서 데이터 버그를 찾아 진아를 치료하는 것도 모자라 학교 데이터까지 되찾아 와야 하지만, 지금 남은 건 아저씨와 어설픈 신입뿐이니 말이다. 나는 한참을 고민하다 용기를 냈다.

"제가 갈게요."

"네가?"

"아저씨는 우주선을 몰고, 진아도 돌봐야 하잖아요. 제가 버그를 찾아올게요."

말은 자신 있게 꺼냈지만, 속으로는 가슴이 콩닥콩닥했다.

"찬혁이가 많이 용감해졌구나. 하지만 잘못하다간 영원히 본 존재로 돌아오지 못할 수도 있어."

그때 내가 머뭇거리다가 얼마나 말도 안 되는 얘기를 했는지, 진아가 알고 나면 웃음을 참지 못할 거다. 하지만 그렇게라도 내 안에 용기를 불어넣어야 했다.

"저 아니면 누가 하겠어요. 제가 진아 짝꿍이잖아요."

✳

다음 날, 무거운 마음을 안고 아침 일찍 학교로 향했다. 손목에는 아저씨가 채워준 시계가, 필통에는 검은 볼펜이 들어 있었다. 팔뚝에 꽂으면 그림자로 위장시켜주는, 투팽 행성에서만 작동한다는 펜이었다.

옆자리는 텅 비어 있었다. 진아는 열이 심하다는 핑계를 대고 결석했다. 유성 아저씨가 아버지인 척 전화를 걸었겠지. 데이터 버그가 진아의 데이터를 휘젓고 다닐 생각을 하니 마음이 아팠다.

붕 뜬 정신을 가라앉히려 책상 서랍에서 우주 만화를 꺼내 펼쳤다. 한참 적의 기지에 들어간 캡틴과 대원들이 치열한 전투를 벌이고 있었지만, 집중이 되지 않았다.

내가 정말 우주에 간다고?

늘 숙이고 있던 고개를 들어 주변을 둘러보았다. 옆자리 수아는 밀린 학원 숙제를 하고 있었고, 앞자리 준호는 이어폰까지 끼고 핸드폰 게임 삼매경이었다. 다들 자기 데이터가 복사되어 우주로 납치된다는 사실은 상상도 못 하고 있었다.

"아니, 그래서 먼저 미안하다고 했다? 근데도 내 계정 차단하고서 뒤에서 헛소리하고 다니는 거야."

뒷자리에선 유빈이가 정색하며 성을 내다가 웃기를 반복했다.

언제부턴가 나는 초라한 일상 너머 환상적인 세계를 꿈꾸기 시작했다. 가짜인 건 알았지만, 적어도 그곳에선 나도 친구를 사귀고 솔직한 감정을 표현할 수 있었다. 그런데 상상만 했던 세계가 실제로 존재한다니. 2차원의 만화책을 뛰어넘는 진짜 우주선과 외계인이 날 기다리고 있었다.

'11시 22분이 되면 손목시계의 빨간 버튼을 누르고 있어. 손을 떼지 말고 꾹 눌러야 해.'

나는 아저씨의 말을 떠올리며 검은 바탕 위 깜빡거리는 하얀 숫자들을 바라보았다.

보통 사람들은 데이터를 복사당해도 당한 줄을 모르고 살아간다. 별 이유 없이 몸살에 걸렸다거나 흔한 우울증세라고 넘어가기 마련이다. 때로는 다른 사람이나 엉뚱한 사건을 힘겨움의 원인이라 오해하기도 한다.

20년 전의 유성 아저씨도 마찬가지였다. 사업에 실패하고 이혼까지 한 아저씨는 하루하루 술에 찌든 생활에 빠져 있었다.

'진탕 취한 채로 새벽에 찜질방으로 가던 어느 날이었지. 저 멀리 불이 환하게 켜진 가게가 있더라고. 궁금해서 가보니까 웬 헬스장이야. 별생각 없이 지나치려는데 쪼그만 여자애가 불쑥 튀어나왔어. 할인 중이니 얼른 회원 등록을 하라는 거야. 됐다, 내가 누구 잘 보이라고 운동을 하냐, 손님 붙잡아오라고 아버지가 시키더냐, 이러고 가려는데 애 손아귀 힘이 어찌나 센지 손목을 놓아주질 않아. 얼떨결에 들어갔더니 그 애가 그러더라고. 선택받은 사람? 그게 나라면서.'

진아는 아저씨의 존재 데이터를 누군가가 복사했다는, 그래서 아저씨가 지금 힘든 거라는 엉뚱한 소리를 했다. 처음엔 믿지 않았지만, 진아를 따라다니다 보니 어느덧 20년이 흘렀다고 했다.

'친구들의 데이터를 되찾아오면, 그야말로 영웅이 되는 거 아니겠니?'

아저씨는 내가 왕따인 걸 몰랐다. 아저씨에겐 말하고 싶지 않았다. 내 친구는 진아와 유성 아저씨 둘뿐이었다. 비록 진아는 430살이고, 아저씨의 나이는 내 세 배를 넘지만, 마음의 거리는 누구보다 가까웠다.

'제가 데이터를 되찾아올게요. 데이터 버그로 진아도 꼭 살릴 거예요.'

당당히 말하고 헬스장을 나왔지만, 막상 복사 시간이 다가오자 겁이 났다.

"찬혁이, 여친이랑 헤어졌나 보네?"

이런 긴장되는 순간에 김철민은 눈치도 없이 또 시비를 걸었다. 선생님이 만만하다는 이유로 늘 시끌벅적한 영어 시간이었다.

녀석의 똘마니들까지 내 주변에 앉아 시비를 걸었다.

"야, 이 시계 좀 봐."

"큭큭, 뭐 이딴 걸 차고 다니냐."

놈들이 시계를 뺏으려 팔을 잡았다. 그따위 행패에 임무를 망칠 순 없었다.

"이거, 놔!"

"어쭈, 너 요즘 눈빛이 이상해졌다? 그 근육 돼지랑 놀더니 뭐라도 되는 것 같아?"

김철민의 우악스러운 손이 어깨를 잡고 흔들었다.

"조용! 선생님 말 안 들을래!"

선생님이 탕탕 칠판을 쳤지만. 소란은 잠잠해질 기미가 보이지 않았다.

11시 20분에서 21분으로 숫자가 넘어갔다. 이대로 가다간 큰일이다. 뭐라도 행동을 해야 한다. 난 더 이상 혼자가 아니니까.

있는 힘껏 김철민의 얼굴에 만화책을 던졌다. 모서리에 정통으로 맞은 김철민이 코를 감싸 쥐었다.

"야, 너, 뭐하냐?"

김철민의 얼굴이 딱딱하게 굳었다.

"그, 그럼 넌 뭐하는데?"

"이 새끼가 놀아주니까 진짜."

나는 벌떡 일어나 의자를 밟고 책상 위로 올라갔다.

"수업시간에 뭣들 하는 거니!"

영어 선생님께는 죄송했지만, 지금은 그런 걸 따질 여유가 없었다. 피할 곳을 찾다 보니 어느새 두 발이 책상 위로 올라가 있었다.

"미안! 일부러, 밟은 건, 아닌데!"

책상에서 책상으로 점프할 때마다 아이들이 소리를 질렀다. 텀블러가 넘어지고 필통 속 학용품이 튀어나왔다. 나는 착, 실내화 소리를 내며 교실 구석에 착지했다.

자리에서 일어선 김철민은 선생님의 외침도 무시하고 성큼성큼 교실 뒤쪽으로 다가왔다. 책 모서리에 찍힌 자국이 붉게 달아올라 있었다. 나를 보는 녀석의 시선이 이글거렸다.

그래, 폼 잡을 테면 잡아보셔. 근데 지금은 좀 급하거든?

손목시계의 빨간 버튼을 있는 힘껏 눌렀다. 11시 22분, 우주로 갈 시간이었다.

7

진동이었다. 미세하게 떨리는 진동. 가열 끝에 기포가 피어오르기 시작한 물처럼, 멈춰 있는 사물들이 금방이라도 터져버릴 것처럼 들끓었다. 하지만 어느 것도 제자리를 이탈하지 않았다. 화분은 창틀에서, 분필은 칠판 옆에서 떨어지지 않고 그 자리에 떨고만 있었다. 누군가가 공중에 던져올린 종이뭉치도 허공에 멈춰 있었다.

칠판을 퉁퉁 두드리던 영어 선생님의 주먹에서 시작된 둥근 파동이 칠판 전체로 퍼져갔다.

'흔들려도 당황하지 마라. 네가 겁먹고 움직이지만 않으면 쓰러질 일도 없어.'

아저씨의 말처럼 꾹 시계 버튼만 누르고 있었다. 최대한 생각을 비우려 애썼지만, 마음도 쉴새 없이 진동을 계속했다.

다가오던 김철민도 제자리에서 진동하고 있었다. 김철민의 얼굴을 정면으로 본 건 처음이었다.

생각보다 평범한데?

맥이 빠지지만, 사실이었다. 험상궂게 생기지도 않았고, 인상이 그리 더럽지도 않았다. 나보다 엄청 키가 큰 것도 아니었다.

그거 알아? 솔직히 너 웃기게 생겼어. 원숭이 닮았다구. 애들이 안 놀리는 건 네가 하도 못되게 굴어서야.

입을 움직일 수 있다면 이렇게 말하고 싶었다. 이제 어쩔래? 넌 우주에 대해 아무것도 모르잖아? 게다가 난 의식도 옮겨왔다고. 살고 싶으면 나한테 잘해, 잘하라구!

김철민은 여전히 같은 표정으로 제자리에서 떨고만 있었다. 예전의 내가 그랬던 것처럼.

창밖에는 익숙한 동네 풍경 대신 푸른 섬광 같은 장막이 운동장을 경계 삼아 학교를 둘러싸고 있었다. 하늘도 보이지 않았다. 어디로 가는 건지, 시간이 얼마나 지난 건지도 알 수 없었다. 손목시계의 시간은 여전히 11시 22분이었다. 이대로 우주 미아가 되면 어떡하지? 진아와 유성 아저씨가 보고 싶었다.

그때 진동이 멈췄다. 복사가 끝난 걸까? 허공의 종이뭉치가 바닥으로 떨어지고, 멈춰 있던 아이들이 움직이기 시작했다. 선생님은 언제 화를 냈냐는 듯 수업을 이어갔고, 김철민도 얌전히 제자리로 돌아가 앉았다. 뭐가 어떻게 굴러가고 있는 거지?

머리가 쿡쿡 쑤셨다. 머리카락에 꽂아둔 통신장치, 그러니까 진아의 보라색 머리핀이 생각났다.

"찬혁아, 거기 멀쩡히 있니? 살아 있으면 대답을 해라!"

아저씨의 목소리가 머리 안에서 울렸다. 나는 작게 속삭였다.

"아저씨. 저 살아 있어요."

"에고, 다행이다! 잘했다, 잘했어. 살아 있는 것만으로 참 잘한 거다."

처음 아저씨가 진아의 머리핀을 빼서 건넸을 때는 당황스러웠다.

'비밀 통신엔 이것만 한 게 없어. 자, 내가 꽂아주마.'

'아저씨, 다, 다른 거 없어요? 남자가 무슨 머리핀이에요.'

아저씨는 나의 사정에도 뜻을 굽히지 않았다.

'녀석 참. 너 세이로몬 행성이라고 들어봤니? 거긴 성별이 천 개야. 남녀 어쩌고는 차이로 쳐주지도 않아. 이렇게 머리카락으

60

로 잘 가리면 티도 안 나고 딱이다.'

두 눈 질끈 감고 꽂은 머리핀인데 지금은 이렇게 고마울 수가 없었다.

"진아는 좀 어때요?"

"아직 깨어나지 못했어. 시간이 좀 더 걸릴 것 같구나. 우린 투팽 우주선의 경로를 쫓아 비행 중이야. 너희 학교 데이터는 우주선의 대형 메모리에 보관되어 있을 거다. 투팽에 도착할 때까지, 눈에 띄지 않게 잘 숨어 있어라."

아저씨가 가장 강조한 말은 이거였다.

'의식이 없는 척하렴, 너 자신이 로봇이 되었다고 생각해.'

복사된 아이들의 겉모습은 지구에 있는 본 존재와 똑같았지만, 말과 행동은 완전히 달랐다. 수다를 떨지도, 말썽을 피우거나 장난을 치지도 않았다. 개학식 날처럼 교실은 조용했지만, 긴장 반 설렘 반으로 서로를 탐색하는 눈빛 대신 안개 같은 공허만 깔려 있었다.

칠판 앞의 영어 선생님도 깡통 로봇처럼 기계적으로 수업을 하고 있었다. 모두가 조용히 앉아 있기에 지적할 학생도 없었다. 하지만 선생님이나 아이들이나 복사된 데이터 양식에 따라 행동할 뿐, 실제로 배우고 가르치는 내용은 없는 거나 마찬가지였다.

의식이 없는 척하기가 딱히 어렵진 않았다. 본 존재일 때도 학교에서 내 감정을 드러내는 일이 드물었기 때문이다. 단지 푸른 장막 너머에 있을 진짜 우주를 생각하니 고요 속에서도 마음이 진정되지 않을 뿐이었다.

아이들은 무슨 생각을 하고 있을까. 아니, 생각이란 것 자체를 할 수 없겠지. 나는 멍한 표정을 지은 채로 주변을 흘끔거렸다. 부지런히 필기 중인 수아의 종이에는 엉터리 지렁이 글씨만 가득했다. 그 옆의 민석이는 책을 펴놓고 초점 없는 눈으로 앉아 있었다.

이런 작전에 진아가 곁에 있었으면 얼마나 좋았을까? 굴러간 지우개를 잡는 척, 텅 빈 옆자리를 손바닥으로 쓸어보았다.

*

푸른 장막이 서서히 흐려지며 어두운 밤하늘이 나타났다. 대충 걸레질해 얼룩덜룩한 교실 창문 너머로, 공상보다 더 환상적인 세계가 펼쳐졌다.

보랏빛 안개가 마치 오로라처럼 하늘을 뒤덮고 있었다. 신이 하늘에 포도주를 엎지르면 그런 모양일까. 심장 속 종지기가 타종이라도 하는 것처럼 가슴이 둥둥둥 울렸다. 창가로 달려가 창문을 열고 싶은 충동이 일었지만, 주먹을 불끈 쥐고 간신히 참았다. 여기까지 와서 일을 그르칠 수 없었다.

착륙 과정에서 예상했던 모래 폭풍이나 선체의 덜컹거림은 느껴지지 않았다. 데이터 상태로 보관되어 그런 것 같았다. 창밖의 풍경이 주는 여운은 쉽게 가시지 않았다. 가슴 깊은 곳에서 찌릿찌릿한 물결이 밀려오며 숨쉬기가 벅찼다. 정말 다른 행성에 온 것이다.

하지만 어떤 감탄사도 입 밖으로 낼 수 없었다. 이 놀라운 광경을 신기해하는 사람이 나밖에 없어서였다. 아이들은 멍하니 칠판을 보고 있었고, 선생님도 수업을 멈추지 않았다.

드르륵 소리를 내며 교실 앞문이 열렸다. 코인노래방에서 봤던 그림자가 문 앞에 서 있었다. 하마터면 비명을 지를 뻔했지만, 입을 꾹 다물었다. 대신 자극에 반응하는 최소한의 움직임으로 그림자를 바라보았다. 평소 같으면 예의 없는 행동에 화를 냈을 선생님도 말없이 앞문을 바라보기만 했다. 그림자는 발소리 없이 걸어와 교탁 앞에 섰다.

"이곳은 투팽 행성이다. 너희들의 신분은 이제 '자원'이야. 자원답게 행동하고 자원답게 생각하도록 해라."

그림자가 내는 개울의 물소리를 이제는 바로 알아들을 수 있었다. 데이터를 복사하는 과정에서 어떤 조작이라도 한 것일까.

"복도에 나와 두 줄로 서라."

아이들은 순순히 자리에서 일어났다. 서로 장난을 치지도, 귀찮다는 표정을 짓지도 않았다. 선생님은 줄지어 나가는 아이들을 말리지 않고 얌전히 서 있었다.

복도에 떠도는 그림자들은 모두 똑같은 생김새를 하고 있었다. 생각해보니 방금 본 그림자가 지구에서 본 그림자인지도 분간할 수 없었다.

아이들은 그림자의 통솔을 따라 계단을 내려갔다. 다른 반 아이들은 양손에 기계장치를 들고 줄지어 계단을 올라오고 있었다. 그 애들 역시 무표정한 얼굴에 걸음에도 힘이 없었다.

복도 끝 과학실험실에는 그림자들이 아이들에게 기계장치를 배급하고 있었다. 드라마에서 본 재봉틀처럼 생긴 기계였는데, 무게가 꽤 나갔지만 아무도 불평하지 않았다. 줄지어 교실로 돌아오는 동안 그림자들은 곳곳에서 아이들을 감시했다. 혹시 내 얼굴을 알아보는 그림자가 있을까 봐 식은땀이 났다.

자리로 돌아와 재봉틀을 책상 위에 올려놓았다. 선생님은 무슨 일이 있었냐는 듯 태연하게 바뀐 과목으로 수업을 진행했다.

"이건 데이터 추출기라는 건데, 오늘 사용법을 배워보자."

복도 창문 너머로 그림자들이 소리 없이 순찰을 계속했다.

"이런 기계 처음 보지? 선생님 어릴 적에 쓰던 재봉틀하고 닮았네. 그때는 재봉틀로 직접 옷도 만들어 입었는데 말이야."

선생님의 표정은 어린 시절을 추억하는 얼굴과는 거리가 멀었다. 입력된 대본대로 입 모양이 움직이는 것처럼 보였다.

재봉틀을 쓸 때 노루발 밑에 옷감을 댄다면, 이 기계에는 아크릴판을 닮은 데이터 판을 대었다.

"판에 양 손바닥을 올리고 눈을 감고 있으렴."

선생님은 돌아다니며 판 가장자리에 선을 꽂고, 그 선을 다시 아이들의 목에 연결했다. 아이들의 목덜미에는 언제 생겼는지 잭을 꽂을 수 있는 구멍들이 송송 나 있었다.

설마 내 몸에도? 팔을 뒤로 젖혀 구멍들을 더듬었다. 딱지처럼 딱딱한 부위에 금속의 차가움이 느껴졌다. 끔찍했지만 인상을 찡그렸다간 오해를 살 게 뻔했다.

드디어 내 차례가 다가왔다. 선생님은 능숙한 솜씨로 내 목에 선을 연결했다. 외부의 기계장치를 다루는 것처럼 아무 느낌도 들지 않았다. 잠시 후, 찜질방 고온방에 들어간 것처럼 온몸이 후끈거렸다. 투명한 데이터 판에 복잡한 무늬와 숫자들이 나타났다 사라지기를 반복했다.

"이제 추출 작업을 배워볼까? 판에 나타난 숫자들 보이지? 이게 우리들의 데이터야. 그중에서 쓸 만한 데이터를 추출하는 게 우리가 할 일이란다."

아무도 왜요, 라고 의문을 제기하지 않았다. 선생님이 알려준 패턴을 찾아내려 몰입하기만 했다. '7800167' 패턴을 찾아내면, 노루발처럼 생긴 추출기의 끝을 갖다 대고 박음질을 하듯 데이터를 뽑아냈다. 7800167은 지구의 청소년들에게서 발견되는 기쁨 성향의 데이터 패턴이었다. 빅뱅 이후 발견된 7800167번째 기쁨 패턴이라는 뜻이었다. 우주에 그렇게 많은 종류의 기쁨이 존재하는데 왜 나는 늘 울적하기만 한 건지, 야속한 기분이었다.

데이터를 추출하는 데는 고도의 집중력이 필요했다. 추출기에 바로 생산량이 표시되기에, 게으름을 피웠다가는 선생님의 주의를 끌었다.

"네 데이터는 영양가가 없구나."

뒤에서 머무르던 선생님이 말했다.

"아이다운 맛이 있어야지. 쓸모없는 데이터가 너무 많은데?"

선생님 말씀대로 내 데이터 판에는 7800167이 잘 보이지 않았다. 패턴을 찾아 추출할수록 점점 마음이 가라앉았다. 데이터 속의 생명력과 열정이 사라질수록, 점점 깊은 어둠 속으로 빠져들었다.

"찬혁아, 내 말 들리지?"

유성 아저씨의 목소리가 머릿속에 울렸다.

"혼잣말하면 의심을 살 테니까 듣기만 해라. 지금쯤 표면에 착륙했겠지? 우리도 장사꾼 우주선으로 위장해서 곧 도착할 거야. 데이터 추출 작업이 힘들겠지만 조금만 버텨주렴. 네가 임무를 완수할 거라 믿는다. 우리가 신호를 보내면 그때 만나자꾸나. 그리고 좋은 소식이 있다."

이어서 그토록 기다리던 목소리가 들렸다.

"찬혁아, 나 진아야. 혼자 가게 해서 미안해. 네 잘못 아니야. 내가 괜한 짓을 해서. 우리가 찾으러 갈 테니까 꼭 들키지 말고 있어, 알았지? 나 절대 빈말은 안 하잖아. 그리고…"

통신이 끊겼다. 진아의 목소리 끝이 조금 떨리는 것 같았다. 그림자들의 감시만 없다면 마음껏 훌쩍이고 싶었다.

8

"작업량 채운 친구들은 다음 단계로 넘어갈까?"

생산량이 상위권인 아이들은 벌써 데이터 주입 작업에 들어갔다. 선생님은 아이들이 추출한 데이터를 수거해 안전박스에 담아 복도의 그림자들에게 전달했다. 그러곤 교실 한쪽에 쌓여 있던 또 다른 박스를 재봉틀에 연결했다. 재봉틀은 추출기뿐만 아니라 주입기의 역할도 했다.

소중한 데이터를 빼내는 것과 나쁜 데이터를 주입하는 것, 둘의 방법은 같았다. 데이터 판에 다시 박음질 작업을 하자 투팽 종족의 절망과 고통이 그대로 아이들의 데이터에 전이되었다.

곳곳에서 신음이 흘러나왔다. 머리카락을 뜯으며 쓰러지는 아이들도 있었다. 선생님은 바닥에서 버둥거리는 아이들을 일으켜 의자에 앉히고 작업을 독려했다.

"고작 이 정도 고통으로 포기할 거니? 여기서 물러서면 패배자가 되는 거야."

나는 여전히 하위권에서 추출 작업을 끝내지 못하고 있었다. 데이터에 부정적인 감정이 빽빽하게 박혀 있어 열정이나 생명력을 찾아내기 어려웠다.

"안 되겠다. 찬혁이도 주입 작업 시작하렴. 속도가 너무 느리구나."

내 옆에도 투팽 종족의 데이터가 담긴 박스가 주어졌다. 박스의 전선을 재봉틀에 연결하자 투팽의 절망과 고통의 패턴들이 판에 나타나기 시작했다. 그 데이터들을 정교하게 판에 박아야 했다. 익숙하지만 결코 둔감해질 수 없는 아픔에 머리가 지끈거렸다.

지구에서 외롭고 힘든 일들이 반복될 때마다 입을 꾹 다물었던 건 그 감정을 말로 표현하는 일이 너무나 벅차기 때문이었다. 절대 괜찮아서가 아니었다. 고통에 몸을 떠는 주변 아이들을 보며 나는 생각했다. 너희도 이제 내 침묵의 의미를 알겠니?

새벽인지 낮인지도 분간하지 못한 채 작업은 계속되었다. 창밖은 변함없이 깜깜했다. 학교가 아니라 공장이라는 말이 어울렸다.

"모두 작업 중지. 잠시 충전 시간을 갖도록 하자."

선생님은 일일이 아이들의 목에서 전선을 뽑아주었다. 그제야 재봉틀에서 눈을 떼고 의자에 등을 기댈 수 있었다. 부어오른 두 눈이 따가웠다. 간신히 의식을 붙잡고 아이들을 따라 줄지어 체육관으로 향했다.

평소와 같은 소란도, 선생님의 호통도 들리지 않았다. 아이들은 지시에 따라 차례로 체육관 바닥에 누웠다. 조명이 꺼지고, 모두가 전원이 꺼진 기계처럼 잠들었다.

나는 어둠 속에서 혼자 눈을 떴다. 차가운 바닥에 눕자마자 졸음이 쏟아졌지만, 지금이 아니면 기회가 없을 것이었다.

주머니에서 볼펜을 꺼냈다. 체육관에는 잠든 아이들의 색색거리는 소리만이 들려왔고, 입구에는 희미한 불빛과 함께 경비를 서는 그림자가 보였다. 주저할 시간이 없었다. 떨리는 손으로 펜을 잡고 심호흡을 했다.

푹, 볼펜을 팔뚝에 꽂았다. 온몸이 찌르르 떨렸다. 손으로 얼굴을 더듬어보자, 얼음물 위에 손바닥을 올려놓은 것처럼 차가웠다.

"투팽 종족은 서로를 분간하지 못해. 각자의 개성이 존재하지 않거든. 네가 잘만 연기하면 속아 넘어갈 거다."

아저씨의 말을 떠올리며 체육관 가장자리를 따라 천천히 입구까지 기어갔다. 혹시라도 정체를 들킬까 가슴이 조마조마했지만, 물러설 곳이 없었다.

"어이, 거기 뭐 있어?"

한 그림자가 말을 걸었다. 이젠 나도 그림자가 되었기에 그들의 언어로 말할 수 있었다.

"수상한 녀석이 있어서 가봤는데 잘못 봤나봐."

"그럴 리 있어? 이 시간이 되면 누구나 곯아떨어지게 설정해 두었는데 말이야."

그림자들은 내게 본 존재의 의식이 있음을 알아채지 못했다.

나는 그림자가 되어 학교를 돌아다니며 아이들을 감시하는 척했다. 어느 교실을 가든 풍경은 똑같았다. 선생님들은 이미 투팽의 하급 신하가 되어 입력된 명령에 복종했고, 아이들은 선생님과 그림자의 이중 감시를 받았다.

그림자들은 일정한 경로를 반복하며 학교를 순찰했다. 이미 데이터를 통제하고 있음을 알고 있기에 경비는 허술했다.

"이번에 온 데이터들, 상태 좋지 않아?"

"저번 학교보다 추출량도 많고, 잘 골랐어. 우리 몫도 좀 떨어지겠지?"

"어디 보자. 상부에 반 떼주고, 관할 부서에 반의반 떼주고, 지구 갔다 온 탐사원들 떼주고 하면 남는 게 있으려나 모르겠네."

"이번에도 못 받으면 진짜 미쳐버릴 거야. 한참 참았다고."

그림자들의 눈치를 살피다가 슬쩍 자리를 피했다. 투팽 외계인이 학생으로 위장해 데이터를 노렸다면, 이제는 내가 그림자로 위장해 데이터를 되찾아야 했다.

나는 다른 그림자들처럼 자연스럽게 건물을 빠져나와 교정을 걸었다. 하늘에는 여전히 보라색 안개 너머로 셀 수 없이 많은 별빛이 반짝이고 있었다. 주위를 두리번거리다 A동 앞뜰에 세워진 '책 읽는 청소년' 동상 뒤로 몸을 숨겼다.

"유성 아저씨, 저예요."

"찬혁이구나. 잠깐만 기다려라. 통역기 좀 준비해오마."

아저씨에게는 내 말이 그림자의 언어로 들렸을 것이었다.

"이제 말할 수 있는 상황이니?"

"네, 놈들처럼 변하는 건 성공했어요. 지금 건물 밖이에요."

"잘했다. 네가 해야 할 임무가 있다고 했지? 먼저 데이터 버그. 소문에 따르면 투팽 행성에서 다른 종족을 상대로 데이터 버그를 심는 실험을 한다는데, 그림자가 됐으니 상황을 관찰할 여유가 있을 게다.

그리고 학교 데이터. 투팽의 종합데이터센터로 넘어갔는지 확인해봐야 해. 만약 넘어갔다면, 일이 더 복잡해지는 거지."

통신기 너머로 콜록거리는 기침 소리가 들렸다.

"진아 증세는 더 심해진 거예요?"

"그새 또 앓아누웠어. 예상보다 버그의 증상이 심각하구나."

데이터 버그가 정확히 어디에 있는지는 알 수 없었다. 동상 뒤에 숨어 혹시 나를 수상하게 보는 그림자가 있을까 긴장을 늦출 수 없었다.

도서관? 교무실? 아니면 어디 사물함에 숨겨뒀나? 질병과 관련된 거라면 보건실에 있을지도 몰라.

보건실의 문을 열고 들어가자, 자리에 앉아 있던 보건 선생님이 머리를 조아리며 나를 반겼다.

"시키실 일 있으시면 무엇이든 말씀해주세요."

"여기 버그 있나? 데이터 버그."

"그런 건 없는데…."

죄지은 사람처럼 다시 머리를 조아리는 선생님의 모습을 차마 볼 수 없었다. 대충 말을 얼버무리고 나왔다.

다른 그림자에게 물어볼까 생각도 해봤지만 괜한 의심을 살까 두려웠다. 위층을 향해 계단을 오르는데 어디선가 비명이 들렸다. 층계 바로 옆, 컴퓨터실이었다.

"어서 들어가보게. 안 그래도 일손이 부족했는데."

문 앞을 지키고 있던 그림자가 말했다. 문을 열자 정보 선생님이 허리를 굽신거렸다.

"오셨습니까? 뭐든 말씀만 해주십쇼."

컴퓨터로 딴짓하는 학생이 많아서 그런지 평소 정보 선생님은 엄했다. 산적처럼 커다란 덩치에 사소한 딴짓에도 고함을 질러 늘 무서운 선생님이었다. 하지만 오늘은 너무나 나긋나긋한 목소리를 내고 있었다.

"잠깐 할 얘기가 있는데."

정보 선생님이 귀를 기울이는 시늉을 했다.

"학교 데이터 시스템 말이야. 종합, 그 뭐냐 데이터센터와 연결된 거 맞지?"

"예? 그럼요. 당연하지요."

선생님은 너무 당연한 걸 물었다는 듯 반응했다.

"그, 그래. 그러니까 내 말은 잘 연결되어 있나 한 번 더 확인하라는 지시가 있었다고."

"앗, 죄송합니다. 바로 확인하고 알려드리겠습니다."

선생님은 엉덩이를 귀엽게 흔들면서 뛰어갔다.

그림자들은 책상 위에 한 아이를 눕혀두고 둘러싸고 있었다.

"오, 자네, 이리 와서 다리 좀 잡아봐, 여간 발버둥 쳐야 말이지."

나는 쭈뼛거리며 다가가 아이의 오른 다리를 잡았다. 아는 아이였다. 이름은 김선호. 반은 달랐지만, 김철민과 늘 축구를 하는 멤버였다.

곧 한 그림자가 그물에 싸인 번쩍거리는 물체를 가져왔다.

"잠시만요."

그림자들이 모두 나를 쳐다봤다. 지금 내 모습은 누가 봐도 그림자이니 더 뻔뻔해지기로 했다.

"제가 하죠. 지시가 있었습니다."

그러자 그림자들이 웅성거리며 자리를 비켜주었다. 그렇게 쉽게 속아 넘어갈 줄 몰라서 조금 으쓱해졌다.

예상대로 그물 속에는 엄지손가락만 한 푸르스름한 물체가 꿈틀거리고 있었다. 데이터 버그란 직감이 들었다. 이걸 어떻게 가지고 가지?

책상 위에는 창백한 김선호가 아무것도 모른 채 눈을 감고 있었다. 직접 괴롭힌 적은 없지만, 내가 당할 때마다 옆에서 낄낄대던 동조자였다.

순간, 분노가 치밀었다. 그냥 데이터 버그를 넣어버릴까? 너희도 한번 당해봐야 하지 않겠어? 그물을 든 손이 덜덜 떨렸다.

"잠깐 비켜봐요. 지시에 따라서 할 일이 있으니까."

그림자들은 영문도 모른 채 한쪽으로 물러섰다.

"저, 저 데이터 시스템은 평소처럼 잘 연결되어 있습니다."

정보 선생님이 눈치 없이 끼어들어 말했다.

"그래, 그런데 지금 내 얘기 못 들었나?"

"저놈, 끌어내! 지시사항 이행 중이잖아."

다른 그림자가 옆에서 거들었다. 하마터면 폭소를 터뜨릴 뻔했다.

"고맙군요."

데이터 버그는 갓 잡은 물고기처럼 거세게 몸부림치고 있었다. 망설일 시간이 없었다. 지금이 기회였다.

나는 두 손으로 버그를 감싸 쥐고 품에 부둥켜안았다.

이찬혁, 어서 뛰어! 우주 끝까지 도망치라고!

주문과 함께 머릿속이 새하얘지더니 불끈 용기가 솟았다. 후다닥 컴퓨터실을 가로질러 쾅, 하고 문을 발로 찼다. 경쾌한 소리가 복도 가득 울려퍼졌다.

"저놈 잡아라, 저놈 잡아!"

복도를 순찰하던 그림자들의 시선이 몽땅 내게로 쏠렸다.

"저놈, 뭘 들고 있는 거야?"

나는 세 칸씩 계단을 뛰어내렸다.

난 죽을 거야, 죽을 거라고!

어디로 가야 할지, 뭘 해야 할지도 몰랐다. 건물을 빠져나와 무작정 운동장을 내달렸다.

"순찰병들, 뭐하냐! 저놈 잡으라니까!"

한가하게 돌아다니던 그림자들이 나를 향해 달려왔다.

"저, 저기 놈이 있다!"

꽥 소리를 지르자 그림자들은 달려오던 서로를 향해 덤벼들었다.

"나 아니라니까, 저놈이라고!"

"네가 누군데, 너는 또 누구야!"

"일단 나는 아니라니까!"

학교에 비상 사이렌이 울렸다. 달려가며 고개를 두 번 끄덕여 통신기를 켰다.

"아, 아저씨! 제 말 들려요?"

"자, 잠깐, 통역기가…."

"아니, 그걸 왜 또 치워요!"

"들린다, 들려. 지금 착륙하고 있다. 어디냐? 버그는 찾았어?"

"차, 찾았는데. 여기가 어디냐면…."

정문을 지키고 있던 그림자 둘이 내게 달려들었다.

"비켜, 여기 데이터 버그 있다!"

움켜쥔 양손을 들어 올리자 그림자들이 흠칫 놀라며 물러섰다.

정문을 통과하자마자 포장되지 않은 거친 행성의 표면이 신발에 닿았다.

"여, 여긴 도대체."

보라색 안개로 가득한 도시, 한 번도 본 적 없는 기괴한 모양의 건물들이 길 양옆으로 들어서 있었다. 지평선까지 건물의 행렬에 끝이 보이지 않았다.

"네가 있는 곳은 데이터 추출 단지야. 투팽 종족이 납치해온 학교들을 배치해둔 곳이지. 어느 방향으로든 직선도로를 따라 빠져나오면 부품시장이 나올 거다."

성벽처럼 높고 웅장한 건물들 사이를 달렸다. 정문에서 멀어져 다른 그림자들 틈에 섞이자 놈들도 추적을 포기한 듯했다.

우주에는 정말 다양한 종류의 학교가 있었다. 외벽에 용암이 흐르는 학교, 얼음으로 된 깃털이 빽빽이 꽂힌 학교, 공중에서 끊임없이 물줄기를 이어가며 하나의 문양을 그리는 액체 형태의 학교도 있었다. 쩍하고 입을 벌려 옆 학교를 먹어치우는 학교를 지날 때는 심장이 두근두근 떨렸다. 겉으로는 자연스러운 척, 속으로는 쿵쾅대는 심장을 붙잡고 쉼 없이 내가 갈 길을 가야 했다.

9

부품 시장은 온갖 외계어가 교차하고 증폭하며 활기를 띠었다. 폭음에 깜짝 놀라 뒤를 돌아보니, 어느 외계인의 웃음소리였다. 침묵으로 수다를 떠는 종족도 있었다. 우주선들은 저마다 자리를 잡고 신기한 금속들을 팔고 있었다.

"아저씨, 대체 어디 있어요?"

"계속 가운데 길을 따라 걸으렴. 외계인으로 위장하고 있단다."

두피에 수천 개의 이빨이 달린 미트볼 닮은 외계인이 부품을 사라며 손을 쑥 내밀었다. 외계인의 두피에서 굵은 침이 뚝뚝 떨어졌다. 입을 틀어막고 놀란 가슴을 진정시키며 걸음을 계속했다.

임무만 아니었다면 이곳 외계인들의 사진을 몽땅 찍어가고 싶었다. 생김새는 다들 만만치 않지만 좋은 친구가 될 수 있을지 몰랐다. 회오리 감자, 바다코끼리, 고무장갑, 맨홀 뚜껑을 닮은 외계인들을 지나칠 무렵, 아저씨가 반가움에 찬 목소리로 통신했다.

"저 그림자가 너였으면 좋겠구나! 아저씨 보이니? 돌덩이로 변해 있다."

군데군데 초록색 위장용 페인트를 칠한 스타헬스호 앞에 석상 외계인으로 변장한 아저씨가 있었다.

우주선 안으로 들어가 문을 닫자 왈칵 눈물이 차올랐다.

"찬혁아, 몸이 너무 차갑구나. 정말 고생 많았다."

아저씨가 나의 차가운 등을 토닥여주었다.

"찬혁아!"

간이 병상에 누워 있던 진아가 몸을 일으켰다.

"진아야, 내가 데이터 버그 가져왔어. 이제 살 수 있어. 더 이 상 아프지 않을 거야…."

순간 머리에 멍해지며 다리가 휘청거렸다. 품에 꼭 쥐고 있던 데이터 버그를 아저씨에게 건네고 바닥에 주저앉았다.

봄볕을 머금은 돌멩이처럼 따스한 진아의 손이 가만히 내 머 리를 쓰다듬어 주었다. 진아는 그림자의 표정을 읽을 수 없었겠 지만, 나는 눈을 감고 울고 있었다. 창문에 흘러내리는 봄비처럼, 눈물방울이 또르르 볼을 타고 그림자 속으로 스며들었다. 눈물도 데이터처럼 흔적을 남기는 것일까.

아저씨는 마취된 진아의 존재 데이터에 꿈틀거리는 데이터 버 그를 풀어주었다. 버그는 저수지로 돌아가는 새끼 물고기처럼 풍 덩 진아의 이마에 뛰어들었다.

진아는 악몽을 꾸듯 인상을 찡그렸다. 신음을 내뱉으며 온몸을 떨었다.

"데이터 안에서 격렬한 전투가 벌어지고 있어. 너무 걱정 마렴. 진아는 이겨낼 거다."

아저씨는 해독용 펜을 꺼내 내 모습을 다시 사람으로 바꾸어

주었다. 나는 손수건으로 진아의 눈가에 맺힌 눈물을 닦아주었다.

✳

얼마나 시간이 흘렀을까. 진아의 숨소리가 차츰 가라앉고 표정도 평온해졌다. 눈이 떠지고, 눈동자에도 서서히 생기가 돌아왔다.

"찬혁아."

"진아야, 이제 괜찮은 거야?"

진아가 말없이 고개를 끄덕였다.

"미안해, 약한 모습 보여서. 이제 혼자 두지 않을 거야."

데이터 버그를 버텨낸 것만으로도 진아는 이미 강했다. 아저씨 말대로 아픔을 아픔답게 견디는 것도 하나의 전투이니 말이다. 진아의 눈동자 속 우주가 다시 반짝이기 시작했다.

종합 데이터센터는 투팽 행성의 핵심 기관이었다. 납치된 존재 데이터를 관리하는 기관인 만큼 거대한 규모에 경비도 철저했다. 높은 직위 그림자들도 정밀 데이터 검사를 받지 않으면 입장할 수 없었다. 볼펜으로 위장을 해도 금방 탄로날 것이었다.

"어떻게 거기까지 들어가죠?"

내가 걱정하자 아저씨가 말했다.

"스타헬스호답게 정면돌파하는 거지. 자, 마음에 드는 거로 골라봐라. 이 친구는 레그프레스 머신, 저쪽 구석엔 체스트프레스 머신, 그리고 이건 시티드로우 머신이지."

아저씨는 야생초를 속속들이 아는 자연인처럼 운동기구들의 이름을 불렀다.

나는 숄더프레스 머신에 앉아 말했다.

"슈트 장착."

"장착을 시작합니다."

대답과 동시에 머신이 순식간에 휘어지고 분리되더니 내 몸에 딱 맞게 장착되었다.

"진짜 근사한데요?"

허공에 발차기를 해보자 몸이 훨씬 더 날렵해졌음을 알 수 있었다.

"이찬혁, 꽤 잘 어울리는데?"

진아와 아저씨도 연달아 슈트를 착용했다.

"경비가 삼엄해서 몰래 잠입하는 건 불가능해. 서버실 벽을 바로 깨부수고 들어가는 수밖에 없어. 그러려면 이 녀석이 필요하지. 짐볼!"

진아의 부름에 구석에 웅크리고 있던 짐볼이 튀어나왔다. 녀석은 입을 쩍 벌리며 하품을 했다.

"이 녀석 안에 들어갈 거야."

"뭐라고?"

"오랜 시간 교감을 나눈 사이라 괜찮아. 문제가 있다면 조금만 움직여도 쉽게 지쳐 잠든다는 거?"

진아는 스마트폰을 꺼내 QR코드를 찍듯 짐볼의 단추만 한 코에 겨냥했다. 미리 스캔해둔 학교 데이터였다.

"이거랑 비슷한 데이터들이 있는 곳으로 가면 돼. 할 수 있지?"

짐볼은 코를 쿵쿵거리며 자신 있다는 듯 통통 계단을 내려갔다.

부품시장의 풍경이 훤히 보이던 통유리 밖으로 서서히 그늘이 지더니, 순식간에 창밖의 풍경이 붉은빛이 감도는 우주로 바뀌었다. 짐볼이 우주선을 집어삼킨 것이다. 거대한 산불처럼 우주 전역에 퍼진 붉은 먼지들이 금방이라도 나를 휘감을 것 같았다.

각자 러닝머신 위에 오르자 앞에 설치된 모니터에 짐볼이 보는 부품시장의 모습이 나타났다. 이리저리 구르고 풀쩍 뛰어오르는 탓에 화면은 정신없이 흔들렸다. 짐볼은 가판대 따위는 피하지도 않고 그대로 몸을 박아 깨부수며 질주했다. 물건을 팔던 외계인들이 비명을 지르며 몸을 피했다.

"달려, 짐볼! 다 부숴버리라고!"

진아가 소리를 질렀다.

짐볼은 복잡하게 꼬인 시장의 골목을 헤매는 대신 무작정 건물들의 벽을 부수며 달렸다. 시장을 빠져나오자 하얀 두부를 닮은 저층 주택가가 나타났다. 벽을 부수고, 구르고, 다시 부수는 것도 질렸는지 짐볼은 몸에 반동을 주어 하늘 높이 솟아올라 지붕에 착지했다.

"짐볼, 저기가 데이터센터야. 올라오니까 잘 보이지?"

짐볼은 풀쩍 뛰어올라 지붕에서 지붕으로 물수제비처럼 데이터센터를 향해 나아갔다.

그렇게 정신없이 질주한 끝에, 모니터 화면에 종합데이터센터의 모습이 나타났다. 거대한 피라미드 같은 모습이었다.

"저길 들어간다고?"

건물 앞 빽빽이 서 있는 그림자들에 침이 꼴깍 넘어갔다. 짐볼은 몸에 반동을 주더니 골키퍼가 찬 공처럼 높이 솟구쳤다.

짐볼은 폭음과 함께 정확히 목표 구역의 외벽을 깨부수고 들어갔다.

"전 대원 진입 준비."

짐볼의 우주가 서서히 열리고 있었다. 진아가 스위치를 누르자 우주선의 통유리가 열렸다. 'Start' 버튼을 누르자 러닝머신이 바닥에서 떠올랐다.

조용하던 헬스장이 심장을 울리는 비트로 가득 찼다. 덩달아 가슴이 쿵쾅거렸다. 아저씨의 두툼한 손이 딱딱하게 굳은 내 어깨를 풀어주었다. 두근거리는 심장을 진정시키려 크게 심호흡을 했다.

"데이터센터 진입 개시!"

진아의 명령과 함께 세 대의 러닝머신이 동시에 출발했다. 우주선을 나가는 순간, 수억 개의 장미꽃잎이 떨어진 검은 호수 속으로 풀쩍 뛰어드는 기분이었다. 고요한 호수에 던져진 세 개의 조약돌처럼 비행하던 러닝머신은 곧 청소기에 빨려 들어가는 먼지처럼 엄청난 속도로 출구를 향해 질주했다. 떨어지지 않으려 손잡이를 꽉 잡았다.

"이찬혁, 조심해!"

짐볼의 입 밖으로 튀어나오는 순간, 나는 속도를 조절하지 못하고 러닝머신에서 떨어져 데굴데굴 복도 바닥을 굴렀다. 짐볼은 그런 내가 우습다는 듯 꺼억 트림을 하더니, 이때만 기다렸다는 듯 바로 잠들어버렸다.

짐볼이 데려온 곳은 데이터센터의 내부 서버실이었다. 서버실은 거대한 도서관처럼 양옆으로 빽빽이 투명한 데이터 판이 꽂혀 있었다. 데이터 판에서 발산하는 푸르스름한 섬광 물질에 요정들이 사는 숲에 온 것 같았다.

학교 데이터가 있는 구역에 접근했을 때. 빽빽 센터 전역에 경보가 울렸다. 유성 아저씨는 데이터추출장치를 설치하고 작업을 시작했다. 경보가 울리기 무섭게 수십 마리의 그림자가 복도 양쪽에 밀려들었다.

"찬혁아, 우리가 버텨야 해. 준비됐어?

나는 진아를 향해 고개를 끄덕였다. 주먹을 쥐고 슈트를 낀 팔을 가슴 위로 올렸다.

물 흐르는 소리가 겹쳐지며 서버실에 기묘한 화음이 울려 퍼졌다. 요정들의 숲이 귀신이 나올 듯한 축축하고 음습한 분위기로 변했다.

"너희가 훔쳐간 걸 되찾으려는 것뿐이야."

밀려오는 그림자들에 내 목소리가 작아졌다. 둑이 터져 물이 쏟아지듯 좁은 통로를 따라 놈들이 앞다투어 들이닥쳤다.

"찬혁아, 절대 물러서지 마!"

나는 가드를 올리고 밀려오는 무리를 버텨냈다. 디딤발이 뒤로 밀리면서 슈트와 금속바닥 사이 날카로운 마찰음이 났다. 점점 진아와 나 사이에 거리가 좁혀졌다.

이 먼 행성까지 와서 쉽게 포기할 수는 없었다. 나는 있는 힘을 다해 놈들을 밀쳐냈다. 물컹한 촉감과 함께 튕겨 나간 놈들이 서버 하드웨어에 부딪치며 와장창 소음을 냈다.

"찬혁아, 조금만 힘을 내라!"

내 뒤에선 유성 아저씨가 초조한 얼굴로 작업을 계속하고 있었다.

그림자들은 아픈 기색도 없이 다시 거세게 밀려왔다. 그림자 하나가 뱀처럼 슈트에 싸인 내 오른팔을 휘감았다.

그림자가 자기들의 무리로 내 팔을 잡아당겼다. 김철민이 잡을 때보다 몇백 배는 더 심한 통증이 느껴졌다.

"이거 놔, 놓으라고!"

팔을 마구 허우적거리자 이번엔 바닥에 붙은 그림자가 달려들었다. 발목을 문 그림자는 아무리 발길질을 해도 입을 떼지 않고 버텼다. 물소리가 점점 빨라졌다.

"쟤들이 네 친구 같지?"

어느새 귓가에 달라붙은 녀석이 속삭였다.

"착각하지 마, 널 이용해먹으려는 거야, 클클. 너도 알잖아? 우리 같은 애들한테 접근하는 속셈이 뻔하단 걸."

"우리? 네가 나에 대해 뭘 안다고!"

나는 놈을 잡아서 그대로 옆에 있는 데이터판에 집어 던졌다. 놈은 쓰러진 뒤에도 다시 물소리를 내며 달려들었다.

놈들의 공격에는 끝이 없었다. 소리로 짐작하건대 점점 더 많은 그림자가 모여들고 있었다. 얼마나 뒤로 밀린 건지도 짐작할 수 없었다.

"아저씨, 제발 다 끝났다고 말해줘요!"

"찬혁아, 조금만, 조금만 더…."

아저씨의 목소리가 가까이서 들렸다. 추출장치 바로 앞까지 밀린 것이다.

"찬혁아, 고개 숙여라!"

아저씨의 고함에 나는 마지막으로 주먹을 날리고 주저앉았다. 놈들이 달려들려는 찰나, 뒤에서 네모난 물체가 날아와 툭 떨어졌다. 그림자들이 겁을 먹은 듯 주춤주춤 물러났다.

"저게 뭐예요?"

"핫팩! 그냥 핫팩은 아니고 특수 제작이라 하나밖에 없는 거다! 어서 거리를 벌려!"

그림자들은 핫팩이 떨어진 곳에 다가오질 못하고 멀리서 위협만 하고 있었다. 놈들은 따뜻한 걸 무서워하는 걸까?

"오래 못 가고 식을 거야. 숨 돌릴 시간 없어!"

진아가 여전히 날쌘 몸놀림으로 발차기를 날리며 외쳤다. 나는 놈들 보란 듯 뚜벅뚜벅 걸어가 핫팩이 놓인 경계 앞에 섰다. 통로를 가득 메운 그림자들이 강물처럼 일렁였다.

"이걸 무서워한다 이거지?"

나는 바닥에 떨어진 핫팩을 움켜쥐고 그대로 주먹을 날렸다. 이번엔 놈들도 당해내지 못했다. 바닥에 한 놈을 고꾸라뜨리자 놈들이 겁에 떨며 서서히 뒤로 물러났다. 이젠 내가 공격할 차례였다. 핫팩을 쥔 손이 닿는 것만으로도 놈들이 비명을 질렀다.

"제, 제발, 그것만은!"

핫팩을 들고 놈들을 좇아 달리기 시작했다. 정신없이 달려들던 녀석들이 이젠 반대 방향으로 줄행랑을 쳤다.

"저리 가라, 저리 가. 이 따뜻한 놈아!"

진아의 경고대로 핫팩은 곧 차갑게 식어버렸다. 하지만 안전거리를 확보한 덕분에 다시 힘을 내서 싸울 수 있었다. 핫팩이 준 잠깐의 따뜻함 덕분인지도 몰랐다.

10

다시 숨이 가빠오고 팔다리에도 힘이 빠져갔다. 핫팩이 식어버리자 기세를 회복한 놈들은 지친 나를 보며 어깨를 들썩였다. 코인노래방에서 봤던 행동이었다.

웃고 있는 걸까? 그림자들의 실루엣에 나를 둘러싸고 비웃던 얼굴들이 겹쳐졌다.

"한심한 새끼. 왜 저러고 살까?"

"보면 볼수록 역겹다니까."

"나였으면 뛰어내렸다."

수면 위로 죽은 물고기가 떠오르듯 아이들의 말이 기억의 심연 위로 올라와 귓가에 소용돌이쳤다.

"이찬혁!"

등 뒤에서 진아가 외쳤다.

"어떤 생각도 믿지 마! 저놈들은 네가 절망하길 바라는 거야."

슈트에 달라붙은 그림자를 쳐냈다. 정신을 차리고 보니 놈들은 흐느끼고 있었다. 가슴을 움켜쥐고 몸을 비틀며 통곡했다. 표정 없는 얼굴로 구걸하듯 내 발목을 붙잡았다.

끊임없이 말을 걸어오는 물소리가 점점 친근하게 느껴졌다. 모든 걸 포기하고 싶을 때마다 몰래 집을 빠져나와 찾아가던 새벽의 하천에서도 그런 소리가 났었다. 마음 깊은 곳에서 들려오던 그 소리. 나 자신을 때리고 밀어내는 느낌으로 싸워야 했다.

진아의 말을 되새기며 힘을 내 놈들의 몸통을 주먹으로 치려는 순간, 그림자 하나가 두 눈에 달라붙었다. 놈을 떼어내려다 그만 바닥에 미끄러지고 말았다. 곧 눈사태 같은 무리가 나를 깔아뭉갰다. 뒤집힌 풍뎅이가 된 꼴이었다. 버둥거려봐도 꼼짝할 수가 없었다. 정신이 흐려지고 몸이 둔해지고 있었다.

물소리가 이렇게 들리기 시작했다. 너도 우리와 같지 않아? 너도 사실 그림자잖아? 이리 와, 외롭지 않게 해줄게. 우리랑 하나가 되는 거야. 사실 너도 기다려왔잖아?

무게에 눌려 숨이 가빠오는데 이상하게 마음이 평온했다. 몸에 힘이 쭉 빠졌다. 실실 웃음이 났다. 벌어진 입꼬리 사이로 바람 빠진 풍선처럼 숨이 새어 나왔다. 좋아, 그냥 이렇게 사라질 수만 있다면….

눈꺼풀이 감기려는 순간, 픽, 하는 소리와 함께 쌓여 있던 그 림자들이 떨어져 나갔다.

"정신 차리라니까!"

내 목덜미를 잡고 일으켜 세우자마자 진아는 반대편의 그림 자들을 향해 주먹을 날렸다. 우당탕 그림자들이 힘없이 나뒹굴 었다.

"안 되겠어. 난 여기 남을게."

"뭐라고?"

"난 여기 어울리는 사람이잖아."

다음 날 학교 가는 일이 두려워 밤을 새우던 날, 이불 속에서 기도했다. 아이들과 섞이게 해주세요. 제발 아무 일 없던 것처럼 친구가 되게 해주세요.

하지만 어떤 어둠 속의 신도 내 기도를 들어주지 않았다. 얼마 지나지 않아 나는 이렇게 빌기 시작했다. 세상이 망하게 해주세 요. 학교가 무너지게 해주세요, 아니, 다 필요 없어요. 그냥 제가 사라지게 해주세요. 차라리 이런 기도가 더 들어주시기 쉽겠죠?

"속지 마. 그렇게 네 데이터로 들어가려는 거라고!"

진아야, 너는 내 마음을 모르겠지. 온 우주에 나 같은 사람이 또 있을까? 이미 난 망가졌다구.

그림자가 내 등에 안겼다. 물컹물컹한 차가움이 오히려 포근 했다.

이대로 머무르면 안 될까? 아늑하고 익숙한 그림자의 세계에서….

짝! 진아가 내 뺨을 때렸다.

"너 두고 절대 안 가. 알았어? 절망에 전염되지 말라고. 두 눈 똑바로 뜨고 싸우기나 해!"

그 말을 듣자 마법에서 깨어난 것처럼 몸에 달라붙은 차가움이 느껴졌다. 움직여야 했다. 뭐라도 해야만 했다. 나는 밀려드는 놈들을 향해 연달아 주먹을 날렸다. 주먹에 힘이 실렸다.

아아악! 서버실이 울리도록 소리를 질렀다. 태어나서 내본 가장 큰 목소리였다. 목청이 터짐과 동시에 기운이 솟아났다.

"됐다, 해킹 완료다, 완료!"

"좋아요, 아저씨. 찬혁아! 이쪽으로 붙어!"

진아는 쓰러진 러닝머신을 일으켜 시동을 걸었다. 우리는 차례로 하나의 머신에 올라탔다. 계기판의 속력이 최고점을 향해 올라갔다.

머신은 들어왔던 구멍을 향해 복도를 질주했다. 앞뒤에서 그림자들이 맹렬히 달려들었다.

"짐볼, 일어나, 제발!"

짐볼은 앞에 달려오는 그림자들을 향해 대포알처럼 뛰어들었다. 꽉 막혔던 대열에 틈이 보였다.

그림자들은 제일 뒤에 탄 아저씨를 향해 계속해서 달라붙었다.

"에이, 지겨운 놈들! 어서 떨어지지 못해!"

아저씨는 뒤를 향해 힘껏 발길질했다. 먼저 구멍을 빠져나온 짐볼은 허공에 떨어지며 쩍하고 입을 벌렸다.

"진아야, 저기 못 들어가면 큰일이다, 큰일!"

짐볼은 빠르게 낙하하고 있었다. 진아는 폭주족처럼 러닝머신을 90도로 기울였다. 나는 비명을 지르며 진아의 허리를 끌어안았다. 아저씨도 두툼한 팔뚝으로 내 허리를 잡았다. 러닝머신이 공중에서 꽈배기를 도는 순간, 배가 훅 들어가며 진아가 숨을 참는 게 느껴졌다. 러닝머신은 짐볼의 쩍 벌린 입을 향해 그대로 빨려 들어갔다.

다시 나타난 붉은 우주, 러닝머신은 스타헬스호에 돌아오자 다리에 힘이 쭉 풀렸다. 헬스장 바닥에 나는 고무 냄새에 그제야 안도감이 밀려왔다.

"찬혁아, 좀만 힘을 내라. 이제 진짜 돌아갈 시간이다."

진아가 조종대를 잡은 스타헬스호는 우주를 가로질러 아직 열려 있는 짐볼의 입을 빠져나왔다.

우주선은 천천히 지상에 착륙했다. 통통거리며 짐볼이 문을 두들겼다.

"진아야, 저것 좀 봐."

창밖을 보면서도 내 눈을 믿을 수 없었다. 거대한 바다와도 같은 그림자들의 검은 무리가 우주선을 에워싸고 있었다. 빽빽이 찬 그림자들이 움직일 때마다 파도가 일렁이는 듯했다.

그중 한 그림자가 우주선을 향해 걸어왔다. 진아는 2층 창을 열고 통역기를 켰다. 그림자가 말했다.

"너희는 욕심이 많다. 우리는 작은 기쁨도 없이 영겁을 살아야 한다. 우리가 가엾지도 않으냐?"

진아가 대답했다.

"욕심 많은 건 너희들이지. 기쁨과 즐거움으로만 가득한 데이터가 존재할 수 있다고 생각해?"

"우린 행복을 바랐을 뿐이다."

그림자들이 어깨를 들썩이기 시작했다. 이제는 알았다. 그건 웃음소리가 아니라 흐느낌이었다. 불 꺼진 방, 이불 속에서 들썩이던 나의 모습이었다.

"너희 방법은 틀렸어. 누군 슬픔도 못 느끼고 고통도 없는 줄 아니? 다 껴안고 버티면서 살아가는 거야."

무섭기만 하던 그림자들이 측은해 보였다. 그림자들의 마음을 모르는 건 아니었다. 머리를 때리고서도 의기양양한 김철민을 보며, 사실 녀석을 부러워했다. 녀석의 힘을 뺏어올 수만 있으면 얼마나 좋을까, 하고.

하지만 그림자들처럼 살 수는 없었다. 데이터를 훔치는 대신 내 마음에 쌓이는 건 열등감과 초라함뿐일 테니까.

"우린 어쩌란 말이냐, 영원히 이렇게 살란 말이냐?"

그림자가 소리쳤다.

"데이터는 자기 안에서만 생겨나지 않아. 그걸 기억해."

진아의 단호한 말이 가슴에 날아와 콕 박혔다. 시의 한 구절처럼 어렴풋하지만, 팽이처럼 마음에 맴도는 말이었다.

"그게 무슨 말이냐, 기다려라, 기다려!"

스타헬스호는 굉음을 내며 솟아올랐다. 그림자들의 바다가 하나의 점으로 보일 때까지, 나는 창틀에 고개를 기대고 있었다.

＊

"진아, 오늘 못 온다고 하지 않았니?"

담임 선생님이 말했다.

"아침에 쉬니까 괜찮아져서요."

"잘 생각했다. 무슨 일 있으면 꼭 얘기하고."

모든 것이 제자리로 돌아왔다. 학교 데이터도, 내 곁의 진아도.

"에이, 순 거짓말."

진아의 손에 내 만화책이 들려 있었다.

"이 캡틴 내가 아는데, 이렇게 안 생겼어. 너무 잘생기게 그렸는데?"

"캡틴을 안다고?"

"조금 느끼하지만 착하긴 해. 작전도 몇 번 같이 했어. 소주는 나보다 못 마시더라."

"그거야, 미국인이니까."

"나중에 나 나오는 만화 그려줄 생각은 없어? 내가 더 센데."

진아가 키득거렸다.

"생각은 해볼게. 음, 미술학원부터 알아봐야 하나?"

캡틴보다 멋있는 사람이 내 곁에 있었다.

"야, 이찬혁."

익숙한 목소리가 들렸다. 뒤를 돌아보니 김철민이 나를 째려보고 있었다. 뭐지, 왜 저렇게 화가 난 거지? 그제야 녀석의 얼굴에 만화책을 던진 일이 기억났다.

"혼자 할 수 있겠어?"

하지만 난 혼자가 아니었다. 학교에 돌아오자마자 제일 먼저 챙긴 분리수거함의 빗자루가 내 자리 밑에 숨어 있었다. 나는 주머니에서 립밤을 꺼내 녀석에 대고 문질렀다.

"오, 찬혁 씨! 약속을 지켰네요. 이렇게 고마울 수가. 제가 말했잖아요. 우린 역시 환상의 콤비라니까요!"

"쉿, 나 좀 도와줄래? 애들 많으니까 조용히 처리하는 거야."

"은밀한 작전이라면 제가 또 전문이죠."

"저 새끼 뭐라 중얼대는 거야? 야, 이리와 봐. 내가 그냥 넘어갈 줄 알았어?"

나는 말 없이 빗자루를 들어 김철민의 귓가에 갖다 댔다.

"야, 네가 우리 찬혁 씨를 괴롭히는 우주 버러지 같은 놈이냐? 확 그냥 데이터 쪼가리를 내버릴까 보다."

"너, 너 도대체 뭐야."

녀석은 얼굴이 새하얘지더니 엉덩방아를 찧었다.

"철민아, 왜 그래?"

패거리가 슬슬 내 눈치를 봤다.

"비, 빗자루가 말을 해."

"뭐라고?"

"빗자루가 말을 한다니까! 아, 아무도 못 들었어?"

"갑자기 무슨 소리를 하는 거야."

"나 건들지 마, 나도 감정이 있어. 그건 이 친구도 마찬가지지."

빗자루는 공중에서 멋있게 묘기를 부리더니 내 손에 탁 내려앉았다.

"어때, 우리한테 불만 있어?"

김철민은 벌떡 일어나더니 교실 문을 박차고 줄행랑을 쳤다.

"철민아, 어디가!"

패거리가 우르르 교실을 빠져나갔다.

"이찬혁, 제법인데? 우리 핫바나 먹으러 가자."

진아는 진열된 핫바를 쓸어 담았다. 졸고 있던 알바생 누나의 눈이 휘둥그레졌다.

"좀 먼 데를 가야 해서요. 혹시 핫바 열 개 사면 소주 한 병 공짜로 주고 이런 거 없죠?"

"너 몇 살이니?"

"됐어요. 그냥 핫바나 주세요."

진아는 동네 편의점을 돌며 사 모은 핫바를 헬스장 냉장고에 쑤셔 넣었다.

"아저씨, 떠나기 전에 소주 사는 거 잊지 마."

"염려 붙들어 매쇼."

아저씨는 지치지도 않는지 로봇들과 러닝머신을 뛰고 있었다. 고요한 헬스장 안으로 노을이 스며들었다.

"진아야."

"응?"

"이제 떠나는 거야?"

진아가 고개를 끄덕였다.

"안 그래도 그 얘기 하려 했어. 찬혁이 너 우리와 함께 가지 않을래?"

"내가?"

"스타헬스호 정대원이 될 기회를 주는 거야. 어때?"

반가운 제안이었지만 쉽게 답하기 어려운 문제였다.

"가기 전에 찬혁이 데이터 검사나 하자꾸나."

유성 아저씨는 나를 눕히고 데이터 성분을 스캔했다. 그러곤 놀라는 눈을 했다.

"어랏, 상태가 더 좋아졌네?"

"정말요?"

"신기하구나. 투팽에서 그 고생을 하고도 말이야. 하하, 진아가 말하지 않았니. 데이터는 자기 안에서만 생기는 게 아니라고."

그 말의 뜻을 알 것 같았다. 진아와 유성 아저씨, 두 사람과 내가 맺은 관계가 좋은 데이터를 만들어낸 게 아닐까?

＊

며칠 뒤, 스타헬스호는 이륙 준비를 마쳤다.

"찬혁아 결정은 내렸니?"

아저씨는 내 마음을 눈치챘다는 듯 물었다.

전날 새벽까지 나는 고민을 거듭하느라 잠들지 못했다. 진아와 아저씨만큼 나와 잘 통하는 사람도 없었으니까. 하지만 이렇게 지구를 떠나면 후회할 것 같았다.

"아저씨를 따라 정말 가고 싶지만… 이 행성에 외롭고 아픈 기억만 남기고 싶지는 않아요. 힘들더라도 여기서 다시 시작해보려고요."

아저씨는 섭섭한 듯 씩 미소를 지었다.

"그래, 잘 생각했다. 아저씨야 아쉽지만, 네가 내린 결정이니 전적으로 너를 응원할 거야. 우리 없다고 운동 게을리하지 말고!"

"영원히 헤어지는 거 아니야. 또 올 거니까. 기다리고 있어."

진아가 내 눈을 보지 않고 말했다.

"잘 살고 있나 보러 올 거야, 꼭."

나는 헬스장 계단을 내려왔다. 4층짜리 평범한 건물. 저게 우주선인 걸 나 말고 또 누가 알까? 통유리 너머로 유성 아저씨가 손을 흔들었다. 조종대만 보고 있던 진아가 눈을 쓱 비볐다.

엄청난 굉음과 함께 먼지구름이 일어났다. 대지가 뒤흔들리고 가로수가 휘청거렸다. 스타헬스호가 하늘 높이 솟구쳐 올랐다.

이 행성에서 오직 내 눈에만 보이는 이류이었다. 나는 입을 벌리고 멀어져 가는 우주선을 바라보았다.

오늘따라 지구의 하늘이 유난히 파랬다.

이정인

1997년 서울에서 태어나 경희대학교에서 국어국문학을 공부하고 있다. 현실에서 벗어나고 싶어 소설을 쓰기 시작했지만, 이제는 현실과 마주해야 더 나은 글을 쓸 수 있다고 믿는다. 이상하고 정다운 이야기를 성실하게 쓰는 사람이 되고 싶다.

그랜마스타

———

이현섭

"워메, 이런 거 필요 없는디…."

금순은 마음에도 없는 말을 뱉으며 딸 은미를 바라봤다. 요즘 온몸이 쑤시는 걸 어찌 알았는지 몰라도 전신 안마기처럼 생긴 요상한 기계는 금순의 기대를 키우기에 충분했다. 서글픈 마음도 들었다. 78년 인생, 딸에게 제대로 된 선물 하나 받지 못한 까닭에 고맙다는 말이 툭 나오지 않았다. 그래도 이 안마기만 있으면 몸도, 마음도 시원해질 것이라는 사실만 생각했다. 은미의 멋쩍은 표정을 보기 전까진.

"그렇지, 엄마? 이거 강섭이 게임할 때 쓰는 거야. 의자에 앉아서 뒤로 누우면 게임이 되는 거라나 뭐라나. 애가 할 일도 안하고 계속 여기 누워만 있어서 엄마 방에 좀 둘게, 괜찮지?"

익숙한 실망감에 금순은 한숨을 푸욱 쉬고는 지팡이를 짚어 일어났다. 물이나 마시려 걸음을 옮기는데 은미가 또 가로막았다.

"필요한 거 있으면 나한테 말하라니까. 애 아빠 벌써 들어왔어. 밤이잖아."

"시계를 못 봤는갑네."

금순은 문틈 사이로 부엌에서 물을 마시던 사위 의천과 눈이 마주쳤다. 의천은 불편했는지 헛기침을 하며 잔을 강하게 내려놓았고, 은미에게 눈치를 주며 거실로 향했다.

아직 화병이 안 난 게 다행이었다. '노인을 위한 정치'라는 슬로건으로 정치계에 입문한 의천은 금순을 마스코트로 내세웠지만 정작 선거가 끝나니 그녀를 짐짝처럼 취급했다. 감옥 같은 생활을 반복하던 금순은 어느 날부터 먼저 하늘로 간 남편을 원망하기에 이르렀다.

"엄마, 푹 자."

불이 꺼지고 자연스레 문이 닫혔다. 시끌벅적한 거실과 비교되는 적막한 방에서의 일상은 남편 영정을 보며 종이를 접거나, TV의 전원 버튼을 누르는 것뿐이었다.

습관적으로 종이뭉치를 집은 금순은 방 한편에 쌓여 있는 종이를 보곤 다시 내려놓았다. 남편이 임종 전, 하루에 종이 열댓 개는 접으라는 말을 했는데, 그게 무슨 약속이라도 된 듯 매일 종이를 접어댔다. 꼬깃꼬깃 어떤 모양인지 알아보기 힘든 실력이어도 남편과 대화를 나누는 기분이 들어 좋았다. 하지만 그것들이 쌓여갈수록 남편이 없다는 사실은 방 안을 더욱 허하게 만들어 이젠 그만두기로 했다.

리모컨을 들고 전원을 켜자, 방 중앙으로 밝은 빛이 뿜어져 나오며 펜싱 선수의 모습을 비추었다. 관중들이 자리를 가득 메운 올림픽 경기였다.

툭, 오른편에 있는 한국 선수가 상대를 찌르니 관중들의 환호가 커졌다. 중계를 하는 아나운서와 해설하는 사람이 어찌나 소리를 지르던지 금순은 보청기를 집어 던지고 싶었다. 선수들의 날랜 모습을 감상하며 작은 감탄사가 나오려 할 때, 문밖에서 비명이 들렸다. 무슨 일이 난 건가 싶어 아픈 무릎을 부여잡고 거실로 나오니 소파에 앉아 있던 은미가 눈을 동그랗게 떴다.

"엄마! 왜?"

걱정해주는 건지, 화를 내는 건지 분명치 않았지만 금순은 가족들의 무사한 모습을 보고 마음이 놓였다.

"뭔 일 났나 혔어."

거실 TV엔 한국 선수가 금메달을 땄다며 괴성을 지르고 있다. 금순은 함께 보자고 하고 싶었지만, 자신을 본척만척하는 의천을 생각해 말하지 않는 것이 낫겠다고 여겼다. 옆에 서 있던 손자 강섭은 어색한 분위기 속에 할머니를 보며 고개만 꾸벅했다.

아쉬운 마음으로 방에 돌아오니 맞은편의 전신거울이 반겼다. 젊고 멋있는 선수들을 봐서인지 쭈글쭈글한 주름이 온몸을 휘감은 모습은 오늘따라 볼품없었다. 눈을 피하려 고개를 돌리자 선반 위의 앨범 사이로 무언가 눈을 사로잡았다. '전국체전 검도대회' 플랜카드 앞에서 상패를 들고 있는 어린 금순의 사진이었다.

'검도를 뭐땀시 혔제?'

금순이 작은 고민에 빠져 있을 때 TV에선 다시금 해설소리가 들렸다. 펜싱 여제로 불리는 선수가 상대방을 찌르고 환호하는 장면이었다. 그 표정을 보던 금순은 인상이 찌푸려졌다. 무언가 중요한 것을 잊은 답답함이 스스로를 옥죄었기 때문이다. 여제의 얼굴에 겹쳐 보이는 어린 자신의 환호. 박수 소리와 함께 들려온 따뜻한 말들. 무언가에 홀린 금순은 지팡이를 들어 자세를 잡았다. 어느 손이 위로 가야 하는지 헷갈렸지만, 왠지 미소가 지어졌다. 이어서 팔을 위로 들어 올리려 할 때 무릎에서부터 전해지는 고통으로 어지러움을 느꼈다. 급히 가까운 곳에 앉으려다 보니 어느새 손으로 안마기처럼 생긴 강섭의 게임기를 부여잡고 있었다.

'쪼매 앉는 건 괜찮을 거여.'

무릎을 쉬기 위해 앉는 순간, 게임기는 형태가 변하더니 다리부터 머리까지 금순을 일자로 눕혔다.

"뭐시여, 이게!"

더 당황할 새도 없이 정체불명의 광원은 얼굴을 뒤덮었고 겁먹은 금순은 잽싸게 눈을 감았다. 침착하기 위해 심호흡을 하는데 마취라도 한 듯 감각들이 사라져갔다.

태어나 처음 겪는 상황이었다. 눈을 떠도 어둠만 보이고, 목소리를 내도 허공에 맴돌았다. 이게 죽음이라는 건가? 불안한 생각으로 혼란스러울 때 청아한 여성의 목소리가 들려왔다.

"새로운 신체 ID 입력 성공, 반갑습니다. 캐릭터를 생성하겠습니까?"

"엉?"

"감사합니다. 당신의 이름은 무엇입니까?"

"오… 오금순. 아가씨는 누구여?"

"'오오금순아가씨는누구요'로 캐릭터를 생성합니다."

"뭔 소리여. 그짝은 누구냐니께."

"누벨판타지의 설정에 맞추어 신체데이터를 반영합니다. 캐릭터의 세부 외형을 선택해주세요."

아무것도 보이지 않던 어둠 속에 빛의 굴곡이 생기며 거울이 나타났다. 금순의 방에 있는 거울보다 세 배는 큰, 왕이 쓸 법한 거울 느낌이었다.

"아악."

느닷없이 나타난 형체에 놀라 금순은 거위 소리를 내버렸다. 실눈을 뜬 채 뒷걸음을 쳐도, 눈을 감고 마구 도망쳐봐도 거울과의 거리는 멀어지지 않고 되려 가까워졌다.

'영감은 먼저 갔으면 마중이라도 나와줘야 되는 거 아녀….'

애꿎은 남편을 부르고 있을 때 거대한 거울은 코앞까지 다가왔다. 자포자기하며 천천히 눈을 뜨자 그 앞에는 젊었을 적 금순과 똑같은 모습을 한 소녀가 있었다. 흠칫하며 놀라자 소녀의 눈도 커졌고 몸을 이리저리 움직일 때마다 쌍둥이인 양 거울의 소녀도 함께 움직였다.

금순은 골똘히 생각하다가 하늘나라로 갈 때 가장 아름다운 모습으로 보내준다는 교회 목사의 말을 떠올렸다. 다시는 보지 못할 거라 여겼던 흑발의 긴 생머리, 주름 없이 선명하게 드러나는 보조개까지, 모든 것이 예전의 모습이었다. 찰나의 순간이지만 눈물이 나오려는 것을 가까스로 버텨냈다.

"좋구마잉."

"캐릭터 설정을 종료합니다. 오오금순아가씨는누구요 님, 멋진 모험 되시길 바랍니다."

그러고는 금순의 발부터 머리까지 하얀빛이 휘감기기 시작했다. 몸에 붙은 벌레를 털어내듯 저항했지만 소용이 없었다. 자신의 무력함을 인정하며 손으로 얼굴을 가렸을 땐 이미 통째로 하얀 빛에 집어 삼켜진 뒤였다.

✳

금순이 다시 눈을 뜬 곳은 작은 통나무집이었다. 이불 없는 침대에서 일어나 눈을 비비니 무언가 재빠르게 다가오는 발소리가 들렸다. 금순은 구석으로 달려가 등을 기댔고 죽음의 향을 맡은 모기처럼 미동도 없이 문을 노려봤다.

끼익 소리를 내며 문이 열리자, 금순은 몹시 심란해진 표정을 지었다. 저승사자와 천사를 저울질하고 있던 참에 웬 꼬마가 누더기를 입고 서 있었기 때문이다.

"왜 구석에서 그러고 있어?"

꼬마가 다짜고짜 말했다.

"니는 또 누구여."

"난 마을 안내 NPC* 레카야. 그리고 여긴 초보 모험가들의 탄생지지!"

"뭔 피시? 누가 탄생헌다고?"

"말이 조금 빨랐나? 다시 말해줄게. 나는 마을 안내 NPC…."

"염병…."

금순은 문장의 절반 이상을 이해하지 못했다. 그저 요즘 젊은 것들의 말은 어디서든 이해하기 힘들다고 생각했다.

"엄마는 안 계시는가?"

레카는 금순의 말을 듣고 움찔거렸다. 게임 세계 속 최고의 비난이었기에 만약 상대가 실존하는 플레이어였다면 부적절한 언어로 신고를 당했을 것이다. 그러나 그녀로선 단순한 질문이었

---

* Non-Player Character의 약칭. 게임 속에서 플레이어가 직접 조종하지 못하는 캐릭터다. 주로 플레이어에게 도움을 주거나 임무를 부여하는 역할을 맡는다.

다. 잠시 눈을 깜빡이던 레카는 금순을 바깥으로 이끌었다.

"그냥 나가자, 마을로 안내할게!"

"잠깐만 아직…!"

레카는 금순의 손목을 잡고 멀리 보이는 마을을 향해 엄청난 속도로 달리기 시작했다. 금순은 아직 결단이 서지 않았지만, 태양 빛이 가득한 야외로 끌려 나오자 맘이 편해졌다. 그리곤 몇 가지 사실들을 자각하기 시작했다. 백내장으로 탁했던 시야가 맑아져 마을까지 곧게 뻗은 길이 선명했으며, 난청으로 고생하던 귀는 지나가는 새의 날갯짓을 담아냈고, 연골이 마모돼 버티지 못했던 다리는 전신의 무게를 지탱하며 제 기능을 하고 있었다. 금순에겐 말 그대로 신의 권능이었기에 이곳이 천국이라는 걸 더욱 납득하게 되었다.

"여기야!"

두 사람은 초보자 마을, 소운에 도착했다. 멀리서 볼 땐 몰랐지만 가까이서 보니 꽤 높은 성벽을 갖추고 있었다.

"그럼 난 이만."

"어디 가는디?"

레카는 땀을 흘리며 눈을 마주치지 않고 말했다.

"아쉽지만 다음 모험가가 기다리고 있거든. 만나서 반가웠어!"

"뭔진 몰라도 바쁜갑다잉."

레카는 어색한 미소를 지으며 황급히 왔던 길로 되돌아갔다. 금순은 레카가 눈에서 사라질 때까지 손으로 배웅을 해주었지만 레카는 한 번도 뒤돌아보지 않았다.

'우쨌든 여가 천국의 문이란 말이제, 영감도 왔을랑가.'

성문을 지나 마을로 들어선 금순은 찬찬히 주변을 둘러보았다.

밭에서는 아이들이 뛰어 놀았고, 총각들은 짐을 들고 어디론가 이동하고 있었다. 그들이 입은 누더기를 보니 금순은 성경에 간간이 그려진 삽화가 떠올라 흥미가 느껴졌다.

신기한 과일을 파는 가게. 다양한 자재를 파는 시장. 이곳저곳을 구경하던 중 '동네 개(NPC)'라는 글자를 머리 위에 단 녀석이 헥헥거리고 있었다. 금순은 예전에 키웠던 풍산개 디카프리오가 생각이 나 자연스레 손을 내밀었다.

"아이고, 귀엽구먼. 이름이 뭐여?"

"조니 머시스."

상식을 뛰어넘는 머시스의 표현방식에 놀라긴 했지만, 천국에서는 개가 말을 하는구나 생각하며 마음을 진정시켰다. '동네 개(NPC)'라는 글자는 이내 '머시스'라는 글자로 바뀌었다. 왜 머리위에 표를 달고 있는지 모르겠지만 천국이니까 딱히 상관없다고 생각했다. 머시스는 참을성이 없는지 그새 입을 열었다.

"지금 내 말이 들린 거지?"

금순은 몸이 젊어지자 마음도 젊어졌는지 장난기가 발동했다. 머시스의 머리를 한번 쓰다듬고는 모르는 척 다시 걷기 시작하니 머시스는 눈을 동그랗게 뜨고 달려왔다.

"들리잖아. 이봐, 아가씨!"

더 길게 장난을 치며 놀리고 싶었지만 아가씨라는 말에 기분이 좋아져 머시스를 쳐다보고 말았다.

"방금 뭐라고 혔어?"

"왜 들었는데 모르는 척을 하냐고."

"고거 말고 뒤에 말한 거."

"이봐, 아가씨?"

"왐마."

입꼬리가 내려가지 않는 금순을 보고 머시스는 인상을 찌푸렸다.

"내 목소리는 아무나 들을 수 없으니까, 자랑스럽게 여기라고."

"참말로? 뭐 땜시?"

"그야 난 개니까!"

"개라서 그런디 우째 닌 말을 허냐?"

머시스도 혼란스러웠는지 잠깐 먼 곳을 바라보다 다시 말을 이었다.

"아무튼 냄새가 특이해서 쫓아왔는데 내가 찾던 사람이 맞았어!"

"찾던 사람?"

그때 군중들 사이로 쩌렁쩌렁한 고함소리가 들려왔다.

"개 도둑이다!"

목소리를 쫓으니 우락부락한 남자가 식칼을 들고 달려오고 있었다. 금순은 남자의 모습을 보곤 개 도둑이 아니었음에도 황급히 도망치기 시작했다.

"나가 훔친 게 아니고 요것이 쫓아온 거여!"

오해를 풀기 위해 소리쳤지만 머시스의 원래 주인으로 보이는 남자는 이미 대화가 통하지 않았다. 주변으로 고개를 돌려 머시스를 찾는데 맙소사 머시스는 더 앞에서 도망치고 있었다.

금순은 죽을힘을 다해 달리며 생각했다. 어릴 적에 읽은 이상한 나라의 머시기처럼 다른 세계로 납치됐다는 것을. 천국에선 식칼에 위협받으며 개도둑으로 몰릴 일이 없을 테니까. 그녀는 속도를 늦추지 않고 머시스에게 소리쳤다.

"여가 도대체 어디여?"

"지도를 펼쳐!"

"지도?"

지도라는 단어를 말하자 금순의 눈앞에 흐릿한 지도가 펼쳐졌고 그 위에 큰 글씨로 지역의 이름이 적혀 있었다.

외곽도시 소운, 상가 골목.

금순에게 소운이라는 지명은 상당히 낯설었다. 성경에서 읽어 봤나 고민해보니 기억에 없었고 남편과 다녔던 여행지 중에도 본 적이 없었다. 대책 없는 상황에 답답함을 느끼며 고개를 뒤로 꺾었을 때, 커다란 그림자가 드리우며 새 한 마리가 지나갔다. 눈을 부비며 관찰한 그것의 생김새는 기묘했다. 머리는 용의 형상을 하고 있었고, 기다란 꼬리는 새라고 하기보단 뱀에 가까웠다. 소운이라는 지명은 모르겠어도 멀리 보이는 물체의 모습은 어딘가 익숙했다. 검지를 관자에 박고 기억을 되새기려 노력하니 강섭의 방을 청소할 때 본 그림이 불현듯 떠올랐다.

자신이 정신을 잃은 장소가 손자의 게임기라는 것이 생각난 금순은 비로소 수긍했다. 이곳은 강섭이 은미에게 구박받으면서도 포기하지 않은 그 게임 세계라는 것을. 금순은 달리는 것을 멈추고 머시스에게 물었다.

"여서 어떻게 나가냐?"

"성문은 반대편이라 못 나가."

"여기 말고, 요 게임 머시기."

머시스도 말을 듣고 발을 멈췄다. 그러고는 고개를 저어가며 고민하더니 측은한 표정으로 말했다.

"안 가면 안 돼?"

"보기랑은 다르게 내가 나이가 좀 많아. 게임할 나이는 아녀."

"…여관에 왔던 사람들은 게임종료라고 말하니까 사라졌어."

"게임종료."

처음과는 다르게 붉은빛이 몸을 감쌌다. 금순은 눈앞에 '게임 종료 10초 전'이라는 문구가 뜬 것을 보고 나서야 마음을 놓고 주변을 둘러보았다. 근래에 보지 못한 강한 태양빛과 힘차게 지저귀는 새들의 울음소리, 활발하게 장사를 하는 사람들의 목소리가 느껴졌다.

'환장하겠네….'

서서히 주변의 모습이 사라지기 시작했고 그 모습을 바라보던 머시스도 곧 모습을 감추었다. 금순은 한숨을 내쉬었다. 잠시지만 게임이 아니었으면 여기서 살고 싶다는 생각을 한 까닭이었다.

'위이잉.'

게임이 종료되고 금순은 현실에서 눈을 떴다. 머리가 지끈거려 숨을 고르고 있는 그때, 문밖에서 사위의 목소리가 들렸다.

"처형한테 다시 말해봐. 우리가 계속 모셨으니까 이제는 처형네가 좀 모시라고."

이 집의 방음은 심각했다. 금순이 TV 소리를 키워두는 습관이 생겼을 정도였다. 호기심에 잠자코 있으면 거실에서 딸네 부부가 어떠한 얘기를 나누는지 명확하게 들려왔다.

"나도 얘기했지. 근데 모실 방이 없다는데 어떡해."

"우리는 뭐 방이 남아돌아? 강섭이 저 좁은 방에서 지내는 게 우린 마음 안 아파?"

금순이 자주 들어온 궤변이었다. 베스트셀러 작가였으며 사업가 출신 국회의원으로 유명한 의천이 실제로 좁은 집에 살고 있을 리 없었다.

"당신이 직접 얘기하든지! 맨날 나만 나쁜 사람 만들면서 진짜 사람이 왜 그래?"

"지금 말 다했어?!"

두 사람은 점점 언성을 높였고 강섭의 방문이 '쿵' 하고 닫혔다. 아버지라는 사람이 할머니를 내쫓기 위해 자신의 이름을 팔고 있으니, 얼마나 마음 아플까 생각하며 가여웠다. 한밤중 소란은 계속되었고 금순은 버티다 못해 떨리는 손으로 보청기를 빼냈다. '삐이.' 희미하게 들리는 이명 속에 심장이 빠르게 뛰었다. 게임 속 달콤한 꿈이 금순에게 자극을 줬기 때문이었을까, 지금 그녀가 느끼는 감정은 곤란함이나 미안함 같은 유순한 게 아니었다. 숨을 쉬는 것이 죄라고 느껴졌기에 울분이 치밀었고 스스로를 이렇게까지 방치한 자신에게 분노했다. 시간만 주어진다면 모든 걸 다시 시작하고 싶었다. 당장에 짐을 싸서 떠나야 할 것 같은데 어디로 가야 할지 몰라 절망스러웠다.

＊

"엄마, 그냥 서울로 올라와."

5년 전, 고향에 있는 집이 원인불명으로 전소하자 자식들은 금순을 서울에 모시기로 정했다. 처음에는 걱정하는 모양새였지만 정작 상경한 이후엔 서로에게 어미를 떠맡기려 했다. 모두 고개를 돌리고 있을 때 은미와 의천이 금순을 받아들였다.

"저희 집으로 오시죠, 장모님."

의도는 너무나 뻔했다. 정치계에 입문하는 상황에서 많은 표를 쥐고 있던 노인 유권자들에게 어필할 수단이 생각난 것뿐이었다.

"내 집이다 생각하시고 편하게 지내세요."

처음엔 다정하고 살가운 사위였지만 초선의원이 되고는 다른 사람이 되었다. 금순은 과거를 떠올리며 소리 없이 울었다. 주변이 뿌옇게 보여 손등으로 눈물을 닦아내는데 문득 자신을 빤히 바라보던 머시스가 생각났다.

'아직 거기 있을까나….'

금순은 숨을 크게 들이마시며 다시 게임기에 누웠다. 서늘한 기운이 머리를 감싸며 푸른빛이 발광했다. 달빛을 받고 눈을 뜬 그녀는 씁쓸한 미소를 지었다. 늑대처럼 생긴 흰 개가 자신이 떠난 자리에서 곤히 자고 있었기 때문이다. 꽃이 예쁘게 핀 정원. 부스럭거리는 소리에 머시스의 귀가 쫑긋 세워지더니 눈을 떴다.

"왔네!"

"을매나 기다렸냐."

"여기 시간으로 반나절 정도!"

머시스는 안타까울 만큼 꼬리를 돌리며 헥헥거렸다. 금순에겐 누군가가 자신을 기다리는 모습이 기뻤지만 그 대상이 얼마 전에 만난 개라는 사실이 애석했다. 그녀는 혀를 차며 말을 이어나갔다.

"얘기는 마저 들어야 쓰니께. 아까 날 뭐더러 찾은 거여?"

머시스는 천천히 다가오더니 흉터가 있는 목을 보여주었다.

"항상 여관 앞에서 목줄로 묶여 지냈어. 그게 너무 아프고 답답했는데 어느 날 술에 잔뜩 취한 기사가 날 껴안으면서 좋은 냄새를 쫓으면 자유로워진다는 거야! 그냥 주정이라고 생각하긴 했지만 어쩌나 달콤한 말이었는지…."

금순은 개가 수다를 떠는 것이 어색해서 집중이 되지 않았다. 그래도 머시스의 표정이 굉장히 실감 났기에 내용을 기억하려 노력했다.

"근데 있지, 오늘 이상한 냄새를 맡았는데 진짜 목줄이 사라진 거야. 그래서 그 길로 냅다 그 사람을 쫓았던 거지!"

"목줄이 사라져불어?"

"웅! 네가 한 거 아니야?"

"워메, 잘 모르겠는디…."

"음, 뭐 차차 알게 되겠지. 오오금순아가씨는누구요. 넌 왜 다시 돌아왔어?"

금순은 '오오금순아가씨는누구요'가 뭘까 고민하다가 청량한 목소리를 가진 아가씨에게 항의하고 싶은 마음이 생겼다.

"고거 내 이름 아녀!"

"진짜? 그럼 이름이 뭔데?"

"금순이라고 불러야. 오금순. 암튼 머시스야, 부탁 있는디."

"부탁?"

"쫌 기분이 화악 좋아져부는 곳 없냐? 손주놈이 게임은 그런 거라고 했는디."

여유로운 표정을 유지하던 머시스의 입꼬리가 올라갔다.

"소운의 야경은 못 봤지? 구경시켜줄게!"

머시스가 갑자기 높은 성벽을 향해 달리기 시작했다. 그 속도가 얼마나 빠르던지 잠깐 지켜보는 사이에 시야에서 사라졌다.

"아야, 같이 가야!"

금순은 머시스를 잡기 위해 뜀박질을 시작했고 다시금 낯선 기분이 들었다. 타인이 손을 잡고 이끈 게 아님에도 자신의 의지에 따라 계속해서 다리에 속도가 붙었다. 순식간에 풍경들이 금순을 지나쳐갔고 곧 머시스조차 추월했다. 입꼬리가 올라간 그녀는 놀란 머시스에게 얄미운 표정을 보여주곤 앞에 있는 성벽의 계단을 올랐다. 현실의 몸으론 상상조차 안 되는 몸동작들이 성공할 때마다 짜릿한 느낌이 온몸을 감쌌다.

'이런께 애기들이 게임만 하믄 정신을 못 차린갑네.'

뒤따라온 머시스와 합류해 정상에 다다르자 소운의 모든 구역이 보임과 동시에 펼쳐지는 등불의 향연은 그야말로 장관이었다.

"예쁘지?"

"요 나이 먹도록 이런 건 또 처음 보네잉. 친구들은 효도관광이다 뭐다 하는디 난 그런 것도 없었단께."

금순은 그동안 게임을 무시했다. 해야 할 필요성도 못 느꼈지만 무엇보다 젊은이들을 유혹하는 못된 것이라고 생각했었다. 하지만 지금 그녀의 머릿결을 타고 흐르는 바람은, 선명하게 보이는 이 야경은 못된 것이라고 상상할 수도 없을 만큼 두근거리게 만들었다.

'강섭이도 여기 왔을 건디, 갸도 이런 느낌이었을까잉.'

"내일부터 한동안은 못 봐."

그녀의 밝은 눈빛을 본 머시스가 말했다.

"뭣 땜시?"

"마물들이 산을 넘어오기 시작했대. 곧 불바다가 되겠지. 며칠 뒤엔 또 복구될 거고. 진짜 이런 이벤트는 왜 만든 건지."

"복구? 이멘트?"

의아한 표정을 보자 머시스가 잠시 생각하더니 곧 입을 열었다.

"이쪽 세상 말이 익숙지 않은 거지? 좋아. 이 머시스 님께서 알아듣기 편하게 설명해줄게! 이래 봬도 오랜 여관 생활 짬으로 금순이가 살던 곳의 언어를 사용할 수 있을 거야."

"그려도 알아 들어먹을랑가 모르겠지만… 알겄어!"

그렇게 성벽 위에서 일대일 과외가 시작됐다. 쉽게 이해하지 못하는 금순을 위해 머시스는 돌멩이로 바닥을 긁어 그림을 그렸고, '유저', 'NPC', '이벤트', '퀘스트' 등 생활에 필요한 기본적인 단어들을 가르쳐줬다.

"소운은 처음 이 게임을 즐기는 사람들이 시작하는 세 마을 중 하나야. 초보자 마을이니 보상이 좋지 않은데 난이도가 높은 이벤트까지 벌어지니까 자연스럽게 유저들은 다른 두 마을로 피신을 가는 거지."

"이렇게 예쁜 마을인디… 아까 보니까 듬직헌 포졸들도 보였잖여. 별일 없지 않을까잉?"

"포졸? 기사들이라면 걔넨 나처럼 NPC라 악마들이 오면 놀라서 뛰어다니다가 죽는 역할이야. 아까 말한 NPC 기억하지?"

"원주민 아녀."

"원주민? 내가 언제 그렇게 설명했어?"

"나처럼 놀러 왔으면 뉴저, 원래 여서 살았으면 원주민."

"아… 뭐, 그래. 어떻게든 이해하면 된 거지! 다른 유저들은 이미 다른 마을로 떠났어. 우리도 날이 밝으면 떠날 준비하자."

"우덜도 떠나는 거여?"

금순은 마물들이 온다는 말을 듣고 마음이 편치 않았다. '어차피 게임이니께.'라고 생각하며 마음을 진정시켜도 잘 되지 않았다. 아름다운 마을을 보며 생각에 잠겼을 때 하늘이 밝아지기 시작했다.

'쏴아아.' 불붙은 화살들이 그녀의 위를 지나 도시 중심으로 쏟아져 내렸다. 북소리를 울리며 성 밖에서 달려오는 수많은 고블린*들은 잔뜩 성이 나 있었다. 머시스는 상황을 파악하고 성을 빠져나가는 계단으로 금순을 안내했다.

"유저들이 하나도 없더라니 오늘이었어? 금순아, 빨리 따라와!"

금순은 머시스와 함께 계단을 내려가려 했지만 불화살에 맞고 쓰러진 사람들의 비명 소리가 발목을 잡았다. 밭에서 웃으며 놀던 아이들은 울면서 엄마를 찾고 있었다. 죽고 죽이는 게 익숙한 게이머들과 달리 가상현실게임으로 게임이란 걸 처음 시작한 금순에겐 이 광경이 다른 의미를 가졌다. 사람들의 고통에 가득 찬 비명, 절규하는 표정들. 난생처음 보는 비극적인 상황을 맞이한 금순은 점점 게임 속이라는 사실을 잊었다. 그녀가 마음 깊숙한 곳의 울렁임을 느끼자 작은 창이 나타났다.

고유 패시브 스킬: '교감' Lv.1이 활성화되었습니다. NPC와의 감정을 공유합니다.

"쟤넨 어차피 자리를 못 떠나! 마을 밖으로 나가면 사라진다고! 신경 쓰지 말고 빨리…."

"엄마… 어딨어?"

마을에 있는 아이들이 불길에 휩싸여 소리치고 있었다. 금순은 목소리를 떨며 물었다.

"머시스야, 분명 나가 니 목줄 없앴다 했지?"

머시스는 말을 잃었다. 대답하면 그녀가 당장에라도 뛰쳐나갈 걸 알았기 때문일까. 머시스는 더 이상 아무 말도 하지 않았다. 금순은 머시스를 잠시 쳐다보더니 마을로 향하는 계단을 내려가

---

* 추하게 생긴 악귀(惡鬼). 난쟁이처럼 작은 체구와 흉포한 성격이 특징이다.

기 시작했다. 믿기 힘들 정도의 속도가 그녀의 심정을 대변했다.

"괜찮여. 할미가 지켜줄게!"

금순은 성문이 부서지기 전 아이들에게 도착했다. 그러나 아이들은 그녀의 얼굴을 보더니 더 큰 울음을 터뜨렸다.

"할머니가 아니잖아!"

"마녀인가 봐…."

마음과 달리 몸은 젊다는 사실을 잊은 결과였다. 금순이 예상치 못한 반응에 난감해하고 있을 때, 말굽 소리가 들리며 말을 탄 기사 한 명을 필두로 수백 명이 성문 쪽으로 향했다.

"방패 앞으로! 창병은 바짝 붙어라!"

흰옷에 금빛 장신구와 레이피어*를 착용한 기사는 금순을 발견하곤 위아래로 훑더니 입을 열었다.

"어서 도망치지 않고 뭣하느냐."

젊어 보이는 것이 말이 짧은 것에 금순은 조금 감정이 상했지만 그래도 든든하다 생각하며 고개를 끄덕였다.

"시간이 없다! 어서 성문…."

기사는 금순의 옆을 달리던 와중에 입을 멈췄다. 아니 정확히는 말을 이을 수 없었다. 크고 기다란 창이 날아와 머리를 관통한 까닭이었다. 기사가 들고 있던 레이피어는 하늘을 빙글빙글 돌더니 금순의 다리 앞에 박혔다.

"다, 단장님이 당했다!"

부하 기사들은 전형을 무너뜨리고 도망가기 시작했다. 그 과정이 너무나 빨라서 마치 단장이라 불리는 남자가 언제 죽을지 기

---

* 날의 면이 얇고 뾰족하여 찌르기에 특화된 검

다리던 사람들 같았다. 그때 성벽에서 헤어진 머시스가 불길 사이를 뚫고 숨을 헐떡이며 달려왔다.

"머시스, 이런 일이 계속 일어나는 거여?"

"어차피 복구돼! 근데 넌 죽으면 손해가 크다고, 아직 늦지 않았으니까 도망가자."

"우땠는디?"

"뭐가?"

"니도 여기서 몇 번이고 불탔다는 거 아녀. 그 기억들은 남는 거제?"

고유 패시브 스킬: '교감' Lv.2이 활성화되었습니다. NPC와의 소통능력이 극대화됩니다.

금순의 눈에 흐릿한 상이 맺혔다. 목줄에 묶인 채로 불에 잡아먹히는 과거의 머시스였다. 안색이 어두워진 금순은 바닥에 꽂힌 레이피어를 향해 손을 뻗었다. 그리곤 그 검을 힘껏 뽑아 자세를 취했다.

고유 패시브 스킬: '교감' Lv.3이 활성화되었습니다. 모든 NPC와의 상호작용이 가능해집니다.

검도에서 사용하던 죽도보다 손잡이의 길이가 짧아 어색했지만, 그녀는 최대한 떠올리려 애썼다. 대학 검도부에 다니던 시절 세계 검도 선수권 대회까지 참가한 그 실력이 조금이라도 나오길 바랐다. 천천히 오른발을 앞으로 내밀고 뒷발을 세우자 도망가던 기사들의 눈빛이 변해갔다. 무언가를 바라는 기대의 시선들. 이내 주변의 공기가 무겁게 달궈졌다.

"고블린이 들어온다!"

폭음과 함께 성문이 무너지자 가늠되지 않는 수의 고블린들이 창과 단도를 들고 마을로 몰려들었다. 금순은 무게 중심을 허리에 두고 칼끝을 적에게 향한 뒤 기다렸다. 곧 선두에 있던 고블린하나가 가벼운 몸을 이용해 크게 뛰어들었고, 금순의 머리는 자세를 기억하지 못했지만 10년 넘게 단련된 몸이 그녀를 과거에서 불러왔다. 순식간에 뒷발을 밀어 거리를 좁힌 뒤 고블린의 목을향해서 팔을 뻗고 손목을 활용해 검을 살포시 눌러주었다.

"케헥!"

고블린이 혀를 내민 채 숨을 거뒀다. 검도의 '찌름'은 목을 찌르고 다시 빼내는 형태지만 녀석의 몸뚱이는 관성 때문이었는지 그대로 검에 꽂혀버렸다. 금순은 스스로도 깜짝 놀라 손에 힘을 풀고 사체가 달린 검을 떨궜다. 뒤에서 멀찍이 지켜보던 아이들도, 몰려오던 고블린들도 눈을 비비적거렸다. 모두가 조용해졌을 때, 기사 한 명이 사체에서 검을 뽑아내 금순에게 다가왔다.

"신임 단장님을 뵙습니다!"

기사는 무릎을 꿇고 검을 바치며 외쳤다. 상황이 이해되지 않는 금순은 당황했다. 고작 난쟁이 하나 물리친 것인데 이런 반응을 하는 게 썩 이상했기 때문이다. 몇몇 기사들도 하나둘 고개를 숙이더니 이내 도망치던 모든 기사가 무릎을 꿇었다. 모든 것이 짜인 각본처럼 자연스러운 행동들이었다. 금순은 최대한 곤란한 표정을 지어보려 했지만 교감이라는 능력 때문인지 그들의 마음이 느껴져 내칠 수가 없었다. 싸우고 싶지만 단장이 죽으면 도망가야 했던 통한의 감정이 그녀의 가슴에 스며들었다. 금순은 기사가 바친 레이피어를 집어 들었다.

"일어나랑께. 느덜도 싸워야!"

기사들의 표정이 한없이 밝아졌다. 사막에서 물을 발견했다면 저런 얼굴이었을까. 정신을 차린 기사들이 일어나 전투 자세를 취하자 약속이라도 한 듯 고블린들도 다시 움직이기 시작했다.

"어찌할까요, 단장님!"

좋은 생각이 나지 않아 고민하던 금순에게 말을 타고 달려가던 총각의 모습이 스쳐 지나갔다.

"방패… 뭐시기? 앞으로 허고, 또 뭐라 혔는디… 글제. 창 든 총각들은 뒤에서 찔러부러!"

그때 그녀의 앞에 평소보다도 거대한 창이 생겼다.

'기사단장(GrandMaster)'으로 전직하였습니다.

달성조건: 소운 방어전에서 단독으로 100명 이상의 기사와 우호등급 확고 달성.

<액티브>

'소집' Lv.1이 활성화되었습니다. 가장 가까운 성 내부의 모든 기사 NPC들을 소환해 전투에 참여시킵니다.

→ 야외에서만 활성화됩니다.

<패시브>

'패리&리포스트' Lv.MAX가 활성화되었습니다. 상대방의 공격을 반격 시 99퍼센트 확률로 치명타 판정이 됩니다.

→ 치명타: 공격 효과가 두 배로 상승합니다.

<패시브>

'에페특화' Lv.MAX가 활성화되었습니다.

레이피어 계열의 검으로 적을 찌를 경우 '출혈' 효과가 10초간 지속됩니다. 적을 '관통' 시 출혈의 효과가 대폭 상승합니다.

→ 출혈: 1초마다 전체 HP의 1퍼센트가 감소합니다.

'이게 다 뭐시여.'

그녀가 손을 휘휘 저으며 창을 지우려고 할 때, 왼쪽에 작은 창이 또 생성됐다.

<공지> 월드 퍼스트 클래스. '기사단장(GrandMaster)'이 등장했습니다.

공지 메시지는 게임을 플레이하는 모든 유저에게 전달되는 알림이었다.

믿을 수 없는 공지를 본 누벨판타지의 길드 및 프로게임단들은 급히 기사단장을 영입하기 위해 인력을 총동원했다. 계정의 주인이 어디에 사는 누구인지, 지금 어디서 활동하고 있는지, 불법업체들까지 동원하며 수소문하는 지경이었다. 게임에서 단 한 명만이 소유 가능한 사기적인 직업인 월드 퍼스트 클래스[*]를 영입할 수 있느냐 없느냐는 곧 메이저 길드와 마이너 길드를 갈랐다. 이 시각 그런 중요한 메시지를 무시하는 한 명의 플레이어가 있었으니 '기사단장' 오금순 본인이었다.

"머시스야. 이거 어떻게 끄냐."

[*] 다들 줄여서 '월퍼클'이라고 부른다.

"어… 금순아 그거 위에 가위 모양을 누르면 돼."

'뚝.' 시야를 가리는 창이 드디어 사라졌다. 금순이 화면을 신경 쓰는 사이 포졸, 아니 기사들은 대형을 구축했다. 고블린들은 기사들과 제대로 겨루는 것이 처음이었는지 쭈뼛쭈뼛 움직였다. 기세가 약화된 것을 확인한 기사들은 방패와 창을 던지고 허리춤의 검을 꺼냈다. 아까의 그 겁 많던 기사들이라고는 생각할 수 없을 만큼 일사불란했다.

"돌격!"

기사들이 달려들자 이번엔 고블린들이 도망가기 시작했다. 등을 보인 고블린들을 처리하는 건 식은 죽 먹기였는지 그들은 빠르게 하나둘 베어나갔다. 선두에서 진입했던 마지막 고블린까지 숨을 거두자 성 밖을 가득 채운 고블린들도 도망치기 시작했다. 그 모습을 본 기사들은 짜기라도 한 듯 일제히 환호했고, 검을 바쳤던 기사와 머시스는 곧장 금순에게 달려가 안겼다.

"야들아, 숨 막혀 뒤져불거따…."

마을 사람들도 그녀의 앞에 모이기 시작했고 몇몇이 꺽꺽대며 바닥에 주저앉았다.

"감사합니다. 정말 감사합니다!"

"당연한 건 줄 알았어요, 늘 똑같을 거라고만 생각했는데… 고마워요 단장님!"

모두가 금순을 바라봤다. 활짝 웃거나 우는 표정에 그녀는 가슴이 미어졌다. 무슨 감정이었을까. 그리우면서도 낯선 두근거림을 주체하기 힘들었다. 이렇게 오랫동안 사람들이 금순을 바라본 적은 실로 오랜만이었다.

"감사허긴…."

"이제는 뭘 하면 될까요, 단장."

제법 나이 들어 보이는 기사가 눈을 반짝이며 말했다.

"뭣을 또 해야 혀?"

의아한 그녀의 표정을 보곤 머시스가 웃으며 말했다.

"이런 일은 처음이니까, 뭘 해야 할지 전혀 모르는 거지. 금순이가 만들어준 시간이니 금순이가 정해줘."

"음…."

그녀도 이런 상황은 처음이었다. 기존의 게이머였다면 돈을 달라거나 값진 아이템을 요구했겠지만 금순은 지금 받고 있는 관심만으로 충분했다. 그녀는 한참을 고민하다 주변을 둘러보았다. 사람들은 무사했지만 마을의 건물들은 대부분 허물어져 있었다.

"청소허자!"

"따르겠습니다!"

기사들과 마을 사람들이 밖으로 나가며 "청소허자!"를 연호했고 놀랍게도 얼마 지나지 않아 마을은 멀쩡해지기 시작했다. 그 광경에 감탄하며 지켜보던 금순에게 머시스가 말했다.

"금순아, 이리로 와!"

머시스는 어느새 성벽 위에 올라가 있었다. 다시 뭔 일이 났나 싶어 금순도 올라가려는데, 시장에서 봤던 과일가게 주인이 붉은 과일 두어 개 들고 찾아왔다.

"별건 아니지만 드세요!"

"아따 이런 거 필요 없는디…."

금순은 또 마음에도 없는 말을 내뱉었다. 과일을 들고 저벅저벅 성벽에 오르니 머시스가 의미심장한 표정으로 앉아 있었다.

"뭔 일 있단가?"

"눈 감고 10초 세봐."

"워매 뽀뽀라도 하려는 거여?'

금순은 영문을 몰랐지만 그래도 일단 따라주기로 했다.

"…3, 2, 1."

"이제 눈 떠!"

호기심 가득 눈을 뜨자 눈부신 태양이 마을 위로 솟구쳐 올랐
다. 야경의 장관과는 전혀 다른 파스텔 톤의 아리따운 마을이 연
출됐다. 눈이 부셔서 자세히 보진 못해도 금순을 향해 마을 사람
들이 흔드는 손은 선명히 보였다. 과일가게 아저씨, 자재를 팔던
아가씨, 짐마차를 몰던 총각들. 모두가 금순과 눈이 마주치자 환
하게 웃었다. 머시스는 마을을 바라보며 흐느끼기 시작했다.

"…다신 못 볼 줄 알았어."

"불타믄 복구 뭐시기 된담서?"

"사실 나랑 마을 사람들은 계속 태어나는 게 아니야. 이 몸이
사라지면, 가지고 있던 기억만 다음 머시스가 받는 거지."

금순은 고개를 갸우뚱거리다 화들짝 소리쳤다.

"뭣이여? 긍게 니가 한 놈이 아니고 여럿이라 그거여? 글믄
딴 놈이 나타나믄 니는 어쩌는겨?

NPC에 관하여 설명했지만 그새 잊은 금순의 모습이 우스꽝스
럽게 느껴졌던 것일까. 머시스는 울음을 멈추더니 웃기 시작했
다. 머시스도 어렴풋이 느꼈던 것이다. 그런 금순였기에 이 놀라
운 일들이 가능했다는 걸.

"괜찮아. 금순이만 있으면."

머시스는 울상을 짓는 금순의 입에 과일을 집어넣었다. 깜짝
놀라 과일을 아삭 베어 문 그녀가 눈이 휘둥그레졌다. 달짝지근

하면서 상큼한 맛이 혀를 맴돌았고 틀니 없이도 마음껏 씹히는 재미가 그녀를 즐겁게 했다.

"강섭이 것도 가져가야 쓰겄다!"

"강섭인 또 누구야?"

"내 손주여. 고등학생 된 지가 꽤 언젠디 아직도 귀엽당께."

"손주?"

"쪼매 기다려봐."

금순은 순식간에 성벽에서 내려가 과일을 선물했던 가게주인을 찾아 나섰다. 머시스는 손자가 있다는 말에 알쏭달쏭하다 입이 벌어졌다. 마을로 달려가던 그녀가 쓰러지고 곧이어 사라졌기 때문이다. 보통 게임을 플레이하는 유저들은 스스로 시간을 정한 뒤 로그아웃을 한다. 누벨판타지를 실행하면 렘수면과 유사한 상태가 되지만 실제로 수면을 취하는 효과는 없었다. 보통 신체에 이상이 감지되는 경우 경고창이 생성되지만 알람을 무시하는 금순의 성격 덕분에 프로그램에서 강제로 로그아웃당한 것이었다.

✳

"웬 과일이에요?"

거실에서 가족들이 오순도순 모여 앉았다. 금순은 은미와 가족들에게 과일을 나누어주고 우쭐했다.

"맛이 어뗘?"

딸과 사위는 그녀에게 방긋 웃어 보이며 말을 이어갔다.

"엄마, 뭐야 이거? 진짜 맛있어!"

"근래 먹었던 것 중에 제일 달아요, 장모님!"

그때 과일을 야무지게 먹던 강섭이 심각한 표정으로 그녀를 쳐다봤다.

"할머니? 할머니! 괜찮아요?"

금순은 강섭의 목소리에 화들짝 놀라며 눈을 떴다. 어안이 벙벙하여 주변을 둘러보니 게임기 위였다.

강섭은 엄마가 외출한 틈을 타 몰래 게임을 하려 했지만, 게임기에서 잠든 할머니를 발견하자 몹시 걱정되었다. 누벨판타지를 실행시키는 기기 '엑티베이터'는 노약자에게 권장하지 않았다. 뇌파를 사용하는 게임인 만큼 사실적인 묘사로 기인한 과한 자극이 환각, 환청, 발작을 유발했다는 뉴스 기사를 며칠 전에 보기도 했다.

눈을 비비며 잠에서 깬 금순은 강섭을 발견하자 빙그레 웃으며 끌어안았다.

"할머니, 괜찮아요? 무슨 일 없었어?"

"어구 내 새끼, 할미가 뭔 일이 있었는지 알면 깜짝 놀랄 거여."

레카를 만난 일과 머시스와 있었던 일, 그리고 소운에서의 일화를 듣게 된 강섭은 못 믿겠다는 눈치였다. 여관의 NPC 개와 함께 다녔다는 설명도 그러했지만 '소운 방어전'은 절대 공략이 불가능한 이벤트로 알려져 있었다. 과거에 한 메이저 길드가 소운을 방어하려 시도했지만 시간이 지나도 끝없이 몰려온 고블린 탓에 실패로 돌아갔다. 결국 사람들은 소운에서 발생하는 이벤트는 게임 개발자의 실수 정도로 여기며 무시했다.

"할미 배고픔께 밥 먹고 마저 이야기허자!"

금순은 부축을 받고 일어나 지팡이를 짚으며 부엌으로 나갔다.

강섭은 믿기지 않았지만 게임에 대해 모르는 할머니가 거짓말을 할 수는 없다 생각하며 엑티베이터 위에 누웠다. 시간이 지나고 잠시 뒤, 강섭은 벌떡 일어나더니 식사를 하던 금순에게 달려왔다.

"할머니… 소운이 멀쩡해!"

누벨판타지의 이벤트 일정을 꿰고 있던 강섭이기에 소운이 멀쩡하다는 사실만으로 금순의 말이 사실임을 깨달았던 것이다. 금순은 당당한 표정으로 강섭에게 웃어보였다.

"어떻게 한 거야?"

"몰러. 흉측한 괴물 한 놈 잡으니게 포졸 총각들이 해결하더만."

"포졸?"

강섭은 급히 휴대폰을 꺼내 웹사이트에 들어갔다. 게임 뉴스 게시판을 살펴보니 '국내 열 번째 월퍼클 탄생', '미지의 직업, 기사단장', '소운에서 벌어진 이변' 등 온갖 게임 정보매체들이 사건을 보도하고 있었다. 자신의 할머니가 그 사건의 주인공이 분명했기에 강섭은 흥분을 금치 못했다. 강섭의 다리가 벌벌 떨리던 사이 현관의 문이 열리고 은미가 들어왔다. 부엌에서 식사하던 금순은 은미에게 물었다.

"은미야, 저 게임기 얼마나 허냐."

"그냥 엄마가 써. 강섭이 곧 고3이라 게임할 시간 없어. 어제 보니까 TV 켜 있더라. 다음부턴 TV는 끄고 놀아."

"손주랑 같이 헐라고."

그 말을 듣자, 은미는 인상을 찌푸렸다. 방금 강섭에게 시간이 없다고 한 말을 못들은 건지 울화통이 터질 것 같았다. 오랫동안 쌓이다 곪아버린 답답함. 현재 모녀 사이를 불편하게 만든 감정이었다. 고향에 있던 친정집이 불타고 우울해하던 엄마를 데려왔지만 남편이 불편해하는 것을 모르는 건지 항상 거실에 나와 있었다. 방을 통째로 쓰게 해줬음에도 거실에만 있으니 도로 뺏을까 생각했지만 친인척의 눈치가 보였기에 그럴 수 없었다. 식사도 같이 하려 하고 영화관에 나갈 때조차 옷을 여미던 금순이 은미는 너무나 화났다. 스스로 염치를 차리기 바라고 틱틱대며 살아가던 와중, 값비싼 게임기를 사달라는 금순의 말은 은미의 짜증을 극에 달하게 만들었다.

"엄마, 내 말 안 들려? 보청기 안 꼈어?"

엄마의 심한 말에 놀란 강섭이 소리쳤다.

"할머니한테 그게 무슨 소리야!"

"넌 빨리 방에 들어가서 공부 안 해?"

"외삼촌이 엄마가 한 얘기 들으면 뭐라 할 것 같아?"

"어른들 일에 누가 끼어들랬어!"

"아야, 괜찮다."

금순은 평소였다면 당장 방에 들어가 소리 없이 울었겠지만 지금은 달랐다. 누벨판타지에서 마물을 무찌르고 마을 사람들에게 찬사받은 기억은 그녀에게 무언가 해낼 수 있다는 자신감을 만들어냈다. 금순은 잠시 숨을 고르고 은미를 노려봤다.

"태수한테 사달라고 하지 뭐."

은미가 제일 무서워하는 친오빠의 이름이었다. 외국에서 살고 있지만 부모의 일이라면 물불 가리지 않는 성격이기에 일을 내팽개치고 한국으로 들어오고도 남았다. 은미는 그 결과를 상상하며 말을 잃더니 성을 내곤 방으로 들어갔다. 강섭은 상황이 잘 마무리된 것 같지 않았는지 난처한 표정을 지었다.

"할미 걱정 해준겨? 에구 내 새끼…."

금순은 놀랐을 손자를 배려해 괜찮은 척 둘러댔다. 그러나 강섭은 계속 신경 쓰였는지 표정이 조금도 풀리지 않았다. 평소에서글서글 웃어넘기던 할머니가 얼마나 화났으면 외삼촌의 이름을 거론했을지 가늠되지 않았다. 강섭은 이내 고민하다가 아이디어가 번뜩였는지 금순에게 다가와 손을 잡았다.

"아까 늑대처럼 생긴 개 이름이 뭐라고 했죠?"

"머시스?"

"맞아요! 머시스가 기다려요. 할머니!"

"글게. 배도 든든허게 채웠겠다, 만나러 가야 쓰겠네."

강섭은 할머니에게 피곤하다 싶으면 바로 게임을 끄라고 당부를 한 뒤 자신의 방으로 들어갔다. 시험 범위를 가르치는 영상을 틀어놓고 휴대폰을 켜자 '소운으로 모이는 모험가들'이라는 뉴스 기사가 보였다.

*

"오오금순아가씨는누구요 님 멋진 모험되시길 바랍니다."

"그렇게 부르지 마랑께!"

소운의 성벽 위에서 눈을 뜬 금순은 여느 때와 같이 머시스부터 찾았다. 프로펠러처럼 돌아가고 있는 머시스의 꼬리. 머시스는 성벽 아래를 지켜보다 뒤를 돌았다.

"금순아, 저기 좀 봐!"

머시스가 작은 손을 내밀며 아래를 가리키자 금순도 시선을 내렸다. 마을 사람들만 있던 소운을 수많은 유저들이 가득 메웠다.

"워매 저것들은 다 뭐여…."

"아마도 금순이를 보러 온 것 같아."

"우째?"

"금순이 마을 사람들한테 뭐라고 불리는지 알아?"

"오오금순아가씨는누구요 맞제? 미쳐불것다."

"기사단장이잖아."

금순은 기사단장이라는 직책을 떠올리곤 나름 멋지다고 느꼈지만 귀찮은 일이 생길 것 같았는지 인상을 썼다. 그저 과일이나 먹고 자신을 따랐던 기사들과 검도장에서 했던 대련처럼 시합을 하고 싶었다.

"기사단장이믄 부업은 못하는 겨? 과일 사서 팔믄 대박인디."

금순이 목을 빼고 과일 장수를 찾아보던 그때 검을 바쳤던 기사가 숨을 헐떡이며 성벽 위로 달려왔다.

"오셨습니까! 단장님."

"어… 근디 니는 이름이 뭐여?"

"모르테입니다!"

"멀대?"

"모르테, 입니다!"

"아, 그래 멀대야, 저번에 참말로 고마웠다잉."

"애칭으로 알겠습니다."

모르테는 숨을 고르다 자신이 달려온 이유가 생각나 소리쳤다.

"빨리 피신하셔야 합니다!"

금순이 식겁하는 모르테의 시선을 따라가니 엄청난 수의 유저들이 우르르 달려오고 있었다. 얼마나 간절한 표정으로 뛰어오는지 초특가로 할인 판매를 할 때의 마트 풍경과 다름없었다. 일행 앞으로 다닥다닥 붙어선 플레이어들, 그들이 사용하는 어두와 어미는 달랐지만 하려고 하는 말은 비슷했다.

"길드 가입 기록이 없으신데 저희 길드는 어떤가요!"

"아가씨, 우리 길드에 잘생긴 애들 많아. 빨리 와서 눈 호강 하라고!"

"우리 길드는 월급제입니다! 장비 수리비도 지급해드립니다!"

모르테는 열애설이 난 연예인을 지키듯 금순을 망토로 감싸 도 망쳤다. 사람들이 쫓으려고 하자 머시스는 통로를 막으며 으르렁 댔다. 몸집은 작았지만 기세만큼은 거대한 호랑이 같았다. 유저들 이 멈칫하고 있을 때 무리의 뒤편에서 한탄하는 소리가 들렸다.

"진짜야? 말도 안 돼."

"아니, 시간만 날렸잖아!"

짧은 만남이었지만 그새 금순의 허리춤에 있던 검을 검색해본 유저들의 반응이었다.

'기사단장의 검.' 명장 호롭스가 제작한 검이다. 찌르기에 특화된 대련용 레이피어 이며 최상급 재질이지만 살상용으로 쓰기에는 부적합하다.

공격력: +1

내구도: ∞

공격력이 1인 기사단장의 검. 유저들이 놀라기에는 충분한 이 유였다. '누벨판타지'라는 게임은 굵직한 이력을 자랑하는 개발자 들이 만들었다. 많은 게이머들에게 사랑받는 것이 목표였던 개발 자들은 한 가지 큰 고민을 하게 됐는데, '고인물'이라 불리는 올드 유저들과 뉴비라고 불리는 신입 유저들 간의 격차가 커질수록 유 저 수가 적어진다는 것이었다. 그럼에도 캐릭터를 성장시켜야 하 는 RPG 게임의 특성상 게임을 오래 즐길수록 이득이 생기는 것 은 당연하기에, 그들은 특단의 조치를 내렸다. '레벨 제 폐지'. 괴

물을 잡고 레벨을 올리면 능력치가 상승하는 여타 게임과는 달리 오로지 아이템으로만 능력치를 상승시켜야 하는 게임이 '누벨판 타지'였다. 그런 게임에서 공격력 +1인 무기를 가진 사람은 그야 말로 싸우고 싶은 마음이 없는 사람이었다. 이 소문은 빠르게 퍼 져 어느새 많은 플레이어가 소운을 빠져나갔다.

"인쟈 좀 살겠네."

"무서웠네요…."

"아야, 니는 겁을 좀 없애야 혀. 마을 지킨다는 놈이 그리 겁이 많아서 우째쓰까잉."

사람들이 많이 줄어들자 금순과 모르테는 시장으로 나와 숨을 돌렸다.

"금순아!"

머시스도 걱정됐는지 황급히 달려왔지만 과일가게 앞에서 사 장과 노닥거리고 있는 금순을 보곤 안심했다.

"아는 있는가?"

"아, 아뇨…."

"아하, 결혼은 혔고?"

"아뇨…."

"허어, 왜 그랬디여, 맘에 드는 처자가 없는겨?"

"아뇨…."

과일 가게 주인은 매우 당황스러웠다. 이런 질문을 받아본 적 도 없으며 NPC에게 이런 질문을 하는 사람도 없었다. 부끄럼이 많은 총각이라고 여기고 있을 때 금순에게 식칼을 들고 위협했던 여관 주인도 찾아와 사과했다.

"저번엔 죄송했습니다. 마을을 구해주신 분한테, 벌은 달게 받겠습니다.”

기억이 가물가물했지만 얼굴을 자세히 보자 매서운 인상이 기억난 금순은 성을 내며 당시의 일을 설명했다. 여관 주인은 피식거리곤 머시스를 바라보며 말했다.

“얘가 말을 했다니… 영웅이신 분에게 저희 집 개를 바치는 건 영광이죠. 그러니 그런 말씀 안 하셔도 괜찮습니다.”

“그래, 나 없이 장사는 잘 되고?”

머시스의 목소리를 들은 여관 주인이 놀라 넘어지더니 기절했다. 그 모습을 비웃던 머시스는 이상한 냄새를 감지하고 경계를 시작했다. 모두의 시선이 쏠리자 골목에서 철갑옷을 입은 남자가 다가왔다. 마을에서 보던 기사가 아님을 알아챈 금순은 호기심 가득한 눈으로 기다렸고 모르테는 다리를 붙여 차렷 자세를 취했다. 의문의 기사가 투구를 벗자 길게 묶은 머리가 휘날렸다.

“이거 실례했습니다. 저는 ‘대기업’ 길드 공략대장 ‘데미안’이라고 합니다.”

“한국사람 이름이 왜 그렇디야? 한국인 맞제?”

“하하…그럼요.”

“우덜한테 볼일이 있는겨?”

데미안은 고개를 돌려 주변을 살피더니 조심스럽게 말했다.

“일단 자리를 옮기시죠.”

모르테는 금순에게 고개를 끄덕였다. 바보 같은 모습이 한결같아 신뢰가 가는 모르테였기에 그녀도 승낙했다. 데미안은 기절한 여관 주인을 어깨에 올리고 무리를 안내했다.

✳

　여관의 식사테이블. 깨어난 여관 주인은 테이블에 포도주를 올려두고 문을 닫았다. 금순은 포도주를 몇 모금 마셔보더니 취기가 오르는지 홍조를 띠었다. 그 모습을 보곤 더는 늦으면 안 될 것 같았는지 데미안은 빠르게 입을 열었다.

　"일전의 이야기는 모르테에게 들었습니다. 소운의 지배권을 가진 길드로서 먼저 감사하다는 말씀을 드리고 싶군요."

　"아이참 되꼬, 할 얘기나 빨리 혀. 강섭이는 미성년잔데 요걸 마셨을랑가."

　"저희 길드에 들어와주세요."

　"아까부터 길드길드 거리는데, 그게 대체 뭐시여?"

　데미안은 '레이드'라고 불리는 대규모 던전의 공략과정과 보상 시스템, 그리고 길드의 목적을 설명해주었고 머시스도 옆에서 몸짓과 발짓으로 설명을 도왔다. 금순은 조금이나마 이해를 했는지 곰곰이 생각하다 입을 열었다.

　"싫구먼."

　"그렇군요. 혹시 이유를 들을 수 있을까요."

　"머시스가 여러 명 있는디, 나가 험한 거 하러 다니다 야가 죽어불면 다른 야로 바뀐댜."

　지극히 주관적인 정보 전달이었지만 게임 시스템을 잘 꿰고 있던 데미안은 요점을 파악했다. 손가락으로 십(十)자를 그어 가방을 연 데미안은 붉게 빛나는 깃털 하나를 꺼냈다.

　"머시스 군이라고 했죠? 이게 뭔지 아십니까."

　머시스는 덜덜 떨었다. 말의 꼬리처럼 길고 윤기가 가득한 붉은 깃. 여관 사람들에게 말로만 듣던 피닉스의 깃털이 분명했다. '테이머'라고 불리는 사냥꾼 직업을 위해 존재하는 아이템인데 현실에서 집을 한 채 팔아야 살 수 있다고 해서 '집 판 털'이라고 불렸다. 동물로 태어나 저 깃털을 한 번 보기만 해도 기적이 일어난다는 설화가 있을 정도였다.

"역시 아시는군요. 기사단장님, 이것만 있으면 머시스는 절대 죽지 않습니다."

금순은 침 흘리는 머시스를 보곤 데미안에 대한 의심을 지웠다. 피닉스의 깃털을 받고 머시스에게 주자 하얀 털 사이로 쏙 들어갔다. 머시스는 일어나 금순에게 큰절을 올렸다. 그 모습이 웃겼는지 크게 웃던 그녀는 앞에 작게 생성된 길드 가입창의 수락 버튼을 눌렀다.

데미안은 그녀에게 악수를 청하고 물었다.

"던전 공략을 위해서 단장님의 정보를 알 수 있을까요?"

"은행 비밀번호만 아니믄."

뜬금없는 악수 요청에 평소 같았으면 거절을 했겠지만, 머시스의 격한 반응에 기분이 좋아진 금순은 시원하게 응했다. 두 사람이 악수하자 데미안의 앞에 금순의 직업과 스킬정보가 나왔다. 얌전하게 그녀의 정보를 이리저리 살펴보던 데미안은 감탄사를 내며 주먹으로 테이블을 내리쳤다.

"그럼 그렇지!"

데미안은 괜히 길드의 던전 공략을 책임지는 자가 아니었다. 최근 난공불락으로 여겨지는 리자드 보스 '토룬'은 체력을 표시하는 HP가 100만이 넘는 괴물이었다. 프로 게이머들이 모든 힘을 다해 날리는 일격도 녀석에게 입히는 데미지가 500 안팎이었기에 '절대 클리어하지 못하는 레이드'라는 악명이 붙었다. 그러나 금순의 '에페특화-출혈' 효과는 10초마다 전체 HP의 10퍼센트를 감소시킨다. 즉 그녀를 데리고 토룬에게 가서 열 번만 찌르면 던전이 클리어되는 것이었다. 몇 시간 전, 유저들이 금순의 검을 비웃을 때 데미안은 혼자 심각해졌었다. 작게 떠 있는 등급표시에 '전설' 등급을 발견했기 때문이다. 그럼에도 데미지가 1이라는 건 분명 사용자에게 특별한 능력이 있다 판단했고, 결국 피닉스의 깃털까지 써가며 금순을 설득했던 것이다. 피닉스의 깃털은 길드원들의 금고를 털어 구매한 아이템이었기에 만약 금순의 능력이 별 볼 일 없었다면 데미안은 게임을 접어야 했을 것이었다. 하지만 그는 확신이 있었다.

"금순 님! 내일 뭐 하세요?"

데미안이 얼굴을 붉히고 데이트를 청하는 것처럼 보이자 금순은 나이를 밝혀야 하나 고민하게 됐다. 머리가 복잡해져 검지를 관자에 박고 있을 때, 밖에서 노크 소리가 들렸다. 데미안이 기척을 느끼고 손짓하자 여관 주인은 조심스레 문을 열었다.

"길드원 목록 확인하고 바로 왔지요!"

두 사람이 들어와 고개를 숙이며 말했다. 검은 철갑옷을 몸에 두른 덩치와 하얀 천 옷을 입은 여성이 대비되어 보였다. 먼저 덩치가 가슴에 주먹을 대며 자기소개를 했다.

"탱커*입니다. 이름은 대수고요."

금순은 그의 묵직한 목소리가 부담스러웠지만 맏아들과 이름이 비슷하다고 생각해 은근 정이 갔다. 투구 때문에 얼굴이 보이

---

* 파티 내에서 최전방에 배치되는 역할. 보통 방어능력이 월등히 뛰어나다.

지 않아 궁금하던 찰나, 흰옷을 입은 여성도 자신을 소개했다.

"우유유우라고 해요! '대기업' 길드 마스터를 맡고 있답니다. 기사단장님을 모시게 돼 영광이에요!"

"우후휴휴?"

"그냥 우유라고 불러주세요!"

데미안은 자리에서 일어나 그들의 옆에 나란히 섰다.

"이렇게 세 명이 '대기업' 길드를 운영하고 있습니다."

"길드가 조합 같은 거라고 혔지?"

길드 마스터라고 소개한 우유는 어깨를 으쓱하며 답했다.

"저녁 시간대엔 천 명 이상의 동접자가 유지되는 나름 대형 길드랍니다!"

동시 접속자가 천 명이라는 말에, 머시스는 여관에 있던 시절 손님들끼리 했던 말이 떠올랐는지 눈이 동그래졌다. 보통 길드는 게임 속의 돈이든 현실의 돈이든 길드원들에게 보상을 줘야 하기 때문에 길드원이 많아지면 분배량이 줄어든다. 그럼에도 길드가 천 명을 유지한다는 사실은 말 그대로 기업이 돌아가는 규모나 다름없었다. 그러나 역시 이번에도 금순에겐 관심 밖의 이야기였다.

"내일 뭣헐려고 그러는디? 아까도 내일 시간 있느니 어쩌니 했자녀."

"아까 설명해드린 레이드에 모시고 가려 합니다. 주말에 출발하거든요."

데미안이 주먹을 쥐었다 펴더니 3D로 된 공략지도를 펼쳤다. 지도에는 보스 몬스터 '토룬'과 길드원들의 위치가 장기 말처럼 표시 됐다.

"레이드 최대 인원 스무 명 중 저와 우유 님, 대수 님, 금순 님.

이렇게 네 명이 토룬을 상대하고 나머진 부화장을 맡습니다."

알쏭달쏭한 금순의 표정을 읽은 머시스가 대신 질문했다.

"부화장이 뭔가요?"

"마, 말을 했어! 개가!"

과묵해 보였던 대수가 놀라 소리쳤다. 우유도 호기심 어린눈으로 바라보자 데미안이 최대한 간단하게 말했다.

"금순 님은 특별하게도 NPC를 테이밍*할 수 있더군요."

"역시 월퍼클이란 건가… 부럽네요, 금순 씨."

우유의 묘한 말투가 거슬렸지만 데미안은 빠르게 말을 이었다.

"다시 본론으로 돌아가죠. 머시스 님, 토룬은 체력이 문제이기도 하지만 레이드라는 형식을 띠는 만큼 공략과정에 다른 팀원들의 도움이 필요합니다. 보여드리죠."

데미안이 손을 비틀자 지도가 확대됐다. 토룬의 등 뒤쪽에 수많은 알이 보였다. 머시스는 그 모습이 끔찍한지 표정이 일그러졌다.

"토룬의 체력이 10퍼센트 깎일 때마다 부화장에서 다섯 마리의 리자드가 탄생합니다."

금순은 수학적인 요소가 활용된다는 생각에 가슴이 답답해지기 시작했다. 예전 '국민학교' 학생부터 대학생 때까지 기피 1순위 과목이었다. 그녀는 더 이상 알아들을 수 없었지만 최대한 아는 척 고개를 끄덕였다.

"녀석들의 공격력은 강하지 않아요. 다만 문제가 있습니다. 부화 후 20초 안에 처리하지 않으면 광폭화 상태가 돼 공략이 불가

* 동식물이나 몬스터를 길들이는 일. 보통은 사냥꾼 직업이 몬스터를 테이밍하여 사냥에 활용한다.

능한 상태가 된다는 거죠. 나머지 인원들을 그곳에 배치하는 이유입니다."

"참말 미안한디…."

갑작스레 말을 끊은 금순이 뻘쭘한 표정을 지으며 고개를 떨궜다. 데미안은 당장 내일 금순에게 다른 일정이 있나 싶은지 초조하게 금순의 대답을 기다렸다. 그녀는 눈치를 살피더니 방긋 웃으며 말했다.

"뭔 말인지 하나도 모르겠는디, 걍 가서 어떻게 해불면 되지 않을까잉?"

위기를 모면하려 웃어넘기는 금순을 보곤 우유가 조용히 데미안을 뒤로 끌고 왔다.

"너 뭔가 착각한 거 아냐?"

"…금순 님의 능력이 꼭 필요해요."

"아무리 그래도 레이드를 이해조차 못 하는데 어떻게 해."

"확실히 이런 게임을 처음 해보시는 것 같긴 합니다. 그러면 다른 방법을 더 생각해보죠."

우유는 데미안의 단호한 태도에 짜증이 났지만 어쩔 수 없었다. 데미안은 단순히 전략가를 넘어 금순이 오기 전까지 길드 내에서 유일한 월드 퍼스트 클래스이기도 했다. 마법을 구사하면서 적의 공격을 막아내는 탱커 클래스, '아이언메이지(IronMage)'였다.

현재 '내기업'을 메이저 길드로 만들어준 장본인에게 화를 낼 수는 없기에 우유는 자신의 감정을 최대한 숨겨왔다.

"윽."

머시스를 쓰다듬다 물려버린 대수는 돌아오는 둘을 향해 물었다.

"있는 거야? 뭔 일."

데미안은 금순이 상처를 받을까 걱정했는지 말을 아꼈다. 테이블 주변을 빙글빙글 돌며 고민을 거듭하던 그때, 금순의 얼굴을 지긋이 바라보던 머시스를 훑어보다 화색이 돌았다.

"문제는 없을 겁니다, 우유님."

모두의 마음이 찜찜했지만, 공략대장의 확신에 더 이상 누구도 토를 달지 못했다.

데미안 일행은 금순과 다음 날 정오에 소운의 광장에서 보기로 정하고 사라졌다. 덩그러니 남은 머시스와 금순은 말을 잃었다. 머시스는 금순이 위축된 것 같아 마음이 불편해 보였고, 금순은 데미안이 자신에게 준 신뢰를 저버릴까 두려웠다. 누군가가 자신을 필요로 하는 모습은 즐거운 것이지만 부담감이 뒤따라온다는 사실은 오랫동안 잊고 지냈었다.

"내일 보자, 머시스야."

"금순이도 푹 쉬어!"

인사를 나눈 둘은 약속이라도 한 듯 각자 자신의 세계에서 재빠르게 움직였다. 머시스는 근위 기사인 모르테에게 졸라 테이밍된 동물이 던전에서 어떤 활약을 펼치는지 정보를 긁어모았고, 현실 세계의 금순은 돋보기안경을 끼고 강섭에게 부탁해 레이드 시스템에 대한 특훈을 받았다.

"댕커… 딜너… 힐너…. 하아."

대원들을 지키기 위해 보스와 일대일로 마주 보는 탱커, 탱커가 버티는 사이 보스를 공격하는 딜러, 부상자를 치유하는 힐러. 금순에겐 확실히 어려운 개념이었지만 그녀의 나이를 고려한 손자의 설명은 나름 유효했다. 강섭은 중요한 것들을 기준으로 차

근차근 현실에 비유해가며 알려줬고, 금순도 그것을 기억하기 위해 자기만의 낙서를 그려가며 암기했다.

✳

다음 날, 강섭이 설정해준 알람시계가 울리자 금순은 부스스하게 일어나 비몽사몽 엑티베이터 위로 옮겨 갔다.

'아이고, 삭신이야.'

여관 앞에서 깨어난 금순은 숨을 고르며 오늘의 일정을 떠올렸다. 얼떨결에 가입한 길드 사람들과 커다란 도마뱀을 잡으러 간다고 생각하니 흥분되면서도 덜컥 겁이 났다. 잔뜩 긴장하고 있는 와중에 웬 늑대 한 마리가 다가왔다.

"금순아, 좋은 아침!"

"뭐여! 우찌된겨?"

몸이 잔뜩 부풀어 늑대의 크기로 변한 머시스가 머쓱하게 금순의 반응을 기다렸다. 사실 머시스는 펫이라 불리는 부류를 밤새워 공부하다 펫의 전투능력을 강화시키는 방법을 배웠다. 몬스터를 처치하면 할수록 강해진다는 사실을 깨닫고 마을 시궁창의 쥐부터 마을 밖의 슬라임*까지 단계별로 처치하며 성장했다. 아무런 사실도 모르는 금순은 하룻밤 사이 거대해진 머시스를 보고 독버섯이라도 먹었는지 걱정됐다.

"토룬 레이드에 참여하시는 길드원분들은 여기로 와주세요!"

우유가 광장에서 소리치자 열댓 명의 사람들이 모였다. 금순과 머시스를 발견한 그녀는 미소를 지으며 중앙으로 이끌었다.

---

* 끈적끈적한 점액 생명체이다. 보통 속이 보일 정도로 투명하다.

"자자, 소개할게요! 새로운 신입 단원 금순 씨와⋯ 테이밍된 NPC 개예요! 그새 몸집이 커졌네."

길드원들은 NPC가 테이밍됐다는 것이 이해가 어려웠는지 연이어 술렁였다. 그때 잔뜩 기분이 상한 금순이 소리쳤다.

"머시스여! 머시스! 이름이 떡하니 있응께 꼭 챙겨서 불러라잉!"

외관과 전혀 어울리지 않는 늙은 말투에 주변 사람들은 또 당황할 수밖에 없었다. 머시스는 감동받은 눈빛으로 금순을 바라보다 말을 거들었다.

"이름만 있냐? 말도 한다!"

길드원들이 충격을 크게 받았는지 단번에 조용해졌다. 어제 한 번 봤다고, 대수는 머시스와 친하다는 생각이 들었는지 흐뭇하게 바라봤다. 시간이 흘러 데미안도 도착하니 길드원 한 명이 손을 올렸다.

"그런데 금순 님의 무기가 공격력 1인데요?"

"쉬운 레이드도 아니고 심지어 토룬인데⋯."

"설마 지인 특혜야?"

금순과 머시스를 보는 사람들의 기대감은 바닥에 있는 듯했다. '가장 쓸모없는 월퍼클'이라는 소문을 들었기 때문에, 온종일 공략에 힘써도 어려운 레이드에서 성공할 수 있다는 생각은 들지 않았던 것이다. 언변이 화려하지 못한 데미안이 난감해 할 때 우유가 사람들을 다독였다. 이번 작전이 실패하면 데미안의 입지를 줄일 기회라고 여겼기 때문이다.

"데미안이 틀린 적 있나요?"

사람들이 조용해지자 대수도 입을 열었다.

"해내셨잖아요, 소운 방어전."

공격대의 주력 탱커인 대수까지 힘을 보태자 결국 길드원들은 수긍할 수밖에 없었다. 데미안은 간략히 공략 브리핑을 한 뒤 보랏빛 약병을 깨뜨려 큰 포탈*을 열었다. 어두운 기운이 스멀스멀 올라오는 게 지옥으로 향하는 문과 다름없었다.

"잘 부탁합니다."

데미안이 고개를 숙이고 포탈로 들어가자 모두 그를 따랐다. 금순도 침을 삼키고 머시스와 함께 포탈을 통과했다.

'워르르릉!' 토룬의 울음소리가 땅을 울렸다. 호랑이 앞에 있을 때 느끼는 감정이 이런 것이지 않을까. 금순은 오금이 저려 손에 들고 있던 레이피어를 간신히 붙들고 있었다. 토룬의 머리 크기만 해도 5미터가 넘었고 몸집은 그에 비교할 바가 못 됐다. 데미안과 공격대원들이 자연스레 움직이는 것이 그저 믿기지 않을 따름이었다. 금순은 패닉 상태였다. 작은 고블린에게서 느껴지는 기피감이 아닌, 정말 죽을 수 있다는 공포감으로 구토가 날 것 같았고 숨을 제대로 쉴 수 없었다. 금순의 상태를 눈치챈 머시스가 어느새 땅에 곤두박질친 금순의 몸을 따뜻하게 감싸고 있었다. 불안정한 숨소리를 들은 데미안은 금순에게 다가오려 했지만, 어느새 대수와 그의 앞에 나타난 토룬을 두고는 움직일 수 없었다.

"특임조는 계획대로 움직이세요! 머시스, 금순 님을 부탁합니다!"

데미안의 말에 따라 리자드 처리 임무를 맡은 인원들이 토룬의 뒤로 우회해 부화장을 노렸다. '쿵,쿵,쿵.' 금순은 거대한 실루엣이 빠르게 다가오는 것을 포착했고, 너무나 위협적인 모습에 눈을 감을 수밖에 없었다. 토룬이 대수와 데미안을 지나치고 곧장 금순에

---

* 마법이나 과학기술을 활용해 만들어진 차원 관문

게 달려온 것이다. 행동불능이 된 유저를 감지하는 능력을 가진 토룬의 자연스러운 행동은 모두를 당황시키기에 충분했다. 탱커들에겐 보스의 이목을 끄는 기술들이 많았지만 그것을 발동할 시간조차 없던 상황이었다.

"안 돼!"

머시스가 뛰어들었다. 고작 슬라임을 처리할 정도의 힘으로 최강의 레이드 보스와 맞서 싸운다는 것은 미친 행동이었지만 금순을 지켜야 한다는 마음이 그의 몸을 움직였다.

"도망… 쳐."

죽어가는 목소리를 들은 금순이 눈 떴을 땐, 이미 머시스가 피를 흘리며 손을 뻗고 있었다. 토룬은 머시스가 신경도 안 쓰였는지 곧바로 그녀를 응시하며 양손을 들어 올렸고 있는 힘껏 금순을 내리쳤다.

'콰득!'

오오금순아가씨는누구요 님이 전사하였습니다.

금순은 시체를 물끄러미 지켜봤다. 붉은빛이 흐르는 피부와 심하게 찢어진 천 옷이 상황의 심각성을 부각했다. 그녀는 그것이 누구의 시체인지 몰랐지만 곧 자각할 수밖에 없었다. 당장 소리라도 지르고 싶었지만 입 또한 뜻대로 벌어지지 않았다. 발부터 머리까지 서리가 내려앉은 듯 오한이 들었고 숨이 가빠왔다. 그녀는 쓰러진 채로 자신의 이름을 부르는 머시스의 목소리를 듣고 나서야 주변을 둘러볼 수 있었다.

"금순아… 금순아!"

데미안과 대수, 그리고 공격대원들은 순식간에 벌어진 참사에 불안한 표정을 짓고 있었다. 금순은 자신을 지키려다 부상을 당한 머시스가 오열하자 마음 한구석이 저려왔다.

"크아아오!"

"타운트(Taunt)*."

데미안은 정신을 가다듬고 급히 이목을 끄는 스킬을 사용했다. 콧김을 뿜던 토룬은 이내 눈이 붉어지며 흥분하더니 육중한 몸으로 달려와 그에게 주먹을 날렸다.

"아케인 실드(Arcane Shield)**!"

공격을 버티던 데미안은 상황을 타개하기 위해 머리를 굴렸다. '전투 중 부활' 기술은 자신의 권한으로 사용할 수 있지만 한 달의 재사용 대기시간이 존재해 남발할 수 없었다. 지금 그것을 사용한다 한들 그녀가 제 역할을 해줄 수 있을지 망설여졌기에 전멸을 하고 다시 도전할까도 생각했지만 그렇게 하기엔 실망한 공격대원들이 반대할 게 뻔했다. 딜레마에 빠진 데미안에게 대수가 소리쳤다.

"시스템 창, 빨리!"

대수가 거대한 방패로 토룬의 공격을 받아내며 시간을 벌어주자 데미안은 황급히 시스템 상태창을 살펴봤다. 그곳엔 아까는 미처 보지 못했던 내용이 적혀 있었다.

머시스가 행동불능에 빠집니다.

오오금순아가씨는누구요 님의 스킬 '교감'이 활성화됩니다.

---

* 몬스터를 도발하는 기본 기술. 상대를 흥분시키며 시전자를 공격하게 만든다.
** 아이언 메이지의 방어 기술. 비전마법으로 만든 방패를 펼쳐 시전자를 보호한다.

교감이라는 단어를 보자 모르테와의 대화가 생각났다. 어떤 능력인지 몰라도 그 기술이 발동했을 때 금순은 검을 들고 싸웠다고 했다. 여관에서 그녀의 스킬 목록을 읽어봤을 때 유일하게 이해되지 않는 그 스킬이 분명했다.

'NPC와 상호작용을 하는 능력이라….'

데미안은 금순의 시체를 보고 울부짖는 머시스가 눈에 들어왔다. 게임 속 NPC들은 유저들에게 감정을 보이지 못한다. 그러나 지금 보고있는 장면은 그 상식을 부수게 만들었다. 낯선 능력에 대한 단서를 얻고 데미안의 퍼즐은 풀리기 시작했다. NPC들에게서 인간의 감정을 끌어낸다면, 반대로 금순도 믿기지 않는 감정이 생길 거라는 판단이었다. 데미안은 확신에 찬 목소리로 소리쳤다.

"소울 리저렉션(Soul Resurrection)*!"

데미안의 손에서 생겨난 빛은 쓰러진 금순에게 향하며 폭발했다. 그 광경을 본 공격대원들은 저마다 비아냥대며 성을 냈다.

"진짜 왜 그러세요!"

"아무리 공략장이라도 이건 선 넘은 거지. 시간 아까워 죽겠네."

분명 그런 목소리가 귀에 들릴 터, 애써 무시하는 데미안을 멀리서 길드 마스터 우유만 만족스러운 미소로 보고 있었다.

오오금순아가씨는누구요 님이 부활합니다.

밝은 빛을 뿜어내며 금순이 나타나자 머시스는 억지로 미소를

---

* 사망한 아군의 영혼을 불러와 되살리는 부활 주문

지어 보이다 눈을 감았다. 머시스의 털을 손으로 스윽 쓰다듬던
금순은 이가 갈렸다. 뭉클거리는 감정이 가슴속에 퍼져나가고 이
내 맹렬하게 끓어올라 몸을 달아오르게 했다.

"…도마뱀 새끼가."

오오금순아가씨는누구요 님이 칭호: [판타지 입문자]를 획득했습니다.
→시청각 요소로 인한 제어불가 상태에 면역이 됩니다.

난로라도 쬐는 듯 온몸이 녹아내렸고 손과 발이 마음대로 움
직이게 되자 금순은 다시 검을 들었다. 사나워 보였던 토룬은 이
제 그저 커다란 도마뱀으로 보였다.

"머시스야, 쉬고 있어잉."

금순은 빠른 발을 이용해 토룬의 등 뒤로 빙글 돌아가 눈높이
에 있는 꼬리를 찔렀다. 공포에 사로잡혔던 사람이라고는 떠올릴
수 없을 만큼 침착한 모습이었다. 단단해 보이던 토룬의 꼬리 가
죽 사이로 피가 새어 나오니 그녀는 이를 더 악물었다.

토룬에게 출혈 피해가 누적됩니다.

금순은 끊임없이 기합소리를 내며 꼬리를 찔러댔다. 토룬은 고
개를 돌리려 했지만 데미안과 대수가 시선유도 기술을 사용하며
허락하지 않았다. 부화장에서 임무를 맡은 공격대원들도 리자드
를 순탄하게 처리하자 심각한 표정을 짓던 대수의 얼굴에도 미소
가 떠올랐다.

"오늘 우리 사고 치는 거시여?"

대수가 금순의 말투를 어설프게 따라 하자 데미안은 얼굴을 찌푸렸다.

"집중해!"

평소 부드러운 말투를 쓰는 데미안의 단호한 명령은 그가 이 전투에 얼마나 집중하고 있는지 충분히 느낄 수 있게 했다. 금순의 공격에 기력을 잃어가던 토룬은 체력이 바닥나자 온몸이 붉어지더니 괴상한 소리를 내기 시작했다.

<주의> 땅의 주인 토룬이 무언가에 분노하며 광폭화합니다.

모든 방어스킬을 무시합니다.

공격대원 한 명에게 시선을 고정합니다.

리자드가 알에서 모두 부화합니다.

토룬은 고막이 찢어질 듯한 소리를 내며 금순을 바라봤다. 데미안이 급하게 기술을 사용해봤지만 소용없었다. 부화장에 있던 공격대원들도 급속도로 불어난 리자드에게 당하기 시작했다. 보스의 체력이 낮아지면 발생하는 기본 패턴을 잊다니, 데미안은 마음이 급해져 금순에게 소리쳤다.

"도망치세요!"

모두가 절망적인 표정을 지으며 실망할 때, 금순은 조금 다른 얼굴을 하고 있었다. 자신에게 달려오며 포효하는 토룬의 모습이 썩 부자연스러웠기 때문이다.

'요 짐승놈은 가만있다가 뭣 땜시 화난겨?'

금순은 주변을 둘러보더니 그 원인을 발견하고 부화장으로 달려갔다. 데미안은 서서히 다리에 힘이 풀렸다. 그녀가 빠르게 도망가는 것은 좋았지만 하필 리자드가 가득한 부화장에 뛰어드는 모습을 보고 공략 실패라는 결론을 내렸다.

'피닉스의 깃털'에 '전투 중 부활' 기술까지 소모한 자신을 길드 원들이 내쫓을 게 분명했다. 동태눈이 된 데미안은 자신의 망한 작품을 감상하려는데 그의 눈엔 예상치 못한 화려한 형상이 담기며 초점이 되찾아졌다.

'캉, 캉, 캉.'

금순이 발을 구르며 검으로 리자드들의 손목을 타격해 무기를 떨궜다. 녀석들은 처음 겪는 전술에 당황했는지 주변을 두리번거렸고, 금순은 빠르게 리자드의 중심으로 파고들어 토룬을 기다렸다. 유령이 되어 관전하던 대원들은 경악하며 상황을 지켜봤다.

'야, 시작 때 녹화 켜뒀지? 이건 스트리밍 사이트에만 올려도 대박이다!'

'무기 떨구는 거 본 적 있어?'

데미안은 심장이 두근거렸는지 손으로 가슴을 잡고 미동도 하지 않았다. 리자드를 무력화시킨 것도 놀라웠지만 무슨 깡인지 자리에 멈춰선 금순의 속내를 도저히 알기 힘들었다. 토룬은 어느새 그녀의 앞에 도착해 우두커니 서 있었다. 녀석의 거대한 두 주먹이 하늘 위로 오르고 다시 내려오려 할 때였다.

"허어."

토룬의 그림자 속에서 미소를 짓는 금순이었다. 급제동. 토룬의 모습을 형용할 수 있는 완벽한 말이었다. 녀석의 주먹에는 힘이 풀렸고 매서운 눈은 겁먹은 리자드들을 바라보고 있었다.

"크엉…"

"커엉, 커엉."

토룬과 리자드들은 바다표범의 울음소리를 내기 시작했다. 어떤 대화라도 나눈 듯 금순의 옆에 있던 두어 마리가 도망치려 했지만, 금순은 그들에게 어깨동무를 하고는 놔주질 않았다. 토룬의 몸은 멈춰 있었지만 눈이 떨리는 것만은 선명하게 보였다. 몇 초가 지났을까. 출혈이 심각해진 녀석은 코로 뜨거운 증기를 내뿜으며 스르륵 눈을 감았다.

"왐마…."

긴장이 풀렸는지 자신감 있게 토룬을 노려보던 금순의 표정도 무너졌다. 한숨을 푹 쉬며 검을 칼집에 넣으니 출처가 불분명한 나팔 소리가 웅장하게 울려 퍼졌다. 무언가 익숙한 상황임을 직감하자 또다시 거대한 창이 생성됐다.

<공지>-[대기업]길드가 땅의 주인 토룬을 처치했습니다.

월드 퍼스트 킬: 땅의 지배자 칭호가 부여됩니다.

공략장(Leader): 데미안

마무리(Finisher): 오오금순아가씨는누구요

전투가 끝나자 머시스는 기력을 되찾아 눈을 떴고, 죽었던 공격대원들도 부활했다. 그들은 처음에 보이지 않는 선이라도 있는 것처럼 주저하더니, 대수와 머시스가 금순에게 달려가 와락 안기자 남은 사람들도 야구경기의 벤치클리어링처럼 몰려들었다.

현존 세계 최고 게임, '누벨판타지'의 최신 레이드를 한국의 길드가 가장 먼저 잡아낸 순간이었다. 그 위업을 모를 리 없는 우유도 본래의 목적은 잊어버린 채 그 순간을 즐겼다.

자리에 주저앉아 있던 데미안은 서서히 일어나 금순에게 다가갔다. 다른 것은 몰라도 공략법만큼은 게임 내에서 모르는 게 없다고 여겼다. 그러나 지금만큼은 자신의 부족함을 느끼지 않을 수가 없었다.

"어떻게 한 거죠?"

"미안이가 나 살렸제? 참말로 고맙구먼!"

"왜 토룬이 마지막에 공격을 멈춘 거죠?"

너무나 진지한 데미안의 표정에 금순도 잠시 고민을 하다 답했다.

"아무리 못났어도 지 새끼 죽이는 부모는 없는 거여."

데미안은 고개를 갸웃거렸다. 시스템적으로 공략을 구상하는 데미안에겐 떠올릴 수 없는 접근법이었다. 금순은 토룬이 급작스럽게 성을 낸 이유가 TV 속 다큐멘터리처럼 새끼들을 괴롭혀서라고 생각했다. 비록 게임 제작자의 변태적인 설정이 낳은 공략법일 뿐이었지만 야생의 상식을 활용한 금순의 운 좋은 판단이 모두를 구했다.

"…그렇군요."

데미안은 질문을 더 이어나가고 싶었지만 주변의 시선을 느끼고 앞으로 나섰다. 그가 토룬의 시체에 손을 뻗고 기다리니 곧 큰 상자로 바뀌었고 황금 테두리를 가진 아이템들이 튀어나왔다.

'토룬의 피부'를 획득했습니다.

'토룬의 심장'을 획득했습니다.

'토룬의 주먹'을 획득했습니다.

…

그들은 너나 할 것 없이 황홀한 표정을 지었다. 전신 방어구인 '토룬의 피부'를 집어 든 데미안은 모두의 앞에 나섰다. 그는 잔뜩 찢어진 금순의 옷을 보며 외쳤다.

"이번 레이드의 명백한 공로자, 오금순 님께 드리려 하는데 이의 없겠죠?"

대원들은 탐이 나기는 했는지 침을 삼키면서 고개를 끄덕였다. 레이드의 전리품에는 온몸에 착용할 수 있는 방어구와 무기들이 나온다. 그중 가장 활약한 대원에게 제일 비싼 전신 방어구를 넘기는 것은 게이머들의 관례였다. 데미안은 금순에게 다가가 갑옷을 건넸다.

"받으세요."

"차, 참말로?"

금순은 흥분됐다. 이번 레이드에서 참여하게 된 것은 단순히 데미안이 머시스에게 준 선물 때문이었지만 자신까지 받을 줄 몰랐다. 그녀는 설레는 마음을 뒤로 한 채 기억 저편에서 중요한 질문을 꺼냈다.

"나중에 도로 뺏는 거 아니제?"

"그럼요. 금순 님 아니었으면 보지도 못했을 겁니다."

금순은 그 아이템의 가치를 몰랐지만, 진짜 선물이라는 생각을 하니 친구들이 자랑하던 모피 옷과 명품들도 부럽지 않았다. 그녀는 갑옷을 꼭 끌어안았다.

"여 사람들은 참 착혀. 우리 머시스도, 대수도, 미안이도!"

"미안이래… 크읍."

과묵한 대수가 엉겁결에 생긴 데미안의 별명이 웃겼는지 실소를 터뜨렸다. 남들은 스쳐 지나가듯 넘겼지만 금순을 경계한 우유만큼은 그녀의 나이를 진지하게 묻고 싶었다.

"저, 금순 님, 혹시 나이를 여쭤봐도 될까요."

"야!"

우유의 돌발 질문에 대수가 단단히 날이 섰다. 게임 세계관의 설정에 따라 20대의 신체로 통일되는 누벨판타지에선 게이머의 나이를 묻지 않는 것이 매너였기에 당연한 반응이었다. 하지만 그런 문화를 알 리 없는 금순에겐 공손한 질문이었다. 잠시 고민을 하더니 그녀는 홍조를 띠고 머리를 긁적이며 답했다.

"나가 7학년 8반이여…!"

금순의 나이를 알게 된 공격대원들은 그대로 얼어버렸다. 현실의 언어가 입력돼 있는 머시스도 예외는 아니었다. 대수는 손으로 얼굴을 가리고 왠지 모르게 뿜어져 나오는 웃음을 참았고 몇몇의 대원들은 금순의 주변에서 무언의 흥미를 보였다. 한 사람이 감탄과 함께 질문을 시작하자 기자회견에 버금가는 질의응답이 오갔다.

"쪼매 먹었제… 쑥끄럽구만."

데미안과 우유는 각기 다른 이유로 겸허해졌다. 데미안은 토룬을 공략한 그녀와의 차이를 생각하며 자신의 오만함을 느꼈고, 우유는 길드의 영역 다툼에 할머니를 견제했다는 사실에 한숨이 나왔다.

'부끄럽다.'

뜻은 달랐지만 두 사람의 머리에 같은 문장이 맴돌았다.

"일단 나가요, 할머니! 우리가 이것저것 알려드릴게!"

유쾌한 성격을 가진 대원이 금순의 손을 잡고 마을로 귀환하는 주문을 외우자 남은 사람들도 소운으로 향했다.

"할머니, 아니 금순 님. 무슨 일을 한 건지 아세요? 아니 그전에 그 갑옷이 뭔지는 아세요?"

수다쟁이 대원이 소운에 오자마자 금순의 귀를 괴롭혔다. 주절주절 말하는 것이 상당히 힘들었지만 그래도 강섭의 또래와 언제 이렇게 대화를 해볼까 싶어 즐거웠다.

"금순 님…."

머시스는 갑자기 금순에게 존댓말을 하기 시작했다. 그 모습이 얼마나 기계 같았는지 금순은 경기를 일으키며 말을 다시 놓으라고 청했다. 마을 광장에 다시 집합한 것을 확인한 데미안은 아이템 목록을 살폈다. 보통 레이드가 끝나면 쓰지 않는 고가의 아이템은 경매업체에 맡겨 쏠쏠하게 돈을 벌었다. 하물며 최초로 잡은 보스의 아이템은 얼마의 가치가 있을지 모두가 숨죽이며 상상했다. 데미안이 준비를 마쳤는지 아이템 창을 닫으며 나긋한 목소리로 말했다.

"토룬의 주먹'은 공격대 내에 격투가 직업이 없는 관계로 경매 처분하겠습니다."

대원들은 소리 지르며 환호하고 싶었지만 진행을 멈추고 싶지 않아서였는지 가까스로 버티고 있었다.

우유는 손가락을 허공에 죽 긋더니 거래 이력 사이트에 접속해 과거 최신 레이드의 아이템이 얼마에 팔렸는지 확인했다. 미국의 길드가 중국의 길드에게 거액을 받았다는 소문은 이마에서 땀을 흐르게 했다. 우유의 눈이 몇 번 좌우로 흔들리고는 곧 숨소리가 거칠어졌다.

"4억 달러…."

모두의 눈에서 돈 비가 내리기 시작했다. 그들이 환각을 느끼며 어떤 말로 기쁨을 표현할지 고민하던 차에 일행 한 명이 금순을 와락 끌어안았다.

"드디어 학자금 빚 다 갚을 수 있어요! 아니, 상환하고도 남아요!"

그 대원은 생활고에 시달리고 있는 것 같았다. 누군가는 그에게 게임할 시간에 돈을 벌라 간섭했겠지만 일자리는 고사하고 작은 알바조차 구하기 쉽지 않은 게 현실이었을 것이다.

"성과급 합치면 이사 갈 수 있을 것 같은데?"

"집이 뭐야, 이때 주식 사야지!"

데미안은 대원들의 표정을 보고 그저 따라 웃는 금순을 바라봤다. 그는 마음 한구석이 불편했는지 그녀에게 다가갔다.

'오지랖이려나…'

금순의 손에 들고 있는 갑옷은 분명 그녀의 것이지만 그 가치를 제대로 활용할 수 있을지 걱정됐다. 만약 자신이 노년기를 살고 있다면 당장 경매에 내놓아 부유한 여생을 즐기겠지만 상대는 게임을 하고 있는 할머니였다. 그렇다면 게임이 중요한 것일까 현실의 생이 중요한 것일까. 이를 분명히 해야 그녀를 도울 수 있었다.

"금순 님, 그 옷으로 뭐 하고 싶으세요?"

금순은 데미안이 무슨 뜻으로 이야기하는지 몰랐지만 우선 질문에 답하기로 했다.

"쪼매 아까워서 그런디, 그냥 보관할려."

값비싼 옷은 가져본 적도 없을뿐더러 모두가 자신을 위해 건네준 옷이 혹시나 해질까 걱정됐다.

"보관하는 게 더 아까울 것 같아!"

머시스는 웬일로 솔직한 감정을 드러냈다. 데미안보다 그녀를 더욱 소중히 생각하기에 사소한 것에 신경 쓰는 건 당연했다. 눈치 빠른 데미안이 지도를 둘러보며 말했다.

"좋은 곳이 있네요. 따라오세요."

"아, 참. 그러지 않아도 되는디…."

금순은 투덜대듯 말하며 누구보다 빨리 데미안의 뒤를 따라 걸었다. 자재를 파는 거리를 지나 마을 깊숙한 곳에 들어서자 데미안이 자연스럽게 말을 꺼냈다.

"금순 님은 혹시 게임에서 하고 싶은 게 있으신가요."

"미안이가 착한 것은 알겠지만 늙은이헌티 왜 잘해주는겨?"

그녀는 표정을 감추며 의심이 담긴 질문을 꺼냈다. 데미안은 눈을 잠시 깜빡이더니 미소 지으며 답했다.

"계속 저희랑 계셔주셨으면 해서요."

저승에 있는 얼굴들 말고 다시 친구가 생기는 것 같아 금순은 얼굴이 확 달아올랐다. 혹시라도 부끄러워하는 모습을 들킬까 금순은 빨리 말을 이었다.

"거시기 뭐여, 서로 겨루는 대련 같은 거 없나?"

구체적인 금순의 답변에 데미안이 턱을 감싸며 고민했다. 돈 몇 푼 버는 투기장에 데려가면 요구에 알맞을 것 같았지만 금순의 엄청난 능력을 썩힐 것이 분명했다. 그는 다시 손으로 뭔가를 휙휙 졌더니 친구목록창을 켜 누군가에게 메시지를 보냈다.

"친한 친구한테 부탁했어요."

"그려? 인기쟁이구먼."

둘은 노닥거리며 목적지에 도착했다. 하늘을 가리는 희뿌연 연기. 커다란 굴뚝을 가진 대장간이었다.

"어이쿠, 손이 미끄러질 뻔했네."

"오랜만입니다, 보거스."

수염이 얼굴을 덮은 근육남에게 데미안이 악수를 청했다. 근육남은 담금질을 하던 검을 내려놓고 땀을 닦으며 맞이했다.

"데미안! 잘 지냈는가!"

"간만에 S급 의뢰인데 가능할까요?"

"뭐든… 오오!"

보거스라는 이름의 근육남은 침을 질질 흘리며 금순의 갑옷을 바라보더니 좀비처럼 달려들었다.

"대갈통 빵구 내불기 전에 안 내놓냐!"

옷을 잡고 춤을 추듯 빙글빙글 움직이던 보거스는 금순의 주먹을 맞고 나서야 정신을 차린 것 같았다.

"이건 대체 뭐야? 이런 재질은 처음 봐!"

"금순 님의 몸에 맞게 변형해주세요. 대금은 바로 드리겠습니다."

털로 가려진 얼굴 속 두 눈이 빛나는 보거스였다.

"흐하하, 기다리라고!"

'탕! 탕! 탕! 탕! 탕!'

마른 북어를 때리듯 신명나게 내리치니 금순의 가녀린 몸매에 어울리는 형태로 변하기 시작했다.

"여기 5만 골드입니다."

데미안이 엄청난 양의 골드를 꺼내니 보거스가 손을 내밀어 돈을 받으려 했지만, 머릿속에 묘한 생각이 파고들었다.

오오금순아가씨는누구요 님의 '교감'이 발동합니다. NPC와의 소통능력이 극대화됩니다.

보거스는 빠르게 손을 돌리더니 손바닥을 내밀었다.

"됐네. 나한텐 이런 옷을 맡긴 것만 해도 가문의 영광일세!"

의뢰비를 받지 않는 NPC의 이상한 태도를 보고 데미안은 금순의 능력이 얼마나 대단한 것인지 다시금 체감했다.

"어고 사장님이 뭘 좀 아는디? 잘 쓸게!"

"그럼 이만."

해 질 녘 노을이 쨍하게 내리는 광장으로 돌아오며 데미안은 하늘로 옷을 비추던 금순에게 말을 걸었다.

"금순 님, 손가락으로 갑옷에 원을 그려보세요."

"요러면 되는 거여?"

금순이 원을 그리자 토룬의 갑옷은 하늘로 올라갔고 순식간에 금순의 몸에 장착됐다.

"미러 토이*."

데미안은 거울을 꺼내 그녀의 모습을 비추어줬다.

"마음에 드세요?"

"어…"

금순은 식은땀이 났다. 돼지 목에 진주 목걸이일 거라 생각하며 떨렸지만 지금 거울에 비춰진 모습은 예상치 못할 만큼 너무나 아름다웠기 때문이다. 백옥과도 같은 세련된 갑옷은 그녀의 얼굴을 더욱 밝혔다.

"곱다, 고와."

"다음에도 꼭 함께해주세요. 금순 님!"

데미안은 몸을 이리저리 둘러보던 금순과 인사를 나누곤 로그

---

* 거울을 보여주는 장난감. 플레이어의 꾸밈새를 확인할 때 사용한다.

아웃 버튼을 눌렀다. 그는 떠나기 전에 '공격력 1000 이하 물리 피해 면역'이라는 치트 효과를 말해주고 싶었지만 금순에게 그러한 설명은 부질없어 보여 포기했다. 그저 즐거우면, 그러면 된 거였다. 금순도 머시스에게 옷을 한창 자랑하다 피로감이 몰려왔는지 강섭의 말을 떠올리며 외쳤다.

"게임종료."

✳

번쩍 눈을 뜬 금순이 주변을 둘러봤다. 신기하게도 아무것도 보이지 않았다. 아직 게임 속에서 나오지 못한 걸까 고민해봤지만 윙윙거리는 귀를 생각하면 현실로 돌아온 것이 분명했다. 그때였다.

'팡!'

불이 켜지더니 강섭이 축포를 터뜨렸다. 깜짝 놀란 금순이 가슴을 부여잡을 때 강섭은 바보처럼 웃으며 금순에게 외쳤다.

"할머니, 축하해요!"

"뭐더러 이러냐."

"토룬!"

강섭이 휴대폰으로 뉴스기사를 보여줬다. 토룬을 공략한 대기업 길드와 금순에 대한 관심이 주를 이룬 내용이었지만 그녀는 작은 글씨를 읽기 힘들었다.

"할머니 방송 탄 거 알아요?"

"방송?"

'대기업' 길드 대원 중 한 명이 녹화한 것을 스트리밍 사이트에 올린 내용이었다. 재빠르게 리자드의 검을 내리치고 기합소리를 내는 금순의 모습은 그녀가 보기에도 낯설고 멋졌다. 과거의 기억이 떠올랐다. 더 정확히는 금순이 잊었던 옛 사진들 속의 기억이었다.

'치맛자락처럼 생긴 바지가 멋있지 아녀?'

남들에겐 이리 둘러댔지만 사실 검도를 시작한 이유는 항상 맞고 다니던 동생들을 지키기 위해서였다. 합법적으로 무기를 소지하고 나다닐 수 있는 유일한 동네 무술. 굉장히 유치하고 단순한 이유였다.

동생에게 물어 골목의 양아치를 찾아갔을 땐 그녀보다 커다란 덩치에 덜컥 겁이 났지만, 죽도를 받기 전 임시로 들고 다니던 목검의 위력은 상상 이상으로 강력했다. 검의 길이를 이용해 몇 번 쿡쿡 찌르고 나니 녀석은 벌벌 떨었고 욕을 하며 달아났다. 단편적인 기억이 돌아오자 그녀는 시시하다는 생각이 들면서도 울컥했다.

싫으면서 좋았다. 젊은 시절로 돌아갈 수 없음에 한탄했고 이런 과거를 회상할 수 있게 해준 게임이 좋았다. 금순은 옅게 떨어지는 눈물을 손가락으로 치우며 강섭에게 말했다.

"강섭아."

"응! 할머니!"

"할미 요새 너무 즐겁다."

금순의 표정을 보던 강섭은 서서히 인상을 구겼다. 집에서 한숨만 쉬던 그녀가 다른 어떤 것도 아닌 그저 게임 하나로 변했다는 사실이 떠오른 걸까. 강섭은 매서운 눈으로 아버지의 방을 노려봤다.

'저희 장모님인데 당연히 제가 모셔야죠, 혼자 지내시면 얼마

나 외로우시겠어요?'

자신감 있는 의천의 말은 언제나 집에 찾아온 기자들을 현혹
시켰다. 베스트셀러 《노인을 위한 나라》의 저자였으며 노년층의
표를 얻어 초선의원으로 당선된 의천은 기자와 인터뷰할 때마다
금순에게 지극정성이었다. 가족끼리 있을 때 금순을 등한시하는
것과는 전혀 다른 태도였기에 강섭은 늘 이런 아버지가 부끄럽고
미웠다.

"할머니, 게임했던 모습 보는 방법 아세요? 휴대폰 줘보세요,
알려드릴게요!"

강섭은 금순이 평소에는 사용하지 않던 휴대폰을 꺼내 스트리
밍 사이트 이용 방법을 설명했다. 격해진 감정을 녹이기 전까진
할머니의 앞에서 표정관리가 힘들 것 같아서였다. 신기해하는 할
머니를 뒤로 한 채 자신의 방에 들어온 강섭은 뒷주머니에서 작
은 팸플릿을 꺼냈다.

'만 60세 이상의 노인분들께 사용을 권하지 않습니다. 주의….'

엑티베이터의 사용 설명서였다. 강섭은 저리 즐거워하는 할머
니를 말릴 수 없었다. 게임 속의 삶은 금순의 인생에 더는 나타
나지 않을 반짝이는 일이 분명했기 때문이다. 강섭은 책상에 있
는 가족사진을 멍하니 바라보다 팸플릿을 꾸겨 휴지통에 던져버
렸다.

＊

레이드를 마치고 금순의 게임 속 일상은 완벽히 달라졌다. 지
나치는 유저들마다 TV 속 유명 인사를 대하듯 했고, 영주라는 사
람은 금순을 찾아와 마을을 지켜준 것에 대하여 국왕의 감사패를

수여했다. 이 소문을 들은 유저들도 소문을 관광지처럼 여겨 대도시 비슷한 유동인구수를 자랑하게 됐다.

"그냥 말 걸어부러!"

"안 될 것 같은데요…."

사람들로 북적이는 시장, 과일가게 건너편 식당엔 어여쁜 아가씨가 있었다. 과일 사장이 식당 아가씨를 마음에 두었다고 생각한 금순은 중매쟁이처럼 사장의 손을 잡고 식당 앞으로 이끌었다. 얼굴이 사과처럼 빨개진 사장은 긴장했는지 손에 들고 있던 복숭아를 떨어뜨렸다.

"어쩐 일이세요?"

또르르 식당 안에 굴러 들어간 복숭아를 아가씨가 집어 들었다. 과일 사장과 식당 아가씨의 수줍은 모습에 금순은 아침 드라마를 보듯 몰입했다.

"금순 님!"

멀리서 덩치 큰 대수가 미소를 띠고 달려왔다. 대수의 철갑옷이 소리를 내며 위압감을 풍기자 두 남녀는 어색했는지 자신의 자리로 돌아갔다.

"니가 지금 뭔 짓을 혔는지 알아야…?"

드라마가 애매한 부분에서 끊겨 금순이 부들거렸다. 상황을 모르는 대수는 그저 바보처럼 웃었다.

"머시스는 잘 맡겼어요."

머시스가 이 장소에 없는 이유는 간단했다. 머시스는 강해지길 원했다. 자신이 아무리 약하다 해도 보스의 일격에 당한 자신이 너무나도 쓸모없게 느껴졌다. 머시스는 강해지게 해달라며 대수에게 부탁했고 소환수를 강화시키는 직업인 전문 테이머에게 맡겨졌다. 일개 여관의 강아지가 거대 야수들이 가득한 곳에 가는 것은 쉽지 않은 선택이었다. 그러나 금순이 불러온 바람은 머시스의 마음을 강하게 만들었다.

"잘 지내셨죠?"

대수의 등 뒤로 데미안이 고개를 내밀며 인사했다. 주변에선 토룬을 공략한 주인공들이 모이자 연신 스크린샷을 찍어대며 기념했다. 인파가 몰려 정신이 없자 데미안은 금순과 대수를 데리고 자리를 피했다.

"대화하기엔 여기만 한 곳이 없죠."

'여관 VIP룸'이라 적혀 있는 방에서 세 사람이 모여 앉았다. 데미안이 구매한 과일 안주세트를 먹으며 금순의 입꼬리가 올라가 있었다.

"미안이는 바쁘지도 않나벼."

"그럴 리가요. 금순 님께 계좌번호를 물어봐야 해서요."

과일을 야무지게 먹던 금순이 입을 멈추고 데미안을 쳐다봤다. 노인정에서 교육받은 무슨 피싱의 멘트가 떠올랐다. 대수는 금순의 표정을 읽더니 당연하다는 듯이 말을 이었다.

"토룬에서 나온 아이템이 팔렸거든요. 그것도 정말 비싸게."

"금순 님 몫이 가장 많이 책정됐어요."

어떤 이야기인지 조금은 이해한 금순이었지만 노파심을 지우기 힘들었다.

"쪼매 기다려라잉."

금순은 마지막 과일을 입에 넣고 게임종료를 외쳤다.

몇 분이 지났을까, 대수의 발 떠는 소리가 여관을 울릴 때 금순이 다시 나타났다.

"어디 다녀오셨어요?"

대수가 답답한 표정으로 물어봤고 곧 노크 소리가 들렸다. 여관 주인이 문을 여니 웬 갈색머리 남자가 어색한 자세로 들어와 인사했다.

"내 손주여."

그 단어를 듣고 두 사람은 다시 한 번 그녀가 할머니란 사실을 자각했다. 할머니의 간곡한 요청에 강섭은 동네 엑티베이터 플레이 룸, 통칭 엑티방에서 접속한 것이다. 조금은 어색한 분위기를 깨려 데미안은 바로 경매 수익에 관한 이야기를 전했다. 8천만 원이라니! 강섭은 놀라자빠졌다. 처음에는 정말 사기가 아닐까 생각했지만 '대기업' 길드의 아이템경매에 관한 뉴스기사는 이미 잔뜩 읽었고 데미안과 대수의 이름 아래에 적혀 있는 길드명은 틀림없었다.

"우리 할머니 부자 되셨네…."

강섭은 할머니에게 믿어도 된다는 의미를 담아 고개를 끄덕였다. 금순은 게임을 하고 돈을 받는다는 게 믿기지 않았지만 그래도 강섭이 보증했으니 다시 이야기에 집중하려 노력했다. 금순과 데미안이 이야기를 더 나누고 있을 때, 강섭은 분명 집에서 이 사실을 알면 문제가 될 것이라 생각하며 머리를 굴리고 있었다. 그래도 우선 자신이 할머니의 대리인 입장인 만큼 일 처리는 잘 끝내고 싶어 말을 꺼냈다.

"그럼 분배금은 어떻게 지급받나요?"

데미안은 그에게 개인메시지를 보내 자신의 연락처를 건넸다.

"실물 거래에 대한 계약서는 현실에서 진행하도록 할게요. 강섭 군은 그때 조금만 더 도와주세요."

금순은 슬슬 지겨워졌다. 별로 쓸 곳도 없어 보이는 돈 이야기보다 예전부터 질문하고 싶었던 내용이 우선이었다.

"강섭이랑 미안이 둘 다 있어서 혀는 말인디, 혹시 게임에서 대련 같은 것도 할 수 있나?"

대련 이야기를 처음 들은 대수는 놀란 표정이었다. 금순이 마을에서 NPC들과 노닥거리는 게 유일한 즐거움일 줄 알았던 탓이다.

"원래 스포츠에 관심이 많으셨나요?"

"할머니가 검도를 오래 하셨어요."

강섭의 명쾌한 해설을 듣고 데미안과 대수는 그녀의 검과 옷을 훑으며 문득 잘 어울린다는 생각했는지 감탄사를 작게 내뱉었다. 금순은 강섭의 말에 감동을 받았다. 이야기해준 적도 없는데 기억하고 있는 것이 고마워서였다. 그러나 사실 금순은 입만 열면 검도 이야기를 했었다.

"마침 저번에 연락했던 친구가 답장을 줬었어요. 따라오시죠."

데미안이 밖에 나가 소환주문을 외울 동안 강섭은 공손히 인사를 하고 떠났다. 손주가 금방 가버려 금순이 아쉬움을 느끼고 여운에 잠겼을 무렵, 데미안의 나무 마차가 소환됐다. 생김새가 토끼를 닮아 신기했는지 금순은 흥분하며 들어갔다. 덩치가 큰 대수도 착석을 하니 말이 긴장한 표정을 지었다.

"이라!"

데미안이 말을 몰며 소운을 빠져나왔고 곧 넓은 초원길이 보였다. 금순은 아름다운 경관에 넋을 놓다 초보자 NPC 레카가 떠올랐다. 자신에게 처음 이 세계를 소개해준 고마운 사람이었다. 아마도 그곳에서만 지낼 테니 적적하지 않게 그를 데리고 떠나고 싶었다. 금순은 급히 데미안에게 경유지를 알렸고 곧 외딴 통나

무집이 보였다.

"스톱! 스토옵! 여기여!"

금순은 마차에서 내려 급히 문을 열었다. 그때와는 다르게 이번엔 레카가 놀라 거위 소리를 내었다.

"어! 너는 그때….."

말 많은 사람이 싫은 레카는 그녀를 기피대상 1순위로 삼았었다. 원래 마을에 들어갈 수 있었지만 금순이 계속 마을에서 지낸다는 소문에 마을로 가지도 않고 지냈다. 그런데 웬걸 그녀가 벌컥 문을 열고 자신의 손을 꼭 붙잡은 뒤 마차에 올랐다.

"뭔데, 어디 가는 건데!"

덜컹거리는 마차에서 금순은 멋있는 표정을 지어 보였다.

"답답할 땐 드라이브제."

드라마에서 본 대사를 제대로 따라 한 것 같아 의기양양했다.

"안 돼!"

레카는 손으로 눈을 가리고 소리 질렀다. 임무가 있는 NPC의 특성상 소운을 벗어나면 제거될 것이 뻔했다. 갑자기 벌어진 일이 너무나 무서웠지만 발굽 소리만 들리고 아무 일도 벌어지지 않았다. 그는 서서히 심장박동 수가 돌아왔고 눈에서 손을 내리니 동공이 확장됐다. 처음 보는 울창한 풀숲이었다. 진녹색 잎들과 그 사이로 새어 나오는 빛이 그를 매료시켰다. 대수가 웃으며 말했다.

"NPC 보니까 머시스 생각나네."

"그게 누구죠?"

"여관 앞에 개 있지? 그게 머시스야. 말도 한다고. 금순 님 덕에."

대수는 머시스를 떠올리며 우수에 젖었다. 레카는 금순의 능력 덕분에 이런 광경을 볼 수 있다고 생각하니 숙연해졌다. 조금 전까지 기피하던 얼굴이 고맙게 느껴져 마음이 편치 않았다.

"여깁니다."

데미안이 말을 몰고 도착한 곳은 폭포가 있는 강변의 대형 투기장이었다. 외관은 돌이나 금속이 아닌 거대한 나무인 것이 느낌을 새롭게 했다. 그곳에서 저마다 검이나 창 지팡이를 들고 겨루는 모습을 보자 금순은 심장이 두근거렸다. 그들의 처절한 결투는 도장에 다니던 시절의 기억을 꽃피우게 만들었다. 레카도 예외는 아니었다. 항상 초보자들의 모습만 보다가 고도로 단련된 사람들이 직접 겨루는 모습은 너무나 웅장하게 느껴졌다.

"저기 오네요."

"네가 투기장을 다 오다니 누벨판타지 곧 망하겠네."

푸른 비단옷을 입은 짧은 머리의 여성이 데미안에게 다가왔다. 기대감에 가득 찬 금순이 그녀를 바라보자 데미안이 소개했다.

"제 친구 수예요."

"얘기 많이 들었어요."

수는 손을 내밀었지만 금순은 그녀의 팔을 잡고 오락기 앞에 선 꼬마마냥 물었다.

"수야, 나도 저거 헐 수 있는겨?"

"마음이 급하시네요. 뭐 실력은 익히 들었으니 바로 들어오시죠."

수가 기다란 종이 한 장을 꺼내 금순에게 건네자 그녀의 앞에 테두리가 명확한 창이 생성됐다.

<고유 투기장: Pixy팀 초대권>

고유 영역으로 들어가겠습니까? '네' '아니요'

평소엔 의심 많은 할머니였지만 지금의 그녀는 어떤 함정도 받아들일 준비가 돼 있었다. '네' 버튼을 누르니 금순은 바로 앞에 있던 투기장 속의 사람들이 가루가 되어 사라지는 것을 목도했다. 놀랄 새도 없이 곧 그 자리에는 수와 같은 푸른 옷을 입은 사람들이 무리 지어 연습하는 광경으로 바뀌었다. 금순은 물어볼 것이 많았지만 우선 일행과 함께 수를 따라가며 주변을 구경했다.

"밀리지 마!"

투기장의 모든 그룹은 세 명이 밀착해 있었고 그 앞에서 교관으로 보이는 남성이 주먹으로 방패를 들고 있는 선두들을 강타했다. 몇 팀들은 끄떡없었고 몇은 뒤로 나자빠지며 신음을 냈다. 관광 가이드처럼 수는 설명을 시작했다.

"여기가 저희 팀 연습장이에요. 매번 바뀌는 대회메타와 규칙 때문에 걸출한 연습생을 최대한 모으고 있죠."

"대련을 세 명이 허는겨?"

"예. 특정 클래스들은 상성 때문에 절대 이길 수 없어서 공식적으로 정해져 있죠. 마치… 대수님이 데미안을 이길 수 없는 것처럼?"

대수는 데미안과 일대일로 겨룬다 생각하니 바로 이해를 하곤 고개를 끄덕였다. 물리방어력만 좋은 대수는 마법에 취약해 데미안의 기술에 나자빠질 것이 뻔했다.

"그럼 미안이 같은 사람만 모이면 되잖어."

"마법사를 암살할 수 있는 클래스면요? 가위바위보랑 비슷한 원리예요."

수가 교관에게 손짓하자 교관은 두 팀에게 대결을 명했다.

"실전처럼 해!"

두 그룹은 각자 인사를 하고 거리를 벌렸다. 선두에는 방패병이, 뒤에는 지팡이와 검을 쥐고 있는 두 사람이 몸을 숨겼다.

"시작!"

머리에 띠를 두르고 있는 팀의 방패가 먼저 돌진을 했다. 선두가 부딪히며 서로 힘겨루기를 하자 뒤에서 마법사들이 주문을 외우기 시작했고, 곧 마법이 발동되려 할 때 검사들이 옆으로 빠르게 돌아 마법사를 베려했다. 결국 두 그룹은 서로 공격을 저지당하며 다시 거리를 벌려 숨을 돌렸다.

수의 팀원들은 좋은 반응을 기대하며 고개를 빳빳이 들었다. 레카와 대수가 조용히 박수를 쳤고, 수는 자랑스러운 듯 자신감 있게 말했다.

"어떤가요?"

그때 금순이 표정관리를 하다 포기했는지 큰소리로 웃었다.

"무신 연극하는 거여?"

그녀의 눈에 Pixy팀의 전투는 단지 눈치 싸움일 뿐이었다. 자신의 몸을 내놓으며 상대방을 공격하는 검도의 쾌감은커녕 쇼를 우선시하는 레슬링 같았다.

수는 당황했다.

"뭐라고요?"

"재미 하나도 없어야."

평소의 금순에게선 볼 수 없는 고자세였기에 데미안은 흥미로 웠다. 그저 순진한 사람인 줄 알았지만 진심일 때의 모습은 정말 자유로워 보였다. 수는 자존심이 상했다. 팀 Pixy는 늘 프로리그 본선에 진출하는 전문게임단이었다. 그곳의 훈련과정은 팀의 리더인 수가 만든 것이기에 팀을 욕한 것은 자신을 욕한 것이었다.

수는 금순을 골탕먹이고 싶어졌다.

"하, 그러십니까? 그럼 저희 팀 막내랑 한번 해보시죠?"

"일대일은 밸런스 문제가 있다면서요!"

금순이 걱정된 대수는 큰 목소리로 따졌다.

"상성 때문이라고 했죠. 금순 님은 검을 들었고 막내는 그냥 방패를 든 탱커예요."

데미안은 수의 막무가내 성격을 알았기에 한숨만 나왔다. 원래는 금순을 Pixy팀과 친하게 지내게 하려 했지만 모든 것이 물 건너간 것처럼 느껴졌다. 그러나 데미안이 걱정스럽게 금순을 바라봤을 때 매우 익숙한 표정을 보곤 안심이 됐는지 표정을 풀었다. 토론을 기다리며 지었던 표정. 상대를 깔보는 듯한 금순의 독특한 표정이었다.

✳

오오금순아가씨는누구요 님이 결투에서 승리하였습니다!

겁나단단 님이 결투에서 패하였습니다!

수는 눈으로 보고도 믿을 수가 없었다. 출혈이라는 괴상한 기술이 막내의 방어력을 모두 무시했다. 최소 10분을 넘어가리라 생각한 전투는 1분 안에 마무리됐고, 막내는 머리와 허리에서 뿜어져 나오는 피를 보고 바닥에 주저앉았다. 무서운 악령이라도 본 듯한 표정이었다. 금순은 수를 비웃으며 말했다.

"어뗘? 인쟈 느낌 확실혀?"

수는 데미안을 바라봤다. 데미안은 수가 왜 저리 불쌍한 표정으로 바라보는지 알 것 같았다.

"뭐, 원래 이런 분이셔."

수는 너무나 분했는지 구석에 있는 관전시스템을 이용해 불법 프로그램 사용여부를 점검했다. 결과는 응답 없음, 순수한 실력이었다. 사실 기사단장의 기술도 대단했지만 모두들 한 가지 간과하는 부분이 있었다. 누벨판타지에서의 신체 능력은 뇌에 기록돼 있던 기억을 읽어내 증폭시키며 정해진다는 사실이다. 엑티베이터가 읽어낸 어릴 적 그녀는 강했다. 보통은 실업팀이 나가는 세계대회를 눈에 띄게 젊은 대학생 신분으로 출전할 정도였다. 찌름과 역허리가 주특기로 활용될 만큼 압도적인 순간 가속력 또한 자랑했다. 그런 금순의 눈에 팀 Pixy의 멤버들의 대련이 굼뜨게 보이는 건 지극히 자연스러운 결과였을 것이다.

"야, 데미안."

수는 저벅저벅 데미안의 앞에 다가왔다. 데미안은 금방이라도 그녀가 윽박지를 거라 여기며 회피할 방도를 떠올렸지만 반응은 예상외였다.

"저분 아직 팀 없으시지?"

언제 화를 냈느냐는 듯 수는 눈을 반짝이며 말했다. 이런 성격 덕분에 팀 리더가 된 것인가 데미안은 짐작했다. 잠잠히 생각해보던 데미안은 난감해졌다. 프로팀에서 활동하면 '대기업' 길드의 레이드엔 참여가 거의 불가능했다.

"안 돼."

데미안이 단호한 표정을 짓자, 수는 땀을 닦던 금순에게 달려갔다.

"아가씨누구요 님, 아니 금순 님! 혹시 여기서 계속 놀고 싶지 않으세요?"

"아, 당연허지!"

두 여인의 눈은 다른 이유로 반짝였다. 데미안은 급히 수의 팔을 잡고 구석으로 이끌었다.

"내가 전에 말한 거 잊었어? 프로팀은 힘들 거라고 보는데."

이건 또 뭔 소린가 싶었는지 수는 이상한 표정을 지었다. 데미안이 다시 금순의 나이에 관해 개인메시지를 보내고 나서야 수는 능청스럽게 말했다.

"할머니면 뭐 어때서? 사실 단장님이 관심 있어 해. PVP 해본 적 없어도 데려오라더라. 팀 홍보가 된다나."

데미안은 꺼림칙했지만 애초에 금순 스스로가 선택할 일이었으니 더 이상은 오지랖이었다. 수는 금순과 팀 계약을 하자며 강남의 빌딩 주소를 적어주었다. 최신 대중교통 시스템에 익숙하지 않은 금순을 위해 데미안이 집까지 찾아가 대동하기로 했다. 금순은 접속종료를 하기 전에 안절부절못하는 레카를 발견했다. 이유를 물으니 떨리는 목소리로 말했다.

"돌아가야 할 것 같아…."

"왜? 대수랑 미안이는 계속 게임한다는데 같이 가지."

"오두막에 새로운 모험가가 왔어. 즐겁긴 한데 내 역할은 해야 하니까."

레카의 마지막 답변은 금순의 마음을 쪼아댔다. 익숙한 답답함이었다. 본인이 좀 더 이 게임에 익숙하게 된다면 다음엔 자신이 마차를 구매해 레카와 모험을 떠나고 싶었다. 그를 다시 통나무 집에 태워준 뒤 그녀도 로그아웃하여 하루의 끝을 맺었다.

＊

　다음 날, 잠에서 일어난 금순의 앞에서 강섭이 난감한 표정으로 서 있었다.

　"할머니, 데미안 님이 오셨어."

　"미안이?"

　"응, 그런데….'

　강섭은 데미안의 사정을 듣고 연락해 부모님이 없는 시간대로 집에 초대했다. 그리고 문을 연 순간 문을 다시 닫을 뻔했다. 날렵한 기세의 남성은 어디가고 웬 20대 후반으로 보이는 여성이 문 앞에 있었다. 당황한 강섭에게 데미안은 우선 안으로 들어가도 되는지 물었다. 강섭은 할머니도 같이 이야기를 들어야겠다 여기고 방으로 데리러 온 참이었다.

　"왜 그러는겨?"

　금순도 거실로 나오자 강섭은 초조했다. 할머니가 이 상황을 이해할 수 있을지 망설여졌다.

　"안녕하세요, 금순 님."

　"어, 여까지 오느라 고생혔어!"

　소파에 앉아 있던 데미안을 보자 금순은 예상외로 반갑게 맞이했다. 강섭의 고민이 정말 쉽게 풀리는 순간이었다.

　"할머니는 안 놀랐어요?"

　"쪼매 놀랐는디 말투 보니 미안이 맞어. 게임은 나처럼 다른가 보지."

　어린 강섭보다 편견 없는 금순이었다. 데미안은 이해하지 못하는 강섭을 위해 자신의 사정을 설명했다. 그녀가 게임 속에서 남성으로 보일 수 있었던 이유는 오픈베타 테스트의 보상 덕분이었다. 테스트 때 얻은 아이템을 보존해주지 않는 대신 다시 태어났다는 의미에서 커스터마이징이 가능한 환생권을 주었다.

"저랑 던전 안 가실래요?"

이렇게 시작했다.

"진짜로는 몇 살이에요?"

조금 더 지내니 이렇게 바뀌었고,

"애인 있어요? 아, 그냥 궁금해서요."

끝내 질문들이 비슷해졌다.

게임에서 적지 않은 남성들이 연락을 원하며 달려들자 원활한 레이드 생활을 즐길 수 없었기에 그녀는 당연히 환생권으로 성별을 바꿨다.

"아무튼 실물 계약서 건도 있고 Pixy에서도 계약을 해야 하니 그 회사에서 한 번에 하죠."

강섭의 손을 잡고 문 앞에 나간 금순은 설렌 듯 계약에 관해 이것저것 캐물었다. 친절한 데미안은 그 질문들에 일일이 답변해주며 세 명의 게이머는 택시를 타고 강남으로 이동했다.

"어머나, 금순 님!"

현실에서도 머리가 짧은 수가 건물 밖에서 맞이해 안으로 이끌었다. 금순의 왼손은 강섭이, 오른손은 데미안이 잡아주며 수를 뒤따랐다. 휘황찬란한 프로게임단의 내부 인테리어에 일행은 눈길을 뺏겼다. 푸른색과 갈색의 조합이 오묘하게 투기장을 떠올리게 만들었다. 회의실에 들어서자 지긋하게 나이 든 대표, 지만이 인사를 하고 다양한 연봉옵션과 혜택을 설명해주었다.

"머리 아프구먼."

작은 글씨로 빼곡히 적혀 있는 글씨는 금순에게 너무 어렵게 느껴졌다. 도장에 다니거나 학교에 있을 적엔 관리자가 해주었지만 지금 금순에겐 손자밖에 없었다. 그녀는 강섭을 물끄러미 바라봤다.

"할머니 제가 봐볼게요."

결국 계약서에 관한 내용은 강섭이 떠맡게 됐다. 수억 단위의 보상금을 보고 강섭은 내심 할머니의 매니저로 취업하고 싶다 생각했다.

"그럼 이렇게 하는 거로 하고 기념사진만 찍고 가시죠."

대표는 금순에게 프로팀의 점퍼를 손에 들게 한 뒤 같이 사진을 찍었다. 할머니가 점퍼를 들고 있는 모습이 정말로 만족스러웠는지 그는 휘파람을 불며 자리를 떠났다. 바로 핸드폰을 두드리는 모양새를 보니 어딘가로 연락을 하는 것 같았다.

"여러분, 기념으로 밥 먹으러 가요!"

수와 금순 일행은 근처 식당에서 밥을 먹으며 게임 이야기를 나누었다. 레이드와 투기장 중 무엇이 더 재밌는지 열띤 토론은 강섭을 흥분케 만들었다. 그사이에 데미안의 친필 사인도 받고 수와는 인증사진도 찍었다. 식사를 마치고는 대형전자마트에 가서 전시 돼있는 누벨판타지의 굿즈들을 감상했다. 토룬 피규어를 보고 금순의 경계하는 모습에 모두 깔깔 웃어댔다.

"즐거웠습니다, 금순 님."

"조심히가세요!"

해가 저물자 수와 데미안은 택시를 탄 금순에게 인사를 하고 떠났다. 금순의 오늘 하루의 일과는 삭신이 쑤실 정도로 고됐지만, 이 나이를 먹고 새로운 친구들과 밖에서 신나게 놀았다 생각하니 감개무량했다. 택시 안에서 하루를 되짚어보던 금순은 옆에서 강섭이 발을 떠는 모습이 보였다. 분명 즐거운 시간이었음에도 긴장되어 보이는 이유가 궁금해 물었다.

"강섭인 뭐 고민 있는 거여?"

강섭은 금순의 표정을 잠시 보더니 조심스레 답했다.

"엄마랑 아빠한테 뭐라 말해야 할지 잘 모르겠어요."

금순도 이 고민이 되지 않았던 건 아니었다. 그러나 겨우 되찾은 즐거운 시간들을 놓치고 싶지 않았다. 집에 도착하기까지 그저 강섭의 다리에 손을 얹고 그저 토닥일 뿐이었다.

＊

현관문을 조심스럽게 열고 들어가니 집에는 은미가 식사 준비를 하고 있었다. 은미는 저번 일이 미안했는지 괜히 금순에게 말을 걸었다.

"어디 다녀왔어, 엄마?"

금순은 답을 하지 않고 짐을 챙겨 방으로 들어갔다. 은미가 어색해 하자 강섭은 엄마가 저자세일 때 말하는 것이 옳다고 생각했다.

"엄마, 좋은 소식이 있어요."

강섭은 가방에서 계약서를 꺼내 은미에게 들이밀었다. 은미는 식탁에 앉아 꼼꼼히 읽어보더니 방을 쳐다봤다. 고개를 갸우뚱하곤 휴대폰으로 몇 가지 단어를 검색해보고서야 계약서의 내용을 이해했다. 순간 탄성을 내지르다 입을 막았다. 이 금액이라면 자신이 하고 싶은 것들은 물론이고 더 좋은 집으로 이사할 수 있었다.

"엄마, 스포츠 계속 좋아했잖아! 경사 났네! 경사 났어, 우리 여사님!"

끼익 방에서 문이 열렸다. 금순은 자신이 아까 받은 프로팀 점퍼를 내밀었다.

"어뗘…."

은미는 엄마에게 칭찬하는 것만큼은 자신 있었다. 그녀는 온갖 미사여구를 지어가며 금순의 어깨를 천장에 닿게 했다. 차갑던 금순의 얼굴이 녹아내리고 곧 언제 다퉜느냐는 듯 재잘재잘 떠들었다. 계약서를 가지고 이것저것 잡담을 나누는 사이 그들 모르게 강섭과 은미의 핸드폰이 미친 듯이 울리고 있었다. 모녀, 모자 간의 대화가 무르익었을 때 '삐비비빅' 현관문의 도어락이 거칠게 눌렸다.

문이 열리고 의천은 시뻘건 얼굴로 그들을 노려봤다.

"야, 최은미."

평소와는 완벽히 다른 사위의 표정에 금순은 당황했다.

"이 서방, 왜 그래."

"장모님은 들어가세요! 지금 누구 때문에 이러는데…."

금순에게도 도끼눈을 뜨며 언성을 높이자 은미도 화가 났다.

"엄마한테 말버릇이 그게 뭐야?"

"전화 왜 안 받아! 이강섭, 너도!"

두 사람은 자신의 휴대폰을 열어보고 수십 통에 달하는 부재 중 전화를 확인했다. 강섭은 침을 삼키고 물었다

"뭐 때문인데요?"

"네가 더 잘 아는 거잖아. 인터넷에 네 할머니 이름 쳐봐!"

웹사이트에 오금순을 쳐보니 관련 기사가 수천 개가 검색됐다.

'70대 노인의 프로 입단', '충격! 기사단장의 나이' 등 다소 예상 가능한 기사들이 곳곳에 보였지만 대다수는 아버지의 이름이 같이 거론돼 있었다. '장모를 사지로 내몬 여당 이의천 의원', '엑티베이터를 사용 후 노인에게 생기는 신체변화', '노인들의 민심으로 당선된 초선 의원의 민낯'처럼 극도로 부정적인 기사들이었다. 기자들은 엑티베이터의 설명서를 단 한 줄만 인용하여 노약자는 그 기계를 사용하면 안 된다고 주장했다.

"장모님이 말씀해보세요. 모시는 것도 힘든데 이런 일로 피해를 주시면 어쩌자는 거예요!"

금순은 버럭 화를 내는 사위에게 짜증이 났지만 더 마음을 힘들게 하는 건 그가 왜 자신에게 '피해'를 보았다며 화를 내는지 이해하지 못하는 것이었다.

"대체 화는 뭐더러 내는디!"

금순도 목소리를 높였다. 강섭은 서둘러 금순에게 엑티베이터의 경고문을 최대한 쉽게 설명했다. 그리고 기자들이 말하는 내용이 어떤 것인지도 간단히 풀어 말했다. 강섭은 건강에 위험이 생길 가능성이 있으면서도 사실을 숨긴 자신이 죄인같은 심정이었기 때문에 말도 빨라졌다. 금순은 이야기를 듣고는 인상이 구겨졌다. 게임 덕분에 행복한 그녀에게 기사의 내용들은 말도 안 되는 것이었기 때문이다.

"이 잡것들은 뭐여? 시방 얼굴도 모르는 나를 걱정해? 거짓부렁도 정도껏 해야지. 이 시…."

다시는 게임을 못하게 될 것 같다는 불안감이 그녀를 흥분시켰고 엄청난 욕을 뿜어냈다. 은미와 강섭, 그리고 의천까지 말을 잃었다. 정말 평생 온순한 그녀였다. 가족들이 뭐라 해도 가만히 있으려 노력했고 험담은커녕 교과서에서 볼 법한 고운 말로 이루어진 말투를 구사했다. 그랬던 금순이 게임조차 못하게 만드는 세상에 분노하여 입에서 욕을 내뱉으니, 유명한 욕쟁이 할머니는 저리가라 할 만큼 무시무시했다. 의천은 마음이 쫄렸다. 저 욕들이 기자들을 향하고 있지만 사실 자신에게 하는 것은 아닐까 생각하며 들으니 두려워졌다.

"강섭아, 그 대표인지 뭐시기 연락처 받았제. 내 옛날부터 선수들 인터뷰 겁나 많이 봤는디 이럴 땐 기자들 불러놓고 얘기 허야 혀."

"아, 네."

강섭도 어느새 비서처럼 말투를 더 높였다. 강섭이 자신의 방에 들어가 Pixy의 대표와 통화할 동안 의천은 금순을 말리기 시작했다. 그녀가 진짜 자신과의 일상을 밝히는 순간엔 정치인생이 끝날 것이 뻔했다.

"아니, 장모님. 그래도 이렇게 일을 크게 벌이는 건 제 이미지가 더 이상해질 것 같은데… 요."

"암 소리 말어. 넌 이따 보자고, 이 서방."

장모의 날카롭고 간결한 말투에 사위는 입이 막혔다. 강섭의 전화통화는 수월하게 끝난 듯했다. 휴대폰만 달고 사는 대표, 지만이 이 사실을 모를 리 없었다. 일이 커지면 커질수록 대표에겐 좋은 일이기 때문에 당연하게도 그는 바로 기자회견 자리를 만들었다.

"10시? 금방이네."

강섭에게 답변을 확인한 금순이 은미에게 절도있게 손짓했다.

"은미야, 나 양장 있제, 고거 가져와라."

"응! 알겠어, 엄마!"

금순의 표정은 그 어느 검도 대회를 나설 때보다 냉철했다.

✳

하늘을 시꺼먼 어둠이 뒤덮은 시각, 금순의 가족은 회사에 도착했다. 강섭의 손을 잡은 금순은 기자회견장 뒤편에서 스태프에게 설명을 듣고 있었다.

"신호 드리면 바로 들어오세요."

금순은 고개를 끄덕이고 뚱한 표정으로 자신이 무슨 말을 할 것인지 고민했다. 강섭은 긴장됐다. 아까 들은 할머니의 말투가 그대로 기자회견에 나가면 이상한 구설에 휘말릴 것이었다.

"할머니, 욕은 하시면 안돼요!"

"아구 강섭인 그런 거로 할미 걱정 안 혀도 돼."

말은 그렇게 했지만 덕분에 정신이 차려졌다. 그녀가 기자들에게 할 말을 떠올릴 때 대부분 욕설이 포함돼 있었다. 입을 조심하자며 마음을 굳게 다지고 있으니, 곧 스태프가 찾아와 회견실로 안내했다.

'터벅, 터벅' 한 발자국씩 앞으로 갈수록 금순은 자각하기 시작했다. 얼마 전 방 안에서 숨죽여 살던 자신의 걸음걸이가 아님을. 모두 자신의 목소리 하나만을 듣기 위해 이 자리에 와 있을 거라 생각하니 너무나 두근거렸다.

회견실로 들어가려 하니 지만이 앞에서 기다리고 있었다.

"대충 강섭 씨에게 이야기는 들었어요. 하실 말씀이 있다고 하셨죠. 으음….."

그는 어울리지 않게 진지한 표정으로 짧은 말을 남겼다.

"편하게 하세요."

대표는 회견실 문을 열었고 금순은 자신만의 도장으로 들어섰다. 밝지 않은 공간에 수많은 플래시 세례가 펼쳐지니 소운에서 보던 야경이 떠올랐다. TV에서 인터뷰를 하던 사람들은 다 이런 느낌이었을까. 작은 빛들에 둘러싸여 눈꺼풀을 간지럽히는 느낌이었다. 준비된 자리에 앉고 나니 앞에 가지런히 놓여 있는 마이크는 금순의 마음을 급하게 했다.

"늦은 시간에 연락을 드렸는데 다들 와주셔서 감사합니다. 오늘 이 자리는 저희 팀의 괴물 신인 오금순 씨께서 요청하셨습니다."

진행자가 이야기를 시작하니 기자들이 술렁였다. 그들이 저녁을 먹다 헐레벌떡 회견장에 달려온 이유는 팀에서 그녀를 방출시킨다는 기사를 누구보다 빠르게 내기 위함이었다. 이의천 의원의 잘못된 행태로 여러 사람이 번거로워진 점을 꼬집으려 했으나, Pixy의 대표는 여유로운 표정으로 지켜볼 뿐이었고 이상하게도 금순이 마이크 앞에 앉아 있었다. 이내 참지 못한 기자 한 명이 호명하기도 전에 일어나 질문했다.

"오금순 씨는 어떻게 되는 겁니까?"

금순은 당황했다. 자신이 어떻게 되느냐는 질문의 말뜻을 몰랐다. 그녀의 표정을 캐치한 지만이 진행자의 마이크 앞으로 달려가 대신 답변했다.

"어떻게 되다니요? 다시 말씀해주시겠습니까?"

"현재 이의천 의원에 관해 말이 많아서요."

"그래서요?"

"어…."

기자가 말을 잇지 못하자 대표는 다시 자리로 돌아갔다.

"그럼 오늘 왜 모인 겁니까?"

자존심이 상했는지 벙어리가 됐던 기자는 다시 자리에서 일어났다. 대표는 금순에게 표정으로 신호를 보냈다. 금순은 침을 꼴깍 삼키고 미세하게 떨리는 손으로 간신히 탁상 마이크를 잡았다.

"다들 저한테 관심이 많다고 들었는디…."

금순은 강섭을 바라봤다. 자신이 실수를 하지 않는지 확인하기 위함이었다. 강섭이 엄지를 내밀자 그녀는 말을 이어나갔다.

"저는 괜찮구먼, 괜찮아요."

"하시고 싶은 말씀이 뭡니까?"

금순이 뜸을 들이자 기자 한 명이 질문했다. 금순은 의아한 표정을 짓다가 다시 말했다.

"괜찮으니께 걱정하지 말라고요."

"이의천 의원이 게임을 하는 것에 대해 아무 말 없었나요?"

잠시 답변을 떠올리며 과거를 생각해보니 자신이 방에서 뭘 하던 사위는 관심도 없었다. 자신과 마주치는 것도 불편해하는 사람이 무슨 말을 해주겠는가. 그녀는 기자석 뒤에서 몰래 지켜보고 있는 사위를 발견했다. 검은 모자와 마스크를 쓰고 벌벌 떠는 모습은 심판대에 선 죄인과 흡사해 보였다. 은미와 손주에게 소리친 그를 따끔하게 혼낼 기회였지만 금순은 독하게 판단했다. 지금 자신이 그런 이야기를 해서 가족에게 도움이 될까? 사위는 변할까? 그녀는 부정적인 답을 내렸다. 차라리 영원히 지켜보겠다는 뜻으로 말을 감추는 것이 현명하다 생각했다. 뭐, 그래도 거짓말은 하기 싫었다.

"아무 말 없었는디?"

그 말 한마디를 듣고 기자들은 타자를 미친 듯이 두드렸다. 다들 공장에서 뽑아낸 실줄 마냥 반복적이고 빠르게 기사를 써내렸다. 의천과 은미는 이 모습을 절망적으로 지켜봤다. 당에서부터 유권자들까지 등을 돌릴 것이 뻔했다.

"근디 말여…."

금순이 말을 다시 하려 마이크에 입을 댔지만 기자들은 신경 쓰지 않고 타자에 몰두했다. 그녀는 강섭을 바라봤지만 강섭도 적잖이 당황한 상태였다. 금순은 한숨을 푹 쉬더니 마음 안에 잠겨 있는 울화통을 열었다.

"그런디 말여!"

기자들의 타자 소리가 멈췄다. 시끄러운 상황에서 정적이 되자 윙윙거리는 소리가 귀를 찔렀다. 금순은 성난 얼굴로 기자들을 바라보며 외쳤다.

"니덜은 어떤디? 지금 느그 부모들이 뭐하고 있는지 아는 사람 있단가?"

절망하고 있던 강섭은 고개를 들었다. 기자들은 갑자기 반말을 하는 금순에게 아무런 반응도 하지 못했다.

"나는 이 서방 집에서 제일 큰 방에 살아야. 내 손주는 나 위한 답시고 제일 작은 방에서 지내고, 나가 원래 살던 집 불타가지고 이 서방이 제일 먼저 모시겠다고 혔어. 니덜이 그 말 한마디가 어떻게 느껴졌는지는 아는가? 애초에 시방 부모랑 같이 살고는 있는겨? 내 살만큼 살았응께 하는 말인디, 사람이 되가지고 말이여 자기한테 못할 손가락질 남한테 하는 거 아녀!"

회견장에 떳떳하게 그녀와 눈을 마주칠 수 있는 사람은 없었다. 도끼눈을 뜨고 있던 기자들도 고개를 떨군 뒤 입을 잠갔다. 금순은 숨을 고르고 손으로 부채질을 하며 말했다.

"더 물어볼 거 있음 여기서 빨랑 얘기혀. 이상한 글 짓거리 하지 말고. 내 건강을 왜 니들이 걱정하고 자빠졌어."

시간이 흘러도 아무도 손을 들지 않자 진행자는 회견을 종료시켰다. 사람들의 표정은 대체로 어두웠지만 지만은 방긋 웃으며 조용히 박수를 치고 있었다.

회견이 끝나고 차로 집에 오기까지 금순의 가족들은 단 한마디의 말도 없었다. 초상집이라고 할 만큼 칙칙한 분위기 때문이었는지 집에 도착하자마자 각자 방에 들어가 문을 닫았다. 금순은 강섭과 약속한 것을 못 지켜 부끄러웠다. 그래도 후련해진 마음이 위안이라면 위안이었다.

'끼익.' 강섭이 문을 열고 들어왔다. 강섭이 조용히 침대 옆에 앉자 금순은 손자의 머리를 쓰다듬어주었다.

'끼이익.' 이번에는 은미가 눈을 붉히며 들어왔다. 은미는 금순에게 다가가 사죄했다. 주절주절 말이 많았지만 가장 중요한 내용은 남편을 좋게 이야기해줘서 고맙다는 말이었다. 금순은 서글펐다. 이 상황에서도 남편을 걱정하며 우는 모습을 보고 있자니 자신이 더 이상 그녀의 가족이 아닌 것 같았다.

"이 서방 오라고 혀."

'끼이이익.' 정말 천천히 문이 열렸다. 문밖에서 엿듣고 있다 들어온 사람치곤 능청스러운 표정이었다. 그래도 일말의 양심은 있는지 금순을 똑바로 보진 못했다.

"부르셨어요, 장모님."

"많이 불편혔지?"

"아니에요…."

"새로 집 잡는 데로 나갈겨. 좀만 참아봐."

은미와 이 서방의 눈가가 떨렸고 더 이상의 부정은 없었다. 애초에 떠보려고 한 질문인 만큼 그런 반응을 놓칠 금순이 아니었다.

"인자 가봐."

은미 부부가 사라지니 강섭은 울상을 지으며 금순에게 물었다.

"할머니, 어디 가려고요…."

"강섭이가 말해줬자녀, 할미 부자람서."

크게 틀린 말은 아니었기에 강섭은 더 이상 말을 덧붙이지 않았다. 본인 같아도 당장 이 집을 나가고 싶은 심정이었으니까. 강섭은 이 상황을 할머니의 친구들과 공유해야겠다 생각하며 전화번호부를 펼쳤다. 그리고는 새삼 안도했다. 데미안, 수, 팀의 대표 지만까지. 누구에게 연락을 해도 믿음직했다.

✳

소운의 시장 거리. 금순은 오늘도 과일 사장과 건너편 아가씨의 드라마를 시청하는 중이었다. 최근 Pixy팀도 휴식 기간이라 시간이 널널해진 덕분이었다. 시장 남녀의 달콤한 멘트가 절정에 달했을 때, 역시나 대수와 데미안이 인사하며 흐름을 끊었다. 금순은 짜증을 냈지만 둘은 익숙한 듯 웃어 보였다. 데미안은 인벤토리에서 특별한 기계를 꺼내 금순의 몸을 스캔하더니 말했다.

"금순 님, 피로도 100퍼센트 다 됐어요. 오늘은 그만 로그아웃 하세요."

사정을 알게 된 누벨판타지 게임사와 팀 Pixy가 협력해 개발한 피로 누적 계산기였다. 금순은 식사하기 전 부모를 조르는 아이처럼 '5분만'을 말했다가 원격으로 강제종료를 당했다.

"오오금순아가씨는누구요 님, 즐거운 모험 되셨길 바랍니다."

청아한 목소리의 아가씨가 그녀를 배웅했고 곧 엑티베이터에서 깨어났다.

"야! 빨리 접속해!"

게임에서 깨어나 눈을 뜨니 주변이 혼잡했다. 수십 대의 엑티베이터가 나열돼 있었고 학생으로 보이는 아이들이 곳곳에서 플레이 중이었다. 익숙한 볼거리인 듯 흐뭇한 미소를 짓던 그녀에게 대표가 손을 내밀며 인사했다.

"오늘은 운동 조금 하셔야죠."

"죽어불겄네…."

금순은 팀이 소유한 건물 5층으로 이사를 왔다. 정확히 말하면 대표가 공짜로 줬다. 그녀가 입주한 후 1층의 엑티방부터 4층의 헬스장까지 그녀를 보기 위해 사람들이 몰려왔다. 국내와 해외 팬들의 기쁜 비명 소리와 악수 세례, 인증사진 요청까지. 금순은 분명히 한류배우 버금가는 유명인이었다.

매일 매일 새롭게 만나는 사람들과, 주기적으로 찾아오며 근황 이야기를 해주는 손자까지. 금순은 더 이상 바랄 게 없었다. 아니, 딱 하나 바라는 것이 있다면 변화된 지금의 삶이 언제까지나 지속되는 것이었다. 지만의 부축을 받으며 게임방의 출구로 향하던 금순은 뒤를 돌아봤다. 엑티베이터마다 뿜어내는 불빛과 활기찬 플레이어들의 표정은 성 위에서 내려다보던 소운의 야경처럼 빛나고 아름다웠다.

이현섭

1995년 서울 출생으로 한양대학교 연극영화학과를 졸업했다. 중학교를 다니던 시절부터 짧은 영화들을 만들었고 대학에서도 영화연출을 전공했다. 현재는 창작의 폭을 넓히기 위해 장편 영화 시나리오부터 웹툰, 웹소설 등 다양한 스토리를 만들고 있다.

이름 없는 목소리

———

김주영

주란이 처음 인식한 광경은 주란의 팔을 붙들고 있는 늙은 여자였다. 노인에 가까운 얼굴에는 쭈글쭈글한 굵은 주름이 가득했다. 거칠거칠해 보이는 짧고 허연 머리카락은 산발에 가까웠다. 그 머리카락 위로 비가 내리고 있었다.

　시선을 노인 뒤로 옮겼다. 종이 박스가 잔뜩 실린 손수레가 보였다. 점점 굵어지는 빗줄기가 종이 박스에 만드는 얼룩이 짙어지며 늘어나고 있었다.

　기억을 비롯한 모든 감각이 엉망이었다. 여기가 어디인지, 눈앞의 노인이 누구인지, 무슨 일이 벌어진 상황인지 전혀 알 수 없었다. 심지어 이름 외에는 자신이 누구인지조차 기억나지 않았다. 아무래도 문제가 생긴 것 같았다.

　"정신 붙잡아. 기억센터까지 가려면 비 맞으면서 한참 가야 하니까."

노인이 주란의 젖은 옷소매를 당기며 말했다.

"어디를 간다고요?"

주란의 입에서 목소리가 흘러나왔다. 힘이 실리고, 다소 높은 목소리였다. 그제야 주란은 자신의 성별만을 겨우 추측했다.

"아, 조금 전에 아줌마가 거기로 데려다달랬잖아. 기억센터."

아줌마. 주란이 그 단어에 반응해서 손으로 몸 여기저기를 더듬었다. 비에 젖어가는 옷 아래로 불룩 튀어나온 가슴과 군살 붙은 옆구리 그리고 완만히 솟은 배가 손에 느껴졌다. 체형과 근육의 탄력은 확실히 젊은이와 거리가 멀었다. '아줌마'라는 단어에 걸맞게 연령대는 중년 이상이다. 이름마저 간신히 기억하는 주제에 이런 쓸모없는 정보는 세세하게 알고 있는 자신이 우스워졌다.

씁쓸해하며 시선을 불안하게 움직이는 주란을 보던 노인이 눈을 가늘게 떴다. 완전 다른 사람 같네, 라고 늙고 탁한 목소리로 중얼거리는 소리가 들렸다.

"제가 기억센터로 데려가달라고 부탁했다고요?"

"그래."

"저와 아는 사이인가요?"

노인은 고개를 저었다. 모르는 사람에게 기억센터까지 데려가달라고 부탁했다니, 어쩌면 그때 자신은 이런 상황이 펼쳐질 것임을 이미 알았을 것이다. 신분을 확인할 만한 물건이 없는지 옷을 뒤져보았지만 호주머니는 텅 빈 채였다. 몸을 살펴보아도 옷외에 걸친 액세서리가 전혀 없었다.

빗줄기가 굵어지면서 도로에 물길이 생겨나고 있었다. 노인은 비가 더 내리기 전에 기억센터로 가자며 다시 주란의 축축한 소매를 붙잡았다. 그때, 어디선가 나타난 남자가 노인을 거칠게 밀쳤다.

"무슨 수작이야! 썩 꺼져!"

남자가 큰 소리로 노인을 위협하며 눈을 부라렸다. 균형을 잃고 넘어진 노인의 바짝 마른 몸이 빗속을 나뒹굴었다. 하지만 남자는 늙은 여자를 동정하지 않았다. 노인은 겁먹은 얼굴로 엉거주춤 일어나서 손수레가 있는 쪽으로 느릿느릿 움직였다.

"괜찮으세요?"

남자가 우산을 씌워주며 주란에게 손을 내밀었다. 주란은 머뭇거리다가 그 손을 잡고 일어섰다. 정장 차림에 넥타이까지 단정하게 맨 중년 남자에게서는 꽤 고급스러운 향수 냄새가 났다.

"저분은 절 도와주려고 한 것 같은데요."

남자가 코웃음을 쳤다.

"도와주다니요. 저 늙은이는 버러지예요. 넘어지신 틈을 타서 사기를 치거나 물건을 훔치려 했겠죠."

"버러지요?"

"네, 버러지."

남자가 빤히 주란을 바라보았다. 세상 모든 사람이 아는 일을 왜 되묻느냐는 표정이었다. 주란은 바보가 된 기분이 들어서 차마 더 묻지 못했다.

"저쪽 건물 안으로 들어가면 비를 피할 수 있을 겁니다."

남자가 바로 곁에 있는 건물을 가리켰다. 몇 발 뛰면 금세 닿을 거리였다. 그렇지만 그곳에서 비를 피한다고 해도 기억을 송두리째 잃은 이 상황이 나아질 리 없었다. 자신에 대해 아무것도 알지 못하는 채로, 다음 일을 결정해야만 한다.

주란은 멀찌감치 선 채로 자리를 떠날 기미가 보이지 않는 노인 쪽을 힐끔 쳐다보았다. 노인은 온몸으로 비를 맞으면서도 계속 이쪽을 지켜보고 있었다.

"기억센터까지 데려다주실 수 있을까요?"

잠시 망설이다가 남자에게 물었다. 남자가 빤히 주란의 얼굴을 들여다보았다. 아무래도 부탁을 거절하려는 듯했다. 그런데 뜻밖에도 남자는 바로 앞에 보이는 모퉁이를 가리켰다.

"데려다드리기엔 너무 가까워요. 모퉁이를 돌면 바로 기억센터가 나와요. 간판이 크니까 바로 알아볼 수 있어요."

남자가 할 일을 다 한 얼굴로 살짝 웃더니 우산을 쓰고 가던 길을 가버렸다.

주란은 모퉁이로 걸어가며 힐끗 뒤를 돌아보았다. 손수레 손잡이를 잡은 노인이 거세게 내리는 빗속에 우산도 없이 선 채로 이쪽을 지켜보고 있었다. 주란은 등에 꽂히는 노인의 시선을 느끼며 모퉁이를 돌았다.

남자의 말대로 기억센터의 간판은 커다래서 눈에 확 띄었다. 유리로 된 회전문을 열고 들어선 로비 가운데에는 길게 이어진 대기용 의자가 가지런히 열을 이루며 놓여 있었다. 제법 많은 사람이 거기에 앉아 휴대폰을 보거나 비치된 잡지를 읽고 있었다.

방향을 잃고 시선을 여기저기로 돌리는 동안 삼십 대 중반 정도로 보이는 여자가 조심스럽게 다가왔다. 목에 걸린 사원증에 '전시은'라는 이름이 반듯한 글씨로 쓰여 있었다.

"어떻게 오셨나요?"

전시은이 친절하게 물었다.

내가 누군지 몰라서, 라는 말이 목구멍까지 올려왔지만 내뱉지는 못했다. 할 말을 찾는 주란을 지켜보며 전시은은 끈기 있게 기다렸다. 주란은 결국, 자신이 누구인지 알고 싶다고 어렵게 말을 내뱉었다.

"아이고."

그 말을 듣고 전시은이 탄식을 내뱉었다. 그런 후에 자신에 관해 어느 정도 기억하는지 이것저것 물었다. 이름 외에는 아무것도 기억하지 못함을 확인한 전시은은 괜찮다며 안심되는 말을 보탰다. 긴 한숨을 억지로 참는 표정이었다.

"중요 정보를 보조 해마에 넣지 말라는 경고를 무시하는 분들이 왜 없어지지 않는 걸까요?"

주란에게 따라오라고 말한 후에 앞장선 전시은이 중얼거렸다. 핀잔을 주는 말투였다. 주란은 살짝 야단맞은 기분으로 움츠러들며 전시은을 따라 작은 사무실로 들어갔다.

좁은 사무실에는 모니터와 키보드가 놓인 책상과 접대용 소파 그리고 비품 보관함으로 보이는 낮은 가구 몇 개가 놓여 있었다. 벽으로 시선을 돌리자 전원이 꺼진 작은 스크린이 보였다. 창문 가까이에는 다른 공간으로 이어지는 것처럼 보이는 문이 하나 더 있었다.

"앉으세요."

전시은이 책상 앞에 놓인 의자를 가리키면서 책상 너머에 앉았다.

기억센터를 찾아오게 된 경위를 물어보던 전시은은 손수레를 끌던 노인 이야기를 들으며 살짝 눈살을 찌푸렸다.

"여기로 데려다달라고 노인에게 부탁하셨다고요?"

"지금은 기억은 안 나지만요."

전시은은 고개를 갸웃거리면서 손가락으로 톡톡 책상을 두드리면서 생각에 잠겼다.

"그런데 지나가던 남자분이 그분을 쫓아내면서 버러지라고 했어요. 버러지가 뭐죠?"

문득 남자의 말이 떠오른 주란이 물었다. 생각에서 깨어난 전시은이 눈을 심하게 깜빡였다. 당황할 때 나오는 버릇 같았다.

"상식 정보를 어느 정도까지나 보조 해마에 옮기셨던 걸까요."

전시은은 야단을 치고 싶지만, 꾹 참는 친절한 선생님처럼 보였다.

"버러지는 도심 밖에 사는 사람인 '빌리지'를 비하해서 부르는 말이에요. 많은 빌리지가 로봇보다 싼 노동을 제공하죠. 그래서 도심에는 꼭 필요한 중요한 분들이랍니다. 버러지는 그분들을 차별하는 언어니까 사용하시면 안 돼요."

이번엔 학생을 타이르는 선생님처럼 차분하게 전시은이 말했다.

주란의 머릿속에 의문이 떠올랐다. 길거리를 지나가는 사람은 많았다. 멀끔한 사람을 얼마든 골라서 부탁할 수도 있었을 것이다. 그런데 왜 하필 늙고 지저분한 빌리지를 골랐을까. 이상했다. 하지만 이유야 어쨌든 지금은 여기서 자신이 누구인지부터 알아내야 했다.

"내가 누구인지 바로 알 수 있나요?"

주란이 전시은에게 물었다.

전시은은 당장 검색해서 찾을 수 있다며 자신감 넘치는 모습으로 키보드를 두드렸다. 그런데 다음 순간 태도가 달라졌다. 키보드에서 손을 뗀 전시은은 당황하는 것 같았다. 아니나 다를까, 전시은이 곤혹스러워하며 입을 열었다.

"검색 시스템이 먹통이에요. 무슨 일인지 보안 시스템이 작동

했네요. 조금 기다리셔야 할 것 같아요."

"얼마나요?"

기껏 몇 분에서 한두 시간 정도면 될 거라는 대답을 기대하며 주란이 물었다. 그런데 달갑지 않은 답변이 돌아왔다.

"보안 시스템 작동을 중지하려면 센터장님 승인이 필요한데 오늘 연가를 쓰셔서요. 이러면 고객 등록도 할 수가 없는데, 왜 이런 일이 벌어졌는지 모르겠네요."

당황한 기색이 역력한 얼굴로 전시은이 인상을 썼다.

연가 중이긴 해도 곧 연락이 닿을 거라고 전시은이 급히 덧붙였지만, 주란의 입에서 긴 한숨이 흘러나왔다. 얼마나 기다려야 할지 알 수 없는 막막한 상황이 기막혔다. 가진 것은 몸에 걸친 젖은 옷이 전부였다. 여기서 나가면 당장 갈 곳조차 없었다.

암담해져서 표정이 어두워진 주란을 바라보던 전시은이 창가의 작은 문을 힐끔 바라보았다.

"센터장님과는 곧 연락될 거예요. 혹시 괜찮으시다면 그때까지 안쪽 방을 쓰도록 해드릴까요? 직원들이 밤새워 일해야 할 때 쓰는 곳인데 화장실도 있고, 여러 가지 비품도 있어서 편하게 계실 수 있을 거예요."

거절하기 힘든 제안이었다. 주란은 여전히 무거운 마음으로 고개를 끄덕였다.

전시은은 그제야 마음의 짐을 덜어낸 얼굴로 책상 앞에서 일어나 주란이 있는 쪽으로 다가왔다.

"보조 해마 삽입부에 이상이 없는지 확인해볼게요."

전시은이 짧고 두꺼운 드릴 같이 생긴 기계의 끝부분을 주란의 목 뒤에 가져다 댔다. 주란은 차가운 금속 느낌에 움찔거렸다.

"삽입부에는 이상이 없네요."

뒤에서 말한 전시은이 설명을 이어갔다.

백업된 보조 해마가 없는 최악의 일이 발생하는 경우, 센터에서는 기부받은 보조 해마를 제공하기도 한다. 주란의 본 해마에는 상식 정보가 너무 적게 남아 있어서 다른 보조 해마를 이용하는 것이 최선이었다. 그러면 최소한 일반적인 상식 정보는 모두 기억해 내게 된다.

"기부자의 기억이 본 해마에 있는 기억과 섞일 위험이 있긴 해요."

책상 앞으로 돌아온 전시은이 약의 부작용을 설명하는 의사처럼 신중하게 말을 이었다.

"한 달 이상 연결 상태를 유지할 때 그럴 수 있다고 보고되었거든요. 하지만 지금까지 그런 일은 한 번도 발생한 적이 없어요. 한 달이나 남의 보조 해마를 사용할 이유가 없으니까요. 어때요, 사용해 보시겠어요?"

서랍 손잡이를 잡으며 전시은이 물었다.

주란은 자신의 대답을 기다리는 전시은의 얼굴을 힐끔 쳐다보았다. 악의가 없고 친절한 직원이었다. 위험한 일을 권하진 않을 사람으로 보였다. 게다가 언제까지 기다려야 하는지도 모르는 상황이었다. 아무것도 모르는 무기력한 어린애처럼 계속 지낼 수는 없었다. 주란은 고개를 끄덕였다.

전시은은 다행스러운 얼굴로 서랍을 열고 안을 들여다보더니 불쑥 고개를 들고 주란을 바라보았다. 무엇 때문인지 몰라 주란은 눈을 깜빡였다.

"기왕 이렇게 된 거, 젊은 분의 보조 해마를 사용해보는 건 어때요?"

노련한 판매원처럼 전시은이 권했다. 마침 얼마 전에 들어온 이십 대 여성의 보조 해마가 있다고 했다. 이십 대의 보조 해마를 사용해서 몸과 마음이 젊어지진 않겠지만, 그 나이 특유의 활력을 조금은 느껴볼 수 있을 거라는 말이었다.

주란은 가만히 있다가 천천히 고개를 끄덕였다. 즐거운 얼굴로 열을 올려 설명하는 전시은의 모습에 가벼워진 기분을 계속 이어 가고 싶어서였다.

보조 해마가 무엇인지, 그것을 어떻게 넣는지도 주란은 기억 나지 않았다. 자신의 뒤로 다시 다가와 목덜미 위의 머리카락을 쓸어 올리는 전시은이 하는 대로 내버려 두었다. 몸에 생기는 별 느낌을 받지 못하고 앉아 있는 동안 작업은 금세 끝났다.

— 연결을 시작합니다.

부드러운 목소리가 바로 귓가에서 들리는 바람에 주란은 화들짝 놀랐다. 전시은이 그 모습을 보고 알림이 들렸을 거라며 웃으면서 설명했다.

알림까지 들렸는데도 특별히 달라진 점은 느껴지지 않았다.

"뇌와 연결되고 활성화되기까지 시간이 조금 걸려요."

이상하게 여기며 인상을 찌푸린 주란의 마음을 읽은 것처럼 전시은이 말했다. 그런데 그 순간, 문의 손잡이를 비트는 소리가 났다.

문이 잠겼어?

의아해진 주란이 전시은을 바라보았다.

전시은은 얼굴을 잔뜩 굳힌 채로 문 쪽을 바라보며 일어섰다. 이윽고 문을 열려다 실패한 사람이 문을 거칠게 두드리기 시작했다. 쿵쿵 소리가 날 때마다 전시은이 놀라서 몸을 움츠렸다.

"전시은 씨, 안에 있죠? 여기 있는 거 확인하고 왔으니까 문 여세요!"

굵고 거친 남자 음성이 이어졌다.

"누군가를 부르거나 신고해야 하지 않을까요?"

얼어붙은 채로 책상 뒤에 서 있는 전시은에게 주란이 말했다. 전시은은 그제야 간신히 정신을 차리고 허둥지둥 문으로 다가갔다.

"괜찮아요. 제가 처리할 수 있어요. 문을 여는 동안 안으로 숨으세요."

전시은이 안쪽 방으로 이어지는 문을 가리키며 다급하게 말했다.

문을 두드리며 전시은을 부르는 거친 목소리는 계속 이어졌다. 누가 봐도 위협적이고 위험한 상황이었다. 전시은을 도와야 할지, 안으로 도망쳐야 할지 망설이는 동안 우지끈 소리가 나며 문이 억지로 열렸다.

문 뒤에서 목소리와 행동만큼이나 위협적으로 보이는 거구가 들어섰다. 흔한 점퍼를 걸친 거대한 몸에서는 지방이 아닌 단단한 근육이 느껴졌다. 나이는 사십 대 중반에서 후반. 활동적인 옷차림 덕분에 젊어 보이긴 해도 거칠어 보이는 눈빛에서 쉽지 않은 세월을 보내면서 얻은 연륜이 읽혔다. 풀썩 주저앉은 전시은을 내려다보는 남자는 최소한 185센티미터가 넘어 보였다.

"아까부터 전화했는데 응답을 왜 안 합니까."

남자가 전시은을 내려다보고 화를 내며 말했다. 전시은은 그야말로 넋이 나간 얼굴로, 맹수 앞에 놓인 작은 초식 동물처럼 얼어붙어 있었다.

"이리저리 연락해보다가 출근일도 아닌데 센터에 나왔다는 이야기를 전해 듣고 찾아왔어요. 연락을 안 받다니. 지금 어떤 상황인지나 알아요? 오늘 밤에 시장 후보 연설에 참석하러 빌리지 구역에 간다던 센터장이 행방불명입니다!"

화를 내던 남자의 눈길이 그제야 엉거주춤하게 일어서 있는 주란에게로 향했다. 주란을 발견한 남자는 잠시 말을 잊었다가 형편없이 인상을 구겼다.

"이건 또 무슨 상황입니까?"

"보조 해마를 분실한 분이에요. 로비에서 만나는 바람에 그냥 여기로 모셔왔어요. 어차피 누군가는 해야 하는 일인데 오늘 센터는 일손이 부족하기도 하고….."

전시은이 변명을 늘어놓는 동안 남자가 인상을 쓴 채로 주란을 아래위로 훑어보았다. 난감한 표정이 남자의 얼굴 위에 그대로 드러났다.

"그래서 어쩔 셈이시죠?"

남자가 주란과 전시은을 번갈아 보며 물었다.

"나가서 이야기하면 안 될까요?"

전시은이 눈으로 주란을 슬쩍 가리키며 말했다.

남자는 주란을 탐탁지 않은 얼굴로 보더니 전시은과 함께 사무실을 나갔다.

문밖에서 옥신각신하며 이야기를 나누는 소리가 주란에게 들려왔다. 여전히 불만에 찬 남자의 목소리가 간혹 높아졌지만, 이야기의 내용은 전혀 알아들을 수 없었다. 도중에 딱 한 번, 그 사건에서 관심을 끊은 지가 언제인데! 라고 흥분한 남자의 말만이 분명하게 들렸다.

웅얼웅얼하는 소음처럼 이어지던 두 사람의 목소리가 잠시 후에 멈추고 사무실 문이 열렸다. 사무실로 돌아온 사람은 남자뿐이었다.

남자는 전시은이 돌아갔다고 말했다. 그 말을 들은 주란은 갑자기 혼자된 기분이었다. 만난 지 1시간도 채 되지 않는 낯선 직원에게 이토록 의지했던가 싶을 정도였다.

"상황이 좋지가 않아서요."

남자가 툭 내뱉은 후에, 조금 복잡한 상황이라고 덧붙였다.

"아무도 센터장과 연락이 안 되고 있어요. 전시은 씨랑 매우 가까운 사이였기 때문에 센터장 행방을 염려하거나 궁금해하는 사람들이 모두 전시은 씨를 찾는 상황입니다. 그러니까 그쪽을…."

남자가 주란을 가리키며 하려던 말을 멈췄다.

"이름이 뭡니까?"

"서주란이에요."

남자는 '아', 라고 말하며 고개를 끄덕였다.

"예예. 그러니까 전시은 씨는 지금 서주란 씨를 챙길 여유가 없는 상황입니다. 그래서 서주란 씨 일은 제가 맡기로 했습니다. 저는 기억장치 관리부의 조사팀 팀장 박도진입니다."

남자가 공손한 태도로 전자 신분증을 주란에게 확인시켜주었다. 그러고는 묻지도 않았는데 자신이 하는 일이 무엇인지 설명했다.

기억장치 관리부는 기억센터와는 독립된 부서이고 보조 해마를 비롯한 기억장치와 관련된 업무를 담당한다. 그중에서 박도진이 팀장으로 있는 조사팀은 기억장치를 조작하거나 악용한 사건을 조사한다. 사건이 발생하면 주로 기억센터로 신고되거나 기억센터에서 발견하는 경우가 많아서 조사팀은 기억센터와 긴밀하게 협조해서 일한다. 그래서 직원들끼리도 친한 편이고, 정보 교류도 잦다. 박도진은 조사팀으로 옮기기 전까지는 센터장의 바로 직속 직원으로 일했다고 했다.

"센터에 오기 전의 기억이 있으십니까?"

전시은에게서 상황을 대충 들었다며 박도진이 물었다.

주란은 처음으로 보았던 여자 노인과 여기까지 데려다준 남자 행인 이야기를 했다. 박도진은 주란이 노인에게 기억센터로 데려다 달라고 부탁했다는 말을 듣고, '빌리지에게 부탁을 했다고요?'라고 되물었다. 도무지 이해할 수 없다는 표정이었다. 그렇지만 더 묻지는 않았다.

주란은 말없이 앉아서, 인상을 구긴 채로 생각에 잠긴 박도진을 힐끔 바라보았다. 거구인 남자와 단둘이 좁은 사무실 안에 앉아 있으니 어색하기 짝이 없었다. 할 말이라도 있으면 나을 텐데, 사교 능력을 잃어버린 보조 해마 안에 몽땅 다 구겨 넣기라도 했는지 무슨 말을 건네야 할지 알 수가 없었다. 연가 중에 잠적한 센터장이 원망스러웠다. 센터장이 잠적하지 않았다면 벌써 신분을 찾았을 터였다.

"그런데 센터장님은 왜 잠적하신 건가요?"

주란은 문득 머릿속에 떠오른 질문이 입 밖으로 나와버렸음을 깨닫고 당황했다. 어색한 분위기를 완화하는 질문은 절대 아니었다. 이게 원래 자신의 성격이라면, 사교성과 눈치는 없는 사람일 거였다.

"글쎄요."

박도진이 미간을 찌푸리며 짧은 한숨을 내뱉더니 입을 꾹 다물어버렸다.

둘 사이에 침묵이 흐르기 시작했다. 주란은 말없이 멍하니 앉아 있는 중년의 남녀를 남들이 본다면 꽤나 이상해 보일 거라고 생각하며 손바닥을 내려다보았다. 아까부터 계속 끈적거리는 더러운 손이 신경 쓰였다.

자리에서 일어나서 사무실 안쪽 방에 달린 화장실로 들어갔다. 세면대에서 손을 씻는 동안, 거울을 봤다. 비로소 보게 된 자신의 얼굴이었다. 형편없는 얼굴에 지저분한 몰골이었다. 각진 턱에 뻐드렁니가 툭 튀어나와서 바보처럼 보였다. 염색하지 않아 희고 검은 머리카락이 뒤섞인 머리카락은 그야말로 수세미처럼 뻣뻣하고 거칠었다. 잔뜩 헝클어진 머리카락에, 넘어지면서 얼룩이 묻은 얼굴은 며칠이나 씻지 않은 노숙자처럼 보였다. 자그마한 키에 아담한 체형이었지만, 감출 수 없이 불룩 튀어나온 뱃살이 중후한 아줌마 분위기를 만들었다.

낯설고 마음에 들지 않는 얼굴과 체형을 받아들이고자 노력하면서 다시 방을 나와 사무실로 돌아갔다. 박도진은 커다랗고 넓은 등을 이쪽으로 하고 아까처럼 가만히 앉아 있었다. 남자가 무엇 때문에 여기 남았는지, 속내를 알 수 없었다. 주란은 아까 앉았던 자리에 다시 가만히 앉았다. 박도진은 주란이 움직이는 소리를 들으면서도 쳐다보거나 별 반응을 하지 않았다.

주란은 창문으로 시선을 던졌다. 창밖은 이미 어두웠다. 자신이 누구인지조차 모르는 채로 맞는 밤. 오갈 데 없는 이런 처지가 얼마나 더 이어질지 모를 상황에 우울했다. 그런데 이런 우울감이 자신의 것인지, 전시은이 연결해준 보조 해마 주인의 것인지조차 불분명했다. 감정마저 내 것이 아닐지 모른다니, 최악이었다.

갑자기 사람 목소리가 커다랗게 들렸다. 흠칫 놀란 주란은 전원이 들어온 벽의 화면을 바라보았다. 뉴스, 라고 박도진이 말하자 뉴스 채널로 변경되었다. 주란은 어색한 침묵이 사라진 것에 안도하면서 화면을 멍하니 바라보았다.

실종되었다가 버려진 저수지 속에서 시체로 발견된 유명 기업 인사의 보조 해마를 건져냈다는 뉴스였다. 일부 훼손되었어도 분석이 가능한 상태여서 사건의 전말을 곧 알 수 있을 거라며 리포터가 흥분했다. 리포터 뒤로는 무성한 수풀 너머로 펼쳐진 작은 저수지가 보였다. 수풍호수라고 부르는, 오래전에 버려진 더러운 저수지였다.

"수풍호수라면 버려진 시체나 보조 해마가 꽤 많이 나왔을 텐데, 그중에서 특정인의 보조 해마를 찾아내다니 놀랍네요."

주란이 무심히 말했다.

"기술과 자본의 힘이죠. 저 양반의 보조 해마를 찾으려고 저수지 바닥까지 닥닥 긁는 바람에 수거된 보조 해마가 우리 부서에 엄청나게 들어왔어요. 분석하고 일일이 등록하느라 기억센터 직원들이 밤을 새우….."

화면을 응시한 채로 자연스레 말을 받던 박도진이 말을 멈추고 주란 쪽으로 고개를 돌렸다. 그 순간, 주란 역시 뭔가 이상함을 알아차렸다.

상식 정보조차 거의 없는 자신이 수풍호수를 알아보았다. 아니, 알아본 정도가 아니었다. 호수를 둘러싼 수풀과 귀찮게 따라다니는 날벌레들과 어둠 속에서 느껴지는 축축한 공기 그리고 멀리 보이는 높은 산에 작은 별처럼 박혀 있는 불빛의 위치까지도 생생하게 기억났다. 바로 어제 일처럼.

"상식 정보조차 거의 없다면서 수풍호수를 알아봤어요? 민감한 정보여서 아직 언론에서도 공개하지 않았는데?"

박도진이 눈을 연거푸 깜빡였다.

"어쩌면 내 기억이 아니라…."

주란은 혼란스러워져서 미간을 찡그렸다.

"아까 전시은 씨가 넣은 보조 해마에서 넘어온 기억일 거예요."

주란의 말에 박도진이 관심을 보이며 주란 쪽으로 몸을 기울였다.

"수풍호수 말고 더 떠오르는 기억은 없어요?"

가벼운 흥미로 묻는다고 여기기엔 지나친 관심이 느껴졌다.

주란은 대답을 망설였다. 사실은 아까부터 조금씩 떠오르는 기억들이 있었다. 그런데 자신의 본래 기억인지, 보조 해마에서 넘어온 정보인지는 구분할 수 없었다.

"내가 어디에서 살았는지는 알 것 같아요."

좁고 지저분한 방에 놓인 깔끔한 침구와 작은 티테이블이 떠올랐다. 작은 주방엔 간단한 요리 도구가 있었고, 창에 드리워진 커튼 너머에는 칠이 벗겨지고 부식된 낡은 빌딩이 보였다. 그 주변에는 반쯤 허물어지고 골조가 그대로 드러난 건물이 즐비했다. 버려진 도시 같았다. 세세한 묘사를 들은 박도진은 휴대폰으로 몇 군데를 검색해보더니 어딘지 알겠다고 했다.

"마침 오늘 제가 일하러 가야 하는 곳이군요. 혹시 그 집에 가보고 싶으십니까?"

박도진이 물으면서 주란을 빤히 바라보았다. 뜻밖의 질문이었다. 주란은 어떻게 대답할지 고민하며 좁은 사무실 안을 눈으로 둘러보았다. 여기서 낯선 남자와 멀뚱멀뚱 긴 시간을 보내느니 차라리 밖을 돌아다니는 편이 나을 것 같았다. 만약 그 집의 모습이 기부된 보조 해마에서 넘어온 기억이라 해도 다시 여기로 돌아오면 그만이다.

주란은 박도진에게 고개를 끄덕였다. 버려진 도시처럼 칙칙하고 위험해 보이는 풍경이 마음에 걸렸지만, 눈앞에 버틴 남자의 거대한 몸집과 신분을 의지해보기로 했다.

※

이미 비는 멈춘 지 오래였다. 수분을 잔뜩 머금은 밤공기가 시원했다. 아직 젖은 길 위를 종종걸음으로 걸어가는 행인들은 바빠 보였다. 그들 틈에 끼어서 걷기 시작한 주란은 자신만이 길을 잃어버린 기분이 들었다. 모두 제 갈 길을 아는데, 자신만이 길을 몰랐다. 걸어 다니는 덩어리처럼 느껴지는 이 남자가 없으면 당장 자신이 누군지도 모르는 중년 미아가 된다.

성큼성큼 걸어가는 박도진을 따라잡으려고 애쓰다가 나중에는 숨을 헐떡이고 말았다. 잠시 후에는 그것을 눈치챈 박도진이 걸음 속도를 맞추려고 애썼지만, 어느새 자꾸 앞서게 되는 바람에 수시로 걸음을 늦추어야만 했다.

"함께 걷기가 이렇게 힘든 거군요."

뒤에 처진 주란을 기다리며 박도진이 중얼거렸다.

"키가 작은 사람과 나란히 걸어보신 적이 별로 없으신가 보죠?"

"아, 예. 같이 일하는 직원들이 대부분은 키가 큰 편이고, 아내도 키가 꽤 컸던 편이어서."

박도진이 한층 더 느릿하게 발걸음을 옮기며 말했다. 여전히 주란의 빠른 걸음과 비슷한 속도였지만, 처음보다는 함께 걷기가 한결 쉬웠다.

말없이 걷기가 어색했는지 박도진이 묻지도 않은 자신의 이야기를 술술 풀어냈다.

아내와는 5년 전에 이혼했다. 아내가 사랑하는 사람이 생겼다고 고백했고, 서로 갈등 끝에 헤어졌다. 지금 고등학생인 딸은 아내가 새로운 상대와 함께 해외로 나가면서 데려갔다. 처음엔 셋 다 각자의 이유로 힘든 시간을 겪었지만, 지금은 사이좋은 오래된 친구처럼 종종 연락하고 지낸다. 사랑하는 사람이 생겼다는 말을 아내에게서 들었을 때는 몹시 괴로웠다고, 박도진은 담담하게 말했다. 마침내 아내를 완전히 이해하게 된 때는 작년이라고 했다.

"제게도 좋아하는 사람이 생겼거든요."

거구에 어울리지 않는 담백한 고백이었다.

"짝사랑이긴 하지만요."

그 말에서는 일말의 괴로움도 묻어나지 않았다. 그냥 그 마음이 홀로 흘러가버려도 상관없다는 담담함. 중년의 사랑이라서 미친 듯이 상대에게만 열중하는 젊은 사랑과 다른 것일까. 아니면 그 담담함 아래에 격렬한 감정을 숨긴 것일까. 주란은 기억 정보 대부분을 분실한 상황이 아니라면 중년인 자신이 그의 감정에 훨씬 더 공감할 수 있었을지 궁금해졌다. 그때, 주란은 두 사람의 걸음 속도가 거의 맞춰졌음을 문득 깨달았다.

"제가 열심히 노력한 결과입니다."

주란의 놀라움을 눈치챈 것처럼 박도진이 으스댔다. 자신이 좋아하는 사람도 키가 작으니까 언젠가 나란히 걸을 때를 대비한 연습이었다고 했다. 살짝 들뜬 느낌이 바보스러울 정도였다.

짝사랑 속에서 헤매는 바보가 무어라 더 말해대는 소리를 무시하면서 주란은 주변을 둘러보았다. 풍경이 조금씩 바뀌고 있었다. 복잡하지만 깔끔한 도심의 풍경에 낡고 지저분한 풍경이 겹쳐지고 있었다.

말 붙이기조차 어려울 정도로 자신에게 무관심한 짝사랑 상대 이야기에 열을 올리던 박도진도 그제야 입을 다물었다. 바보 같던 얼굴이 다시 거칠어 보였다.

"이제부터 빌리지 구역이니 조심하세요."

버러지, 빌리지.

주란은 빗속에서 정신을 차렸을 때 처음으로 보았던 노인이 다시 떠올랐다. 박도진은 빌리지가 무엇인지 주란에게 설명을 시작했다.

"반세기 전에 빈 아파트가 늘어나면서 변두리인 이곳에 특이한 거주지가 형성됐어요. 돈이 없어서 도심에 집을 살 수 없는 사람들이 빈 아파트와 빈집을 찾아들면서 집단을 이루기 시작한 거죠. 그쪽 동네 이름 끝엔 대부분 빌리지라는 말이 붙었어요. 그래서 그 거주 집단에 속한 사람들까지 빌리지라고 부르게 된 거고요."

박도진이 주변을 살피면서 빠르게 설명을 이어갔다.

빌리지들의 직업은 광범위했다. 극소수가 종사하는 전문직부터 폐지 수집, 건물이나 하수구 청소, 공공 화장실 청소 등 꼭 필요한데도 사람들이 꺼리거나 싫어하는 일도 담당했다. 비싼 비용 때문에 로봇을 설치하기 어려운 더럽고 위험한 일자리는 대부분 보수가 싼 빌리지의 차지였다. 날이 밝기 전에 꾸역꾸역 도심으로 들어왔다가 깊은 밤에 다시 열 지어 도심 밖의 거주지로 돌아가기에 빌리지는 눈에 잘 띄지 않았다. 그렇지만 빌리지는 도심의 모든 곳에, 마치 없는 자들처럼 조용히 존재했다.

"그런데 선거권이 있어서 선거철에는 정치인들이 러브콜을 엄청나게 보내죠. 평소엔 얼씬도 안 하던 이곳을 찾아오기도 하거든요. 오늘 방문하는 시장 후보 김 장관처럼요."

정확히는 김 전 장관이라고 다시 덧붙인 박도진이 담벼락을 가리켰다. 담벼락에는 시장 후보의 방문을 알리는 플래카드가 붙어 있었다. 무채색의 더러운 거리에 사진과 함께 선명하게 붙어 있는 깨끗한 플래카드가 이질적으로 보였다. 이 거리에서 유일하게 색깔을 지닌 다른 세계의 물건 같았다.

"오늘 저도 여기서 시장 후보를 수행할 거예요."

원래는 오늘 기억센터장도 오기로 되어 있었기 때문에 수행팀으로 선발되었다고 했다. 박도진이 선발된 이유는 경호에 적합한 여러 조건 때문이었다. 체대 출신으로 사설 경호원으로 오래 일한 이력 덕분에 기억장치 관리부 조사팀에도 특채로 선발되었다는 말에서 자부심과 은근한 으스댐이 묻어났다. 자신을 열심히도 자랑하고 싶은 모양이라고 생각하며 주란은 쓸데없이 긴 설명을 귓등으로 흘려보냈다.

한참 자신에 관해 침을 튀기며 설명하던 박도진은 길을 지나가는 빌리지들이 늘어나자 입을 다물고 경계하며 주위를 살펴보았다.

"빌리지 구역에서는 지나가는 사람을 함부로 쳐다보거나 하지 마세요. 문제가 생길 수도 있으니까요. 저도 오늘처럼 깊은 곳까지 들어온 건 처음입니다."

주란을 보호하려는 것처럼 박도진이 한걸음 앞서서 주변을 살피며 걸었다. 주란은 그 뒤를 따르면서 주변을 계속 관찰했다. 간간이 나타나던, 그나마 멀쩡해 보이는 건물이 더는 보이지 않았다. 칠이 벗겨지고 골조가 드러난 건물들의 모습이 기억 속에서 떠오르던 창문 밖 풍경과 같았다.

반쯤 무너진 건물들 주변에는 건물 잔해가 가득했다. 그 잔해 사이로 이리저리 좁은 골목이 이어졌고, 제법 많은 건물에서 희미한 불빛이 흘러나오고 있었다. 도심만큼은 아니지만, 폐허 사이로 난 길 위로 제법 많은 사람이 오갔다. 대개 노인들이 끌면서 지나가는 손수레에는 파지나 빈 병이 가득했다. 바퀴가 굴러가는 소리와 병이 부딪치는 소리가 여기저기에서 이 거리만의 독특한 분위기를 형성했다. 조금 큰 길가에는 두꺼운 종이에 손글씨로 휘갈겨 쓴 간판을 붙인 가게도 열 짓고 있었다. 싱싱해 보이는 채소와 과일을 내놓은 가게도 보였다. 음식점에서 바깥에 몇 개 내어놓은 낡은 목조 테이블에 앉은 손님이 음식을 주문하는 소리도 들렸다.

"불결하고 위험한 곳이라고 들었는데, 사람 사는 풍경은 똑같군요."

박도진이 무심히 중얼거렸다.

그때, 주란은 문득 자신을 바라보는 시선을 느끼고 그쪽으로 고개를 돌렸다. 손수레 손잡이를 잡고 저만치 서 있는 늙은 여자의 모습이 보였다. 기억센터로 가기 전에 보았던 노인이었다. 여기서 다시 만나다니 우연치고는 묘했다. 그런데 말이라도 건네보려고 발걸음을 떼려던 순간, 예상치 못한 일이 일어났다.

「드디어 데려왔어.」

노인의 목소리가 바로 귓가에 대고 말하는 것처럼 들렸다.

주란은 옮기려던 발을 그대로 멈춘 채 노인을 멍하니 바라보았다. 그와 함께 주변의 움직임이 달라지기 시작했다. 가게를 들락날락하던 주인이 우뚝 걸음을 멈추고 이쪽을 바라보았다. 길을 가던 행인들도 걸음을 천천히 늦추면서 박도진과 주란을 힐끔거렸다. 도로변에 내놓은 낡은 테이블에 앉아 라면을 휘젓던 젓가락질이 멈췄다. 길 여기저기를 다니던 손수레의 바퀴 소리와 쉴 새 없이 덜그럭거리며 병이 부딪치던 소리가 완전히 그쳤다. 소란스럽게 떠들던 거리가 갑자기 입을 다물어버린 느낌이었다. 축축함을 머금은 밤공기가 일순 더 차갑게 느껴졌다. 주란은 지금 동작을 멈춘 사람들의 시선이 노골적으로 혹은 은근히 박도진을 향하고 있음을 깨달았다.

"위험한 상황인 것 같은데요?"

이상한 공기를 감지한 박도진이 그렇게 말하면서 주란의 곁에 바짝 붙어섰다. 주변을 경계하는 모습에는 긴장한 기색이 역력했다. 주란은 움직임을 멈추고 박도진을 노려보는 사람들을 천천히 바라보았다. 당장에라도 달려들 기세에 소름이 끼쳤다. 이 사람들이 한 번에 덤빈다면 무슨 일이 일어날지 상상하고 싶지 않았다.

「그 애가 맞아? 그런데 저 남자는 누구지?」

다시 목소리가 머릿속으로 들렸다.

"정신 바짝 차려요. 지금 사람들이 전부 우리만 노려보고 있어요."

박도진이 멍하니 서 있는 주란에게 바짝 붙으며 말했다. 주란은 도무지 박도진에게서 적의를 거둘 기미가 보이지 않는 사람들을 보며 당황했다. 이대로라면 당장 무슨 일이 벌어질 것 같았다.

「목소리를 사용할 줄 모르는 거 같은데?」

또다시 목소리가 들렸다. 노인의 목소리 같기도 했고, 다른 사람의 목소리 같기도 했다. 주란은 점점 혼란스러워졌다. 머릿속으로 들려오는 목소리가 실제인지, 아니면 환청인지조차 확신하기 힘들었다. 만약 자신이 미친 거라면 눈앞에서 일제히 노려보는 사람들도 환상일 수 있었다. 아찔하게 현기증을 느낀 순간, 긴장해서 힘이 들어간 박도진의 팔이 눈에 들어왔다. 그것을 보고 정신이 들었다. 환상이 아니다. 박도진도 이 사람들의 악의와 움직임을 보고 있었다.

움직임을 멈추고 이쪽을 주시하기만 하던 사람들이 이제 조금씩 움직임을 보이기 시작했다. 일제히 덮치기라도 할 기세가 느껴졌다. 일촉즉발인 상황에 두려움을 느끼며 노인 쪽을 다시 바라보았다.

「목소리 쓰는 법을 잊은 거야. 대답하는 목소리가 없었으니까.」

노인과 눈이 마주친 순간, 목소리가 들렸다.

그 순간, 정지했던 거리의 풍경이 일제히 다시 움직이기 시작했다. 가게 밖에 미동 없이 섰던 주인이 가판대 위의 파리를 쫓기 위해 손을 흔들었고, 느려졌던 행인들의 걸음이 다시 빨라졌다. 라면 그릇에 꽂힌 채로 멈췄던 젓가락이 면발을 휘휘 감아올렸고, 길 여기저기에서 손수레의 바퀴 소리와 병이 부딪치던 소리가 이어졌다.

"이게 무슨 일일까요?"

박도진이 적의를 완전히 잃고 온화해진 거리를 보며 어안이 벙벙한 얼굴로 물었다. 주란은 대답 대신 저만치에서 손수레를 돌리는 노인을 뚫어지게 바라보았다.

"뭘 그렇게 뚫어지게 바라보고 있어요?"

주란의 시선을 따라간 박도진이 저만치에 선 노인을 발견했다.

"음? 저 할머니, 어디서 본 사람 같은데?"

"만난 적이 있다고요?"

주란이 박도진에게로 고개를 홱 돌리고 물었다.

"예. 기억센터 건물 환경관리원 중 한 사람인 것 같기도 한데…"

박도진은 고개를 갸웃거리면서 확신하지 못했다. 빌리지 노인들의 옷차림과 생김새가 비슷해서 확신하기는 힘들다고 덧붙이는 동안, 노인은 손수레를 끌고 빠른 속도로 멀어져갔다.

박도진은 또 위험한 일이 벌어지기 전에 자리를 떠야 한다는 생각이 들었는지, 서두르며 다시 발걸음을 옮겼다.

"혹시 사람들이 머릿속으로 서로 대화하는 일이 가능한 시대인가요?"

재촉하는 박도진을 따라 걸으면서 주란이 물었다.

"텔레파시?"

"그게 뭐죠? 가능해요?"

박도진은 텔레파시라는 단어조차 잊어버렸느냐며 주란을 빤히 보다가 고개를 저었다.

"아직 초능력이 가능한 시대는 오지 않았어요."

그런데 이론적으로 텔레파시와 비슷한 기술은 있다고 했다. 보조 해마에 탑재된 기능을 이용하면 특정한 사용자 간에 단말기 없이 무선 통신은 할 수 있다. 보조 해마로 들어온 음성 신호를 전환해 신경으로 보낼 수 있고, 역과정도 가능하다. 그러나 무선 통신 개발은 아직 상용화 단계에 이르지 못했다.

"그런데 빌리지끼리는 그게 가능하대요."

불필요할 정도로 길고 상세한 설명을 끝낸 박도진이 비밀을 말하는 사람처럼 소곤거렸다.

"뭐가요?"

"자기들끼리 통신하는 거요."

박도진은 빌리지가 벌레들처럼 신호를 주고받는 능력이 있다고 진지한 얼굴로 말했다. 삼십여 년 전에 많은 빌리지가 비밀리에 진행된 초기 무선 통신 실험에 적은 대가를 받고 비공식적인 실험자가 되었다. 주 연구원들 속에 섞여 있던 일부 빌리지가 무선 통신 실험 기능이 탑재된 보조 해마를 빌리지들에게 은밀하게 계속 보급했고, 이후 여러 빌리지가 합세하여 기능을 보완해 나갔다. 그래서 빌리지들은 어디에서든 불완전한 무선 통신을 주고받으면서 이어져 서로를 보호할 수 있게 되었다.

박도진이 진지하고 상세한 설명을 이어가는 동안 머릿속으로 들었던 목소리를 떠올린 주란의 얼굴이 점점 굳으면서 심각해졌다. 그런 표정을 힐끔거리던 박도진이 더 기이한 이야기를 이어갔다.

빌리지의 공격성은 은근하면서도 집요하다고 했다. 먼저 공격하는 법은 없어도 한번 그들에게 원한을 산 사람들은 반드시 대가를 치렀다. 은밀히 저질렀던 잘못이 폭로되어 직장을 잃거나 살 곳을 떠나게 되기도 했고, 재산을 잃기도 했다. 원인 불명의 병을 앓거나 갑작스럽게 사고로 죽는 경우도 있었다.

들을수록 점점 이상한 이야기에 주란의 얼굴이 구겨졌다. 그것을 본 박도진이 더는 참을 수 없다는 듯이 괴상한 소리로 웃었다.

"괴담이에요. 도시 괴담. 진짜라고 생각했어요?"

박도진이 짓궂은 표정으로 말했다. 그러나 주란은 전혀 재미있지 않았다.

심각한 표정을 풀지 않은 얼굴에 살짝 짜증이 얹어지자 박도진이 당황하며 헛기침을 했다. 아마 도시 괴담을 진짜처럼 꾸며

서 말한 일이 조금 지나쳤다고 여길 뿐, 그것이 진실일 가능성은 조금도 생각하지 않을 것이다. 주란이 여전히 찡그린 얼굴로 입을 다물어버리자 박도진은 풀이 죽은 강아지처럼 눈치를 보며 말없이 걸었다.

잠시 후, 주란이 기억하는 건물이 앞에 나타났다. 박도진은 걸음을 멈추고 집이 몇 층인지 기억나는지 물었다. 주란은 잠자코 건물 안으로 들어서서 비상구 계단을 오르기 시작했다. 뒤에서 말없이 박도진이 따라오는 소리가 들렸다.

기부받은 보조 해마와 연결된 지 3시간. 극적인 변화를 느낄 수는 없지만, 여러 가지 기억을 떠올릴 수 있었다. 희미하던 기억도 선명해지기 시작했다. 처음엔 어렴풋한 풍경으로 떠오르던 집의 위치가 정확히 기억났다. 그렇지만 기억에 동반되는 어떤 감정도 느껴지지 않았다. 그래서인지 자신의 기억이 아니라 머릿속으로 흘러들어오는 타인의 정보 같기만 했다.

엘리베이터가 없는 건물의 비상구 계단을 꾸역꾸역 오르내리던 기억이 떠올랐다. 그때는 지금처럼 숨을 몰아쉬며 쉬다가 오르는 일이 없었다. 운동하듯이 가볍게 계단을 오가던 기억의 주인은 이십 대다. 보조 해마의 주인인 이십 대의 활력을 느껴보라던 전시은의 말이 떠올랐다. 활력이 나타나는 징후 따위는 어디에도 보이지 않았다.

몇 계단을 오르지도 못하고 헐떡대며 손을 올린 허리에서 불룩하게 접힌 살이 잡혔다. 저질스러운 체력을 원망하며 박도진을 따라 쉬엄쉬엄 올라간 9층에는 낯익은 문이 있었다. 문에는 기억에 있던 스티커가 붙어 있었다. 우스꽝스럽고 귀엽게 그려진 공룡 스티커였다. 기억과 달리 스티커는 빛이 바래고 낡은 채였다.

기억의 주인은 아주 오래전에 이곳을 떠났을 것이다.

"열쇠 있어요?"

주란이 스티커를 손가락 끝으로 매만지는 동안, 자물쇠를 확인한 박도진이 물었다. 주란은 고개를 저으며, 자신이 아닌 보조해마의 주인이 오래전에 살았던 집 같다고 말했다.

"그러면 우리 모험은 여기까지겠네요. 위험한 동네니까 그만 돌아갑시…."

문의 손잡이를 돌리던 박도진이 말을 멈췄다. 잠겼을 줄 알았던 문이 열린 채였다. 박도진은 긴장한 얼굴로 문을 슬쩍 안으로 밀었다. 기괴한 소리를 내며 문이 안으로 열리고 실내의 어둠이 드러났다. 쥐죽은 듯이 고요한 실내에서 사람 기척은 느껴지지 않았다. 조심조심 다가서며 어둠 속을 들여다보던 박도진이 현관으로 들어서서 전등 스위치를 누르자 실내에 불이 들어왔다.

밝아진 실내로 들어서서 먼저 살펴본 박도진이 들어오라는 손짓을 했다. 주란은 조용히 익숙한 실내로 들어섰다. 구조는 기억과 다름없이 그대로였다. 가구와 주방 기구를 비롯한 집기가 하나도 없는 점만이 달랐다. 오랫동안 비어 있었던 것처럼 집에는 사람의 온기가 느껴지지 않았다. 그런데 이상하게도 먼지조차 없이 깨끗했다. 마치 조금 전까지도 사람이 있었던 집 같았다.

"오랫동안 비었던 집 같은데 이렇게 깨끗하다니 희한하군요."

집 안을 둘러보던 박도진이 중얼거렸다.

주란은 집 가운데 선 채로 여기저기에 놓였던 익숙한 가구를 떠올렸다. 이 기억의 주인에게 이 집의 의미는 특별했다. 마음 깊은 곳에서 천천히 솟아오르는 편안함이 그 증거였다. 지금은 비어 있는 공간 여기저기에 놓였던 책상과 의자, 그릇과 컵, 벽지

색깔, 장식품, 벽시계가 또렷이 떠올랐다.

욕실을 살펴보던 박도진의 휴대폰이 진동하는 소리가 들렸다. 전화를 받은 후에 음음, 대답하는 얼굴이 심각해지다가 점점 구겨지고 있었다. 뭔지는 몰라도 썩 달갑지 않은 소식을 들은 것 같았다. 박도진은 전화를 끊은 후에도 한참 동안 고민하는 표정으로 말이 없었다.

"무슨 일이라도 생겼나요?"

주란이 혼란스러워 보이는 박도진에게 물었다.

"전시은 씨예요. 서주란 씨를 꼭 시장 후보가 연설하는 교회로 데려가랍니다."

박도진이 고개를 갸웃거리며 대답했다.

"혹시 시장 후보와 아는 사입니까?"

주란을 떠보려는 것처럼 박도진이 물었다. 주란은 고개를 흔들었다.

"그러면 여기서 저를 기다리시는 편이 낫겠어요. 혼자 계셔야겠지만, 기억도 완전하지 않은 채로 연설 장소에서 빌리지들과 함께 있으면 위험할 수도 있습니다."

그렇게 말한 박도진이 심란한 걸음걸이로 집 안을 오가며 휴대폰을 꺼내어 한참 만지작거렸다. 그러다가 문득 방 한가운데에 우뚝 선 채로 휴대폰을 한참 동안 심각하게 내려다보았다. 이윽고 고개를 든 박도진이 주란을 빤히 바라보았다. 당황함을 애써 감춘 기색이 미간을 찌푸린 얼굴에 가득했다.

"왜 그러시죠?"

당혹스러워진 주란이 물었다.

"보조 해마 초기화 기록을 조회했는데…."

박도진이 살짝 머뭇거리다가 주란의 시선을 피했다.

"아무것도 아닙니다. 시장 후보 연설까지 시간이 한참 남았는데, 뭘 하면서 시간을 보내죠?"

박도진이 뭔가를 얼버무리는 것처럼 어색하게 말을 돌렸다.

아무것도 없는 이곳에서 박도진과 시간을 보내야 한다고 생각하니 주란도 괜히 어색해졌다. 박도진은 어색함을 지우려는 것처럼 집 안을 둘러보더니 주방 도구라도 있으면 좋았겠다고 내뱉었다. 그런데 잠시 후, 벨 소리가 들렸다. 한숨을 쉬며 방 안을 서성이던 박도진이 날카롭게 반응하면서 조심스레 문가로 다가갔다. 외시경에 눈을 대고 밖을 살핀 후에 천천히 문을 열었다.

"전기 주전자와 컵이 문 앞에 놓여 있었어요."

박도진이 굳은 얼굴로 전기 주전자와 컵이 놓인 쟁반을 들고 들어왔다. 알 수 없는 누군가의 호의가 달갑기보다는 불길했다. 그런데 그것을 주방에 놓자마자 또 벨 소리가 들렸다. 이번에도 박도진은 잔뜩 긴장한 채로 문을 열었다가 어리둥절한 얼굴로 깨끗한 침구를 들고 들어왔다. 벨 소리는 간격을 두고 계속 이어졌다. 다섯 번째 벨이 울릴 때쯤엔 박도진도 긴장감 없이 그냥 문을 벌컥 열고 문 앞에 놓인 물건을 들고 들어왔다.

겨우 30분 만에 두 사람이 생활하는 데 필요한 물건이 전부 갖춰졌다. 심지어 주방에서 요리할 수 있는 기구와 칼도 있었다. 박도진은 도통 알 수 없다는 얼굴로 현관을 열고 불안하게 밖을 살펴보았다. 바깥 통로에는 기분 나쁜 조용함만이 괴괴하게 감돌았다.

"뭐, 챙겨준 걸 보면 나쁜 의도는 아니겠죠. 그렇게 생각합시다."

그렇게 말한 박도진은 불안함을 감추는 것처럼 괜히 부산스럽게 물건을 여기저기에 정리하더니 먹을거리를 사 오겠다며 집을 나갔다. 혼자 남겨진 주란은 창가로 다가가 드리워진 커튼을 걷었다. 도심과 달리 빌리지 거주 구역을 밝히는 불빛은 어둡고 희미했다. 휘황찬란한 네온사인은 하나도 보이지 않았다. 거리에 드문드문 서 있는 가로등에서 흘러나오는 불빛이 그나마 길이 완전히 어둡지 않도록 비추고 있었다. 늦은 시간인데도 길 위를 달리는 손수레는 줄어들지 않았다. 덜그럭거리는 손수레 바퀴 소리를 들으면서 정면을 바라보았다.

버려진 빌딩이 우뚝우뚝 솟아 있었다. 불빛이 없는 빌딩이 시커멓고 기괴한 탑처럼 보였다. 한때 사람들로 채워졌다가 버려진 곳이어서 그런지 을씨년스러운 느낌이 더 했다. 창문 정면에 바로 보이는 빌딩은 반쯤 무너져 있어서 묘한 분위기를 자아냈다. 이곳은 완전히 다른 세계였다. 도심에서 걸어올 수 있는 거리에 있는 곳임이 믿기지 않았다. 그런데 이상하게도 이 풍경이 낯익었다. 풍경을 바라보며 애쓰는 동안, 보조 해마에서 넘어왔을 새로운 기억이 어슴푸레한 안개처럼 조금씩 떠오르기 시작했다.

「너는 여기에 있었어.」

갑작스럽게 목소리가 불쑥 머릿속으로 들어오는 바람에 주란은 그 자리에 얼어붙었다. 그와 함께 문 두드리는 소리가 났다. 주란은 등골이 오싹해지는 것을 느끼며 현관 쪽을 바라보았다. 문고리를 돌리는 소리가 들리더니 멈췄다. 그 순간, 집 안의 공기가 얼어붙은 것처럼 고요해졌다. 주란은 숨을 죽이고 바깥에서 들리는 소리에 귀를 기울였다. 누구인지는 몰라도 포기하고 가버린 것 같았다. 그런데 안도하기도 전에 갑자기 쾅쾅 문을 거칠게 두드리는 소리가 시작되었다.

"문 여세요! 접니다!"

박도진의 목소리였다. 그제야 안도한 주란이 멈췄던 숨을 길게 내뱉었다. 온몸에서 힘이 쭉 빠져나가는 기분이었다. 문으로 다가가서 자물쇠를 열어주자 박도진이 부풀어서 터질 것 같은 비닐봉지를 양손에 들고 들어왔다. 나갈 때와 달리 잔뜩 상기된 얼굴이었다.

"표정이 왜 그러십니까? 놀라셨어요?"

주란을 힐끔 쳐다본 박도진이 의아하다는 듯이 물었다. 주란은 대답 대신 박도진이 들고 있는 비닐봉지를 빤히 바라보았다.

"떡국을 끓여보려고요. 뭐, 새해는 아니긴 하지만."

박도진이 어깨를 으쓱하더니 주방에 요리 재료를 늘어놓았다. 한가하게 요리할 생각을 하다니, 주란은 이 남자의 태평스러움에 어이가 없었다. 이윽고 박도진은 콧노래까지 흥얼거리며 도마에 대고 칼질을 시작했다. 주란은 그 모습을 지켜보다가 이곳에서의 삶과 오래전 풍경이 조금씩 떠오른다고 말했다. 머릿속으로 목소리가 들려왔다는 사실은 말하지 않았다. 어쩌면 이곳과 관련 깊을지 모를 보조 해마 주인의 기억이 떠오르는 과정에서 생기는 부작용이나 증상일지도 모른다. 만약 그런 거라면 차차 나아질 것이다.

치익, 하는 소리와 함께 끓는 물에 뭔가를 넣는 소리가 났다. 박도진은 등을 돌린 채로 기억나는 일이 무엇인지 뭐든 말해보라고 했다. 주란은 요리 재료를 만질 때마다 들썩이는 거대한 등을 마주한 채로 천천히 떠오르는 것들을 말했다. 기억은 가장 최근의 것이 제일 선명했다.

보조 해마의 주인은 아주 오래전에 이곳을 떠난 것 같았다. 그후에는 잠시 군대에서 생활했던 것으로 보였다. 주란이 말했다.

"군인이었다면 사람도 죽여보지 않았을까요?"

이야기를 듣는 둥 마는 둥, 요리에 집중하던 박도진이 유일하게 그 말에는 반응했다. 박도진은 사람을 죽여봤을 거라고요? 라고 큰소리를 내며 뒤돌아보았다. 식칼을 쥔 손에 힘이 들어간 것처럼 느껴진 것은 기분 탓으로 여기기로 했다. 박도진은 꽤나 심각한 얼굴로 주란의 얼굴을 한참 말없이 보다가 다시 홱 몸을 돌리고 요리를 이어갔다.

"다 됐습니다."

박도진의 목소리와 떡국 냄새가 생각을 흩트렸다.

주란은 박도진이 앞에 놓아준 넓은 그릇에 담긴 떡국을 내려다보았다. 무슨 마음에서인지 박도진은 진심으로 떡국을 끓인 것 같았다. 소복이 올려진 고명이 정성스러웠다. 노랗고 하얀 계란 지단, 송송 썰어서 올린 파, 다져 올린 소고기, 검게 뿌려진 김까지. 다만, 떡 사이로 보이는 커다란 만두가 이상했다. 박도진은 자기가 좋아하는 사람의 취향대로 만들어서 그렇다며 맛이나 보라고 했다.

또 그 짝사랑 타령인가 하며 수저를 들어 올린 주란은 갑자기 배고픔이 심해짐을 느끼며 떡국을 먹기 시작했다. 맞은편에 앉은 박도진도 주란을 힐끔거리며 식사를 시작했다. 점점 급하게 떡과 만두를 씹어먹던 주란은 박도진이 그야말로 넋이 나간 얼굴로 자신을 물끄러미 바라보는 것을 깨닫고 식사 속도를 멈췄다.

"혹시 짝사랑 상대가 저로 바뀐 건가요?"

뻔뻔스러운 농담이었건만, 박도진의 얼굴이 딱할 정도로 시뻘게졌다.

"시, 실례했습니다. 잠시 센터장님이 행방불명된 일을 생각하느라 그랬어요."

허둥거리는 박도진의 얼굴이 더 벌게졌다.

박도진은 두서없이 조금 더 말을 이은 후에 그릇을 입에 대고 남은 떡국을 모조리 입안으로 밀어 넣었다. 볼이 터질 정도로 입안을 가득히 채운 떡과 고명을 우적우적 씹어대는 동안 벌게졌던 얼굴이 간신히 가라앉았다.

"최근 들어 센터장님이 좀 이상해 보였거든요. 그 일이 일어난 후부터요."

입에 든 떡국을 꿀꺽 삼킨 박도진이 물을 들이켠 후에 '수풍호수'라고 내뱉었다.

"유명 기업 인사의 보조 해마를 찾는 과정에서 다량의 보조 해마를 수풍호수에서 건져냈다는 말은 했었죠? 그게 진짜 이상한 일이었습니다. 경찰에서 분석해보니 유명 기업 인사가 살해된 장소와 수풍호수 사이에는 시체를 감쪽같이 버리기 좋은 장소가 몇 군데나 있거든요. 그런데 일부러 그 먼 수풍호수까지 와서 시체를 버리고 갔어요."

박도진이 의문이 가시지 않는 얼굴로 말했다.

"시체에서 빠져나간 보조 해마를 찾느라 수풍호수를 바닥까지 뒤지는 바람에 누군가가 분실했거나 버린 것으로 추정되는 보조 해마도 꽤 많이 건져 올렸죠. 그 보조 해마들을 등록하기 시작하면서부터 센터장이 좀 이상해 보이긴 했다더군요. 원래 실수가 적고 냉정한 사람인데 자주 멍하니 생각에 빠졌다는 이야기를 들었습니다. 저도 몇 번 본 적 있고."

박도진은 센터장이 유능한 사람이니까 잘 숨어 있을 거라고 말하면서도 걱정스러운 표정을 감추지 못했다.

주란은 이곳에 오기 전에 생생하게 수풍호수를 떠올렸던 일이 생각났다. 그 후에 살던 곳이 떠오른다고 하자 박도진은 슬그머니 그곳에 가보고 싶은지 물었다. 자연스럽게 이어진 상황이어서 무심히 넘겼던 일인데, 어쩐지 박도진에게 다른 의도가 있었을지 모른다는 의심이 들었다.

"수풍호수에서 건져낸 보조 해마 말인데요. 전시은 씨가 내게 사용한 보조 해마도 그중 하나 아닌가요?"

박도진의 얼굴이 허를 찔린 사람처럼 굳었다.

"아, 아니, 저. 그, 그건…."

거구에 사나워 보이는 남자가 헛기침하며 말을 더듬는 꼴이 우스꽝스러웠다. 정말이지, 볼수록 첫인상과 거리가 점점 멀어지는 남자였다.

"솔직히 말씀해주시죠."

말투가 단호하고 딱딱해졌다. 내가 이런 말투를 쓸 수 있는 사람이었던가, 주란은 놀라워졌다. 하긴 이 보조 해마의 주인이라면 군인이기도 했으니 이보다 더 강압적으로 말하기도 어렵진 않을 것이다.

박도진은 어떻게 말할지를 고민하는 사람처럼 커다란 손을 만지작거리면서 말이 없었다.

"맞습니다."

이윽고 결심한 듯이 박도진이 입을 열었다.

"센터장이 꼭 담긴 기억을 알아내야 한다며 빼돌린 보조 해마예요. 군대에서 제작된 물건인 모양이더군요. 보조 해마의 주기능인 기억 외에 다른 보조 기능도 설치되었을 가능성이 있습니다."

박도진은 전시은이 기억센터를 떠나기 전에 사실을 털어놓았다고 했다.

보조 해마에 담긴 기억을 알아내려면 다른 사람의 뇌와 연결하는 방법밖에 없다. 기억 중 아주 일부를 인체 밖에서 재생하는 것이 이론적으로는 가능하다고 알려졌지만, 전체적인 기억은 보조 해마와 연결된 사람만이 재구성할 수 있었다. 재구성되는 기억의 정확도와 속도를 높이기 위해서는 뇌 속의 해마에 담긴 정보량이 적을수록 좋았다. 기억에 담긴 정보를 서로 간섭해서 왜곡시키는 현상이 적게 발생하기 때문이다. 그래서 되도록 많은 정보를 보조 해마로 옮겨서 사용하다가 분실한 기억센터 이용자가 적격이었다.

"전시은 씨가 적합한 이용자를 물색하던 절묘한 시기에 서주란 씨가 나타난 거죠."

주란은 살짝 인상을 찌푸렸다. 절묘한 시기라니. 우연으로 받아들이기엔 이상한 구석이 많았다. 우선 자신이 기억센터로 데려다달라 했다던 빌리지 노인의 말부터가 석연치 않았다.

"여기까지가 기억센터를 떠나기 전에 전시은 씨가 제게 말한 시나리오입니다."

박도진이 '시나리오'를 말하며 힘을 줬다.

"그런데 숨긴 것이 있더군요."

조금 화가 난 표정으로 박도진이 말을 이었다.

보조 해마를 다른 사람의 뇌와 연결해서 사용하려면 반드시 초기화해야 한다. 초기화에는 고가의 장비가 필요한 데다 기록이 반드시 남는데, 국내에 보조 해마 초기화가 가능한 장비를 보유한 곳은 다섯 곳이었다. 모두 국가 기관이기 때문에 초기화 기록도 공유된다.

박도진은 아무래도 미심쩍다는 생각이 들어서 보조 해마 초기화 기록을 전부 조회했다. 보조 해마 속의 정보가 필요했다면 센터장은 분명 초기화 과정부터 실행했을 거였다.

"조금 전에 검색해보았더니 수풍호수에서 건져낸 보조 해마는 전부 초기화가 되지 않은 상태였어요. 그런데도 서주란 씨는 보조 해마와 연결이 되었습니다. 그 말은….

박도진이 뒷말을 잇지 않고 의미심장한 얼굴로 꾹 입을 다물었다. 주란은 박도진이 삼킨 말이 무엇인지 깨달았다. 참을 수 없을 정도로 차가운 무엇이 천천히 등골을 타고 올라와 온몸을 바짝 얼려버렸다. 한참 동안 말을 잃었던 주란이 느릿느릿 내뱉었다.

"원래 내 거군요."

✳

믿기지 않았다. 낯설면서도 익숙한 느낌으로 떠오르는 기억은 머릿속에 재구성되는 정보 같기만 했다. 자신의 기억이라 할 만한 강렬한 감정이 전혀 없다. 그렇지만 초기화 과정 없이 보조 해마와 바로 연결되었다면 별 감흥 없는 이 모든 기억은 원래 자신의 것임이 확실했다.

시장 후보 수행팀과 연설 장소인 교회에서 합류하겠다고 박도진이 나간 후에 빈 식탁 앞에 앉아 있던 주란이 수저를 빈 그릇 안에 던져 넣었다. 수저와 빈 그릇이 부딪치는 소리가 공간을 커다랗게 울리면서 메아리쳤다. 복잡한 표정으로 앉아 있다가 빈 그릇과 수저를 들고 가서 설거지를 시작했다. 그릇이 달그락거리는 소리와 물 흐르는 소리가 평화로웠지만, 마음은 어수선했다. 이해되지 않는 점이 여럿이었다.

지금 연결된 보조 해마에는 이십 대까지의 기억이 담겼다. 기억센터 근처에서 그 이후의 기억이 담긴 보조 해마를 제거한 이유는 뭐였을까. 그 이후에 이어진 일도 하나같이 의문투성이였다. 기억센터로 데려다주려 했다가 다시 이곳에 등장한 노인은 누구일까. 게다가 기억센터에서 만난 전시은은 마치 기다렸다는 듯이 자신을 낚아챘다. 지금 돌이켜보면 찾아올 것을 알고 준비하고 있었던 듯한 태도였다.

전기 주전자에서 김이 올라오며 물 끓는 소리가 들렸다. 박도진이 옆에 놓아둔 컵 속에는 이미 커피 믹스 가루가 담겨 있었다. 컵 옆에는 비상용으로 가져왔다며 주고 간 구형 휴대폰이 놓여 있었다. 덩치에 어울리지 않는 세심함도 그랬지만, 자신을 보호해야 하는 어린애처럼 조심조심 대하는 태도가 당황스러운 한편 우스웠다. 아마 짝사랑한다는 상대에겐 더하겠지.

어미 새처럼 구는 남자를 그 상대는 어떻게 여길지 궁금해하며 컵에 뜨거운 물을 따랐다. 달콤한 커피 때문인지 기분이 조금 나아져도 여러 의문이 여전히 머릿속에서 떠나지 않았다.

의문의 중심에는 기억센터장이 있었다. 주란의 기억을 재구성하기 위해 수풍호수에서 나온 보조 해마를 일부러 빼돌린 사람이다. 어쩌면 보조 해마를 분실한 채로 기억센터를 방문한 일도 센터장과 무관하지 않을 것이다.

대체 어떤 기억을 재구성해야 하는 것일까.

주란은 인상을 살짝 찌푸렸다. 지금까지 특별한 기억은 떠오르지 않았다. 차츰차츰 떠오르기 시작하는 더 어린 시절의 기억도 그리 인상적이지 않았다. 그저 이 지저분하고 가난한 거리가 지금이나 그때나 변함없다는 점만을 확인할 뿐이다.

이게 나의 기억이라고?

아직 믿기지 않았다. 보조 해마에서 넘어오는 기억은 그저 객관적인 정보 뭉치처럼 떠올랐고, 감상이나 감정을 요만큼도 불러일으키지 않았다. 눈앞에 흘러가는 영화 장면을 지루하고 메마른 기분으로 띄엄띄엄 관람하는 느낌이었다.

빈 머그잔을 감싸 쥔 손에 자신도 모르게 힘이 들어갔다. 그 순간, 도무지 믿을 수 없는 일이 일어났다. 가볍게 쥔 머그잔이 손안에서 박살 났다.

주란은 피가 조금씩 배어나는 손바닥과 바닥에 나뒹구는 머그잔 조각을 망연히 내려다보았다.

금이 가 있었나…?

그 외에는 갑자기 컵을 박살 낸 일을 설명할 길이 없었다. 퍼뜩 정신을 차리고 허둥지둥 계수대로 다가가서 물을 틀고 피범벅이 되는 손을 갖다 댔다. 말끔하게 씻은 후에도 피는 계속 배어 나왔다. 지혈하려고 휴지를 상처 위에 대고 압박했다. 그런데 상처를 누른 힘이 강해서 하마터면 비명을 지를 뻔했다. 살짝 눌렀을 뿐인데, 힘이 조절되지 않았다. 아니, 아무리 힘을 준다고 해도 비명을 지를 정도로 센 힘이 실릴 리 없다.

설거지를 끝낸 후에 정리해둔 숟가락이 눈에 띄었다. 기이한 짐작이 망상이길 바라면서 조심스레 들고 양 끝을 손으로 잡았다.

휘어질 리가 없다. 휘어지지 않을 거야….

속으로 중얼대며 숟가락을 잡은 양손에 아주 살짝 힘을 주었다.

숟가락은 순식간에 완전히 휘어졌다. 놀라서 떨어뜨린 숟가락이 바닥에 떨어지며 요란한 소리를 내었다. 반으로 접힌 채 바닥을 뒹구는 숟가락을 놀란 채로 바라보았다.

방금 일어난 일을 믿을 수 없었다. 남의 것처럼 느껴지는 두 손을 펴고 들여다보았다. 아까만 해도 피가 잔뜩 배어났던 상처가 벌써 어느 정도 아물고 있었다. 갑자기 등골이 서늘해졌다. 짐작할 수 없는 일이 몸에서 일어나고 있었다. 그렇게 생각하자 아까부터 느껴지던 이빨의 이물감이 생생해졌다.

자세히 보려고 허둥지둥 욕실로 들어가서 거울 앞에 섰다. 입을 벌리고 잇몸을 살펴보아도 이상한 점은 보이지 않았다. 그런데 이빨을 아래로 힘껏 잡아당기자 쑥 빠지는 느낌이 났다. 조심조심 양쪽 어금니 쪽으로 손을 밀어 넣고 살살 잇몸을 아래로 잡아당기자 새로운 잇몸이 드러났다.

틀니였다. 지금까지 틀니를 끼고 있었다.

아랫부분도 잡아당겨 뺀 후에 틀니를 완전히 입 밖으로 끄집어냈다. 커다란 덩어리가 빠지는 느낌이 나면서 턱 부분이 홀쭉해졌다. 사각에 가깝던 턱선이 날렵해지면서 인상이 아까보다 날카로웠다. 혹시나 해서 피부도 눌러서 긁어 보았다. 허물처럼 긁힌 부분의 피부가 일어났다.

놀라서 거울을 들여다보다가 긁혀 나오는 피부를 모조리 제거한 후에 몸의 다른 부분도 모두 세세히 살펴보았다. 머리카락이 한 번에 쑥 벗겨지는 바람에 비명을 지를 뻔했지만, 그 외에 몸의 다른 부분에는 이상한 점이 눈에 띄지 않았다. 다만, 그 와중에도 불룩한 뱃살과 옆구리 살은 그대로였다.

거울 속에는 아까와 같은 사람이라고 믿기 어려운 사람이 있었다. 좀 더 중후해 보이고, 냉정한 얼굴이었다. 군대에서 만든 보조 해마라고 했으니까, 군인일까. 그렇지만 군인이라고 하기엔 그냥 평범한 중년 여자 분위기였다.

거울 속에 보이는 얼굴의 윤곽을 손으로 가만히 더듬다가 물러났다. 박도진이 이 모습을 보면 뭐라고 할지 궁금해졌다. 아마 자신을 알아보지도 못할 것이다.

얼굴이 변했으니 다음은 무슨 일이 벌어질 차례일까.

예측할 수 없는 일이 두려워하며 욕실을 나서려고 돌아섰다. 그런데 문득 욕실의 타일 무늬에 눈길이 머물렀다. 쩍쩍 금이 가고 낡은 타일 무늬가 눈에 익었다. 그 무늬가 천천히 기억을 불러일으켰다.

이곳은 우리 집이었다.

불현듯 이 욕실에서 있었던 일이 떠올랐다. 그때는 이 구석에 작은 욕조가 있었고, 목욕할 때마다 엄마가 욕조에 넣어주던 노란 오리와 파란 물고기, 빨간 꽃게 장난감이 바구니에 담겨 있었다. 노란 오리의 둥글둥글한 몸체와 파란 물고기에 그려진 노란 줄무늬 그리고 커다랗고 귀여웠던 꽃게의 눈동자가 선명히 생각났다.

천천히 단편적으로 떠오르는 기억을 이어보려고 더듬어 갔다. 그래, 엄마가 있었다. 긴 머리를 어깨 아래로 늘어뜨린 긴 머리카락이 떠올랐다. 이웃에서는 자주 이모들이 찾아왔다. 나이가 어린 이모부터 엄마보다 훨씬 나이가 많은 이모까지, 아주 많은 이모가 있었다. 옆집에, 윗집에, 아랫집에 그리고 맞은편 건물 층층에 이모들이 살았다. 돌아가면서 이모들이 사는 곳에 모여서 놀았던 일들이 기억났다. 주란은 드문드문 떠오르는 기억을 이어보려고 애쓰며 미간을 찌푸렸다.

엄마와 이모들은 이곳을 들판이라고 불렀다. 다양한 사람들이 하나같이 다른 모습을 가진 야생화처럼 이곳저곳에서 살아가는 곳이라고 했다. 하지만 밝은 얼굴과 웃음소리는 도심의 경계를 넘는 순간 사라졌다. 얼굴에서 감정을 지우고 고개를 가만히 숙이고 거기에 없는 것처럼 조용조용 걷는 방법을 배웠다.

일터에서 나와 도심을 걸을 때는 일부러 어두운 곳을 골라 걸었다. 혹시 어디선가 습격당할 위험을 피하기 위해서였다. 집으로 돌아갈 때는 서로를 보호하기 위해 무리를 지어 가까이 걸었다. 무리에서 고립되어 사라진 사람들은 종종 수풍호수에서 떠오르거나 영원히 나타나지 않았다.

「아가, 도망쳐. 거기 있으면 안 돼.」

머릿속에서 목소리가 말했다. 머릿속에서?

빌리지에 들어온 직후에 들었던 머릿속의 목소리와 그때 들었던 목소리가 겹쳐지면서 갑자기 기억과 감각이 이어졌다.

다른 빌리지들과 함께 도심에서 집으로 돌아가던 길목에 숨어 있던 사람들과 마주쳤다. 얼굴을 가린 그들은 자신을 피해 도망가는 빌리지들을 따라오며 혐오스러운 단어를 큰 소리로 내뱉었다.

몸이 붕 날아오르던 느낌이 되살아났다. 누군가가 자신의 몸을 거리로 집어 던졌다. 무엇인가 자신을 감싼 것이 있었다. 사람? 물컹거리는 감촉이 몸 아래에서 느껴졌다.

「아가, 돌아보지 말고 도망쳐.」

다시 목소리가 들려왔다. 사방에서 고함이 들렸고, 사람들이 우르르 달려가는 소리가 들렸다. 그 후에는 그들과 반대 방향으로 달린 기억이었다. 도심과 빌리지 구역의 경계를 넘고, 누구도 찾지 못할 곳을 향해 계속 달렸다. 얼굴 없는 괴물이 도심에서부터 계속 쫓는 느낌이 들었다. 그 느낌은 어두운 수풀 속을 끝없이 달려가는 동안에도 바짝 뒤쫓아왔다.

어두운 수풀 속에 숨어서 날이 밝기를 기다렸다가 죽을힘을 다해 계속 걷고 달렸다. 누군가가 발견한 후에 아동 보호 시설을 전전하는 동안에도 자신이 어디에서 왔는지 절대 말하지 않았다. 아니, 말할 수 없었다. 말해서는 안 된다는 목소리가 들렸기 때문에.

그날의 축축한 공기와 뒤따라오던 공포가 생생히 떠올랐다. 열 살 남짓했던 어린애로 다시 돌아간 것처럼 몸이 떨려왔다. 주란은 그날 어두운 수풀 사이에 숨었을 때처럼 입을 꽉 틀어막은 두 손이 턱을 부수기 전에 황급히 떼어냈다. 강렬한 기억이 지나간 여파로 호흡이 고르지 않았다. 과거에서 되살아온 기억에 사로잡힌 채로, 아마 한때는 자신의 것이었을 감정에 몸이 반응하고 있었다. 그런 자신이 낯설었다.

윙윙, 휴대폰이 진동하는 소리가 들렸다. 주란은 손등으로 눈물을 닦으면서 옆에 두었던 휴대폰을 집어 들었다.

"별일 없어요?"

박도진의 목소리가 불쑥 튀어나왔다. 박도진의 목소리를 듣자 혼자가 아닌 기분이 들어서 다소나마 안심이 되었다. 주란은 자신에게 벌어진 일을 털어놓으려다가 망설였다. 자신에게 무슨 일이 벌어지고 있는지 알 수 없는 상황에서 순진하게 박도진을 믿을 수는 없었다. 꽤 좋은 사람처럼 보이지만, 뒤에 어떤 얼굴을 감췄을지 알 수 없었다. 적인지 아군인지 구분할 수 없을 때는 안전을 위해 적이라고 가정하고 조심하는 편이 낫다.

주란은 소리 나지 않게 목을 가다듬은 후에 아무 일도 없다고 대답했다. 박도진은 안심한 목소리로 전시은의 연락이 없었는지 확인했다.

"전시은 씨에게 번호를 알려줬습니다. 아마 곧 연락이 올 겁니다. 하지만 전시은 씨를 너무 믿지 마세요. 솔직하게 말하지 않는 일이 많으니까요. 어쨌든 여기 일이 끝나는 대로 바로 돌아갈 테니 조심하고 기다리세요."

그렇게 하겠다고 대답한 주란은 전화를 끊으려는 박도진에게 물어볼 것이 있다고 했다.

"혹시 30여 년 전에 도심에서 빌리지들이 습격당해서 죽은 적이 있나요?"

박도진이 괴상한 소리로 웃으며 헛소리라고 말하기를 기대했다. 빌리지에 관한 도시 괴담을 말할 때처럼. 그런데 무거운 침묵이 돌아왔다.

"혹시 보조 해마에 담긴 기억과 관련된 겁니까?"

박도진의 목소리에서 긴장이 느껴지는 바람에 주란은 당황했다. 박도진은 대답이 뭐든 상관없다는 듯이 수백 명의 빌리지가 일시에 사망한 사건은 있었다고 했다. 도심에서 일을 마치고 귀가하던 빌리지들이 도심을 벗어난 직후부터 다음 날 아침까지 차례로 이유 없이 죽었다. 기억센터장이 집착에 가까울 정도로 오랫동안 열심히 조사했던 사건이었다.

"사건 자체도 끔찍했는데, 더 소름 끼치는 것이 뭔지 아십니까? 빌리지들은 그 사건을 아무도 알리려 하지 않았어요. 자신들의 가족과 이웃이 수백 명이 죽었는데도 말입니다."

묻힐 뻔한 사건은 대규모 사망 사건을 우연히 알게 된 도심의 시민이 전염병 발생을 우려해 신고하면서 알려졌다. 역학 조사를 위해 매장된 시체를 들고 돌아온 질병센터에서는 뇌 신경이 모조리 손상되어 죽은 사실을 확인한 후에 전염병과 관계가 없다고 결론을 내렸다.

"센터장님이 조직적인 학살이라고 의심되는 정황이 있다고 하더군요."

유력한 용의자는 몇 군데 커뮤니티에서 빌리지 혐오를 드러내며, 제노라고 알려진 인물을 중심으로 '빌리지 청소부'를 자처하던 자들이었다. 실제 제노가 빌리지 살상용 무기 제작법이라며 배포한 문서도 발견되었다. 빌리지들이 사용하는 보조 해마를 매개로 해서 뇌 신경에 손상을 입힐 수 있도록 신호를 발생하는 소형 기계였다. 사건이 일어났던 날, 일을 마치고 도심에서 빠져나가는 빌리지들에게 그들이 몸싸움을 걸며 접근하는 모습을 보았다는 목격담도 들려왔다. 그렇지만 조사는 이뤄지지 않았다.

"죽은 사람이 빌리지들이었으니까요. 그나마 10년 전까지 사건에 계속 관심을 가졌던 센터장님마저 제노를 찾아낼 수 없다는 결론을 내린 후엔 사건에서 흥미를 잃더군요. 그동안 빌리지들은 단 한 번도 조사를 요청하는 목소리를 내지 않았어요."

"듣는 사람이 없으리라는 것을 알았겠죠."

주란이 씁쓸히 대답하는 찰나, 뒤에서 박도진을 부르는 소리가 들렸다.

"나중에 이야기하시죠. 이제 끊어야겠어요. 시장 후보가 곧 빌리지 구역으로 진입한답니다. 혹시나 해서 하는 말인데, 시장 후보가 돌아갈 때까지 교회 근처엔 절대로 와선 안 됩니다."

박도진이 급한 목소리로 당부하고 전화를 끊었다.

통화를 끝낸 주란은 창가로 다가가서 밖을 내다보았다. 어둠 속으로 조금씩 내리는 빗줄기가 보였다. 희미한 실금처럼 보이는 길들을 이어가던 눈길이 네온사인 십자가에 닿았다. 폐허가 된 거대한 무덤 위에 꽂은 표시처럼 네온사인 십자가가 붉게 빛나고 있었다.

어릴 때 교회에서의 기억을 떠올렸다. 예배를 마친 후에 받는 간식을 기대하는 동안, 노래를 시작하던 소박한 성가대가 떠올랐다. 도심에서 공부하고 이곳으로 돌아온 목사님은 늘 이곳에서의 고통을 천국에서 보상받으리라는 똑같은 주제로 설교했다. 엄마와 이모라고 불렀던 젊고 늙은 여자들은 돌아가면서 인터넷에 설교를 꾸준히 올리면서 조회 수가 높지 않다며 깔깔대고 웃었다. 설교 영상 아래에는 빌리지들에게 건전한 설교가 전파되고 있음에 안도하는 도시 시민들의 댓글만이 간혹 달렸다.

그런데 그거 알아? 예수님은 반역자였어.

채식만을 할 것 같은 뽀얀 얼굴로 기도하는 모습이 아닌, 시커멓게 그슬린 얼굴에 근육으로 부풀어 오른 팔뚝을 가진 예수님을 그린 후에 회당에서 채찍을 휘두르는 모습을 흉내 내는 이모를 보며 다들 웃어댔던 기억이 났다. 어린 이모는 성경에 차마 기록하지 못한 예수님의 욕설이라며 세상을 향한 걸쭉한 욕설을 마구 퍼부어댔다. 그것은 빌리지를 버러지 취급하는 도심을 향한 욕설이었다. 도심에서 사는 사람들은 어딘가에 숨었다가 어느새 나타나는 벌레를 닮았다며 빌리지를 혐오하고 징그러워했다. 처음으로 기억에 미적지근한 감정이 동반되었다. 보조 해마와 연결된 시간이 길어져서이거나 또 다른 이유가 있을 것이다.

붉은 십자가를 멍하니 보며 생각에 잠긴 동안, 윙윙 소리를 내며 휴대폰이 다시 진동했다. 박도진은 아닐 거라 여기며 휴대폰을 집어 들었다. 아니나 다를까, 전시은이었다.

"보조 해마와 연결된 지 8시간이 지났어요. 보조 해마가 뇌와 완전히 연결되어서 기능할 거예요. 정말 아무 일 없나요?"

무슨 일이 벌어졌을 거라 확신하고 캐묻는 것처럼 들렸다. 전시은을 너무 믿지 말라던 박도진의 말이 떠올랐다. 어쩌면 기억센터에서 보았던 친절한 모습도 연극이었을지 모른다는 생각이 들었다. 주란은 욕실에 팽개쳐놓은 틀니와 가발, 우수수 바닥에 흩어져 내린 허물 같은 피부를 떠올렸다. 기억센터에서 일부러 내게 접근한 거라면 이 여자는 어디까지 관여하고 있을까.

"도심에서 사람들이 빌리지를 습격하는 기억이 떠올랐어요. 박도진 씨는 30년쯤 전에 그런 일이 있었다고 하더군요. 혹시 알아요?"

미끼를 던지는 것처럼 물었다.

"도시 괴담처럼 떠도는 이야기죠. 도심에 사는 시민들은 그 이야기를 믿지 않아요."

전시은이 작게 소리 내 웃었다.

"전시은 씨도 믿지 않나요?"

주란의 질문에 전시은이 잠시 침묵했다.

"서주란 씨가 여러 사람의 기억을 들여다보며 범인을 하나하나 찾아내서 기록한 것은 알죠."

이해할 수 없는 말이 전시은의 입에서 튀어나왔다.

"내가요? 방금 잘못 말씀하신 것 아닌가요?"

주란이 인상을 찡그리며 반문했다.

"아직 거기까지는 기억 안 나셨구나."

휴대폰 너머에서 전시은이 혼잣말처럼 중얼거렸다.

"뭐, 곧 기억나실 거예요. 원래 사용하던 보조 해마를 분실한 것이 아니라 기억 재생과 관련된 신경이 마비됐을 뿐이니까요."

전시은은 그것이 회복되며 차츰 활성화되고 있을 거라고 키득키득 웃으면서 설명했다. 본래 가졌던 기억이 계획된 시간에 맞춰 서서히 돌아올 거라는 뜻이었다.

이 여자가 지금 무슨 이야기를 지껄이는 걸까. 주란은 점점 혼란스러워졌다.

"우리도 어쩔 수 없었어요. 도심에서 사는 동안 당신이 변해버린 것 같았으니까."

짜증스럽다는 말투였다.

"우리가 누구죠?"

전화기 너머에서 전시은이 깔깔대며 웃었다.

"정말이지, 서주란 씨의 망각도 이젠 지긋지긋하네요. 하긴 서주란 씨는 빌리지를 아주 혐오했죠. 항상 버러지라고 불렀어요. 자신도 빌리지라는 사실은 완전히 잊고 말이에요."

마치 다른 사람이 된 것처럼 전시은이 비웃는 목소리로 말했다.

"우리는 수풍호수에 시체를 던져 넣으면서까지 서주란 씨가 오래전에 버린 보조 해마가 나타나게 했죠. 그걸 알아보고도 서주란 씨는 즉각 돌아오지 않았어요."

목소리에 원망과 비난이 섞여 있었다.

"이제 목소리가 들리나요?"

전시은이 목소리를 알고 있었다. 주란은 휴대폰을 꽉 움켜쥐었다.

"대답이 없는 걸 보니 들렸던 모양이네요. 그런데 딱해라. 숨어 사는 동안 부르는 방법도 대답하는 방법도 잊었을 텐데."

기분 나쁜 웃음소리를 섞으며 전시은이 말했다.

"목소리를 알다니, 당신도 빌리지인가요?"

"빌리지는 어디에나 있어요. 창밖을 봐요."

전시은이 키득키득 웃는 소리와 함께 전화가 끊겼다.

창으로 고개를 돌린 주란은 하마터면 비명을 지를 뻔했다. 거미처럼 줄을 잡고 위에서 내려온 사람이 창 너머에서 주란을 빤히 보고 있었다. 두려움에 질려서 뒷걸음질 치는 동안, 또 한 사람이 매달린 줄이 내려왔다. 이어서 또 하나. 그것으로도 끝이 아니었다. 연이어 줄을 잡고 내려온 사람들이 표정 없는 얼굴로 주란을 뚫어지게 바라보았다.

겁에 질린 주란이 어찌할 바를 모르는 사이 그들이 이젠 창문을 두드리기 시작했다. 노크하듯이 가볍게 두드리던 소리는 두드림이 이어질수록 점점 거칠어져 갔다. 그들은 무표정한 얼굴로 주란을 바라보며 곧장 깨트릴 기세로 창문을 두드리기 시작했다.

주란은 공포에 질린 채로 그들을 등지고 현관으로 달렸다.

「몰이가 시작됐어.」

정신없이 집을 뛰쳐나온 순간 머릿속에서 목소리가 울려 퍼졌다. 그 순간, 갑자기 아파트 통로의 문이 열리더니 사람들이 일제히 걸어 나왔다. 하나같이 창문에 매달렸던 사람들처럼 표정이 없는 얼굴에 소름이 끼쳤다. 갑자기 공포 영화 가운데로 내동댕이쳐진 것 같았다. 사람들은 일제히 고개를 돌리며 주란을 뚫어지게 응시했다.

주란은 공포를 이기려고 애쓰면서 사람들 사이를 헤치고 비상 계단 쪽으로 달렸다. 온 힘을 다해 끝없는 계단을 내려가는 동안 몸이 확실히 달라졌음을 깨달았다. 계단을 내려가는 속도와 움직임이 처음 이곳에 왔을 때와는 확연하게 달랐다. 머그잔을 깨뜨릴 때와는 달리 몸을 제대로 통제하는 느낌도 들었다.

아마도 군대에서 보조 해마에 설치한 인체 강화 기능이 작동했을 것이다. 최전선에서 복무하는 군인들의 운동능력은 성별과 나이를 불문하고 인간의 평균을 넘어서는 수준으로 강화되었다. 매우 드물게 벌어지는 근접전을 대비하기 위해서였다. 인체 강화 기능은 근육과 신경에 작동하여 완력과 순발력을 증가시켰다. 그 기능이 활성화되었다면 몸에 벌어진 일들을 충분히 설명할 수 있었다.

마침내 끝이 보이지 않던 계단이 끝났다. 그런데 주란이 급히 비상구를 빠져나오는 순간, 누군가가 기다리고 있었다. 보조 해마를 분실하고 처음으로 정신이 들었을 때 만났고, 목소리를 처음으로 들었을 때 마주쳤던 그 노인이었다. 세 번째로 마주친 지금에야 주란은 그 얼굴을 아주 오래전부터 알았음을 깨달았다. 노인은 어린 시절에 이모라고 불렀던 여러 사람 중 한 명이었다. 주란이 자신을 알아봤음을 눈치챈 노인의 표정 위에 희미한 웃음이 떠올랐다가 사라졌다.

"그 남자가 나타나는 바람에 계획이 틀어졌어."

말하는 노인의 눈빛이 선뜩해서 주란은 자신도 모르게 뒤로 물러섰다. 비상계단에서 쿵쿵대는 발소리가 가까워졌다. 위에서 보았던 빌리지들이 자신을 뒤쫓으며 비상계단을 따라 내려오고 있었다. 주란은 노인의 등 뒤로 보이는 거리를 응시했다. 아직 거리는 조용했다. 오가는 행인도 주란에게 특별히 관심을 보이지 않았다. 하지만 언제까지 그럴까. 주란은 초조해졌다.

"우리는 너를 찾아내고 지켜보며 목소리를 보냈어. 그런데 너는 절대로 듣는 법이 없었지. 그래서 우리가 너를 강제로 끌고 왔어."

전시은이 그랬던 것처럼 노인도 '우리'라고 말하고 있었다. 줄에 매달린 채로 창문을 두드리던 사람들과 문을 열고 일제히 튀어나오던 사람들이 불쑥 떠올랐다. 그들은 마치 하나의 군집처럼 함께 움직였다.

지워야 할 기억을 모조리 옮겨놓은 보조 해마를 수풍호수에 던져 넣던 기억이 났다. 자신이 누구인지, 무슨 일을 할지 들키지 않기 위해서였다. 그 일과 관련해서는 강렬한 암시만을 남겼다.

'얼굴 없는 괴물의 이름을 알아낼 것.'

비상계단을 내려오는 발소리가 바로 뒤에서 들렸다. 노인이 히죽 웃으면서 손에 든 검은 물체를 들어 올렸다. 검은 우의였다.

"이게 필요할 게야."

강제로 검은 우의를 받아든 순간, 거리 풍경이 달라졌다. 조용조용히 걸으며 빗속을 오가던 행인의 움직임이 일순 멈추고, 고개가 천천히 주란이 있는 쪽으로 돌아갔다. 무표정한 얼굴 위에서 번들거리는 눈들이 주란을 응시하고 있었다.

「몰아! 그곳으로 데려가!」

목소리가 들리는 순간, 주란은 노인이 가리킨 어둠 속으로 뛰어들어 미친 듯이 달리기 시작했다. 빌리지들을 피하느라 방향을 가늠할 여유조차 생기지 않았다. 숨을 헐떡이며 달리다가 빌리지가 나타나면 방향을 바꾸는 일이 반복되었다. 사방에서 합류하는 빌리지들이 주란을 어디론가로 몰고 있었다.

숨을 헐떡이며 뛰는 동안, 얼굴 없는 괴물이 뒤쫓아오는 꿈을 꾸다가 심장이 멎는 것처럼 놀라서 깨어났던 무수한 밤이 기억났다. 나이를 먹으면서 몸은 성장했지만, 꿈속에서는 늘 열 살 남짓한 말라비틀어진 여자애로 돌아갔다. 꿈속의 어린 여자애는 성장하지 않았다. 아마 그래서 군인이 되었을 것이다. 겁에 질리고 나약한 어린애를 안에 감추고 강해지고 싶어서.

주란은 상대적으로 빌리지의 수가 적은 좁은 골목으로 뛰어들었다. 끝이 보이지 않는 골목들은 하나같이 좁고 어두워서 음침했지만, 거침없이 길을 헤치고 나갔다. 골목 안에는 앞에 무엇이 있는지 분간조차 할 수 없는 원시적인 어둠이 있었다. 이토록 짙은 어둠에는 빛이 가지지 못한 숨겨진 품이 있었다. 어둠이 깊을수록 그 품도 깊다. 숨어들어 오는 자식을 품어주는 어둠 속에서 주란은 태어나고 자랐다. 할 말을 삼키고, 은밀한 비밀을 품고 살아가는 것이야말로 도시의 구석구석에 숨어 살아가는 빌리지의 본질이었다.

골목에서 방향을 가늠할 때마다 여기저기서 빌리지가 모습을 드러냈다. 그들은 주란을 발견할 때마다 마치 한 덩어리가 된 것처럼 동작을 멈추고 주란만을 시선으로 쫓았다. 그러다가 무표정한 얼굴로 침묵을 지키며 일제히 이쪽을 바라보고서 걸어오는 모습에 등골이 오싹했다. 뒤쫓아오는 빌리지들은 골목이 합쳐질 때마다 점점 수가 불어났다. 주란을 압도할 만큼 빠르진 않았지만, 그 수만으로도 충분히 위협적이었다.

미로 같은 골목에서 빌리지를 피해 이리저리 방향을 바꾸는 동안, 주란은 방향 감각을 완전히 잃었다. 빌리지들을 정신없이 피해 달릴 때마다 과연 골목을 빠져나갈 수나 있을지 의심스러웠다. 이대로 골목을 끝없이 헤매는 것이 아닐까 좌절하려는 찰나 마침내 탁 트인 곳이 나타나면서 골목을 벗어났다. 눈앞에 교회가 모습을 드러내고 있었다.

주란은 교회 정문 밖에서 담배를 피우는 덩치 큰 남자와 눈이 마주쳤다. 박도진이었다. 박도진은 깜짝 놀란 얼굴로 멍하니 주란을 바라보았다. 그러는 동안 뒤에서 빌리지들이 골목에서 떼지어 튀어나왔다. 주란은 손에 든 담배를 던지고 자신을 향해 달려오는 박도진을 마주 보며 달렸다.

"안으로 들어가요!"

주란이 외치는데도 박도진은 방향을 바꾸지 않았다. 박도진은 굳은 얼굴로 허리춤에 차고 있던 삼단봉을 펼쳤다. 주란은 뒤를 힐끔 쳐다보았다. 빌리지들은 무표정하게 쫓아오긴 했어도 소리로 위협하거나 덤벼들지는 않았다. 자신을 해칠 의도가 있는지 분명하지가 않았다. 만약 해칠 생각이 없는 거라면 다른 목적 때문일 것이다. 그렇지만 그들이 박도진에게 어떻게 나올지는 알 수 없었다.

"교회 안으로 들어가면 안전합니다! 경호원들이 있어요."

주란을 스친 박도진이 뒤를 엄호할 것처럼 행동하며 주란에게 외쳤다.

주란은 교회 문 앞에서 가까스로 걸음을 멈추고 박도진을 향해 몸을 돌렸다. 새까맣게 몰려든 빌리지들이 이번에는 적의가 가득한 눈으로 박도진을 마주하는 모습이 보였다. 당장에라도 덤벼들어 박도진을 죽여버리기라도 할 기세였다. 박도진은 사방에서 가까워지며 위협하는 빌리지를 하나씩 제압했지만, 점점 포위되고 있었다. 이대로라면 혼자 수많은 빌리지 가운데 놓인다.

몸을 돌린 주란은 박도진을 향해 전속력으로 달려가서 빌리지 몇을 엄청난 완력으로 던져버리고 포위망을 풀었다. 그런 후에 박도진의 손에서 삼단봉을 낚아채고 넓은 반경으로 휘둘렀다. 박도진에게 가까이 다가왔던 빌리지들이 삼단봉에 맞고 쓰러지면서 소름 끼치는 비명을 질렀다. 몇 번 더 위협적으로 휘두르자 빌리지들이 슬금슬금 조금씩 물러났다.

"뒤돌아보지 말고 천천히 교회 쪽으로 움직여요."

박도진과 등을 마주 붙인 주란이 걸음을 옮기며 말했다.

이 상황이 교회 안에도 전해졌는지, 검은 양복을 입은 경호원들이 입구 쪽으로 달려오는 모습이 보였다. 그들을 본 빌리지들이 다가오던 걸음을 멈췄다. 주춤주춤 움직이는 방향이 반대로 바뀌었다. 다음 순간, 마치 할 일을 끝냈다는 듯이 빌리지들은 골목 안으로 순식간에 사라져버렸다.

"빌리지 구역에서는 별일이 다 일어난다더니 희한하군요. 괜찮으십니까?"

빌리지들이 사라진 곳을 허탈하게 바라보는 두 사람에게로 경호원들이 다가와서 물었다. 까맣게 몰려들었던 빌리지를 봤는데도 그들은 별로 놀란 기색이 없었다. 리더로 보이는 사람이 깨끗해진 거리를 눈으로 훑더니 빌리지의 보조 해마에 작용하는 신호를 이용한 퇴치라고 했다. 선거철이 아니었다면 저것들을 더욱 확실히 처리했을 겁니다, 라고 힘주는 말에서 자신감이 넘쳐흘렀다.

"고맙습니다. 저는 괜찮아요."

주란이 우의 후드를 벗으면서 말했다.

"후보님의 연설이 이미 시작됐습니다."

한 경호원이 허리를 숙이며 깍듯하게 말하고 물러났다.

주란은 고개를 돌리고 박도진을 빤히 마주 보았다. 교회 앞에서 눈이 마주쳤을 때부터 묻고 싶은 것이 있었다. 외모가 변했는데도 이 남자는 주란을 분명히 알아보았다.

"얼굴이 바뀌었는데도 알아보다니. 처음부터 내가 누군지 알고 있었군요?"

박도진의 얼굴에 당혹스러움이 번져나가더니 이윽고 불만스러운 표정이 되었다.

"그래요. 이제 원래 기억이 돌아오셨습니까?"

박도진이 자신도 이젠 연극을 그만두고 싶다며 인상을 썼다. 이상한 변장까지 하면서 되찾으려고 했던 보조 해마 속의 기억이 무엇인지 퍽 궁금한 모양이었다. 박도진은 처음 기억센터에서 보자마자 주란을 알아보았지만, 뭔가 계획이 있으니 모른 척해달라는 전시은의 부탁을 들어준 거라고 했다. 주란과 둘이서 빌리지 구역으로 갈 예정이라는 전시은을 위험하다고 뜯어말린 후에는 자신이 대신 동행했다. 거기서 전시은의 계획이 틀어졌음이 분명해 보였다. 박도진이 아닌 전시은과 함께 왔다면 완전히 다른 상황이었을지도 몰랐다. 적어도 태평스럽게 만두가 들어간 떡국을 먹고 빌리지에게 쫓기는 일은 없었을 거라는 생각이, 바보 같은 얼굴로 화내는 얼굴을 보는 동안 문득 떠올랐다. 전에도 비슷한 생각을 자주 했던 것 같은 기분이 슬쩍 들다가 사라졌다.

"조금 전 상황을 보니 위험해 보입니다. 이쯤에서 그만두세요."

박도진은 자신이 처음부터 알던 사람으로 주란이 돌아왔다고 여기는 투로 말했다. 그게 아니라고 말하려던 주란의 귀 옆에서 갑자기 소리가 들렸다.

— 연결 신경 회복 완료. 지금부터 페어링을 시작합니다.

보조 해마가 고막을 이용해 보낸 알림이었다. 이제부터 두 보조 해마에 담긴 기억이 연결된다는 뜻이었다.

주란은 마지막 종착역처럼 보이는 거대한 교회를 정면으로 마주했다. 멀리서 보았을 때 붉게 빛나던 네온사인 십자가도 가까이에서 보니 드문드문 전구가 꺼진 채였다. 교회 건물은 형편없을 정도로 낡아서 벗겨진 페인트가 너덜너덜했다. 교회를 둘러가며 핀 꽃들이 그나마 폐허 같은 분위기를 산뜻하게 했다.

한때 이곳에서 먹고, 웃었으며, 기도했고, 사랑했고, 사랑받았다. 빌리지의 사랑방 같았던 이곳을 때때로 그리워했다. 먹고 분노하며, 침묵하고, 혐오하고, 증오하며 떠돌이 도망자처럼 살았던 나날에 그랬다. 얼굴이 없는 괴물과 맞서기 위해, 군에서는 강력한 강화 인체 프로그램이 주어지는 최전방만을 골라 복무했다. 그러다가 마침내 괴물이 찾아오기 전에 찾아내기로 마음먹었다.

괴물 무리 속에 숨기 위해 그때까지의 기억이 담긴 메모리를 수풍호수 속으로 던져 넣었다. 괴물을 찾아낸 순간이 오면 반드시 돌아오게 되리라 생각하면서.

주란은 그때 일을 떠올리며 교회 안으로 걸음을 옮겼다. 뒤에서 다가온 박도진이 성큼성큼 걸어가는 주란을 곧 따라잡았다.

오랜만에 방문한 교회의 내부는 이전보다 많이 낡아 보였지만, 깨끗하게 관리한 흔적이 여기저기 있었다. 본당으로 이어지는 통로에는 작은 사람 얼굴 사진이 여기저기에 빼곡히 붙어 있었다. 사진 아래에는 교회 주변에서 꺾어온 싱싱한 꽃들과 촛불이 놓여 있었다.

교회 벽에 사진이 붙어 있는 풍경은 익숙했다. 붙이던 날이 기억나는 사진들도 있었다. 그나마 덜 억울한 죽음이었다. 도심에서 찾아온 사람들이 사진 앞에서 묵념하고 유족을 위로했고, 의식에 참여한 빌리지들은 모두 작게 흐느꼈다. 그리고 여기에 사진도 붙이지 못한 죽은 사람들이 있었다. 잊히기에 앞서 존재할 권리조차 없는 일상에 빌리지들은 늘 익숙했다. 아니, 그렇게 보일 뿐이다. 빌리지는 그곳에 있는 이름과 없는 이름까지도 모두 기억했다.

— 페어링 완료. 자동으로 네트워크에 접속합니다. 생체암호 확인.

다시 알림이 들렸다. 본래 가졌던 기억이 계획된 시간에 맞춰 돌아오리라던 전시은의 말이 떠올랐다. 결국, 돌아오지 않는 주란을 그들이 여기로 끌고 왔다.

주란은 불룩한 뱃살을 손으로 만져보았다. 손아래로 느껴지는 살이 차오르며 자리 잡은 세월 동안, 얼굴 없는 괴물의 이름을 찾으려던 강력한 암시가 희미해져 갔다.

"그런데 어떤 기억을 되찾으신 겁니까?"

말없이 걷는 주란의 곁에서 속도를 맞춰 걸으며 박도진이 물었다. 설마 중년에 느낀 위기 때문에 자신의 정체성이 담긴 옛 기억을 돌아보고 싶어진 것이냐고도 했다. 농담임이 명백했지만, 늘 그랬듯 박도진은 농담에 별 재주가 없었다.

"맞아."

그렇게 대답하는 주란 자신도 농담을 받아치는 데는 영 재주가 없었다.

주란은 자신의 대답에 눈을 동그랗게 뜨는 박도진을 무시하고 본당 쪽으로 조용히 걸어갔다.

— 네트워크 연결 완료. 대기 상태 전환.

그들의 계획에 따라 모든 준비는 끝났다. 하지만 주란은 여기서 자신의 역할이 무엇인지 아직 알지 못했다. 이제부터 무슨 일이 일어날지 예측하기도 어려웠다.

본당은 가득 들어찬 빌리지들로 발 디딜 틈이 없었다. 주란과 박도진이 본당에 들어서는 순간, 빌리지 사이에서 미묘한 들썩임이 파문처럼 번져나갔다. 그렇지만 누구도 두 사람 쪽으로 시선을 돌리지 않았다.

멀리 보이는 연단 위의 마이크 앞에서 시장 후보가 막바지 연설하는 모습이 보였다. 말끔하고 세련된 그 모습이 낯익었다. 오늘 자신은 그에게 초대된 손님이었다.

주란은 연설을 끝내는 인사말을 들으면서 사람들이 빼곡히 앉은 의자 사이로 난 통로를 걸어 앞으로 나아갔다. 경호원들은 주란을 제지하지 않았다. 본당을 가득 메운 빌리지들이 힘껏 박수를 보내면서 눈으로는 주란을 따라갔다. 다른 곳을 향해 일제히 움직이는 시선을 본 시장 후보 얼굴에 의아함이 떠올랐다가 주란을 본 순간 사라졌다.

"늦었습니다."

주란이 연단 아래로 내려오는 시장 후보에게 악수를 청했다.

"못 오시는 줄 알았습니다, 센터장님."

시장 후보가 마주 손을 잡으며 밝은 표정으로 인사를 건넸다.

그때, 목소리가 머릿속으로 침입했다.

「증인은 답해야 해.」

증인이라고? 주란은 자신도 모르게 흠칫하며 시장 후보를 빤히 바라보았다. 이곳은 자신을 끌고 온 그들이 마련한 무대였다. 누가 주인공인지, 서로가 무슨 역할을 맡았는지는 알 수 없었다. 다음 순간, 분노에 찬 목소리가 밀려들었다.

「그자가 맞는지 확인해.」

요구가 아닌, 단호한 명령이었다.

악수가 끝난 후에도 손을 놓지 않는 주란을 시장 후보가 의아하게 마주 보았다. 부드럽고 세련된 후보의 얼굴이 일순 박제된 가면처럼 보였다. 주란은 이 무대에 자신이 증인으로 세워졌음을 깨달았다. 가면 뒤에 숨은 얼굴을 확인하는 일은 오랫동안 기억이라는 기록을 다뤄오다 마침내 책임자의 자리에 이른 자신의 특기였다.

주란은 시장 후보의 손을 놓고 뒤로 한걸음 물러서며 얼굴을 응시했다. 홍채를 통해 수집된 시각 정보는 해마를 거쳐 곧장 네트워크에 닿았다. 그 순간, 오로지 무수한 사람이 뇌리에 기록했다 지우는 기억을 관리하는 자에게만 주어진 권한으로 기록의 문이 열렸다. 보조 해마를 비롯한 기억장치를 수리하고, 점검하고, 교체하는 과정에서 저장고에 쌓인 무수한 기억 더미들이 그곳에 가득했다. 시스템은 단숨에 시장 후보의 기억 더미를 모조리 찾아냈다.

「우리가 마지막으로 찾던 그자야?」

목소리가 재촉했다.

주란의 얼굴이 굳어졌다. 엄청난 속도로 작동한 검색기가 시장 후보의 기억 더미를 순식간에 훑고 지나갔다. 지금 서 있는 영광의 자리에서부터 저 먼 과거까지 이어지는 기억의 길을 주란의 인식이 단숨에 질주했다. 결과를 인식한 주란은 그들이 마침내 그자를 찾아내어 자신에게 증언을 요구함을 깨달았다.

「그자가 제노야?」

얼굴 없이 쫓아오던 괴물의 얼굴이 바로 여기 있었다. 그날, 수백 명의 빌리지를 몰살하도록 부추긴 제노가 바로 이자였다. 거리에서 울려 퍼지던 고함과 비명조차 없었던 죽음들이 떠올랐다. 아무도 책임지지 않은, 괴물이 삼켜버린 죽음이었다.

괴물을 없애려고 버둥거리며 끝없이 노력했던 시기가 있었다. 마음속에 스며드는 절망을 집요함으로 지워버렸던 시절을 늪 속으로 깊숙이 가라앉히고 목소리를 잊은 이유는 무엇이었을까. 숨을 쉴 때마다 움직이는 불룩한 뱃살이 갑자기 거북스러워졌다.

주란의 안에서 제노를 찾아서 눈앞에서 죽여버리기 바랐던 간절함이 되살아났다. 한때 꿈꾸었던 순간이 바로 눈앞에 있었다. 지금이라면 이자의 목을 단번에 꺾어 죽여버릴 수도 있다. 신체 강화 기능을 회수한 지금이라면 경호원들은 상대도 되지 않는다. 이대로 이 자리에서 이자를 갈기갈기 찢어 길 위에 피를 뿌려 죽은 이들을 공양할 수도 있다.

"무슨 일이에요?"

시장 후보와 악수한 후에 얼굴이 굳어버린 주란에게 박도진이 작은 목소리로 물었다.

「증인은 답해야 해!」

다시 목소리가 머릿속으로 울려 퍼졌다.

목소리 쓰는 법을 잊어버린 주란에게 목소리로 답하라고 그들이 요구하고 있었다.

주란은 대답을 기다리며 조용히 앉아 있는 빌리지들을 천천히 둘러보았다. 하나같이 무표정한 표정 위에서 감정을 숨긴 눈빛만이 번득거렸다. 움직임을 멈춘 빌리지들이 미동조차 없이 앉은 넓은 공간은 모든 소리가 빨려 나가버린 것처럼 고요했다. 숨소리마저 들리지 않는 완전한 정적 속에서 시장 후보가 당황하기 시작했다. 경호원들이 빌리지들을 경계하며 차츰 긴장하는 기색을 드러냈다.

「그래, 그자야.」

주란은 몸에서 힘을 빼고, 자신의 증언을 기다리는 빌리지들을 향해 오랫동안 쓰지 않았던 목소리를 보냈다. 그러자 한 덩어리처럼 굳었던 빌리지들이 움직이기 시작했다. 자리를 지키다가 하나둘씩 일어서는 그들을 보며 경호원들이 시장 후보를 에워쌌다. 하지만 빌리지들은 시장 후보에게, 제노에게 다가오지 않았다.

그들은 마치 만족한 구경꾼들처럼 주란에게 희미한 미소를 보내고 본당 밖으로 한 명씩 걸어 나갔다. 느릿느릿하게 걸어서 밖으로 사라지는 그들을 보며 시장 후보와 경호원들이 비로소 경계를 풀었다. 주란은 자연스럽게 그들을 교회 밖에서 배웅했다.

✳

사람들이 모두 사라지고 인적이 사라진 교회는 을씨년스러울 정도로 조용했다. 박도진과 둘이 남은 주란은 시장 후보가 탄 차가 어둠 속으로 사라지는 모습을 지켜보았다. 희미한 가로등 불빛에 비친 가느다란 빗줄기가 끊임없이 이어지고 있었다. 끊이지 않는 기억처럼.

"아까 뭐였어요?"

시장 후보가 탄 차가 멀리 사라진 후에 박도진이 물었다. 시장 후보 앞에서 표정이 이상해서 보조 해마에 이상이 생긴 줄 알고 걱정했다고 했다.

"제노를 찾았어."

주란이 툭 내뱉었다. 박도진의 얼굴에 놀라움과 경악이 번져나갔다.

"포기하신 줄 알았는데요?"

"나는 포기했었지."

주란의 말을 들은 박도진은 무슨 말인지 이해할 수 없다는 표정이 되었다.

"그러면 포기하지 않은 사람은 누굽니까?"

그렇게 물은 박도진은 주란의 침묵이 길어지자 이제 어쩔 거냐고 물었다.

"내일 출근하려면 집에 가야지."

주란이 무심히 대답했다.

여기에서 어떤 재판과 증언이 있었는지 박도진은 결코 알지 못할 거였다. 시장 후보였던 제노는 재판대에 올랐다는 사실조차도 모를 것이다. 그러나 목소리로 이어진 빌리지는 모두 알게 될 것이고, 그들의 방식으로 심판을 시작할 것이다. 제노는 어디를 가든지 결코 빌리지를 피할 수 없다. 어디를 가든 목소리를 들은 그들이 집요하게 따라붙을 것이고 제노는 대가를 치를 거였다.

그들은 어디에나 있었다. 주란은 목소리를 잊고 지내던 동안에도 일상에서 수없이 그들을 마주쳤을 것임을 깨달았다. 그들은 평범한 모습으로 앉아 항상 지켜보고 있었다. 길에서, 카페에서, 집으로 돌아가는 버스 안에서, 직장 안에서 문득 그들과 눈이 마주쳤던 순간이 있었을 것이다. 목소리 듣는 법을 잊었기에 무심히 지나쳤을 뿐, 그들은 모든 곳에 존재했다.

아니, 이젠 '우리'겠지.

"모셔다드릴까요?"

박도진이 손에 든 우산을 펼치며 물었다. 주란은 비가 내리는 어둠 속을 응시하다가 고개를 흔들었다.

"혼자 갈 수 있어."

그렇게 대답한 주란은 우산 하나를 펼치고 서서 쭈뼛거리는 박도진의 바보 같은 얼굴을 가만히 응시했다. 박도진은 어색하게 시선을 피했다. 우산이 만들어 내는 그늘에 숨긴 얼굴색이 갑자기 궁금해졌다.

"박도진, 혹시 그 짝사랑 상대가 혹시⋯."

주란이 채 말을 끝내기도 전에 박도진이 크게 헛기침을 하더니 비가 더 내리기 전에 돌아가라며 재촉했다. 주란은 만두 넣은 떡국을 좋아한다고 했던 말을 박도진이 용케도 기억했다고, 속으로 중얼거리며 뒤돌아섰다.

희미한 가로등 불빛이 비춰는 길 위를 지나치는 빌리지들은 여전히 조용히, 마치 없는 사람처럼 고개를 숙이고 지나갔다. 그렇지만 주란은 이제 고요함을 가로지르는 목소리를 들을 수 있었다.

집으로 돌아가는 동안 주란은 불룩한 뱃살을 손으로 쓰다듬으며, 오랫동안 비밀 클라우드에 넣어놓았던 기억에 접속했다. 그곳에는 얼굴 없는 괴물들의 이름을 수집해 박제해놓은 벽이 있었다. 주란은 주문을 외우는 것처럼 그날 밤에 벌어진 학살에 참여했던 괴물의 이름을 하나씩 불러주기 시작했다.

모든 곳에 존재하는 '우리'에게. 이름 없는 목소리로.

김주영

90년대 후반, 옴니버스 장편소설 《나호 이야기》를 연재하며 작품활동을 시작했다. 《열 번째 세계》로 황금드래곤 문학상 장편 부문을 수상했으며, 장편 SF 스릴러 《시간 망명자》로 제4회 SF어워드 장편 부문 대상을 수상한 바 있다. 《시간 망명자》는 2017 부산문화재단 우수도서 선정, 2017 부산국제영화제 아시아필름마켓 〈북투필름〉 피칭작 선정과 함께 한국 장편SF로는 처음으로 중국 최대 SF출판사인 〈과환세계〉에서 중국어로 번역되어 출간되었다.

작품의 길이와 장르에 구애받지 않는 방대한 작품 세계를 펼치며 꾸준히 새롭고 도전적인 시도를 멈추지 않는 작가로서, 장편 《그의 이름은 나호라 한다》, 《이카루즈》, 《여우와 둔갑설계도》, 《공포의 과학 탐정단》, 《완벽한 생존》, 단편집 《보름달 징크스》, 《이 밤의 끝은 아마도》 등을 출간하였으며, 참여한 공동작품집으로는 《U-robot》, 《전쟁은 끝났어요》, 《아직은 끝이 아니야》, 《별 별 사이》, 《끝내 비명은》 등이 있다.

환상문학웹진 거울의 편집위원으로 독자우수단편 심사위원을 다년간 역임했으며, 2017년에는 '한중 SF 문화교류 프로젝트'를 담당한 바 있다.

바로 지금 마지막

― 이채하

1

어제 막 편집을 끝내고 올린 영상을 확인하던 중 속보가 떴다.

속보, 지구 종말에 가속이 붙었다. NSC의 과학자들 사흘 앞당겨진 2050년 2월 18일로 예상.

새빨간 글씨의 속보는 디자인팀과 자막팀이 애써 꾸민 화면을 망치기에 충분했다. 속보 내용은 최근 들어 격주 단위로 당겨지던 지구 종말이 또 사흘이나 앞당겨졌음을 알리고 있었다.

속보가 뜨고 얼마 되지 않아 사내 메신저가 활성화됐다. 작은 종소리와 함께 메시지가 연이어 올라왔다. 정윤은 무심한 눈으로 메시지를 읽었다. 나가고 싶어도 나갈 수 없는 단체 메신저라 어쩔 수 없이 봐야 했다. 가장 먼저 메시지를 올린 이는 영상 편집팀의 막내 강명혁이었다.

[강명혁] 아, 또 이 타이밍이네. 우리가 영상 업로드할 때마다 속보가
　　　　뜨는 것 같아.

정윤은 그러게요라고 적은 답장을 그런가요라고 고쳤다가 지
우고, 키보드에 손가락만 얹고 있다가 어떤 말도 하지 않고 하나
둘씩 나타나 투덜대기 시작하는 직장동료들의 대화를 지켜만 보
았다.

[김소현] 아, 왜 빨간 글씨야. 영상이 눈에 하나도 안 들어와요.
[김소현] 실시간 채팅창 물관리 안 되는 거 봐.

디자인팀 팀장인 김소현이 남긴 메시지에 정윤이 화면 옆으로
빠른 속도로 올라가는 실시간 채팅창을 훑었다.
　김소현의 말대로 실시간 채팅창은 욕설이 가득했다. 남의 게임
화면을 보며 자신이 해도 저것보단 잘하겠다고 비웃던 시청자들
이 순식간에 동영상 속 비제이와 똑같이 분노하며 실시간 채팅창
에 험한 말을 올려댔다. 속보의 내용 때문이 아니라 쓸데없이 큰
자막이 재밌는 영상을 가렸다는 의미에서였다.
　인터넷 세계에 익숙해진 사람들은 도덕과 윤리를 잃었다. 인간
성이 도려진 자리에 생존 욕구가 들어찼다. 부모, 자식욕은 점차
구체적으로 변했다. '니네 부모님 실족사' 이건 쌍욕 축에 끼지도
못했다. '너랑 니네 가족 평생 지구서 살다가 불타 뒤짐' 정도는
되어야 이 개새끼가 얼굴 안 보인다고 말을 막 하네 하고 반응이
올라왔다.

[강명혁] 이러다 우주선 타보기도 전에 지구 망하겠어. 화성 땅 구경
이나 할 수 있으려나 몰라.

[박지우] 이번 주 로또 되길 기도하세요.

자막팀 팀장인 박지우의 말에, 참 내 바랄 걸 바라라, 난 이제
그거 추첨권 사지도 않아, 하는 부정적인 말들이 우수수 쏟아졌다.

[이민영] 그래도 골든 티켓 당첨될 수도 있잖아요.

자막팀 막내인 이민영이 올린 메시지에 속 편한 소리를 잘도
한다면서 혀를 찼다. 종말이 가까워질수록 긍정보단 부정이, 낙
관보단 비관적인 성향이 더 강해졌다. 누가 더 세상을 차갑게 보
는지 경쟁이라도 하는 듯했다. 현대 사회를 살아가는 인간의 필
수품 같기도 하다. 고독감과 분노가 성격의 기본이 되었다. 아무
리 열심히 살아도 앞당겨지기만 하는 멸망일과 이제는 '로또'라고
불리기 시작한 화성행 우선권 추첨이 단단히 한몫할 것이다.

[강명혁] 나 그냥 다 관두고 먹고 자고 먹고 자고 할까 봐.

강명혁의 말에 참여자 다수가 동조했다. 와중에 디자인팀과 자
막팀은 미관상 아름답지 않은 속보 자막에 대한 사과문을 뭐라고
작성할지 의논하자고 단체 메신저창에 공지로 박아놓았다. 말로
는 어차피 망할 건데 죽자 하면서도 결국 화성행에 빌붙어 다음
주는 내가 될 거야 하는 희망의 끈을 붙잡은 채로 사는 거다. 그
러니까 자기가 잘못한 일도 아닌데 사과를 하고 있겠거니.

[이민영] 당첨되면 좋다고 할 거면서.

[강명혁] 싫다고 할 사람이 어딨겠어.

[이민영] 안정윤 팀장님?

메신저창을 관조하던 있던 정윤이 이민영의 말에 비스듬히 앉아 있던 몸을 바로 세웠다. 왜 갑자기 내 얘기가 나와. 정윤은 재빨리 사내 메신저와 동영상에 붙은 실시간 채팅창을 동시에 끄고 뻐근한 어깨를 위로 쭉 뻗었다. 나흘간 내리 제대로 씻지 못해 수염이 난 턱이 거칠거칠했다.

"화성행 당첨되면 좋지. 내가 왜 싫어해."

정윤이 수염을 문지르면서 괜히 저번 주 화성행 우선권 당첨자가 누구인지를 확인했다. 실은 추첨권을 사지 않은 지도 꽤 되었다. 생각날 때 하나씩 사는 수준이었다. 화성행 우주선 탑승권에 당첨되면 좋겠지만 당첨되지 않더라도 화가 머리끝까지 나는 것은 아니다. 언젠가는 타겠거니. 못 타면 그러려니.

죽는 건 무서워도 사후세계에서 단체로 농성을 나갔다가 한꺼번에 죽은 가족을 만나게 될 날이라고 생각하면 나쁘지만은 않다. 너무 오랜 시간 홀로 있었고, 혼자 삶을 버티면서 죽음에 무뎌진 탓이다.

*

지구에 망조가 들었다. 최근 일은 아니었다. 오래전부터 천천히 망해가고 있었다. 지구온난화로 인한 기후변화, 몬트리올 의정서를 어기고 규제된 화합물을 몰래 내다 버린 국가들 덕에 오존홀이 주체할 수 없을 만큼 커졌다는 옛이야기는 어린 시절부터 꾸준히 과학 교과서나 뉴스, 신문에서 접해오던 주제가 아니었던가.

다만 6년 전부터 가속이 붙었을 뿐이었다. 기후변화가 심해지면서 신종 바이러스가 창궐하고 오존층 파괴로 생태계가 무너졌다. 당연히 지구종말론에 힘이 실렸다. 과학계와 세계 정부가 입을 모아 '집에 머무르세요(STAY HOME)'를 표어로 내세웠다.

더 이상의 환경 오염을 막기 위해서라도 모두 안전한 곳에 머물러야 한다. 집에 있으면 우리가 국민을 책임지고 지켜낼 것이다. 화성은 이미 테라포밍에 한창이고 우주 비행선 또한 긍정적이다. 그러니까 제발 'STAY HOME'. 각자 집에 머무르세요.

정윤이 현재 거주 중인 캡슐 집은 이전의 정부가 신종 바이러스가 한창일 때 국고를 털어 마련해준 방공호였다. 멀쩡한 건물을 허물고 부지를 밀어 지은 새로운 형태의 주거 공간이다. 도시마다 캡슐 집 주거 지역이 반듯하게 세워졌다. 길거리에 나앉은 노숙자들도 내 집 마련의 꿈을 이루었다. 조건은 하나였다. 'STAY HOME'. 자발적인 격리. 캡슐 집의 입주 조건은 없다. 대신 거주 조건이 붙었다. 바깥에서 문을 열 수 있지만, 안에선 잠글 수는 있지만 문을 열 수는 없다는 점이다. 언제까지고 갇혀 있기만 한 건 아니었다. 입주 등록 절차를 거치면 정부가 허락한 날짜마다 문이 열렸다.

당시에는 인간의 기본 권리를 박탈당했다고 외치는 시위가 여의도에서 크게 일어났다. 제발 집에 있으라는 경고를 무시한 이들의 결말은 뻔했다. 비상계엄이라는 최후통첩이 떨어졌다. 부당함을 느낀 이들은 캡슐 집에 들어가지 않고 예전보다 더 강력하게 밖으로 나돌았다. 개중에는 정윤의 가족도 포함되어 있었다.

'엄마, 그냥 집에 있어요.'

'저게 집이니. 감옥이지.'

캡슐 집이 나오고 처음 1년은 원래 살던 주택에서 가족과 함께 살았다. 정윤의 부모님과 친형은 반정부 시위대에 들어갔다. 계엄령이며 포고령 따위를 무시했고 'STAY HOME'을 당당하게 어겼다. 대규모 시위에는 빠짐없이 참석했다. 정윤이 사정해도 소용없었다.

정부의 감시를 피해 다크 웹에서 시위 날을 정하고 구호를 정했다. 어머니는 정윤에게 자유가 보장되지 않는 미래는 미래가 아니라고 했다. 정윤은 기어이 국회의사당에서 벌어지는 시위에 참여하기 위해 생필품을 챙기던 어머니의 마지막 말을 떠올렸다. 그날은 어쩐지 함께 가야 할 것만 같았다. 정윤은 편한 옷을 갈아입고 어머니에게 말했다.

'나도 같이 갈까?'

'정윤이 넌 집에 있어. 카메라 들고 설치다 잡혀가지 말고.'

어머니의 말대로 카메라 들고 설쳐볼까, 고민하던 정윤은 부모님의 냉한 다그침에 괜히 오기라도 부리듯이 입고 있던 옷을 벗어 더더욱 편한 옷으로 갈아입었다. 그게 마지막이 될 줄 몰랐다.

'그럴 거야.'

알았다면 그렇게 퉁명스레 말하진 않았을 텐데. 국회의사당까지 진출한 시위대가 떼죽음을 당한 지 5년 하고도 7개월쯤 되었다. 시위대에는 정윤의 부모님과 형도 있었다. 사인은 소사와 병사였다. 뉴스와 언론 보도를 도무지 믿을 수가 없어서 시체라도 확인해야겠다고 몇 번이나 소수의 살아남은 시위대에게 연락을 시도했지만, 누구와도 연락되지 않았다. 인터넷에는 정윤처럼 느닷없이 고아가 된 사람들이 넘쳤다. 몇몇 이들은 똑같이 시위대를 결성해 진위를 밝혀달라고 농성을 벌였다. 며칠 뒤에는 앉은 자리에서 빨갛게 익은 이들이 하나둘 널브러지는 뉴스가 생방송으로 보도되었다. 여론은 냉정했다.

'그러니까 집에 있으라고 할 때 집에 있었어야지.'

시간이 지나면서 가볍게 폄하되는 죽음이 늘었다. 가족을 잃은 뒤 정윤은 자발적으로 캡슐 집에 입주했다. 유언도 없이 돌아가신 부모님이라 집에 있으라는 말이 꼭 마지막으로 남긴 유언 같아서였다. 정윤은 이미 그 유언에 대답하고 만 것이다. 그럴 거라고.

하루를 내리 집 안에서만 보내야 하는 생활에 익숙지 않아 죽을 것 같다고 호소하는 사람들도 많았지만, 인간은 경험과 적응의 동물이 아니던가? 바깥에서 천막을 치고 시위하던 이들이 군인과 대치하다 죽고, 원인 모를 바이러스와 온열 질환으로 죽었다. 이러한 죽음들이 뉴스를 타기 시작하자 집 안에만 있어도 살 수 있는 사람들이 늘었다. 수도권과 지방을 나눌 것 없이 캡슐 집에 입주하는 이들이 자연히 많아졌다. 바깥에 나가는 사람은 멍청이가 되었다.

군대마저 철수하고 나서도 소규모 시위대가 국회의사당의 앞을 지켰다. 그러는 동안 병사와 소사가 반복되었다. 그나마 외출이 가능했던 겨울이 완전히 사라진 지금은 조용해졌다. 끝까지 버티고 바깥에 남아 있던 이들도 점차 사라졌다. 국회의사당 앞도 자연히 깔끔해졌다.

캡슐 집 생활은 이전과 확실히 달랐다. 무인 배달 시스템으로 물건을 살 수 있었고 집 안 내부와 연결된 우편함으로 빠르게 배송됐다. 외출은 정해진 시기에만 동시에 가능했다. 직장은 여전히 근무할 수 있는 환경인 사람들이 반, 강제로 퇴사하게 된 사람이 반이었다. 정윤은 방송국에서 일했으므로 강제로 퇴사하게 된 쪽에 속했다. 티브이와 모바일은 천천히 퇴보했고 현재는 다양한 종류의 인터넷 팟캐스트가 발달했다. 드라마, 음악, 저예산 영화, 정보, 과학 기타 등등.

관리가 어려운 대형 기지국이 폐쇄되면서 지역마다 소형 기지국이 생겼다. 핸드폰과 컴퓨터로 지역 채널을 무료로 사용할 수 있다는 장점이 있지만, 반경이 좁은 게 문제였다. 대신 사이버 화폐를 정기적으로 결제하면 정부가 관리하는 대역 전국망에 접속해 전 지역에 방송이 가능한 채널을 사용할 수 있다. 소형 기지국은 사실상 아무런 쓸모가 없었다. 동네 주민 상대로 장사를 하는 것도 외출이 가능할 때나 먹혔다. 현재는 대역 전국망을 사용하지 않으면 돈을 벌 방법이 달리 없었다. 정부에서 대역 전국망으로 모든 아이피(IP)를 통제하고 있다는 소문이 돌았으나 불만을 토로하는 이들은 없었다.

캡슐 집에 들어간 이들은 정윤처럼 이 공간에서 자유를 헌납해서라도 살고 싶은 사람일 것이다. 그러니까 멸망이 코앞으로 닥쳐도 일벌레처럼 일하고 돈을 벌고 매일 화성행 추첨권을 사는 거겠지.

죽음보다 자유를 사랑하던 이들은 이미 다 바깥에서 죽음을 맞이했다. 죽을 것 같은 갑갑함과 진짜 죽음은 달랐다. 무더운 한여름이 아니라 무서운 혹서기가 수년간 계속되고 있다. 길가에 있는 거라곤 죽은 야생동물이 전부인 세계였다.

정윤은 다시 동영상을 켜 실시간 채팅창을 확인했다. 정부의 속보가 나왔으니 그다음은 음모론자의 차례다.

어떻게 멸망 날짜가 알람 맞추듯이 하루 단위로 달라질 수 있나? 정부의 지속적인 민심 조작을 향한….

길어서 잘려나간 채팅을 더 볼까 고민하다가 삭제했다. 험한 욕설과 비난은 삭제할 수 없지만 이런 음모론자들의 인터넷 전단은 마음대로 삭제해도 된다. 거의 모든 음모론이 그러하듯 증거는 없고 정부를 향한 비난과 화성행 우주 비행선이 거짓이라는 내용이 끝이다.

근거 없는 주장만 해대다가 이따금 유명 인사들이 옷을 차려입고 외출하는 파파라치 사진이나 동영상을 첨부하는 날도 있었으나, 합성 기술이 눈부시게 발전한 현대에 이르러 사진, 동영상은 어떤 힘도 가지지 못했다.

언젠가 진실은 드러나는 법. 정부는 이제라도 진실을 밝혀라.

정윤은 무감한 눈으로 채팅을 삭제했다. 삭제, 삭제, 삭제. 보통 정윤 급의 팀장은 이런 소모전에 끼지 않아도 괜찮지만, 속보가 뜨는 날은 달랐다. 음모론자들이 활개 치는 날이 되기 때문에 보일 때마다 문제가 될 만한 채팅을 삭제해야 한다. 최근 들어 그 횟수가 늘었다.

"하여간에 이번 정부 일 진짜 대충 해."

정윤이 목을 좌로 우로 꺾었다. 우득, 근육이 풀어지는 소리가 경쾌했다. 단순히 마우스를 딸각거렸을 뿐인데 피로함이 쏟아졌다. 물론 정윤이 느끼는 피로감은 비단 정부만의 문제가 아니었다. 매번 인터넷에 미덥잖은 소문만 뿌리고 다니는 음모론자의 유난스러움도 한몫했다.

"그냥 조용히 좀 살지."

이번에는 혀를 쯧 찼다. 예전이라면 좀 더 관심을 가졌을지도 모른다. 갓 대학을 졸업하고 방송국에 입사했던 때라면 말이다. 과거 정윤은 시청률이 저조한 시사 티브이 프로그램에서 카메라를 들고 뛰던 촬영팀의 막내였다. 바로 이런 주장을 하는 인간을 캐내러 다니는 게 정윤의 일이었지만, 다 칩거 전의 일이다. 현재 정윤은 방송국 퇴사 후 유명 크리에이터의 편집 총괄팀 팀장이 되었다.

월급은 예전보다 늘었으나 번 돈을 쓸 곳은 없었다. 정윤이 좀 더 남은 삶에 충실했다면 달랐을 얘기다. 외출은 못 하더라도 돈 쓸 일은 많았다. 가상 화폐로 환전하여 테라포밍의 진행도, 우주 비행선 관찰을 하면서 미래를 꿈꿀 수도 있고 가진 돈을 쏟아부어서 추첨권을 구매하거나 비싸고 좋은 카메라, 마이크 등등을 살 수도 있었으리라.

정윤은 그 무엇에도 관심이 가지 않았다. 그냥 살아남았기에 살아가고 있었다. 너는 여기 있어, 하고 일러둔 가족의 말을 지킨다는 마음으로 하루를 살았다. 디지털 세계는 견고해지고 현실 세계는 부실해졌다. 매시간 종말 시계가 돌아갔다.

오늘은 2049년 1월 17일, 지구 종말을 398일 앞둔 여름이다.

＊

정윤의 하루는 늦은 오후에 시작된다. 정오에 일어나 화상 회의를 준비하고 정윤의 고용주인 크리에이터가 하는 채널과 비슷한 채널을 대강 훑어본다. 크리에이터 A와 B가 몰래 메신저로 대화를 했네, 목숨을 걸고 서로의 집을 찾아갔네 하는 염문설 따위를 주워 메모한다. 밤새 새로 생긴 채널도 확인해야 한다.

정윤은 책상에 팔꿈치를 괴고 새로 생긴 채널을 홍보해주는 사이트의 스크롤을 쭈욱 내렸다. 연속극 채널이 여섯 개, 과거 연예인이었던 사람들이 웹 라이브를 하는 채널이 열 개, 어린 애들이 익명의 사람들과 소통하는 채널이 여덟 개, 이슈를 다루는 채널이 스무 개는 넘게 생겼다. 그 외에는 정부가 은폐하고 있는 진실을 밝혀야 한다고 주장하는 과학 채널이 두 개 보였다. 과학 채널이라고 하지만 사실 음모론에 가깝다. 혹서기 이후 수천 명의 동식물이 죽어가는 와중에도 음모론자들은 항상 어디선가 나타났다. 주로 남의 채널에 들어와서 채팅 물을 흐리거나, 채널을 개설해서 이상한 영상을 올렸다. 채널은 금방 사라졌다. 정윤은 아무도 관심을 주지 않기 때문이라고 생각했다. 요즘의 네티즌은 내부에서 벌어지는 사건이나 진실 거짓에는 관심이 없었다. 차라리 외계인의 존재를 다룬다면 모를까.

정윤이 일하는 채널은 종말이 다가옴에 따라 새롭게 발생하는 사회문제와 이슈를 다뤘다. 사실 사회문제는 겉핥기식이고 자극적이고 조회 수를 금방금방 올려주는 이슈를 우선시했다. 누구보다 최신 정보를 먼저 캐내 영상을 만들어 올려야 하는데, 텄다. 정보, 이슈 관련 채널이 새롭게 많이 생긴 날에는 자극적인 정보는 이미 다 뺏겼다고 봐도 무방했다. 오늘은 소득이 없다. 이런 날에도 화상 회의를 해야 하는 건 곤욕이다. 정윤이 마이크 스위치를 켜고 말했다.

"박대웅 음란물 유포 건이랑 김소희, 이정우 열애설 이미 다른 채널이 먼저 올렸고요. 송시연 욕설 해명 떴습니다."

전달할 말을 끝낸 정윤이 마이크 스위치를 껐다. 정보팀의 마이크에 불이 들어와야 할 차례인데 영 조용하다. 알 만했다. 저보다 더 할 말이 없겠거니. 이내 정보팀 팀장의 마이크에 불이 들어왔다. 남의 채널에 뺏긴 이슈를 나열하다가 조용히 사과했다.

"죄송합니다."

"그럼 먼저 나가볼게요!"

정보팀 팀장의 심심한 사과에 켜져 있던 웹캠 화면이 하나둘 꺼졌다. 가장 먼저 회의 창을 나간 사람은 자막팀의 막내 이민영이었다. 바로 어제 가만히 있던 정윤을 채팅창으로 끌어냈던 그 직원.

이민영의 퇴장을 시작으로 하나둘 화상 회의 방을 나갔다. 이민영은 나가도 된다는 팀장의 허락 없이 금방금방 사라지곤 했다. 직장 분위기가 자유로워서 망정이지. 원래 성격이 저랬다. 첫 인상부터 남달랐다.

정윤은 겨울이 완전히 사라지기 전, 마지막 외출이 있던 날 열린 회식 자리에서 이민영을 처음 보았다. 주변에 열린 식당이 없어 플라스틱 테이블과 의자를 가져와 배달 음식을 먹으며 술을 마셨던 그때 이민영은 정윤의 맞은편 자리에 앉아 있었다. 첫 회식인 데다 회사 전 직원을 통틀어 가장 최근에 입사한 막내였음에도 이민영은 저에게 오는 술잔을 모두 쳐냈다. 곧 죽어도 술은 안 마시겠다고 대답하던 모습이 얼마나 사회 초년생 시절의 자신 같던지, 정윤의 기억에 선명하게 남아 있었다. 아마 끝까지 한 잔도 입에 대지 않았을 것이다. 사실은 거기까진 기억이 잘 안 나지만, 이민영의 캐릭터상 그랬을 거라고 정윤은 생각했다.

여전히 이민영은 막내였다. 그 이후로 회사가 인원을 모집하지 않았다. 규모가 축소되면 축소됐지 더 늘어나지 않은 인력 탓에 3년 차가 되고도 여전히 막내, 신입 소리를 들었다. 그러든 말든 3년간 변함없이 남의 눈치를 보지 않는 이민영의 태도에 정윤은 내심 감탄했다. 그러는 사이 자막팀 팀장과 남은 팀원들, 편집 총괄팀 팀원들의 화면이 차례로 꺼졌다. 정윤도 고민할 것 없이 인터넷 창을 닫고 컴퓨터를 껐다. 회의가 예상보다 훨씬 일찍 끝이 나서 시간이 비게 되었다. 비는 시간에는 할 것이 없으니 침대에 누워 잠을 잤다. 멸망이 1년 남든 10년 남든, 낮이면 졸음이 쏟아졌다.

정윤은 캡슐 집 생활에 익숙해졌다. 정확히는 혼자 사는 일에 익숙해졌다. 서울은 인구 밀도가 높은 만큼 좁아터진 집에서 여럿이 살기도 한다는데, 정윤이 거주 중인 의정부시 의정부 1동은 인구수가 현저하게 적다. 동네 사람이라고는 정윤의 뒷집 노부부뿐이었다. 종종 창문에 대고 정윤에게 인사를 했었다. 몇 개월 전부터 보이지 않았으니 죽었다고 보는 편이 나을 것이다.

주변은 삭막하고 고요했다. 안전하게 살기 나쁘지 않다. 인터넷에 떠도는 시체가 될 바에야 고립이 나았다. 기본적으로 침대 하나, 작은 식탁, 컴퓨터, 부엌과 화장실, 빨래 건조대를 설치할 수 있는 베란다도 있다. 사용 불가능한 앞마당도 있다. 누구는 사람을 케이지에 가둬놓고 키우느냐고 할지 몰라도 정윤은 불만이 없었다. 아니. 없었었다.

"아, 얼른 잠들었어야 했는데."

귀를 때리는 깡깡 소리가 들렸다. 정윤은 10분 만에 잠들지 못한 죄로 낮잠 타임을 놓치고 말았다. 정윤이 침대에서 반쯤 몸을 일으켰다. 침대와 붙은 창문의 콤비 블라인드를 살짝 열었다. 역시나 있다. 노부부가 죽어 비게 된 집에서 한 달 전부터 나타난 커다란 쇠공과 미지의 여자. 주로 원피스 차림에 챙모자를 쓰고 나와 집의 절반을 가릴 만큼 커다란 쇠공을 망치로 두들긴다. 정윤은 미지의 여자가 망치질하는 동안에는 무엇도 할 수가 없었다. 오늘도 있다. 어제도 있었고 엊그제도 있었고 내일도 있겠지.

이 미지의 여자야말로 이슈 채널에서 다루기에 딱 걸맞았다. 다만 여자를 설명하기엔 문장 자체에 어폐가 있다.

우선, 미지의 여자는 원피스를 입고 밖에 나와 있다. 점심부터 저녁까지 내내 나와서 망치질을 하고 있으면서 아직 살아 있다.

이론상으로는 죽어야 했다. 피부병에 걸리든, 전염병에 걸리든 죽는 방법은 다양하다. 그러나 여자는 죽지 않고 살아서 정윤의 낮잠을 한 달 가까이 방해했다.

또 하나의 의문점은 여자와 함께 등장한 쇠공이다. 저 쇳덩이가 어디에서 나타난 것이냐는 물음과 거기에 대답할 수 없는 자신. 그냥 어느 날 나타났는데? 라고 겪은 일을 말하기엔 음모론자나 다를 바 없다.

"대체 뭐야?"

애당초 여자가 맞긴 할까? 옷차림을 보고 여자라 짐작했으나, 사실은 여자도 남자도 아닌 새로운 성별일 수도 있다. 실루엣만 보고 알아낼 수 있는 정보는 한정적이었다.

"아니. 성별이 중요한가."

정윤은 몸을 칼로 찌를 듯이 떨어지는 직사광선을 떠올렸다. 블라인드를 조금만 올려도 눈이 따가운데 그걸 온몸으로 맞으면서 서 있다는 건, 이미 성별을 초월한 존재일 가능성이 더 크다고 봤다. 몰래 촬영해서 게시해도 누가 법적인 책임을 따지진 않을 테지만 마음이 내키지 않았다. 허락 없는 촬영은 싫다. 정윤의 심리적인 문제였다. 이렇게 일방적으로 관찰한다는 건 훔쳐보는 거나 마찬가지인데, 거기다 무단 유포까지 하는 건 반칙을 쓰는 것 같았다. 시합도 아니고 무슨 반칙이냐고 묻는다면 그 또한 심리적인 요인에서 비롯된 것이리라. 원래 정윤은 융통성 없다는 소리를 자주 들었다. 그때 사라진 융통성이 여전히 돌아오지 않았다. 그래서 정윤은 미지의 여자에 대해 누구에게도 말하지 않았다. 촬영을 하지 않았으므로 증거가 없다. 그럼 혼자만 알고 있어야지 어쩌겠는가. 남에게 제보하는 건 못해도 못 본 체하는 거? 어렵지 않았다. 어쩌면 미지의 여자를 제보 혹은 게시한 뒤 주위로 몰려들 관심이 번거롭다고 보아도 좋을 것이다. 이슈로 인해 이리저리 귀찮아질 바에야 못본 체를 하고 말지. 다만 망치가 쇠를 때리는 저 소리는 좀 어떻게 했으면 싶었다. 하필이면 침대 옆으로 창문이 뚫려 있어서 몇 주를 내리 고통받고 있었다. 적막과 고요를 앗아 가는 거로도 모자라 신경까지 예민하게 만들었다. 일할 수도 없고 잠잘 수도 없고 창문을 깨서 시끄럽다고 소리를 지를 수도 없다.

정윤은 다시 침대에 드러누워 이불을 뒤집어썼다. 다 귀찮다. 붕 뜨는 시간은 이래서 싫었다. 울적한 생각만 들었다. 그냥 죽을까. 언제까지 이런 소리를 듣고 살아야 하나, 아니야. 어차피 1년밖에 안 남았으니까 참자. 그러다 죽자. 서른이면 살 만큼 살았다.

어차피 오래 침대에 누워 있진 못했다. 벌떡 일어나 창틀에 기댄 정윤이 다시 블라인드 틈으로 미지의 여자를 관찰했다. 남색 원피스가 망치질 한 번에 시폰 커튼처럼 휘날렸다. 바닥이 얇은 샌들을 신고서 흐트러짐 없는 자세로 망치질을 한다. 이 광경을 공유하고 싶어도 공유할 사람이 없다. 미지의 여자가 하는 짓을 보고 있는 사람은 뒷집 앞마당 구경이 가능한 정윤뿐이다. 노부부가 있더라면 이 소음을 멈추게 할 수 있지 않았을까, 하는 생각이 들었다.

여자는 정확히 망치질을 137번 반복하고 손 부채질을 했다. 멀리서지만 주위를 둘러보고 있음이 느껴졌다. 정윤은 여자를 외계인쯤으로 생각하고 있었으므로 블라인드에 끼워놨던 손가락을 휙 뺐다. 외계인이 아니면 뭐란 말인가. 안드로이드? 슈퍼히어로? 그런 존재가 있었다면 여기까지 오지도 않았으리라. 정윤은 제대로 외계인을 다루는 채널이 나와준다면 이직을 선택할 수도 있었다. 그곳에서 공감대를 형성할 수만 있다면 기꺼이 잡일을 돕는 막내로 취직하리라. 하나쯤 있을 법도 한데 신비롭게도 종말이 다가오니 다들 제정신이 되었는지 그렇게 외치던 외계인과의 교신, 증거 따위엔 관심도 주지 않았다.

"어?"

잠시 눈을 비빈 정윤이 벌어진 블라인드의 틈새에 눈을 가져갔다. 미지의 여자가 사라졌다. 미지의 여자는 없고 쇠공만이 오도카니 앞마당에 놓여 있었다. 정윤은 저도 모르게 블라인드 틈새를 더 크게 벌렸다. 미지의 여자는 한 번 나타나면 환청이 들릴 정도로 사람을 괴롭히다가 사라졌다. 이렇게 일찍 종적을 감춘 것은 처음 있는 일이었다. 잘됐다는 마음으로 누워 있기를 몇 분, 정윤은 다시 일어나 밖을 확인했다. 여전히 미지의 여자는 없었다. 혹시 어디서 쓰러져 있는 건 아닐까 했다. 실은 이미 몇 주간 땡볕에 서서 일하는 걸 목격했으니 갑자기 죽을 거라고 진심으로 생각하진 않았다. 이 근처에 잠깐 어디 쉴 만한 곳이 있는 건 아넌지 심심한 상상을 했다. 조용해진 틈을 타 잡생각에 잠겨 있던 정윤이 이내 쿵쿵 현관문을 두드리는 소리에 화들짝 놀라 몸을 벌떡 일으켰다.

동네라고 해도 기본적으로 서로 왕래할 수 없는 환경이니 이런 소음은 망치질 이외에는 들을 일이 없다. 사라진 정체불명의 인물과 현관문 소리.

정윤은 본능적으로 느꼈다. 그 여자다. 그 여자가 우리 집에 왔다. 호기심에 문을 열어볼 것인가 아니면 잠자코 있을 것인가. 정윤이 모험과 안전 두 가지 명제를 놓고 가파른 저울질을 하고 있을 무렵 문 너머에서 새로운 소리가 들려왔다.

"안정윤 선배! 저 민영이에요!"

미지의 여자가 정윤을 불렀다. 명확하고 또렷하게 안정윤이라는 이름을 말했다. 덧붙여 자신은 민영이라고 했다.

"민영? 이민영…?"

정윤의 이름을 알고 있는 이들 중 본인을 이민영이라고 소개할 인물은 딱 한 사람이었다. 자막팀의 막내 이민영. 오늘 화상 회의에서 가장 먼저 나갔고, 마지막 회식에서 줏대 있는 모습을 보여줬던 특이한 애. 믿기지 않았다. 정윤은 현관문 외시경을 확인했다. 옷차림은 직전까지 보았던 미지의 여자였고, 얼굴은 화상 회의에서 보던 이민영이 맞았다.

"제가 지금 도움이 필요해서 그러는데, 문 좀 열어도 될까요?"

자막팀 막내가 저 뒤편에서 망치질하고 있던 미지의 여자라고? 당황보다 놀라움이 앞섰다. 정윤은 우선 조심스레 바깥에서도 문을 열지 못하도록 잠금장치를 걸었다. 틱, 소리가 크게 났다. 민영은 개의치 않고 큰소리로 외치며 문을 두드렸다.

"선배 제가 부술 수도 있는데요. 그냥 열고 들어가게 허락해주
는 편이 좋지 않을까요?"

문을 앞에 두고 고민하던 정윤이 도와달라는 부탁과는 일절
맞지 않는 협박에 다급히 대답했다. 허세가 아니라는 것쯤은 쇠
망치를 휘두르던 힘만 생각해보아도 알 수 있다.

"잠깐만."

"저 이민영이라니까요! 모르세요? 자막팀 소속 이민영이요!
제가 지금 탈수증세가 와서 물이 급한데 물이 없어요!"

"탈수증세라고요?"

그런 것치곤 지금 너무 건강해 보이는데. 정윤은 다시 외시경
을 확인했다. 확실히 이민영이 맞다. 그렇지만, 아는 얼굴이라고
해서 문을 열어주기에 한 달간 미지의 여자가 보여준 행보는 괴
상했다. 그러나 만약 지금 이 문 너머에 있는 이민영이 힘든 처지
일 수도 있다는 가정도 완전히 배제할 수 없다. 만일 운이 없는
경우 정윤은 현관문 앞에 널브러진 시체를 떠올리며 평생을 미안
해하며 살아야 할지도 모른다. 비록 이민영은 문을 부수겠다고
협박하고 있지만 말이다.

"여기 사는 게 나라는 건 어떻게 알았어요?"

정윤이 문에 바짝 붙어서 말했다.

"계속 쳐다보셨잖아요!"

"그건 또 어떻게 알았어요….."

"그게, 사정이 좀 있어요. 문 열어주시면 다 알려드릴게요. 도
와주세요!"

호기심은 있지만 그렇게까지 알고 싶진 않았다. 정윤을 망설이
게 하는 것은 도와달라는 호소였다. 호기심이 고양이를 죽이는

것처럼 동정이 정윤을 죽일 수도 있을 테지만, 현관문이 부서지는 건 싫고 아는 얼굴이 도와달라고 하는데 차마 못 본 척할 수는 없다.

"알았어요. 들어와요."

정윤이 잠금장치를 다시 풀었다. 바깥에서 문고리를 잡아 돌렸다. 돌리고 연다. 간단한 과정을 거치자 그렇게 궁금했던 챙모자, 남색 원피스, 쇠망치가 나타났다. 이민영은 현관으로 들어오기 전 손에든 쇠망치로 현관문이 닫히지 않도록 고정했다.

"물은 냉장고에 있어요."

"고마워요. 실은 죽을 것 같진 않고요. 공구 좀 빌리려고요. 펜치가 고장 났거든요. 근데 그냥은 안 열어줄 거 같아서. 아, 덥다."

"뭐? 우리 집에 공구 없는데요."

말을 하면서 예전에 어딘가에 던져놓은 기억이 났지만, 정정하지 않았다.

"어떻게 집에 공구함 하나 없어요? 그럼 물만 마실게요."

"물 가져다줄게요."

어지간히 더운지 챙모자를 벗어 부채 대용으로 쓰던 민영은 정윤의 말이 끝나기도 전에 성큼성큼 집 안으로 들어와 냉장고를 활짝 열었다.

"가져다줄 테니까 문간에 서 있지 그랬어요."

"아, 그러다간 목말라서 죽을 것 같았어요."

목말라 죽을 것 같은 게 탈수증세 않느냐는 민영의 말에 정윤이 입을 다물었다. 삼시 세끼를 제대로 챙겨먹지 않는 탓에 물이야 남아돌긴 했지만, 민영의 막무가내 태도 덕에 낯선 직장 동료에게 보일 수 있는 최소한의 너그러운 마음마저 싹 가셨다. 아니, 그보다 이렇게 자연스러울 일이 아니지 않나? 정윤의 시선이 하얗다 못해 창백해 보이는 민영에게 닿았다. 쫓아내자.

"물 다 마셨으면 나가줄래요."

"기왕 들어온 거 좀만 쉬다 갈게요."

"아니…."

어느새 생수 한 통을 챙긴 민영이 뚜껑을 따선 물병 입구와 입술 사이에 조금 간격을 두고 입을 벌려 콸콸 쏟아부었다. 물을 마시는 게 아니라 주유와 비슷해 보였다.

"우리 집 뒤에서 망치질하던 사람이 당신이에요?"

"네."

민영이 식탁 의자에 주저앉아 뭐 그런 당연한 걸 물어보냐는 말투로 대답했다. 민영은 위풍당당하게 방이 깔끔하네, 향기가 좋네, 따위의 소리를 해댔다. 정윤은 열려 있는 현관문을 손으로 가리켰다.

"나가는 문은 이쪽이에요."

"쫓아내지 마세요. 어차피 쫓아낼 수도 없겠지만요."

정윤은 현관문 사이에 끼워진 망치를 보며 민영을 집 안에 들이는 것이 아니었다는 후회를 잠깐 했다. 무거운 망치를 플라스틱처럼 휘두르는 인간의 말에는 물리적 영향력이 있었다. 어차피 돌이킬 수도 없는 일이다. 정윤은 이내 문을 열어주기 전 민영이 혼자서 일방적으로 했던 약속을 떠올렸다. 민영은 사정을 다 알려주겠다고 했다. 자막팀 막내로서의 사정이 아님은 확실했다. 온종일 밖에 서서 쇠공을 쾅쾅 때리는 정체불명의 인간으로서의 사정일 것이다. 그 사정을 모른다고 죽진 않겠지만, 알아서 나쁠 것도 없겠지. 솔직히 궁금하다. 정윤은 사무용 의자를 끌어와 민영의 맞은편에 앉았다.

"이런 질문 진짜 멍청해서 하기 싫거든요…."

"아, 시원해. 냉장고 엄청 좋네요. 내 거랑 똑같은데."

"이민영 씨."

"말해요."

"그쪽은 어떻게 밖에 오래 있으면서 살아 있을 수 있는 거예요?"

시종일관 호기심이 가득 찬 고양이처럼 주변을 살피던 민영의 표정이 묘연하게 변했다. 민영은 얄궂은 미소를 만면에 띄우고 물병과 챙모자를 식탁에 내려놓더니 자리에서 일어나 정윤에게 다가왔다. 한 걸음 한 걸음 다가서는 민영을 피해 의자에 달린 바퀴로 뒷걸음질을 치던 정윤이 제 어깨를 턱 붙잡는 손에 인상을 찌푸렸다.

"안정윤 선배, 우리 거래를 하죠?"

"뭐요?"

"저 여기서 일주일만 머물게 해주세요. 그럼 알려드릴게요."

"싫어요."

고민의 흔적도 없는 정윤의 차가운 거절에 민영이 말을 덧붙였다.

"제가 제안을 할 때 받아주시는 게 좋지 않을까요? 확실히 말도 안 되는 상황으로 보이긴 했겠죠?"

"말도 안 되는 정도가 아니라, 나는 그쪽이 외계인인 줄 알았어요."

"상상력이 대단하시네요. 세상에 외계인이 어딨어요? 그래서 거래하실 거예요? 이거 한 방이면 채널 따로 빼서 운영해도 성공할 거에요. 하지만 거절하신다면 저는 선배의 집을 뺏을 수밖에 없겠죠."

"미안한데, 그거 범법이에요."

"알아요."

이민영의 이마에는 그래서 어쩌라고, 라는 문장이 적혀 있는
듯했다. 정윤의 상상력이 대단하다면 민영은 자신감이 대단했다.
정윤이 민영을 단호하게 쫓아내지 못했으므로 그녀의 자신감은
근거 있는 자신감이 되었다. 정윤은 진지하게 집을 뺏기는 상상
을 했다. 가능성이 있었다.

"얌전히 있을게요."

"일주일만?"

"네. 일주일만 여기서 머물게 해주시면 제가 어떻게 밖에 나와
있었는지, 선배를 알아봤는지 다 알려드릴게요."

마음 같아선 단칼에 거절하고 싶다. 다만 정윤은 이 낯설고 무
서운 여자와 힘겨루기를 하고 싶지 않았고 민영의 정체가 궁금하
기도 했다. 쫓겨나는 것과 거래하는 것 중 무조건 하나를 골라야
하는 상황이라면 후자가 낫다. 정윤은 민영처럼 밖에서 버틸 수
없었으므로 합리화를 했다.

"내가 나가라고 해도 안 나갈 거죠?"

그래도 그사이 마음이 바뀌었을 수 있으니 마지막으로 한 번
물어봤다.

"네."

"…그래요. 거래해요."

정윤은 채널을 오픈해서 대박을 치는 금전적 이득보다는 민영
의 정체와 그녀를 둘러싼 신비로운 현상 자체에 초점을 두기로
했다.

정윤은 자신이 누워 잘 만한 바닥의 평수를 가늠하고 베란다에 처박아둔 여분의 의자를 식탁에 끌어왔다. 샤워하는 시간을 정해두는 약속까지 미리 머릿속으로 계획한 뒤 이민영, 미지의 여자에게 손을 내밀었다. 계약 성립의 악수였다.

"진짜 궁금하신가 봐요."

민영이 정윤의 손을 잡으며 말했다.

"그쪽이 불법 주거를…."

"솔직히 궁금하잖아요."

"그래요. 궁금하죠. 이민영 씨를 발견한 사람이 과학자가 아니라 직장 동료인 걸 고맙게 생각해야 할 정도예요."

"저 과학자를 만난 적도 있어요."

"근데 아직도 살아 있다는 건 아마도 이민영 씨가 그 과학자를…."

머릿속으로 쇠망치를 휘두르는 민영의 모습이 지나갔다.

"무서워요?"

"네."

정윤의 대답에 민영이 하하! 소리 내어 웃었다. 남의 목숨을 위협해놓고 세상 속 편하고 청량한 웃음소리였다. 그러고 보니 웃는 모습을 처음 보는 것도 같았다. 정윤은 베란다로 나가 쌓인 물건을 뒤적거렸다. 여기에 공구함이 있던가. 한참을 뒤적거리자 높이 쌓인 물건들이 와르르 무너지며 구석에 박혀 있던 낡은 공구함이 드러났다. 정윤은 민영에게 녹슨 펜치를 건넸다.

"찾아보니까 있네요. 펜치."

"하늘이 절 돕나 봐요! 다시 나갔다 올게요! 물 하나만 들고 갈게요!"

"예…."

"문 잠그지 마세요."

그 말을 마지막으로 민영은 인사도 없이 한 손에는 펜치를 한 손에는 현관문을 고정하던 쇠망치를 들고 밖으로 튀어나갔다. 홀로 버려진 쇠공 옆으로 민영이 나타났다. 거리가 멀어서 무엇을 하는지 몰라도 단순히 망치만 두드리고 있는 게 아니었음을 알고 나자 쇠공의 용도가 궁금해졌다. 문을 잠그면 어떻게 될지도 궁금했지만, 이건 예측 가능한 상황이 벌어질 것 같아서 궁금해하길 그만뒀다.

짧다면 짧고 길다면 긴 안정윤의 생애에 이민영만큼 이상하고 희한하고 비밀스럽고 속없어 보이는 사람은 처음이었다. 과연 이 거래가 잘 된 거래일까. 문을 열지 않는 게 낫지 않았을까. 뒤늦은 후회가 슬금슬금 밀려들었다. 정윤은 이 상황에서 그나마 긍정적인 점을 찾았다. 어차피 문을 열고 말고는 민영의 결정에 달렸었고 어차피 죽을 거 맞아 죽든, 멸망일에 죽든, 밑져야 본전이다.

하지만 소음공해로 스트레스받다가 죽긴 싫었으므로 정윤은 캉캉, 쇳소리를 막기 위해 귀에 이어폰을 꽂았다.

2

마침내 엿새째 아침이 되었을 때 정윤은 생각했다. 강아지, 고양이, 하다못해 햄스터나 물고기조차 키워본 적도 없는 인간이 저와 비슷한 크기의 생명체를 함부로 집에 들이는 것이 아니었다고 말이다.

276

이른 아침부터 회사 인트라넷 메신저가 연신 울렸다. 메신저 내의 단체 채팅방이 유난히 시끄러웠다. 알림 주기가 어찌나 빽빽한지 풍경 소리를 연상케 하던 원래의 알림음 대신 '띠띠띠띠' 앞 음절만 반복됐다. 매번 쌓여 있는 채팅을 확인으로 치워버려서 몰랐는데, 매일 이렇게 떠들고 있던 건가 싶었다.

정윤은 최소화하고 있던 채팅창을 열었다. 아침잠이 없는 직원들이 삼삼오오 모여 '안정윤 팀장'을 주제로 떠들고 있었다. 정윤은 그간 잘 보지 못한 광경이었다. 보통 이 시간에는 자고 있었으니까. 채팅을 치느라 바쁜 직장 동료들의 사정도 비슷할 것이다. 그러니 회의 전 잡담이나 나누는 채팅창에 정윤이 나타난 걸 두고 30분이 넘도록 대화를 나누고 있는 거겠지.

[강명혁] 안 팀장이 우리 감시하러 온 거라니까

[심규진] 진짜 그렇게 생각했으면 말도 못 했을 거면서.

[김소현] 너희 일은 다 했니?

[심규진] 그럼요, 올해의 컬러부터 싹 다 보고 있어요. 멸망레드, 멸망 블루.

[김소현] 자꾸 개겨라.

[강명혁] 안 팀장님이 이 시간에 있는 게 이슈야.

[심규진] 그렇게 넘기지 말고 좀 열심히 찾아보세요.

디자인팀 팀원인 심규진이 강명혁을 비웃었다. 정윤은 키보드와 간격을 두고 손가락을 꾸물꾸물 움직이다가 채팅을 쳤다. 우선은 감시 목적이 아니라는 걸 알리고 싶었다. 누가 시켜서 왔을 뿐이라는 것도 알리고 싶지만, 일단은 비밀로 해두었다.

[안정윤] 안녕하세요.

[안정윤] 요즘 좀 빨리 눈이 떠지네요.

정윤의 뒷자리에서 키득키득 웃는 소리가 들렸다. 내가 누구 때문에 이 시간마다 일어나 있는데. 정윤이 매섭게 민영을 노려보았다.

[박지우] 안 팀장도 늙은이 다 됐네. 내년에 서른인가?

[안정윤] 이미 서른이에요.

[박지우] 헐.

[박지우] 시간 빨리 가네.

[안정윤] 그러게요.

서로 입사 때 나이가 몇이었는지도 모르면서 주거니 받거니 의미 없는 대화를 나눴다. 생활 방식이 바뀌면서 얼굴을 마주하고 대화하기보다 컴퓨터를 활용하는 업무량이 늘어나다 보니 같은 직장 사람에게도 관심을 가지기가 어려웠다.

[이민영] 서른이면 아직 어리잖아요.

민영은 늘 이 시간 채팅에 참여해 있었다. 오늘 정윤이 채팅에 참여하게 된 계기도 직장동료들과 친목을 다져보라는 민영의 강요 때문이었다.

[박지우] 그럼 너는 뭐야.

[이민영] 저는 애기고요.

[심규진] 와우!

[강명혁] 나는 완전 할아버지네.

[심규진] ㅋㅋ

"와우."

할 말을 잃은 정윤이 심규진의 채팅을 똑같이 따라 읽었다. 그러자 뒤에서 제 말이 틀리냐는 질문이 돌아왔다.

"내가 이민영 씨 나이를 어떻게 알아요."

"20대 초반이에요."

"그럼 애는 아니네요."

"강한 부정은 긍정이래요."

"강하게 부정하지 않았거든요?"

정윤은 '안 팀장이 이 시간에 무슨 일이야'라는 주제를 넘어서 '20대나 40대나 도긴개긴이다', '절대 아니다'를 주제로 떠들기 시작한 직장 동료들의 대화창에서 눈을 돌렸다. 어차피 죽는 건 다 같이 죽을 거, 나이가 무슨 소용이란 말인가.

"강하게 부정하지 않았으니까 애라고 인정하는 거네요."

그래, 애다. 박박 우겨대는 게 초등학생이나 다름없었다. 차라리 초등학생이 더 논리적일 것이다. 정윤이 코웃음을 치며 말했다.

"그래요. 이민영 씨 말이 맞네요. 아침부터 남의 잠 깨우는 건 철부지나 할 수 있는 짓이잖아요."

"제가 저 좋자고 그래요? 선배의 그 불규칙한 생활 패턴을 제대로 잡아주려는 거잖아요."

"필요 없다고요."

이놈의 생활 패턴. 어휴, 정윤은 들으란 듯이 앓는 소리를 냈다.

"고마운 줄 아세요."

물론 민영은 정윤의 반응에 개의치 않았다. 매일 아침 식탁에 앉아 있노라면 역시 그때 잠금장치를 푸는 게 아니었다는 후회가 들었다. 민영을 집에 들이고부터 정윤의 일과가 달라졌다. 정오나 되어야 일어나 아침 겸 점심을 챙겨 먹던 습관이 아침형 인간인 민영 덕에 저절로 고쳐졌다. 정윤의 의지는 0에 수렴했으므로 교정 당했다고 봐도 무방하다.

[이민영] 앞으로 자주 오세요.

"싫어요."

"자꾸 싫다고 하면 새벽 6시부터 깨울 거예요. 빨리 알았다고 채팅 쳐요."

이런 협박도 뒤돌면 보일 만큼 가까운 거리에 있으니 잘 먹혔다. 새벽 6시에 일어나긴 죽어도 싫었던 정윤은 민영이 시키는 대로 채팅을 쳤다.

[안정윤] 그래요….

같은 장소에서 지내고, 싫다는 사람을 억지로 행동하게 만드는 데다가 명령까지 한다는 점에서 정윤과 민영의 동거는 납치 인질극과 비슷한 성질을 가지고 있었다. 특이한 점이 있다면 두 사람이 함께 집에 있을 때는 문이 닫히지 않도록 쇠망치를 현관문에 걸어 두는 거나 이민영이 안정윤에게 돈이 아닌 무전취식을 요구한다는 것이다.

　민영은 침대 바로 아래 바닥에서 러그를 토퍼 삼아 잠이 든 정윤을 억지로 일으켜 세워 식탁에 앉히는 데 도가 텄다. 유전자 변형 쌀에 김치만 먹어도 오전 8시에는 아침을 먹어야만 한다면서 정윤의 몫까지 식사를 차렸다. 이 또한 정윤의 의지는 전혀 반영되지 않았다. 배가 고프지 않아도 일단 먹어야 했다.

　"피곤해 죽겠어요."

　"에이, 안 죽으면서."

　의자에서 반쯤 흘러내린 정윤이 바닥에 누울 준비를 했다. 민영은 밥 먹자마자 누우면 무서운 병이 생긴다면서 정윤의 팔을 붙들었다. 망치를 휘두를 때부터 알아봤지만, 힘이 어마어마하게 셌다. 바닥에 납작 누워 있어도 민영이 조금만 힘을 줘 팔을 잡아당기면 저절로 몸이 튕겨 올랐다. 팔이 빠질 것 같은 고통도 함께 수반했다. 되도록 버티지 않고 시키는 대로 해야 건강한 신체를 유지할 수 있다. 민영의 엄청난 악력을 몸소 지켜보고 겪으면서 정윤에겐 이민영이 인간은 절대 아닐 것이라는 확신이 생겼다. 그럴수록 정체가 더 궁금했다. 인간도 외계인도 아니면, 진짜 슈퍼히어로라도 되나?

　"이민영 씨는 무슨 방사선에 노출된 그런 건가요? 자아가 막 두 개 있고 그래요?"

　"제가 헐크라는 뜻이에요?"

　그 비슷한 캐릭터를 떠올리며 한 말은 맞았다. 솔직하게 대답하면 좋아할 것 같지 않아서 정윤은 은근히 딴소리를 했다.

　"어차피 모두 죽을 날짜 정해져 있잖아요. 그니까 난 누워 있을래요. 안 되나?"

"안 돼요. 운 좋아서 살 수도 있잖아요."

정윤은 눈 한번 깜빡이지 않고 말하는 민영을 쳐다보다가 주섬주섬 의자에 기어올라 앉았다. 눈이 올곧았다. 그저 지나가는 말이 아니라 정말 그렇게 될 수도 있다는 믿음이 눈동자에 가득했다. 정윤은 휙 고개를 돌렸다. 뭐가 됐든 무슨 상관이냐. 어차피 곧 떠날 사람이다. 팔 빠지기 싫어서 일어난 거다.

"그 운 좋은 사람이 나일 리는 없고요. 이민영 씨는 가능성이 있겠네요."

"왜요?"

"특별하잖아요."

"특별한 저한테 선택받은 선배도 특별한 거 아니에요?"

"그런 건 영화에서나 나오는 얘기죠. 보통 나 같은 사람은 있는 줄도 모르고 금방 죽어요."

"제가 알잖아요. 제가 살려드릴게요."

"네, 그래요. 고마워요. 특별하다는 말은 부정하지 않는 게 이민영 씨답네요."

"저는 특별하니까요. 어디서나 이목을 끈다고 해야 하나?"

"그래요."

"너무 대답에 영혼이 없는 거 아니에요?"

"알면 영혼 있게 회의 준비합시다."

"회의 끝나고 점심 먹어야 해요. 낮잠 금지예요."

"어차피 시끄러워서 잠도 못 자요."

민영의 시간표에서 점심은 오후 3시였고 저녁은 오후 6시였다. 다른 건 몰라도 식사 시간은 칼 같이 챙긴다. 또 화상 회의 시간에 같은 집이라는 걸 들키지 않기 위해 정윤의 화면에서 보이

282

지 않는 침대의 한쪽 벽을 화사하게 꾸미기도 했다.

정윤은 민영이 짐가방에서 남색과 흰색의 아크릴 물감을 꺼내 밤하늘과 별을 칠하는 걸 구경하다가 아크릴 물감은 어디서 났느냐고 물었다. 그러자 민영은 어떻게 아크릴 물감도 없느냐고 되레 혀를 찼다. 말문이 턱 막히는 바람에 반박하지 못했지만, 당연히 없다. 보통 없다. 모두 컴퓨터로 그림을 그리는 세상에서 아크릴 물감은 단어조차 낯설었다. 민영의 짐가방에는 단어조차 낯설고 아주 오래된 물건들이 많았다. 고고학적으로 희귀하다기보단 쓸모가 없어 천천히 사장된 물건이 화수분처럼 튀어나왔다.

예컨대 옷은 고작 서너 벌인 주제에 아크릴 물감은 몇십 개가 있었다. 그중 하늘색과 남색은 새것처럼 보이는 게 두 통은 더 있었다. 철 가루를 싹 뺀 투명한 공깃돌과 다양한 공구, 손톱깎이 세트와 선글라스, 끝이 남색으로 물든 다양한 두께의 붓과 납작하게 눌러 보관할 수 있는 미술용 물통, 실감 나게 만들어진 장난감 총까지.

총은 장난감치곤 좀 묵직하지만, 총신의 색이 알록달록 화려했고 낯선 브랜드명이 새겨진 데다 톡톡 튀는 색의 페인트탄이 탄환의 자리를 차지하고 있다. 총도 예쁜 걸 선호하나? 정윤은 민영에게 총을 왜 가지고 다니느냐고 물었다. 민영은 호신용이라고 했다.

"호신용이요?"

"알던 애가 만들어줬어요. 조심히 다니라고."

"그래서 가방이 이렇게 무거운 거군요. 메이드 인 친구라서? 애들이 쓰는 장난감이 아니니까요."

"그럴 수도 있고. 아닐 수도 있고."

"호신은 이민영 씨를 만난 사람이 해야 하는 거 아닌가요."

정윤이 진심을 담아 말했다. 민영은 장난도 참 별나게 친다면서 정윤의 어깨를 퍽 때렸다. 아팠다. 그 외에도 짐가방 안에는 왜 있는지 모를 물건이 가득했다. 놀라운 건 그 수많은 물건 중에 칫솔과 치약 세트가 없었다. 정윤은 쟁여놓은 새 칫솔을 꺼내주면서도 여러 차례 고개를 갸웃거렸다. 뭐 이런 애가 다 있지.

어차피 일주일 지내고 갈 거, 다 비슷한 집 구조를 어떻게든 튀게 바꾸겠다고 남의 집 벽을 캔버스처럼 쓰는 것도, 남의 생활 패턴에 관심이 지대하게 많은 것도, 장난감 총까지 있는 가방에 칫솔과 치약이 없는 것도 전부 정윤의 상식 밖 일이었다.

"앞으로 더 시끄럽게 작업할게요."

"지금도 충분해요."

"드릴 있어요?"

"충분하다고요."

민영은 정윤이 질색하는 모습을 보며 고개까지 젖혀가며 웃었다. 한바탕 시원하게 웃고는 나갈 채비를 했다. 화장실에서 옷을 갈아입고 챙모자를 쓰고 정윤의 공구 세트를 들고 나가 쇠공을 후려 팼다. 정윤은 그런 민영을 여느 때와 같이 관찰했다. 엿새간 정윤의 감정이 널뛰었다. 아침엔 후회스럽고 점심엔 아무래도 좋았다가도 저녁에는 이민영의 정체가 궁금해서 잠이 안 왔다. 이젠 그저 얼른 남은 하루가 지나가길 기다리는 수밖에 없었다.

✳

마지막 날 아침 정윤은 민영보다 먼저 일어났다. 민영이 자는 동안 양반다리를 하고 앉아 엿새간 세운 세 가지 가설을 정리했다. 첫 번째는 개조당한 인간. 두 번째는 지구 환경에 맞춰 자발적으로 태어난 신인류. 세 번째는 인간을 쏙 빼닮은 안드로이드. 어느 쪽이든 망해가는 지구에 그다지 쓸모는 없었다. 정윤이 할 수 있는 상상은 그게 끝이었다. 안드로이드, 성격 이상한 신인류 아니면 개조 인간. 그중 안드로이드가 기술적으로 제일 그럴싸했다.

"이제 말해줘요. 정체가 뭐예요? 안드로이드지? 인공지능 로봇이죠?"

"저 외계인이에요."

"컥…."

첫날 직접 외계인이 아니라고 했으니 인간이 창조한 신문명에 초점을 맞췄다. 안드로이드가 확실하다. 간밤에는 확신에 차 잠들었다. 그러므로 엿새째 밤을 평화롭게 보내고 맞이한 아침에, 그것도 식사 도중 '거기 있는 제 물컵 좀 주세요.' 하는 것처럼 무심하게 흘러나온 민영의 말에 정윤은 다 씹지도 못한 쌀을 덩어리째 삼킬 수밖에 없었다.

뭐가 얹혀도 제대로 얹힌 가슴을 손바닥으로 팍팍 두드린 정윤이 물을 마시고 숨과 말을 고르는 동안 민영은 양손 검지를 위로 들어 올린 채 교신하듯 상하좌우로 움직였다.

"선배는 외계인 처음 보시죠?"

"외계인 아니라면서요?"

외계인을 보는 건 처음이냐는 민영의 말을 무시하고 정윤이 되물었다. 좀 더 화를 내도 되는 상황인데 어처구니가 없어서 화를 낼 기운도 없었다.

"한 번에 인정하면 재미없으니까. 긴장감도 유지되고 좋잖아요."

"내 재미는 안중에도 없어요?"

발끈한 정윤의 말에 민영이 고개를 끄덕였다.

"솔직히, 네."

외계인이라면 여자가 이민영임을 알기 전에도 가장 먼저 떠올렸던 가설이다. 남색 원피스 여자 외계인설. 진실이어도 전혀 문제 될 게 없었다. 장시간 자외선에 노출되어도 건강한 피부, 쇠공을 두들기는 기이한 행동 따위는 외계인이라는 단어를 가져다 붙이면 다 말이 됐다. 다만 본인이 아니라니까 아닌가 보다 했을 뿐이다. 정윤은 순진했다. 당사자가 아니라니까 아닌 줄 알았다.

"좀 억울한데요."

"억울해하지 마세요. 그런다고 제가 외계인이라는 사실이 바뀌지 않아요."

"처음부터 말했으면 안 억울했을걸요."

팔짱을 끼고 고개를 가로저은 민영이 눈썹을 찡그리고 입술은 오리처럼 내밀고 정윤에게 말했다.

"아까 말했잖아요. 그럼 재미가 없으니까."

"대신 우리 사이에 신뢰는 깨졌어요."

"같이 다시 붙여볼까요?"

"이것도 거짓말 아니에요? 진짜 안드로이드 아니에요? 미친 과학자가 만든 인공지능…."

"저처럼 완벽한 안드로이드가 있었으면 이미 시중에 널리 보급되지 않았겠어요? 안드로이드 아니에요. 해부해보실래요?"

민영이 소매를 어깨까지 걷어 올렸다. 외계인의 뼈는 어떤 모양인지 정윤이 직접 확인해보라는 것이다. 일주일간 사기당한 것도 모자라서 깨진 신뢰를 함께 붙이고 해부까지 해야 하나. 정윤의 정신이 아득해졌다.

286

분명 화상 회의에서 본 민영은 별나긴 해도 흐름을 따라오지 못한다거나, 방해하는 짓은 하지 않았다. 오히려 일에 있어선 곧잘 해내곤 했다. 그러니 지금의 미취학 아동과 다를 바 없는 성격은 지어낸 모습일 확률이 높았다. 말이 안 통하는 척하면서 어물쩍 넘어가려는 것이다. 정윤은 다른 의미로 민영의 정체가 궁금해졌다.

　"이민영 씨도 지금 모르는 거 아니잖아요."

　"뭐가요?"

　"내가 하는 말 못 알아듣고 그런 거 아니잖아요. 일부러 이러는 거잖아요. 목적이 있는 거 아니에요?"

　"글쎄요."

　민영이 동글동글한 눈을 깜빡였다. 정윤은 자리에서 일어나 침대 벽에 붙은 블라인드를 짧게 휙 걷어 올렸다.

　"저건 뭐예요. 저거 충전기 그런 거 아니에요?"

　"아니에요."

　"그럼 뭔데요."

　"우주선이요."

　민영은 숟가락을 입에 물고 대답했다. 어찌나 태연한지 정윤은 3인 1가구에 우주선 한 대쯤이야 기본적으로 보급되는데 혹시 자신만 그것을 모르고 살았나 싶었다.

　"혹시 이거 꿈인가요."

　"아니요. 믿기 싫으면 믿지 마세요."

　"그래요…."

　"더 궁금한 거 있으세요? 저 일주일만 더 머물다 가게 해주시면 다 대답해드릴게요."

"외계인은 원래 양심이 없나요?"

"궁금하세요?"

"네 몹시."

"일주일 뒤에 대답해드릴게요."

정윤은 다소 넋이 나간 표정으로 민영을 바라보았다. 나름 산전수전 다 겪은 알파 세대라고 멸망까지 초연하게 받아들였는데 인생 막바지에 큰 게 왔다. 민영은 그야말로 거절할 수 없는 거래를 제안했다. 쫓아낼 수도 없고 신고를 했다간 집을 빼앗길 걸 아는데, 어떻게 감히 거절할 수 있겠는가. 믿기 싫으면 믿지 말라고 했지만 믿지 않는 게 더 어려웠다. 정윤은 민영이 목적을 달성하기 전까지 민영과 집을 공유해야 함을 깨달았다. 현실에 순응하자 이런 말싸움이 무의미하게 느껴졌다. 정윤은 식탁에 돌아가 앉았다.

"질문은 됐고요. 거짓말한 거 사과해요."

"죄송합니다."

와중에 사과는 또 빠르다. 민영은 배꼽에 손을 모아 고개까지 꾸벅 숙여 사과했다.

"양심은 없어도 사과는 하는 거예요?"

"양심 있어요. 외계인도 좋은 거 나쁜 거 다 구분해요. 신기하지 않나요? 먼 우주에서 지구에 정착해 지구인과 흡사하게 변해가는 외계인. 저를 주제로 칼럼을 써보는 건 어때요. 흥미진진하잖아요. 언제까지 팀장 자리에 있을 거예요? 제 정보를 팔아서 굳이 아침에 일어나서 노동할 필요 없는 크리에이터가 되라고요. 그 발판이 여기 있는데!"

여기, 하면서 숙이고 있던 고개를 치켜든 민영이 젓가락을 든

손으로 자기 자신을 가리켰다. 양심은 확실히 없는 것 같다. 본인
은 있다고 주장 하나 없음이 분명했다.

정윤은 식탁에서 사무용 의자로 자리를 옮겼다. 모니터 화면만
꺼둔 컴퓨터를 켜서 회사 인트라넷에 접속했다. 단체 메신저에서
는 오늘도 여전히 아침잠 없고 활기찬 직장 동료들이 시답잖은
주제로 떠들고 있었다.

"뭐해요?"

민영은 밥을 먹다 말고 갑자기 컴퓨터 앞에 앉아 단체 메신저
창에 글을 입력하고 있는 정윤의 어깨너머를 흘끔 보았다.

[안정윤] 안녕하세요.
[김소현] 왔어요. 오늘 뭐 좀 좋은 건 있나?

며칠 새 정윤에게 익숙해진 팀원들이 각자 인사를 해왔다.

"지금 제보하려고요? 저는 대화의 시간을 가지고 싶은데요."

민영이 물었지만, 정윤은 입을 꾹 다물고 대답하지 않았다.

[안정윤] 자막팀 막내 몇 살인지 정확히 아시는 분?
[김소현] 왜?
[안정윤] 궁금해서요.
[박지우] 20대 초반. 왜 맘에 들어? 사귀고 싶은가?
[안정윤] 아뇨.
[강명혁] 64.
[강명혁] 아니 24.

"저 스물네 살이에요. 갑자기 나이는 왜요?"

등 뒤에서 민영이 보내는 빤한 시선이 느껴졌다. 사생활 침해가 너무 자연스러워서 신경 쓰고 있지 않으면 눈치도 못 챌 정도였다. 정윤은 은근슬쩍 몸으로 모니터를 가렸다

갑자기 나이를 왜 물었느냐면, 대체 몇 살인지 궁금한데 알려달라고 하면 다음 주로 미룰 걸 아니까 그랬다.

"초등학생 아닌가 궁금해서요."

"나 초등학생 아닌데?"

민영이 당당하게 말했다. 이런 당당함은 스물넷만 가질 수 있는 걸까? 정윤은 자신이 스물네 살에 무엇을 하고 있었는지 떠올렸다. 대학교에 다녔었다. 스물넷이라니 서른의 눈으로 보니 참 어리다. 20대 중반을 코앞에 둔 초반이긴 해도 어린 건 어린 거다. 외계인이고 안드로이드고 돌연변이고 히어로고 뭐고 세상에 존재하는 모든 스물네 살은 질풍노도의 시기를 겪고 있을 것이다. 그러니까 내가 참자. 어느새 정윤에게 다가온 민영의 손가락이 날렵한 부리처럼 정윤의 어깨를 콕콕 찔렀다. 정윤은 어깨에 손을 휘적거리며 물었다.

"이민영 씨 부모님은요?"

"그런 개념은 지구에나 있죠. 우리는 무리 지어 살아도 보호자는 없어요. 친구는 있었는데 가족은 아니었고요. 비슷했나?"

"그 친구는 지금 어디서 뭐 하고요?"

"연락 끊겼어요."

"괜한 질문을 했네요. 미안해요."

"뭐, 오래전이에요."

오래전이라서 다 까먹었다는 뜻인지, 그냥 오래된 일이라는

건지 몰라도 확 치솟았던 정윤의 울화를 가라앉히기엔 충분했다. 사생활 침해만 잘하는 줄 알았는데 개인사 오픈에도 편견이 없는 모양이었다. 할 말이 사라진 정윤이 쩝, 입맛을 다시고 부자연스럽게 화제를 돌렸다.

"남의 집 앞마당에서 이러는 이유는 뭔가요?"

"아, 그게요. 사정을 말하자면 긴데. 지금은 기분이 영 아니라서, 담에 알려줄게요. 뺑 친 건 사과했으니까 봐주실 거죠?"

"아니요."

"봐주실 때까지 기다릴게요."

기다리겠다고 나긋하게 말한 민영이 곧장 머리를 올려 묶었다. 기다리는 동안에도 본인 할 일은 하겠다는 강한 의지 표명이다. 지난 일주일간 정윤이 관찰한 민영의 생활 패턴과 행동 양식을 근거로 미루어보아 머리를 묶는다는 건 본격적으로 식사를 하겠다는 뜻이었다.

민영은 밥 먹을 때만 머리를 묶는다. 구태여 말하진 않았지만, 민영이 일주일 내내 입에 달고 산 패턴이 정윤의 눈에도 보였다. 가까이 지내다 보면 알기 싫어도 저절로 알게 된다.

"기다린다면서요."

"기다리면서 밥 먹을게요."

정윤이 헛웃음 쳤다. 기가 막혀서 입맛이 뚝 떨어졌다. 언제나 입맛이 없기도 했다. 정윤은 민영에게 제 몫의 밥그릇을 밀어주었다. 예의상 거절 한번 없이 냉큼 받아먹는다.

"이게 무슨 주말 드라마 예고예요?"

"드라마요? 하하, 안정윤 선배는 생각하는 게 영 촌스러워서 좋아요."

민영이 시원하게 웃음을 터뜨렸다. 진짜 체감 온도가 시원한 건 아니고 정윤이 그 비슷한 감각을 느꼈을 뿐이다. 시원하다니. 사람을 죽이는 여름이 나날이 길어지는 한국에서 시원함을 느껴 본 게 언제였던가. 시원하다, 개운하다, 차갑다 하는 감탄은 빈말로도 하지 않았다.

그런데도 민영이 보여주는 웃음에는 시원함이 있다. 그녀의 생활 패턴에는 상쾌함이 깃들어 있다.

창문 너머의 세상을 풍경화처럼 보던 나머지 잊고 있던 감각이 곤두섰다. 땅에 단단히 박혀 있는 사물이 단단하고 굳센 것뿐이라 잔바람에 살랑살랑 움직이는 깃털을 닮은 미소가 어색하기만 했다.

"웃지 마세요. 하나도 안 웃겨요."

"난 웃겨요. 선배, 드라마 봐요? 옛날 드라마 재밌는 거 많아요."

"밥이나 드세요."

"재밌는 드라마 추천해줄까요?"

드라마? 그런 걸 왜 봐. 정윤이 속으로 구시렁거렸다. 드라마나 영화는 싫다. 현실을 배경으로 하면 재미없고, 그렇다고 아예 불가능한 일을 꾸며도 거식한 시대에서 현실을 기반으로 한 로맨스와 판타지가 주된 영상 산업은 금전으로 희망을 파는 것 같아서 쳐다도 보지 않았다. 보는 사람이 있다면 민영과 비슷할 것이다. 긍정적이고, 생각 없고, 정체를 알 수 없는 사람. 혹서기 속에서도 시원하게 웃을 수 있는 사람.

"밥 더 안 먹으면 치울게요."

"알겠어요. 진짜 성격 급하네."

남은 밥을 뺏길 새라 민영이 밥그릇에 코를 박았다. 정윤은 숟가락과 젓가락을 설거지통에 넣었다. 모니터의 각도를 민영의 반대 방향으로 살짝 틀고 사무용 의자에 앉아 이어폰을 양쪽에 나눠 끼고 경쟁 채널에 올라온 새 영상을 감상하다가 참지 못하고 한쪽 이어폰을 뺀 채로 민영에게 질문을 던졌다.

"혹시 초능력 있어요? 예를 들면, 입에서 바람이 나온다든가."

"그게 뭐예요."

"아니면 말고요…."

정윤은 멋쩍게 대꾸했다. 이민영이 웃을 때면 어디선가 청량한 바람이 불어오는 것 같아서, 근데 대상이 외계인이니까 어쩌면 입에서 나오는 바람일 수도 있지 않을까 싶어 물어봤을 뿐이다. 민영은 대답을 기다리는 정윤에게 제 입가를 가리켰다. 민영은 맛없는 쌀을 야무지게도 씹어먹었다. 민영이 밥을 먹느라 잠시 대화가 끊기자 집 안이 고요해졌다. 이내 민영이 식사를 마치고 식기를 정리하는 소리, 정윤이 흥미로운 뉴스를 보면서 손가락을 딱딱, 부딪쳐 내는 소리가 들렸다. 정윤은 고작 일주일 만에 겹쳐 들리는 두 가지 소음에 익숙해진 제가 어색하면서도 고작 일주일이라면 이 소란을 잠시 내버려둬도 괜찮겠지, 생각했다. 이상하긴 해도 격렬한 거부감은 없다. 민영의 종잡을 수 없는 성격은 약이 오르지만, 누군가와 얼굴을 마주하고 대화를 하는 것이 객쩍긴 해도 썩 나쁘진 않았다.

외계인이고 안드로이드고 아무렴 어때.

"초능력 뭐가 있으면 좋겠는데요?"

"속마음 읽기요. 궁금한 거 다 물어보고 속마음 읽게."

"더 강력한 거 말고요? 예를 들어서, 정윤 선배를 괴롭히거나 귀찮게 하는 사람을 없앨 수 있다든가 그런 거."

"그건 이민영 씨인데. 이민영 씨는 그런 능력을 원하나 봐요."

"아뇨. 난 생각 차단. 아무도 내 속마음 못 읽게."

"유치하다, 진짜."

정윤의 신랄한 비난에도 민영은 웃기만 했다. 정윤은 민영의 시선을 따라 고개를 돌렸다. 민영은 블라인드로 가려진 창 너머를 멀거니 보다가 불시에 기세등등하게 정윤과 눈을 맞췄다.

"결심했어요. 제가 왜 굳이 선배네 집에서 이러고 있는지는 알려드릴게요. 저기 바깥에 있는 우주선 위치가 제가 처음 지구에 떨어졌을 때 좌표거든요. 설명하긴 어렵지만 저는 절대 저 좌표를 안 까먹어요. 우주선은 최초 착륙 때 땅에 묻혀요. 무슨 소린지 알죠? 혜성이 날아와서 퍅, 지면에 부딪히면 땅에 구멍이 생기잖아요. 그런 원리예요. 하여간에 때가 되면 제가 꺼내야 하는데 좀 늦장을 부렸어요."

치사해서 안 물어본다. 됐다. 그쪽 사정 안 궁금하다. 차갑게 반응하려던 정윤은 예상보다 흥미로운 이야기에 저도 모르게 한쪽 이어폰을 마저 빼고 민영의 말에 귀를 기울였다.

"그래서요."

"우주선이 고장 났어요. 저는 이제 곧 여길 떠야 하고 어쩔 수 없이 저걸 고쳐야 한단 말이죠. 근데 우리 집에서 여기까지 매일 출퇴근하기 너무 지치고 아무도 안 사는 집이라지만 괜히 눈치도 보이고, 제가 귀신을 믿어서요. 외계인이 있는데 귀신은 없겠어요? 무섭기도 하고. 근데 운 좋게 맞은편에 선배가 살더라고요. 계속 저 쳐다보셨잖아요. 고장 난 펜치도 빌릴 겸 집도 빌릴 겸 온 거죠."

"그게 나인지 어떻게 알았어요? 난 이민영 씨 얼굴 구분도 못

했어요."

"외계인이라 시력이 좀 좋아요."

민영이 엄지와 검지로 동그라미를 만들어 눈에 가져갔다.

"알아봤으면 왜 바로 안 왔어요?"

"사람 얼굴을 잘 못 외우거든요. 시력은 좋은데 사람 얼굴을 못 외워서 긴가민가하다가 저번 주에 알게 된 거예요."

"저번 주에 뭘 알게 됐길래 갑자기."

"그냥 갑자기 화상 회의에서 봤던 얼굴이라는 기억이 확 떠오르더라고요. 그전까진 어디서 봤더라, 어디서 봤더라 하고 고민한 거죠. 이런 건 왜 물어봐요? 제가 외계인이 아니라 스토커처럼 보이세요?"

외계인과 스토커 중에선 당연히 외계인이 낫다. 인간에게도 안면인식장애라는 병이 있으니까 외계인은 더 구분하기 어려울 수도 있지.

"아니요, 외계인처럼 보여요."

"제 말이 믿기지 않아요?"

"적당히 걸러 믿을게요."

"그럼 저 여기서 일주일 더 지내도 돼요?"

정윤은 오랜 갈등 끝에 민영의 추가 숙박을 허락했다.

✳

"선배, 이게 다 뭐예요?"

"신경 쓰지 마요."

"정윤 선배, 아무리 이러셔도 저는 가까운 곳이 더 좋아요."

오늘치 쇠공 수리를 마치고 돌아온 민영이 난장판이 된 집을 보며 말했다.

"알아요. 그거 때문에 이러는 거 아니거든요. 그리고 내 집인데 무슨 상관이에요."

곱씹어 생각하니 주객전도가 따로 없었다. 발끈한 정윤이 말을 보태려는 찰나 민영이 냉큼 정윤의 손에 들린 손바닥보다 조금 작은 네모난 기계로 화제를 돌렸다.

"그건 뭐예요?"

"카메라요."

"그거로 뭘 하게요?"

"이민영 씨 찍으려고요."

무려 7년 전에 샀으나 한 번도 사용한 적 없는 새 카메라였다. 딱히 꺼낼 일이 없어서 잊고 살다가 크리에이터가 보내온 영상을 편집하던 중 문득 떠올랐다. 모두가 비슷비슷한 삶을 살게 된 지금 수요가 없어진 브이로그가 돌풍처럼 유행하던 시절, 너도나도 하나씩 장만하기에 정윤도 얼결에 따라 샀던 고프로. 사놓고 뭘 찍어야 할지 몰라서 처박아 뒀던 것이 이렇게 요긴하게 쓰일 줄 몰랐다.

"벌써 채널 개장했어요?"

"아니요. 그냥 기록용이에요. 움직이는 일기요. 이민영 씨 허락받으면 찍으려고…."

"제가 떠나면 추억하는 용도예요?"

민영의 당돌한 질문에 잠시 할 말을 잃은 정윤이 머뭇거리다가 고개를 가로저었다. 거기까진 생각해보지 않았다고 솔직하게 대답했다. 말 그대로 기록용이었다. 지구에서 겪을 수 있는 마지막 추억. 민영은 아무 상관 없다는 듯이 예쁘게 찍어달라고 요구했다. 그게 끝이었다.

고프로는 살 만했던 시절 썼던 묵직한 카메라보다 훨씬 가벼웠다. 그렇다고 찍는 내용이 가벼워지는 건 아니다.

정윤은 민영의 허락이 떨어지기 무섭게 고프로의 전원을 켰다. 작은 화면에 담긴 민영이 인사를 한다. 정윤은 어색하게 인사를 받았다.

"쇠공 수리 잘 됐어요?"

"우주선이라고요."

"그래요, 우주선 수리요."

정윤은 작은 목소리로 그래 봤자 쇠공이라고 속삭였다. 민영이 정윤을 찌릿 노려봤다. 민영은 챙모자의 끈을 획 풀어 식탁에 던졌다. 정윤은 민영을 천천히 따라갔다.

"퍼센트로 따지면 30퍼센트쯤?"

"많이 했네요."

냉장고에서 생수를 꺼낸 민영이 벌컥벌컥 들이킨다. 입가에 물줄기가 흘러도 멈추지 않았다. 생수 반병을 한 번에 마시고 다소 과격하게 감탄했다.

"한참 남았어요. 이러다가 지구랑 같이 죽는 거 아닌가 몰라."

"나는 그거 나쁘지 않다고 생각해요."

적어도 혼자 죽는 것보단 덜 쓸쓸하고, 덜 외롭고, 요단강도 다 같이 건너면 재밌을 수도 있잖아요. 정윤이 덧붙인 말에 민영이 고개를 푹 숙이고 어깨를 떨며 웃었다.

"선배도 긍정적인 부분이 있네요."

"이걸 긍정적으로 봐주는 이민영 씨가 더 긍정적이에요."

"선배는 회의나 채팅에선 늘 기운도 없고 뭘 해도 시큰둥하고 그랬잖아요."

"원래 성격이 그래요."

"아닌 거 같아요."

확신이 담긴 민영의 말에 정윤이 코웃음을 쳤다. 네가 나에 대해 뭘 알고 있느냐는 속뜻이 담겨 있었다. 사실은 정윤도 본래의 자신이 어떤 사람이었는지를 잊어버렸기에 가능한 비웃음이었다. 민영은 불쾌해하지도 더 강하게 의견을 피력하지도 않았다. 단지 자신이 느끼기엔 그랬다고 소상하게 얘기했다.

"혹시 외계인이 하는 말에는 주술이 담겨 있어요?"

"왜요. 살짝 설득당하셨어요?"

"아니요."

민영은 빙긋 웃었다. 정윤은 카메라 화면으로 눈을 돌렸다. 설득당하진 않았고 잠깐 혹했다고 치자.

＊

정윤에게 취미가 생겼다. 눈을 뜨면 컴퓨터보다 고프로의 전원을 먼저 켜고 민영의 일상을 기록했다. 세상은 마지막을 향해서 매일 한 보씩 다가갔지만 그런 사정을 알 리 없는 고프로는 정윤이 밤새 충전만 해놓으면 잘 돌아갔다. 각자의 자리에서 맡은 바일을 끝내고 민영이 쇠공 수리에 나서면 정윤은 나름대로 다큐멘터리 형식의 내레이션을 넣기도 했다. 민영은 다큐멘터리보단 〈동물의 왕국〉 같다고 평가했다. 예컨대 저 맨날 쓰는 챙모자는 안 덥나, 뭘 하는지 궁금한데 나갈 수가 없어서 답답하다, 따위의 감상이었다.

우주선 수리가 끝나고 돌아오면 함께 저녁을 먹고 각자의 자리에 앉아서 직장인답게 일을 했다. 다른 채널에서 올린 영상을 감상하던 중 새빨간 자막의 속보가 떴다.

NSC의 과학자들 입을 모아 종말 시계를 나흘 앞당겨야 한다고 주장.

인트라넷의 메신저가 띠링, 띠링 소리를 내며 울리기 시작했다.

[강명혁] 다들 봤어요?
[안정윤] 예, 봤습니다. 추첨권 값이 올라가겠네요. 물가 상승이 무슨 의미가 있냐만은.
[강명혁] 이러다가 자고 일어나면 오늘 망한다고 하겠다!
[심규진] 진짜 그럴 수도 있겠네요.
[이민영] 무서워 죽겠어요.

민영은 한껏 메신저로 오도도 떨어놓고 입으로는 저런 속보를 띄울 시간에 테라포밍 중인 화성의 상태를 홍보하는 게 낫지 않겠느냐고 투덜거렸다.

"어차피 보여주지 않아도 믿을 사람밖에 없어서 안 보여주는 거 아닐까요."

"그럴 수도 있네요. 저는 정비나 더 해야겠어요."

"그래요. 얼른 고쳐서 뜨는 게 마음은 편하겠네요."

"선배는 화성에 가기 싫어요? 저번에 테라포밍 진행 상황을 봤는데 제법 지구 같아졌던데. 아직 한참 멀었지만."

"화성? 당첨되면 가겠죠. 그러는 이민영 씨는 진작 화성으로 떠나지 왜 아직 지구에 남아서 우주선을 고장 냈어요."

"다 사정이 있어요. 저도 사연이 있는 외계인이에요."

"그 사연이 뭔데요."

"궁금해요?"

민영이 눈을 반짝 빛냈다.

"됐어요. 남의 사연 알기도 싫고, 어차피 화성행에 당첨되길 바라지도 않아요."

당첨될 리도 없겠지만. 나흘…. 정윤은 머릿속으로 셈을 해보다가 귀찮아서 관두었다. 언제 망하든 무슨 상관인가 했다. 죽기 전에 이 영상을 땅에 묻어 남길 수만 있다면 됐다. 혹여나 변화한 환경에서 태어날 또 다른 아담과 이브, 환웅과 웅녀가 발견할 수도 있을 테니 말이다.

한때 지구에는 크고 높은 건물이 많았고, 편리한 기능을 가진 사물들도 있었으며 너희와 비슷하게 생긴 종족도 살았다는 증거를 남기고 싶었다. 괜히 돌멩이부터 주워다가 불 지피지 말고 이거 보고 써먹으라고. 영상을 보게 되기까지 얼마나 긴 시간이 필요할진 모르겠지만. 정윤이 잠시 딴생각에 빠져 있는 동안 다시 쇠공 옆으로 나타난 민영이 정윤이 있는 방향을 향해 손을 흔들었다. 정윤은 조심스레 콤비 블라인드를 반만 위로 걷어 올린 뒤 손을 흔들고 재빨리 내렸다. 아주 먼 거리임에도 민영의 화통한 웃음소리가 들렸다. 지구에 외계인도 살았다는 얘기는 무슨 일이 있더라도 꼭 넣어야지 결심했다.

3

민영이 정윤의 집에 머무른 지 12일이 되었다. 어긋났던 일상도 점차 제자리를 찾았다. 아침에 일어나서 밥을 먹고 일을 하고 점심을 먹고 각자 할 일을 하다가 화성행 추첨 라이브를 챙겨봤다. 추첨권에 관심도 없는 주제에 추첨 라이브는 심심찮게 챙겨봤다. 민영은 정윤이 화성에 대한 집착이 있다고 했다. 실은 그것보단 그냥 재밌어서 봤다. 추첨 라이브가 끝나면 저녁을 먹었다. 같이 라이브를 보긴 했지만, 정윤은 화성에 욕심이 없고, 민영은 추첨 없이도 화성에 갈 수 있다고 했으므로 밥 먹을 때는 주로 밥 얘기를 했다.

"정윤 선배, 요즘 쌀 맛이 좀 나아지는 것 같아요."

정윤은 모래알갱이와 비슷한 식감의 쌀을 이로 으깨 삼키다 말고 민영을 째려보았다. 분명히 같은 음식을 먹고 있음에도 맞은편에 앉은 민영은 고슬고슬한 쌀밥이라도 먹는 마냥 즐거워 보였다. 정윤은 남은 식사를 쓰레기 치우듯 입 안에 처리하고 식기를 정리한 뒤에 다시 식탁 의자에 앉았다. 쌀 맛이 어떻고 그런 것보다 더 중요한 일이 있었다. 민영에게 공식적으로 제기할 의문이 생겼다.

"저, 근데 이민영 씨는…."

"네?"

"호신이 필요 없지 않아요?"

민영은 양 뺨에 밥을 넣고 뭔 소리를 하느냐는 듯이 눈을 동그랗게 떴다. 정윤은 침대와 협탁 사이에 끼어 있는 민영의 짐가방에 대고 턱짓을 했다. 열려 있는 가방 지퍼 속으로 호신용이라던 장난감 총이 빼꼼 총구를 내밀고 있었다.

"손에 망치를 들고 다니면서 진짜 총도 아니고 장난감 총으로 위협을 하는 것도 희한해요."

민영이 손바닥을 보였다. 입에 든 음식물을 먹을 때까지 기다려달라는 것이다. 정윤은 민영이 대답하기 전까지 시간이 필요한 문제점을 짚어낸 게 내심 기뻤다. 민영은 충분히 밥을 꼭꼭 씹어 먹은 뒤에 그릇을 옆으로 치우고 말했다.

"정윤 선배, 왜 이렇게 단순하세요. 이 세상에 저만 외계인이 겠어요? 외계인이 하나 있으면 그 뒤로 몇 명 더 있는 게 당연한 거 아니에요?"

정윤은 멍한 표정을 짓다가 이내 아, 하고 탄식했다. 방어해야 하는 대상이 외계인일 수도 있구나. 민영이 더 설명하지 않아도 알아서 이해했다.

"그렇군요. 만들어준 친구가 이민영 씨를 많이 걱정했나봐요."

"오래전이라서 기억이 안 나요. 이젠 친구까진 아니고요."

"외계인끼리도 영토싸움을 해요?"

"이 좁은 땅 가지고 땅따먹기해서 뭐하게요."

"서로 죽이고 그래요?"

"그 말을 지구인한테 들으니까 신비롭네요."

민영이 곧장 정윤의 말을 되받아쳤다. 외계인의 눈에는 지구인 이야말로 약탈과 정복으로 피의 역사를 써 내려간 별난 종족으로 보이겠지. 정윤은 민영이 더 한 말로 지구의 역사를 지적하기 전에 잘못을 시인했다.

"저도 말하고 나서 좀 민망하긴 했어요."

"선배는 대화가 통해서 좋아요."

"날 얼마나 오래 봤다고요."

"우길 걸 우겨라, 하는 건 안 우기잖아요. 총을 들고 다니는 이유는 혹시 몰라서예요. 저는 여성의 몸이고 혹시 모를 상황에 대비한 거죠. 딱히 위협적인 모양은 아닐 수도 있지만. 선배처럼 저를 지켜보는 사람을 견제할 수도 있고?"

"어떤 기능이 있는데요?"

"음, 인간한텐 장난감 총이에요."

"무기로써의 기능은 없어요?"

"그냥 별 거 없어요. 외계인 대항용이라고 만들어주긴 했는데 아직 사용해본 적은 없어서요."

정윤은 이어서 페인트탄에 대해 물었지만, 민영은 자신의 가방에 쓸모없는 물건은 없다고 일축했다. 민영의 말에 정윤이 흥코웃음을 쳤다.

"그럼 칫솔은 왜 안 들고 다녀요. 이빨도 있으면서."

"그건 까먹었고요."

"손톱 깎기는 왜 들고 다녀요."

"손톱이 자라는 게 불편해서. 제가 살던 고향에선 의미 없이 자라는 신체 부위가 없었거든요. 머리카락은 묶으면 되는데 손톱은 딱딱하잖아요. 그래서 매일매일 잘라요."

"손톱도 방어에 도움이 돼요."

"저는 불편해서 싫어요. 이것 봐요. 엄청 짧죠."

민영이 정윤에게 손을 내밀었다. 민영의 손톱은 눈으로 보기에도 따가울 만큼 바짝 깎여 있었다. 민영은 샤워하기 전 매일 손톱을 깎는다고 했다. 무슨 신성한 의식을 하는 것처럼 말이다.

"원래 그만큼 깎으면 잘 안 자라는데."

"전 너무 잘 자라던데요? 다른 물건도 궁금하죠?"

정윤은 아예 본격적으로 가방을 들고 와 속에 든 물건을 하나씩 꺼내놓는 민영에게 다 알려달라고 했다. 정말 다 궁금한 건 아니었고 며칠 민영을 겪어본바, 덜 피곤한 방향이 이쪽임을 알았을 뿐이다. 민영이 혼자 줄줄 떠드는 경우 정윤의 의사는 관계없다. 예의상 물어보는 거였다. 자기가 자랑하거나 알려주고 싶은 거면서. 민영은 우선 아크릴 물감과 붓, 물통, 따위의 미술도구를 한곳으로 모으고 말했다.

"이건 우리 집에서 우주선까지 이동할 때 길을 잃지 않기 위한 표시를 해두려고 들고 다녀요. 아쉽게도 지금은 버스나 택시 지하철 이런 편의로운 시스템을 이용하기 어려운 상태잖아요. 가끔은 제 예술 활동에 도움이 되어주기도 하고요."

"왜 이 색은 두 개씩 있어요? 어디서 산 거예요?"

정윤이 하늘색과 남색의 물감을 들고 말했다. 민영은 재빨리 정윤의 손에서 물감을 낚아챘다.

"버려진 문구점을 털었어요. 아무도 모르면 범죄가 아니잖아요?"

"내가 알았으니까 범죄 아닌가요."

"신고할 거예요?"

"안 해요. 총 쏠 거 같아요."

"이건 인간한텐 장난감 총이라니까요?"

"못 믿겠어요."

정윤이 오한이라도 오는 사람처럼 어깨를 떨었다. 민영은 신이 나서 웃었다. 짓궂은 얼굴은 덤이었다. 선배 지금 쫄았어요? 하고 묻는 것도 잊지 않았다. 민영은 정윤이 평소보다 큰 동작을 보이는 게 좋다고 했다.

"거짓말. 그냥 겁먹어서 좋은 거 아닌가요?"

"그것도 맞아요."

너무 뻔뻔해서 할 말이 없었다.

"알았으니까 내려놔요. 호신용인 거 아는데 한국에선 보기 드
문 물건이라 좀 무서워요."

"알았어요. 짠! 선글라스는 하나쯤 장만하고 싶어서 예전에 샀
어요. 잘 어울리죠?"

안경테에 뿌연 먼지가 끈적하게 들러붙은 걸 보면 장만하고
그대로 처박아둔 모양이었다. 정윤은 긍정적인 척 호응했다. 아
이스크림 모양의 하늘색 보온병도 있었다. 보온병 안에는 화장품
몇 가지가 들어 있었다. 게다가 유통기한은 20년은 훌쩍 지나 있
었다. 이런 건 어디서 구한 건지. 20년이면 썩었겠다. 설마 보온
병에 담아두면 두고두고 쓸 수 있을까 봐? 정윤의 질문에 민영이
입을 꾹 다물었다.

"선배는 역시 여자에 대해선 모르네요."

"그거 진짜 무적의 논리네요."

대화의 의지를 납작하게 누르는 화법에 정윤이 진저리를 쳤다.
그렇게 따지면 본인은 지구인도 아니면서.

"무지는 죄가 아니에요. 차차 알아가면 되는 거죠."

"내가 남잔데 여자를 어떻게 알아요. 그리고 보온병에 화장품
담아 다니는 여자는 진짜 처음 보거든요. 차라리 술이면 이해를
하겠는데."

"세상을 넓게 보세요. 식견을 넓히세요."

이럴 때 민영은 외계인이 아니라 마녀 같았다. 정윤은 입을 꾹

닫고 민영을 뚫어지게 쳐다봤다. 민영도 지지 않았다. 눈싸움의 승자는 민영이었다. 민영이 예에, 하고 좋아했다. 정윤은 촉촉해진 눈을 손으로 비비며 왜 이런 짓에 내가 어울리고 있는 건가, 자조했다.

가방 속 다른 물건도 평범하진 않았다. 공구는 우주선 수리를 위해 들고 다니고, 비타민 D 캡슐이 들어 있어야 할 건강기능식품 통에서는 설탕 코팅이 조금 녹아 끈적해진 마시멜로 과자가 한 덩어리로 뭉쳐 있었다. 버리는 걸 까먹었다고 했다.

"지금 버려요."

"먹으면 탈 나겠죠?"

"몰라요. 우린 종족이 다르잖아요."

"그러네."

정윤은 세로로 긴 가죽 주머니를 꺼냈다. 주머니 밖으로 나온 검은색 손잡이 끝이 납작하게 쇠로 만들어져 있었다. 손잡이가 영 익숙해서 찔끔 뽑아보니 예상대로 다용도 식칼이 나왔다. 마늘 빻는 용도가 고스란히 남은 칼.

"이건 왜 들고 다녀요?"

"궁금해요?"

민영은 두꺼운 가죽에 들어 있는 칼을 끝까지 뽑더니 칼날에 손을 댔다. 칼을 이리저리 살피다가 불시에 정윤의 가슴에 칼을 디밀었다. 정윤은 너무 놀라 앉은 자리에서 펄쩍 뛰어올랐다. 진짜 칼에 맞은 것처럼 몸을 움츠리고 나서야 전혀 아프지 않음을 인지했다. 민영을 만나고 가장 놀랐다. 조만간 심장 마비로 죽는 건 아닐까.

"이런 용도."

비싸 보이는 가죽 주머니에 있던 다용도 식칼은 칼날이 흐물거리는 플라스틱으로 된 장난감이었다. 이딴 건 왜 들고 다녀. 정윤은 차오르는 말을 삼켰다.

"진짜 미쳤어요."

"아하하."

크게 화를 낼까 했지만 뭐 이런 걸 가지고 놀라느냐고 적반하장으로 나올 것 같아서 관뒀다. 실은 크게 화를 낼 만큼 화가 나지도 않았다. 며칠 새 민영에게 익숙해졌다.

"이것도 호신용이에요?"

정윤이 흐물거리는 칼날을 손가락으로 튕기며 물었다.

"아뇨. 그냥 장난감. 위협용으론 쓸 수 있겠죠. 방금처럼. 누가 갑자기 확, 가까이 왔을 때."

"의외로 이민영 씨 무서운 게 많네요."

민영은 가방 안을 뒤지던 손을 잠시 멈추고 정윤에게 말했다.

"외계인이잖아요. 낯선 행성이 무서운 건 당연한 거예요."

"이것도 다른 사람이 준 거예요?"

"이건 개인 소장."

"뭘 이런 걸 개인 소장을 해요."

장난감 칼 다음엔 납작하고 큰, 묵직한 사각형의 덩어리가 나왔다. 민영은 외장 하드라고 했다. 뗀석기 같았다. 또 흉기인 줄 알고 뭔 놈의 호신용 무기를 세 개씩이나 들고 다니나 했는데 옛날에 쓰던 외장 하드라고 하니 그나마 마음이 놓였다.

"이 안에는 드라마도 있고, 영화도 있고, 사진도 있고, 음악도 있고."

"그중 뭐가 제일 재밌는데요."

"ET. 에일리언?"

외계인이 나오는 작품은 다 재밌게 봤단다. 정윤은 민영의 취향이 참 특이하다고 생각했다. 생각만 했다. 다음 물건은 핸드폰이었다.

"이건 엄청 오래된 핸드폰이네요."

"엄청 오래됐죠."

민영이 핸드폰을 반으로 접었다가 펼쳤다. 사적으로 연락할 가족, 친구가 사라진 지금은 사용할 일이 없어졌지만, 정윤도 마지막 핸드폰을 여전히 소장하고 있었다. 폴더처럼 접히는 스마트폰이었다. 민영의 폴더 핸드폰은 정윤의 것과는 달랐다. 한 손에 들어올 만큼 작고 액정도 작고 천지인 자판은 더 작은 핸드폰은 정윤의 부모님이 살아생전 언젠가 돈이 될 수도 있다면서 서랍장에 모았던 공기계들과 비슷했다.

"제가 처음 산 핸드폰이에요."

"처음으로?"

"네."

"이민영 씨 나이가 몇인데요, 이게 처음이라고요? 엄청 옛날 건데 이거."

"그 질문에 대한 대답은 이걸로 할게요."

핸드폰 옆에 파란색 카드지갑이 놓였다. 민영은 빽빽하게 들어찬 카드지갑을 열어 그 안에 든 것들을 하나씩 뽑아냈다. 너무 오래되어 잘 빠지지 않는 것도 있었다. 주민등록증이 두 개, 사원증이 세 개쯤, 운전 면허증이 한 개. 민영은 플라스틱 카드를 명함처럼 식탁에 쫙 펼쳤다.

"지금은 스물네 살이에요. 2025년생."

"지금은요?"

"그전에는 2005년생이었어요. 처음 지구에 왔을 땐 1985년이었고요. 처음 도착했을 때는 행성에 체류하는데 증명해야 할 게 그렇게 많을 줄 몰랐어요. 그래서 걔는 교통사고로 죽였어요. 서류상 존재하지 않으니까 죽어도 상관없었거든요."

"걔가 누군데요?"

"저요."

민영의 대답에 정윤이 제 뺨을 꼬집었다. 눈도 깜빡이고 손가락 발가락도 움직였다. 제대로 움직였다. 꿈이 아니었다. 민영이 보여준 각각의 신분증은 시대 간 격차가 있었지만, 증명사진 속 이민영은 정윤이 보는 민영 그대로였다. 정윤은 남의 신분증을 이렇게 들여다봐도 되나 싶을 만큼 빤하고 오래도록 플라스틱 카드 속 사진을 응시했다. 같은 얼굴에 옷만 다른 예전 사진이 신기했다.

정윤은 주민등록 번호라도 외우고 있느냐는 민영의 질문에야 어렵사리 눈을 돌렸다.

"아니요. 외워서 뭐해요. 그냥 사진 봤어요."

"예쁘죠? 다 민영이에요."

"그래요. 얼굴이 변하진 않았으니까…."

"이름도 다 이민영. 원래는 바꿔야 하는데, 바꾸기 귀찮더라고요."

"이거 다 본인 거 맞죠? 그리고 이민영 씨 말대로면 이민영 씨는 1985년도 사람이니까 나보다 한참 나이가 많네요?"

"발급받은 연도는 달라도 같은 사람이니까요."

"어떻게 똑같은 이름에 똑같은 얼굴인데 한 번을 안 들키지."

"사람들은 남한테 그다지 관심 없잖아요."

"말도 안 돼요."

"아직도 상식적으로 생각하시려고 하네. 비상식적인 시대에, 비상식적인 존재를 앞에 두고 자꾸 상식적으로 생각하니까 이해가 안 가는 거예요."

기가 막히게 논리적이다. 정윤은 긍정의 침묵 시간을 가졌다. 민영의 말이 맞았다. 비상식적인 존재를 앞에 두고 자꾸 상식을 찾는 건 바보 같은 짓이다. 이건 단순히 이민영이 외계인이라는 증거 중 한 가지에 불과했다. 정윤이 바쁘게 머릿속 생각을 정리하는 동안 민영이 말을 이었다.

"1985년에 이 모습 그대로 지구에 와서 저보다 먼저 온 친구 밑에서 살았어요. 먼저 온 친구가 1세대고, 저는 3세대였어요. 처음 개랑 있을 땐 되게 편했어요. 남의 신분을 뺏어다 살지 않아도 되니까⋯."

"그 친구는 남의 신분을 뺏어서 산 거예요?"

"네. 걔가 그런 방면에서 진짜 능통했어요."

"어떻게 뺏는데요. 아니다. 대답하지 말아요."

"상상에 맡길게요."

"맡기지도 마세요."

"이땐 참 순수했는데."

민영이 아련한 기억을 추억하듯이 빈 벽을 응시했다. 그런 일이 있었었지, 회상하는 표정이었다. 정윤의 머리로 순수한 이민영은 상상이 안 됐다.

정윤은 남의 신분을 빼앗아 사는 게 합법적인 방법은 아니라고 말했다. 민영은 그건 맞아요, 하고 대답했다.

"남의 신분 뺏어 사는 게 합법적인 방법은 아니에요. 외계인이니 특수 경우라 쳐도요."

"그건 맞아요. 그래서 저는 온 그대로 살고 있잖아요?"

"다른 외계인은 아니었고요?"

"외계인은 법 없이 못 살아요. 무슨 짓을 저지를지 모르니까요."

"그래 보이네요."

"하여간에 그때 와서 20년쯤 살다가 교통사고로 죽었어요. 실제로 죽은 건 아니고요. 죽음을 위장했어요. 너무 옛날 일이라 기억이 가물가물하네요. 그 친구랑 같이 살기 싫어서 홧김에 죽어 버렸던 거 같아요. 나보다 지구에서 오래 살았으니까 편하긴 한데 자꾸 허락 없이 인간을 데려와서 짜증 났어요."

"그럼 그때는 이름 없는 시체였겠네요."

"네. 중요한 건 다음 이민영은 혼자서 출생신고도 하고, 사망신고도 하게 됐다는 거죠. 그런 식으로 살다가 지금의 제가 된 거예요. 선배가 아는 이민영으로!"

민영은 양 볼에 검지를 콕 찔렀다. 하나도 귀엽지 않았다. 외계인이 불멸의 존재라곤 아무도 말하지 않았다. 들은 대로 이해하자면 민영은 1985년도에 지구에 왔고 2005년에 같이 살던 친구랑 살기 싫어서 죽음을 위장한 다음 독립을 했고 실물 신분증을 두 번 받을 만큼 지구에 오래 살았다는 말인데 이게 무슨 소린가 싶지만 대충 요약하자면,

"이민영 씨 지구 나이로는 예순넷이네요."

"네. 이제 제 나이를 아셨는데 반말해도 돼요?"

솔직히 말하자면 외계인이라고 정체를 밝혔을 때보다 지금이 더 당황스러웠다. 예순넷이면 나이가 아니라 연세였고, 연상이

아니라 어르신 대우여야 마땅했다. 한참의 고민 끝에 정윤은 결정권을 민영에게 넘겼다.

"어떻게 했으면 좋겠는데요?"

"말까고 싶어. 친구처럼 지낼래."

"그래요."

"선배도 반말할래?"

"싫어요."

"그럼 말아라. 난 앞으로 정윤아, 하기도 하고 선배, 하기도 해야지."

민영이 팔짱을 끼고 의젓하게 고개를 끄덕였다. 번갯불에 콩구워 먹듯이 바뀌는 민영의 호칭에 정윤의 몸 어딘가가 근지러워졌다.

"선배가 더 편해요."

"선배라고 불러줘요?"

"…네."

"선배는 여자 마음은 모르면서 외계인은 좀 아나 봐."

"둘 중 하나라도 알아서 다행이네요."

가방 속 물건 소개도 끝났으니 정윤은 컴퓨터 책상으로 의자를 옮겨 앉았다. 민영은 가방이 특별하지 않아서 실망했느냐고 물었다. 정윤은 아니라고 했다.

굳이 좋으냐 싫으냐를 골라야 한다면 좋은 쪽이었다. 쓸모없는 건 없다고 했지만, 정윤이 보기엔 쓸모없는 게 많아서 마음에 들었다. 늙지 않는 존재의 가방에 든 물건에 시대적인 인간미가 담겨 있어서 좋았다. 실용성은 몰라도 그간의 추억이 있다는 사실에 살짝 감동했다. 머릿속에 뭐가 있는지 모를 민영에 대해 조금 알게 된 것 같기도 했다. 불법도 열심히 저지르고 살았던 과거의 민영. 칼로 장난쳤을 땐 놀랐지만.

이 물건들도 찍을 걸 그랬다. 늦은 후회가 바람처럼 정윤의 머리를 스쳤다. 그러다 문득 궁금한 점이 생겼다.

"그럼 아직 이민영 씨를 아는 사람도 있어요?"

"있었는데, 이제 없어. 다 사라졌거든. 대부분 말도 없이 사라졌어. 누구는 실종, 누구는…."

"인간 중에서는요?"

"노코멘트."

"있나 보네."

민영이 저답지 않게 머뭇거렸다. 끙끙 앓는 소리를 내다가 결심한 것처럼 식탁을 손바닥으로 치고 일어나선 식탁 의자를 질질 끌어 정윤의 옆에 바짝 붙어 앉아 비밀을 얘기하듯이 속삭였다.

"아는 사람 있어. 강명혁이라고 선배도 알지?"

"네?"

"우리끼리 비밀 채팅도 가끔 하거든. 선배도 좋아할걸? 같이 얘기할래?"

말했다시피 민영의 권유란 겉치레나 마찬가지였다. 예의상 물어보고 실행해버린다. 이번에도 똑같았다. 대답을 듣기도 전에 민영은 정윤의 마우스를 약탈했다. 뒤늦게 싫다고 항의했으나 씨알도 안 먹혔다.

정윤은 비밀 채팅에 관심 없고 좋아할 예정도 없다. 심지어 강명혁과 그다지 친해지고 싶은 마음도 없었다. 이 세상에 친해지고 싶은 사람이 있을까 싶지만, 그중에서도 강명혁은 더 싫었다. 일단 말이 많고 귀가 얇았다. 게다가 정윤에게 큰 실수까지 저지른 사람이었다.

"잠깐."

느낌이 좋지 않다고 느꼈을 때는 이미 상황은 끝나 있었다. 낯설어야 하나, 그다지 낯설지 않은 영문자의 조합이 주소창에 올라갔다. 정윤이 말릴 시간도 없이 엔터를 툭 눌렀다.

"이거 반란도모로 잡혀가요."

"괜찮아. 아직 안 걸렸어. 근데 접속하면 기록이 남는 거 알지?"

"나한테 왜 이래요."

정윤이 앉아 있는 바퀴 달린 의자를 옆으로 돌돌 밀어낸 민영이 냉큼 사용자 설정에서 닉네임을 정윤으로 바꾸었다. 채팅에 참여 중이라는 메시지가 떴다.

나가시겠습니까? 이 사이트는 당신의 신변을 위협할 수도 있습니다. YES/NO

다크 웹의 친절한 경고문이 떴다. 민영의 손은 정윤의 눈보다 빨랐다. 냅다 NO를 누르는 손을 막지 못한 죄로 정윤은 다크 웹 채팅에 참여하게 되었다.

"선배, 우리 이제 진짜 모든 비밀을 다 나눴다."

"내 의견은⋯."

"재밌잖아. 모르는 사람들이랑 은밀한 대화하는 거 재밌어. 걸리면 죽을 수도 있지만, 요단강도 다 같이 건너면 재밌을 거라면서."

"아니요. 난 그래도 곱게 죽고 싶었거든요."

정윤은 이 사이트의 주소를 이미 본 적이 있었다. 강명혁이 실수로 채팅창에 붙여넣은 걸 정윤이 모른 척 지워줬었다. 음모론자들이 다크 웹에 모여서 활동하는 걸 부모님 덕에 알고 있었던 터라 허둥지둥하는 꼴을 차마 내버려둘 수가 없었다.

"선배, 너무 겁먹지 마. 다 좋은 사람들이야. 나도 여기 있잖아? 날 보면 모르겠어?"

민영은 제법 진지했다. 포교하는 인간처럼 신실한 표정으로 정윤의 가슴 근처에 손을 올리는 시늉을 하고 말했다.

"믿으세요."

정윤은 슬슬 의자를 뒤로 밀었다. 고개를 빠르게 저었다.

"싫어요."

"믿으시라고."

"절대 안 믿어요."

정윤이 물러나면 민영이 다가갔다. 믿어라, 싫다를 두고 실랑이를 반복하던 무렵 참여자 목록만 덩그러니 떠 있던 하얀 채팅창에 물음표가 연달아 올라왔다.

[강명혁] ??

"뭐해? 인사받아줘."

"이게 인사에요? 물음표인데?"

정윤은 그러면서도 착실히 타자를 두드렸다. 아무 말도 안 하고 있으면 그게 더 이상해 보일까 봐서.

[안정윤] 하이요.

"하하. 하이래."

"이게 웃겨요?"

"응, 재밌다. 선배, 기계 같아."

민영이 고개를 뒤로 젖혀가면서 웃었다. 정윤의 심장이 얼마나 세게 뛰는지, 등줄기로 식은땀이 흐르든지 말든지 안중에도 없는 웃음이었다. 얌전히 틀어박혀서 사는데 왜 이렇게 스릴 넘치는 걸까. 민영이 온 뒤로 정말이지 생경한 날의 연속이었다.

4

민영은 단순한 채팅방이라고 했지만, 특정 주소를 특정 브라우저로 검색해야만 접속 가능한 웹사이트가 애당초 단순한 채팅방일 리 없었다.

웹에는 정윤과 같은 직장 동료인 강명혁을 비롯한 다양한 인물들이 비슷한 목적을 가지고 모여 있었다. 닉네임을 사용하는 사람들도 있었지만, 대체로 자신의 이름을 밝히는 데 거리낌이 없었다.

그곳에는 몇 년 전에 실종되어 여러 채널에서 이슈로 다뤄졌던 과학자도 있었고, 뉴스로 이름을 접해본 유명 음모론자도 있었으며 평범한 회사원이나, 아직 어린 학생도 있었다. 사회에선 좀체 모이기 힘든 구성원이 정부에 대한 반감만으로 집단을 이루고 있었다. 정윤에겐 몹시 불편한 모임이었다.

"외계인이 음모론에 관심이 있을 줄은 몰랐어요."

"재밌잖아. 왕도를 거부하는 사람들은 언제 봐도 재밌어."

민영은 의자를 식탁에 돌려놓고 제 책상 의자에 앉았다. 정윤은 하나둘 올라오는 인사를 멀찍이서 지켜보았다. 곧 민영의 인사도 올라왔다.

[이민영] 안녕하세요. 선배를 여기서 보네요.
[강명혁] 진짜 안 팀장이야?
[이민영] 몰라요.

모르긴 뭘 몰라. 정윤이 민영을 흘겨보았다.

[안정윤] 강명혁 씨랑 이민영 씨랑 원래 아는 사이에요?

"와, 이걸 바로 물어보네. 선배 왜 그렇게 의심이 많아?"
"내 마음이에요."

[강명혁] 응?
[이민영] 원래 알았다니까요. 우리 같이 마지막 신입으로 회사 문 닫
          고 왔잖아요.
[강명혁] 알긴 알았지.
[강명혁] 어어, 그랬던 거 같다.
[이민영] 안 팀장님도 이제 여기 일원이에요. 잘 부탁합니다.

이 뻔뻔하기 그지없는 외계인 같으니라고. 정윤은 한참 저를
반겨주는 채팅을 지켜만 보다가 잘못 들어왔다는 말을 남기고 인
터넷 창을 껐다. 민영이 뒤편에서 하하항, 둥그런 소리로 웃었다.
의자에 쪼그려 앉아서 웃겨 죽겠다는 듯이 책상을 탁탁 두드렸
다. 그 해맑은 모습을 보고 있으려니 울컥 성질이 치솟으면서 한

편으론 맥이 탁 풀렸다. 저 생각 없는 웃음소리 좀 봐.

"그만 웃어요."

"선배 화났어?"

"당연하죠. 얼른 짐 빼요."

✳

"진짜 미안해."

민영이 의자를 뒤로 밀어 정윤에게 가까이 다가왔다. 손으로 팔뚝을 툭툭, 건들면서 껄렁껄렁하게 사과했다. 아, 화 풀어줘. 화를 안 풀면 화를 내겠다는 듯이.

"됐어요."

참 이상한 일이었다. 다크 웹에 접속한 것도, 마음대로 집 안에 타인을 들인 것도 당사자는 성질내고 상대는 웃고 넘길 사소한 사고가 아닌데 민영의 대수롭잖은 말이나 웃음을 듣고 있으면 덩달아 말도 안 되는 사건들의 무게가 가볍게 덜어졌다. 그곳에 모인 음모론자들의 일상이 살짝 궁금해진다든가 하는 식으로.

"이런 거 별로 관심 없어요."

정윤의 말은 민영에게 확실한 입장을 전하려는 의도와 뭉근하게 올라오는 호기심을 죽이는 자기세뇌로 적절히 쓰였다. 작은 호기심과 민영의 추진력이 만나면 시너지 효과를 낸다는 걸 2주가 되어서 학습했다. 민영은 궁금하면 체험시켜주는 타입이다. 정윤의 호기심은 그다지 긍정적이지 않았고 음모론 체험 따위 하기 싫었다.

정윤은 음모론을 썩 좋아하지 않는다. 그까짓 음모론이 부모님을 빼앗아 갔다는 원망도 있고, 그렇게 목숨을 잃었으면 그들이 말하는 가설에 신뢰라도 생겨야 하는 법인데 음모론에는 기본적으로 증거가 없다.

일반 인터넷에 접속한 정윤이 습관처럼 새로 생긴 채널을 확인하며 말했다.

"다 찌라시잖아요."

"제대로 본 적도 없으면서."

"제대로 봐야 아나요. 곧 지구 망한다는 말은 나 태어나기 전부터 있었고, 매해 더워지는 데다 산림이고 농작물이고 다 말라 죽은 지 오래인데. 정부가 하는 말은 거짓말입니다, 화성행 우주비행선은 없습니다, 하는 말을 믿을 수가 있겠어요."

"그런 단편적인 걸로 망했다고 단언하는 거야?"

"이민영 씨는 음모론을 믿어요?"

"조금."

"왜 믿는데요?"

"내가 진짜 망한 행성에서 도망 왔으니까. 여기까지 오는 데 몇 개의 은하를 건너왔는지 알아?"

내가 살던 고향은 저기 강원도야, 부산이야 하는 것처럼 담담한 민영의 대답에 정윤이 엎드리기 직전으로 굽히고 있던 등을 곧게 폈다. 출신지 얘기가 나오면 더 구체적인 지역이 궁금해지기 마련이다. 정윤은 괜히 스크롤만 위로 올렸다 내렸다 하던 마우스를 멈췄다. 은하라는 단위는 아무래도 정윤에겐 어색하고 입에 잘 붙지 않았지만 궁금했다.

"그게 어딘데요?"

이 궁금증은 비교하자면 출신 지역 주제의 대화에서 부산 어디 살았는데? 해운대 가까이 살았냐? 강원도면 거기 춘천 쪽인가? 하고 콧방울이나 깔짝거리는 지인의 의례적인 질문이다. 민영도 그렇게 느끼고 방금과 같이 대수롭잖게 말해주길 바랐지만, 씨알도 먹히지 않았다.

"이거 대답하면 나 여기서 한 2주는 더 삐겨도 되는 거 아니야?"

"너무 계산적이야. 진짜 싫어요⋯."

"할까 말까."

"하지 마요, 하지 마요."

민영은 그래, 대답하고 의자를 다시 제 책상으로 끌고 갔다. 이런 부분에 있어선 타협의 의지가 전혀 없었다. 강명혁과 아는 사이라는 식의 듣고 싶지 않은 비밀은 허락도 없이 떠들어대 사람을 곤란하게 만들면서 말이다.

"근데 나 조금만 더 있으면 안 돼?"

"싫어요."

"내가 선배를 뭐 어떻게 하기라도 해?"

"모르죠."

"우주선 수리 다 할 때까지만! 한 달 정도 걸릴 거야! 진짜 아무것도 안 하고 우주선 수리만 할게."

정윤은 민영의 간곡한 부탁을 못 들은 척했다. 바퀴가 바닥에 질질 끌리는 소리가 났다. 민영은 껌딱지처럼 옆에 붙어서 애걸복걸을 했다. 정윤은 정말이지 민영 같은 성격의 인간에게 면역이 없었다. 차라리 저를 놀려먹으려고 할 때가 편했다. 똑같이 받아치면 그만인데, 터무니없이 간절한 어조로 부딪치면 거절할 수 없었다. 들어줘야만 할 것 같은 기분이 들었다.

"이거 초능력인가요? 가까이서 말하면 거절하기 어렵게 만드는.

"뭐가?"

"아니에요."

초능력도 아닌데 이상하다. 거절을 못 하겠다. 나 혹시 이민영이랑 같이 있는 거 좀 재미있나? 도무지 거절할 수 없게 만드는 원흉을 밝혀내기 위한 칼자루는 빙빙 돌다가 결국 정윤의 앞에서 멈추었다. 재밌을 리 없다. 그냥 내가 매정하지 못한 탓이라고 하자. 정윤은 음악을 틀고 이어폰을 한쪽 귀에 꽂으며 한숨을 내쉬었다.

"맘대로 해요."

"정윤 선배, 진짜 좋아."

정윤은 대답하지 않고 반대편 귀에도 이어폰을 꽂았다. 민영이 뭐라고 말을 한 것도 같은데, 다시 묻고 싶지 않아서 대충 알겠다고 했다. 인생이 말년에 예상치 못한 방향으로 꼬인다. 정윤이 연거푸 내쉬는 한숨에 민영이 혀를 찼다. 복 달아나는 짓 하지 말란다.

민영은 아무것도 안 하겠다던 약속을 화끈하게 지켰다. 정윤에게 장난을 거는 일도 없었고, 잠도 안 자고 밥도 안 먹고 쇠공만 두드려댔다. 쾅쾅거리는 소음이 아침부터 밤까지 이어졌다. 아무것도 안 하는 동시에 확실하게 정윤을 괴롭혔다.

무자비한 파열음에 질린 정윤이 밥은 먹고 하라고 권유했지만, 민영은 안 먹어도 안 죽는다고 했다. 그럼 그동안 먹었던 밥은 뭔데? 누구 덕에 식사 시간이면 입맛이 없어도 밥 한 숟갈 드는 버릇이 생긴 정윤은 민영에게 개선당한 식습관을 불평했다. 차라리 말을 걸던 때가 나았다. 그렇지만 솔직히 말하긴 싫었으므로 식탁에 민영 몫의 밥을 치우지 않고 차려두는 쪽으로 방향을 바꾸었다.

그렇게 공사장 인부처럼 밤낮으로 망치질하던 민영은 열흘 하고도 사흘이 지난 아침 감쪽같이 사라졌다. 민영의 물건은 전부 남아 있었지만, 민영이 사라졌다.

*

정윤은 버릇처럼 침대에 무릎을 꿇고 앉아 블라인드를 살며시 위로 걷어 올렸다. 민영이 티끌 하나 없이 맑게 찍어달라면서 닦아놓은 창문에 카메라를 바짝 붙인 상태로 반나절을 넘게 기다렸다. 해가 저녁에서 밤으로 넘어갔을 때야 비로소 정윤은 민영이 주변에 없다는 사실을 직감했다.

"아, 헛수고했네."

정윤은 식탁에 차려진 두 사람분의 저녁 식사를 치웠다. 식기와 젓가락을 먼저 설거지통에 넣고 밥은 제 밥그릇 위로 얹었다. 고봉밥이 됐다. 반찬이라고 해봐야 김치나 재배하기 쉬운 채소가 전부였다. 정윤은 잘 먹지 않는 음식이었고 그래서 다 버렸다.

열심히 먹었지만 그래도 밥이 많이 남았다. 배부르다, 하고 혼잣말을 해도 돌아오는 대답이 없다. 깡깡거리는 소음도 없고 소란스럽던 주변도 고요해졌다. 정윤이 근래 몇 년간 매일 보고 산 풍경이었다. 밥을 새 모이만큼 먹고, 그것도 사실 사무용 책상에 앉아서 깨작거리던 날들. 별로 오래된 일이 아님에도 기억이 희미했다. 너무 강렬한 인간, 아니 외계인 민영이 일상에 못 박힌 까닭이다.

저녁은 먹지 않고 다 버렸다. 가뜩이나 망해가는 세상에 음식물 쓰레기를 더했단 사실이 정윤의 기분을 구리게 만들었다. 어쩌면 민영이 말도 없이 사라져서 구린 걸 수도 있었다. 혹시나 하는 마음에 잠들기 전까지 블라인드를 열어 뭔가 수상한 움직임이 없는지 감시했다. 쇠공만 덩그러니 남은 뒷집은 살풍경이었다. 정윤은 카메라를 들어 녹화 버튼을 눌렀다. 한참을 망설이다가 혼잣말을 했다.

"몰랐는데, 되게 삭막하다."

더 할 말도 없고 찍어봤자 똑같은 풍경만 계속될 뿐이다. 긴 탄식과 함께 말을 끝낸 정윤이 카메라는 창틀에 고정하고 침대에 누웠다. 아무 소음 없는 평화를 만끽한 날이었으나 놀랍게도 지루했다.

"저 우주선, 이참에 확 치워버릴까 보다."

그런 일 따위 불가능할 거라고 어렴히 짐작하면서도 조용한 집이 어색해서 정윤은 괜히 으름장을 놓았다. 민영의 짐가방을 집 밖에 내놨다. 여기저기 흩어져 있는 물건은 이틀 더 보관해두기로 했다. 짐가방에는 그날 봤던 것들이 고스란히 다 담겨 있었다. 혹시라도 누군가에게 해코지를 당한 건 아닌가 걱정이 들어 도통 잠이 오지 않았다. 어이가 없었다. 누가 누굴 걱정하나. 정윤은 몇 시간을 뒤척거린 끝에 인정했다. 민영이 조금 걱정되고, 없으니까 심심하기도 하고 아무튼, 생각이 자꾸 난다는 것을 말이다.

＊

민영의 난 자리를 신경 쓰고 싶지 않아서 정윤은 입사 이래 최고의 집중력을 보이며 일했다. 남의 일감도 받아서 도와주고 안 해도 되는 일을 만들어서 하고, 자막팀에 도움을 주기도 했다. 자막으로 들어갈 내용을 받아 검수하고 교정도 했다.

[박지우] 이건 원래 막내가 해야 하는데. 어제오늘 무단결근을 하는
　　　　바람에. 감사해요.

[안정윤] 아닙니다.

정윤의 손가락이 키보드 위를 살랑거렸다. 자막팀 막내에게 무
슨 일이 있느냐고 물어보고 싶었지만, 아무도 모르는 눈치였다.
무단결근이라는 건 연락이 닿지 않았다는 말이니까.

민영이 이틀 연속 결근을 했음에도 다들 별 관심 없었다. 민영
은 원래 그런 캐릭터였다. 누가 뭐라고 해도 흔들리지 않고 저 갈
길 가는 당돌한 애. 다만 정윤은 민영의 사생활을 보고 말았다.
가방 속에 들어 있는 추억거리라든가, 오래된 삶의 흔적들을 결
국 보고 만 것이다.

정윤은 사흘 만에 제 손으로 다크 웹 채팅에 들어갔다. 안녕하
세요, 하고 인사를 하자 마침 접속하고 있던 강명혁이 정윤을 반
겼다. 점심 회의 때 만난 주제에 오랜만에 본 척 잘 지내시느냐는
둥, 안부부터 시작해서 요즘 뭐가 뜨고 있는데 알고 계시냐는 둥
시끄럽게 굴었다. 가만히 두면 온종일 떠들 것 같았다. 정윤은 지
체 않고 본론을 꺼냈다.

[안정윤] 이민영을 잘 아세요?

[강명혁] 조금요.

[안정윤] 이민영이 갈 곳도 아세요?

[강명혁] 그건 모르는데요. 왜요?

[안정윤] 이민영이 사라졌어요. 혹시 사흘 전후로 이 사이트에 접속한
　　　　적 있나요?

[강명혁] 저번이 끝인데요?

[강명혁] 근데 사라졌다는 게 무슨 말이죠? 둘이 근처 살아요?

정윤은 사실대로 말할까, 고민하다가 대답을 회피했다.

[안정윤] 혹시라도 연락 오면 알려주세요.

[강명혁] 둘이 사귀세요?

강명혁은 끈질겼다. 그냥 나가버릴까 싶었는데 그랬다간 혼자 사귄다고 오해할 것 같아서 대답했다.

[안정윤] 아니, 그런 건 아니고요. 강명혁 씨도 아시죠. 걔 좀 특이하잖아요.

[강명혁] 알기야 알죠. 근데 왜요?

[강명혁] 헉, 이거 비밀인데.

두 사람이 아는 사이라고 밝힌 순간부터 이미 비밀을 지킬 생각이 없던 게 아니었나. 정윤은 어쩐지 못마땅했지만 드러내지 않았다. 대신 표정은 좀 아니꼬울 것이다. 화상 채팅방이 아니라 다행이었다.

[안정윤] 저도 알아요. 이민영 씨가 제 집을 빌려 쓰고 있거든요, 근데….

외계인인 것도 알고 있으면, 그냥 우주선도 다 불어버릴까. 어쩔 수 없는 환경임을 강조하면 이상한 오해를 사진 않을 것이다. 정윤은 마음을 먹고 탁탁, 자판을 두드렸다. 이민영 씨가 우주선을 고치겠다고…. 메시지를 전송하려는 순간 연보라색 소맷자락이 정윤의 눈앞에 불쑥 나타났다. 정윤이 흠칫 놀란 틈에 민영이 채팅창에 커서를 대고 백스페이스를 꾹 눌렀다.

"이걸 왜 말해. 선배 남녀칠세부동석 몰라? 한국인들이 유교 문화를 얼마나 중요히 여기는데."

사흘 만에 돌아온 민영이 서느렇게 말했다. 정윤은 연보라색 원피스에 하얀 챙모자를 쓰고 새카만 가죽 백팩을 멘 민영을 조용히 올려다보다가 발끈했다.

"그러는 이민영 씨는 말도 없이 사라졌잖아요."

"말했거든? 선배가 내 말 안 들은 거겠지."

"내가 언제요."

"저번에 옷 좀 챙기고 집도 정리하고 오겠다고 했잖아. 그때 안 들은 거 맞지? 어쩐지 대답이 빠르더라."

저번이라면, 정윤은 곰곰이 민영이 사라지기 직전 마지막 밤을 떠올렸다. 민영이 뭐라고 말을 했음에도 음악이 나오는 이어폰을 귀에서 빼지 않고 대충 대답했던 기억이 났다. 정윤은 빠르게 수긍하고 사과했다. 미안해요. 안 들었어요.

"얼른 채팅 얼버무려."

"뭐라고 해요."

"결혼했다고 하든지."

"그건 얼버무리는 게 아니지 않나…."

"교제나 결혼은 합법이지만 허가 없는 외출은 불법이고 허가 없는 동거는 완전 불법인 거 몰라?"

다크 웹 참여자가 불법을 논하다니. 심지어 음모론자 모임을 즐기는 외계인이면서. 정윤은 사흘 전과 같이 뻔뻔한 민영을 가자미눈으로 째려보다가 채팅을 쳤다.

[안정윤] 종족이 달라서 양심이 없나 싶어서요.

얼버무리는 건 포기하고 진실 된 속내를 채팅으로 표현했다.

[강명혁] 아아, 걔 원래 양심 없어요. 무슨 일인지 몰라도 힘내요.

"아니야. 나 양심 있어."

[안정윤] 네.

정윤은 이를 각 깨물고 인터넷 창을 껐다. 잠깐 자리를 이탈했던 이성이 되돌아왔다. 내가 내 손으로 이 사이트에 접속해서 채팅을 치다니. 민영은 가방을 끌어안고 바닥에 앉았다.
"선배가 내 걱정을 과하게 했네."
"그쪽 짐 밖에 놨어요."
"내가 다시 안으로 들여놨어."
바깥에 던져놨던 짐가방이 다소곳이 신발장에 놓여 있었다. 민영은 정윤에게 그쪽이 뭐냐고 툴툴거리며 따발총처럼 잔소리를 퍼부었다.
"우주선 수리 좀 빨리하고 싶어서 공구도 더 가져오고, 선배가 그렇게 틈만 나면 물고 늘어지는 치약 칫솔도 가져오고 옷도 몇

벌 더 가져오고, 집 청소도 좀 하고, 오는 길에 일이 생겨서 잠깐 샛길로 간 건데 그새를 못 참고 남의 짐을 저렇게 던져놓다니."

"무슨 일이 있었는데요? 나는 진짜 실종된 줄 알았거든요."

민영이 가방 속에서 칫솔과 치약, 물컵을 꺼내고 네모나게 개킨 옷을 장롱을 대신해 쓰이는 서랍장에 차곡차곡 넣으면서 말했다.

"나랑 사정이 비슷한 사람…이 아니라 외계인을 만났어. 근데 우주선이 사라졌다고 하더라고. 어떡하느냐고 막 울길래 같이 좀 찾아줬어. 못 찾았지만."

"다 기억한다면서요. 좀 덜 떨어진 부류에요?"

"나도 몰라. 가끔 좌표를 까먹는 바보 같은 애들도 있을 수 있으니까. 처음 보긴 했는데. 그럴 수도 있으니까."

그럴 수도 있으니까 하고 말하는 민영의 표정이 찝찝했다.

"그럴 수 없는가 본데."

"정세가 바뀌고부터 이런 경우가 왕왕 있어. 우주선만 사라지기도 하고, 우주선이랑 같이 사라지기도 하고. 처음엔 다들 혼자 살려고 도망갔나 보다 했는데, 우주선을 버리고 도망갈 수 없잖아?"

"그렇겠죠."

"정부에서 외계인을 이용하려고 한대. 누군가가 정보를 팔고 있다고 했어."

"누가 그랬는데요?"

"호신 무기 만들어준 애. 국가 소속 과학자였거든. 임상희라고. 1세대 외계인은 걔가 마지막이었어. 걔도 연 끊고는 못 봤어. 단체 채팅방도 있었는데 누가 스파이인지 모르니까 그냥 터트렸어.

3세대 외계인도 이제는 몇 남지 않았을걸."

"죽은 거예요?"

"그럴걸. 선배는 음모론을 싫어하지만, 난 이런 일을 겪어서 음모론이 흥미로워. 죽었는지 살았는지 죽었다면 왜 죽었는지 겉으로 보기엔 알 수가 없잖아. 적자생존이 불가능하니까 정보를 얻을 수도 없고. 난 선배 덕에 이 집에서 우주선을 감시할 수도 있게 돼서 다행이야."

"…앞으로 어디 갈 때는 말을 하고 가요. 내가 안 듣는 것 같으면 이민영 씨가 잘하는 거 해요. 억지로 듣게 만드는 거 잘하잖아요."

정윤이 퉁명스레 말했다. 민영은 챙모자로 얼굴을 가리고 웃음보를 터뜨렸다. 뭐가 그렇게 신나는지 하하 웃다가 대뜸 정윤을 강렬한 눈으로 쳐다보았다. 눈빛만으로도 제압당하는 것 같다. 혹시 이게 이민영의 초능력일까?

"선배, 내가 우주선을 다 고치면."

"네."

"나랑 같이 떠날래?"

"어딜?"

"지구를."

민영의 초능력은 '인간 당황하게 만들기'일 수도 있다. 맥락도 영문도 모를 소리에는 이제 익숙해졌다고 생각했는데 큰 오산이었다. 정윤은 딱 잘라 거절할 수 있는 제안에 바로 대답하지 못하고 멍청히 민영의 말을 곱씹었다. 지구를 떠나자고 했다. 우주선을 고치면 같이 지구를 떠나자고.

"싫어요."

"왜."

"인간이 어떻게 지구를 떠나요."

"화성으로 이주하려는 인간이 얼마나 많은데."

"아이, 난 아니야. 짐 싸기도 귀찮아요. 인간은 원래 짐 싸고 푸는 걸 싫어해요. 거지같이 살아도 내 집이 있어야 하는 종족이라서."

정윤의 말이 끝나자 민영의 눈이 가늘어졌다. 주로 정윤이 짓던 표정이었다. 뭐 이런 애가 다 있느냐, 그런 의미를 담은 표정이다.

"그 얼토당토않은 소린 뭐야."

"얼토당토않다니. 진짜예요."

민영은 오늘도 변함없이 뻔뻔했다. 지구를 떠나자는 제안이 더 얼토당토않다는 걸 알면서도 이해할 수 없다는 양 정윤을 설득하려 했다.

"짐 싸는 거 도와줄게."

"누가 내 물건 만지는 거 싫어요."

"나 이미 많이 만졌는데? 이 집에 내 지문이 안 묻은 곳이 없을걸?"

민영은 어지간히 어이가 없다는 듯이 고개를 삐딱하게 기울인 채 팔짱을 끼고 말했다. 그러든 말든 정윤의 입장은 변함없었다. 하여간에 싫다. 아무튼지 싫다.

"싫어요. 어디로 가는지도 모르고요."

"나랑 가기 싫어?"

"너무 갑작스럽잖아요."

"마음의 준비 하지 않았어?"

"않았어요."

"뭐야. 그럼 왜 나 여기 살게 해줬는데? 짐가방만 밖에 던져놓으면 나한테 호감 있는 거 숨겨질 줄 알았어?"

"이제 반박할 기력도 없네요."

"나 좋아해서 찾았잖아. 강명혁을 막 쥐잡듯 뒤졌잖아!"

"안 그랬어요."

"우주여행 하고 싶지 않아?"

"네."

"왜?"

민영은 이유가 없으면 절대 넘어가지 않을 것처럼 야무지게 물었다. 예순 넘은 외계인이 네 살 어린애처럼 굴었다. 정윤도 비슷한 또래가 되어 대답했다.

"우주선 좁잖아요."

"이만 한 집에서도 잘 살았으면서 왜 갑자기 크기를 따져?"

"외계인은 진짜 지구인 마음을 모르네요."

정윤은 언젠가 민영이 말했던 대로 비상식적인 시대에 상식적인 대화를 하려 드는 대신 민영이 참견할 수 없는 영역으로 밀어붙였다. 종족이라든가, 취향이라든가. 막무가내 제안에는 막무가내 거절이 필요했다. 민영의 제안은 갑작스럽고 또 거북했다. 한 번도 상상해본 적이 없는 영역이다. 떠나자니. 어딜? 지구를? 내가 왜.

"선배 진짜 이상한 지구인이다."

"날 비상식량으로 데려가려는 거 아니에요?"

"선배를 비상식량으로 쓸 거였으면 같이 가자고 안 하지. 더 쉽고 편한 방법이 많잖아."

민영이 현관문에 끼어 있는 망치에 눈짓했다. 망치로 쇠공을 후려치는 민영의 모습이 정윤의 머리를 스쳤다. 그냥 한 말이겠지만, 언젠가는 진심이 될지도 모른다. 정윤이 팔뚝을 쓸어내렸다. 닭살이 돋았다. 오랜만에 느끼는 한여름 속 오한이 낯설었다.

"거짓말이야."

"이민영 씨라면 그럴 수도 있겠다 했어요."

"참 나, 날 뭐로 보는 건지."

"외계인."

"정확히 보고 있네."

그리고 정윤은 외계인을 집에 들인 인간이자, 사라진 외계인의 행방이 궁금해서 다크 웹까지 접속한 인간이었다. 하지만 민영에게 베풀었던 호의가 함께 우주여행을 하기 전 단계에서 해야 하는 마음의 준비인 줄은 몰랐다.

"왜 하필 나예요?"

민영은 말이 없다. 한참 동안 말이 없다가 침대로 풀썩 드러누운 뒤 입을 열었다.

"며칠만 더 생각해봐. 재밌을걸."

이불이 바스락대는 소리가 났다. 윙윙 냉장고 돌아가는 소리도, 편한 자세를 찾느라 이리저리 몸을 뒤척이는 소리도. 이 생활 소음은 반가웠다.

정윤은 저를 등지고 누운 민영의 뒷모습에 대고 알았어요, 대답했다. 반절은 거짓말이고 반절은 진심이다. 생각은 할 테지만 대답은 변하지 않을 것이다.

"어디로 갈 건지 안 궁금해?"

"어딜 가든 안 갈 거니까요."

"나 없는 동안 심심했으면서."

민영이 뚱하게 말했다. 정윤은 사내 메신저를 통해 도와줄 일이라도 있느냐고 말을 걸어온 강명혁에게 보낼 답장을 고민하다 말고 손을 멈칫했다.

"아니요."

민영은 그렇겠지, 하고 대답했다. 안 믿는 눈치였다. 대답을 망설인 시점에서 이미 딱 걸렸을 거라곤 예상했다. 정윤도 모니터를 끄고 바닥에 누웠다. 피곤이 몰려왔다.

"같이 간다고 할 때까지 여기서 개길래. 못 견뎌서 간다고 할 거 같아."

정말 싫다. 왜 저렇게 날 잘 파악했지. 정윤은 바닥에 머리를 대고 고개만 흔들었다. 민영은 눈치가 아주 빠른 편은 아닌데, 정윤의 상태는 기민하게 파악했다. 가끔은 정윤보다 먼저 정윤의 기분을 알아챌 때도 있었다.

"그래도 나 기다리느라 엄청 고생한 거 아니야?"

"아닌데요."

"목소리가 좀 잠겼는데."

예컨대 지금처럼, 깨닫지 못하고 있던 부분을 짚어주는 식으로 말이다. 정윤은 그것도 외계인의 능력 중 일부인가 보다 했다. 뭔가 말도 안 되는 일이나 과학적으로 설명하기 어려운 현상이 포착되었을 때 이 방법을 쓰면 제법 편하다는 걸 알게 됐다. 외계인이라서 그런가 보다, 이게 초능력인가 보다 하면 좀 편하다는 거.

"아닐걸요."

"체감 온도가 갑자기 달라져서 감기 기운이 오는 걸 수도 있어."

"더워 죽겠는데요."

"아냐, 좀 서늘해졌어."

정윤은 이것이야말로 정말 얼토당토않은, 터무니없는 발언이라고 생각했다. 지금 내가 밖에 못 나간다고 장난치냐. 정윤의 말에 민영이 입술을 비죽 내밀었다. 열린 문틈으로 바람이 들어오는 게 느껴지지 않느냐고 했다. 전혀 그런 거 모르겠다.

"이민영 씨는 내가 바본 줄 알아요?"

"말 해줘도 안 믿어. 혹한기가 오는 걸 수도 있잖아."

민영은 꽤 진지하게 말했다. 혹서기가 끝나고 혹한기가 온다고.

"그래요, 알았어요."

정윤은 바닥에 퍼질러지는 몸을 일으켰다. 허튼 생각일랑 그만두고 수리에나 전념하라는 뜻으로 민영의 새로운 짐에서 직접 공구를 꺼냈다. 민영은 잠잠했다. 뭔 꿍꿍인가 싶었는데 눈을 감고 있다. 실컷 떠들다가 곯아떨어졌다. 정윤이 조용히 제 베개와 이불을 바닥으로 옮겼다. 이 그림이 익숙했다. 몇 년을 함께 산 사람처럼.

정윤은 거실 불을 껐다. 현관문 틈으로 얇은 빛이 들어오고 있지만, 거슬릴 정도는 아니다. 적당히 어두운 집 안은 피곤한 사람이 잠들기에 나쁘지 않은 환경이었다.

"근데 나 없어서 진짜 심심했지?"

잠이 든 줄 알았던 민영이 적막을 깨고 말했다. 민영의 말대로 사흘 동안은 지루하고 심심했다. 혼자 있는 시간에 길들여진 나머지 지루하거나, 심심한 기분이 보편적인 상태인 줄 알았는데 딱히 그렇지도 않았다. 외로움과 고독에 익숙해지고 천명처럼 받아들이게 된 줄 알았으나 아니었다. 둘이 있다가 혼자가 되면 심심하다. 상대가 외계인일지라도.

"어디 쓰러져 있는 건 아닐까 생각하긴 했어요."

"걱정했다는 말을 또 뭘 그렇게 돌려 말해."

정윤은 '걱정'에 힘을 주어 말하는 민영에게 "생각!" 하고 대꾸했다. 민영은 몸을 뒤채면서 유치해, 하고 중얼거렸다. 정윤은 간질간질한 코끝을 손으로 문지르다가 재채기를 했다. 혹한기가 진짜 올까?

모니터를 다시 켠 정윤이 검색창에 혹한기가 올 확률을 검색해서 관련 논문을 읽다가 책상에 엎드렸다. 음모론자가 된 기분이었다.

＊

민영이 새로 가져온 공구는 이전 것보다 더 큰 굉음을 냈다. 정윤이 귀에 이명이 생겼다고 항의해도 귓등으로도 듣지 않았다. 땅이 울리는 진동까지 따라왔다. 이따금 믿을 수 없을 만큼 환한 빛을 내기도 했다.

시끄럽고 눈부신데 당사자에게 말해봐야 혼자 떠드는 것이나 다름이 없었다. 정윤은 하소연 할 대나무 숲을 찾아 헤매다 결국 강명혁이 있는 다크 웹에 손을 댔다. 치외법권이 필요했다. 민영의 존재를 감히 함부로 얘기할 수가 없기에 선택한 곳인지라 정윤은 신나서 음모론자가 다 되었다고 놀리는 민영에게 그래요, 하고 말았다.

양심이 아픈 것도 처음 한두 번이지 여러 차례 드나들다 보니 익숙해졌다. 음모론자 모임이라면 온종일 가짜 소문이나 생성하고 있을 줄 알았는데, 밀접한 거리에서 관찰하자 반정부 음모론에 미친 사람들이라기보단 다양한 가능성에 희망을 걸고 있는 시민 연합과 비슷하다는 걸 알게 됐다. 지구를 너무 사랑하는 사람들이었다.

이번에는 어떤 채널에 들어가서 깽판을 칠까 모의하는 게 아니라 허구한 날 세포 복사로 만들어진 인공 고기 맛이나 떠들고 있었다. 어쩌면 외지인에 가까운 저 때문에 딴소리만 하는 게 아닐까 생각도 했지만, 1시간을 내리 각자 자기 하고 싶은 얘기나 하는 꼴이 단순한 집단적 독백 이상으로 보이진 않았다. 그래서 정윤도 거기에 가끔 참았던 말을 버리러 갔다.

[안정윤] 이민영 짜증 난다.

강명혁은 가끔 정윤의 채팅에 답장을 보냈다. 오늘처럼 '이민영 짜증 난다' 하면 금방 속뜻을 알아채고 나름의 비유를 사용해서 정윤을 위로해줬다. '걔가 원래 좀 그래', '그래도 민영이보다 성격 나쁜 민영이도 있더라.' 하는 식이다. 어느새 이민영은 외계인을 가리키는 고유명사가 됐다.

[안정윤] 강명혁 씨는 이민영을 잘 분간하시나 봐요.
[강명혁] 아니요, 그냥 다른 민영이랑 좀 자주 같이 다녔었어요.

정윤은 다른 민영이라는 낯선 이름을 노려보다가 일전에 민영이 말했던 친구를 떠올렸다. 강명혁은 민영과 오래 알고 지낸 사이였다. 두 사람이 어떻게 알게 되었는지 구태여 묻지 않아도 자연스레 꽤 오래된 관계겠거니, 짐작할 수 있었다. 그렇다면 민영보다 성격 나쁜 외계인은 그 임상희라는 이름의 친구 외계인일까?

"뭔 얘기 해?"

"이민영 씨 짜증 난다는 얘기요."

"강명혁이랑 왜 잘 놀아? 질투 나게."

"질투는 무슨."

"너무 친하게 지내면 확 사귄다고 해버리는 수가 있어. 곤란하게 만들 거야."

무슨 소리. 그런 것쯤은 전혀 곤란하지 않았다. 같은 집을 공유하는 것도 아는데, 뭐. 민영은 도통 생각을 읽을 수 없는 멍한 표정으로 정윤의 모니터를 응시하다가 말했다.

"여기서 사고치고 지구 밖으로 도망가자."

"싫어요."

정윤을 곤란하게 만드는 상황을 꼽자면 이쪽이었다.

∗

민영은 지치지도 않고 정윤에게 함께 떠나자고 요구했다. 처음엔 지구보다 더 좋은 곳으로 가자고 사이비 교주처럼 굴더니, 종내에는 우주여행 패키지를 무료로 드리고 있다는 소리를 해댔다. 본인 말로는 우주 외판원 컨셉이라는데 정윤의 눈에는 젊은 사기꾼 같았다.

"내 우주선 곧 완성이야."

"축하해요."

"여전히 같이 떠날 생각은 없나? 다시 없을 기회인데."

"그 기회 양도할게요. 강명혁 씨는 어때요."

"아니. 걔는 추첨에 미쳐 있어서 별로."

"나도 오늘부터 추첨권 살게요."

정윤도 점차 민영과 함께 뻔뻔해졌다. 뻔뻔해지는 법을 보고 배웠다. 실질적으로 민영과 얼굴을 맞대고 지낸 기간은 한 달이지만 정윤의 인생에서 가족을 제외하고 이만큼 편하게 대할 수 있는 인물이 없었다. 이렇게 민영을 편하게 대하다가 덜컥 우주선에 타는 건 아닌지 겁이 났다.

민영이 구시렁거리는 소리에 정윤이 민영에게 예전에 물어보고 덮어뒀던 질문을 재차 물었다.

"근데 왜 하필 나예요? 그 우주선 잃어버렸다던 외계인 데려가면 되잖아요."

"내가 왜? 하나의 우주선에 두 명의 외계인은 금지야."

"뺑."

"맞아. 뺑."

민영이 원피스 위에 겹쳐 입은 니트 카디건을 벗어 식탁 의자에 걸었다. 날이 좀 쌀쌀해졌나 싶었다. 쌀쌀하다기에는 더운 여름이었지만, 멸망 시계가 돈 이후로 가장 그럴싸한 추위가 느껴졌다. 늘 원피스만 입던 민영의 옷차림이 한 겹 두꺼워졌고, 정윤은 하루에 스무 번이 넘게 재채기를 했다. 강명혁에게 날이 좀 추워지지 않았느냐고 물어보았으나 동의를 얻진 못했다.

정윤은 창틀에 세워둔 고프로를 가져와 민영을 찍었다. 민영은 금세 인터뷰이의 흉내를 냈다.

"왜 하필 선배와 떠나고 싶으냐고요?"

"갑자기 존댓말 하네요."

"카메라 앞이니까."

정윤은 어이가 없어서 웃었다. 민영은 작위적으로 방긋 웃었다. 신비주의 여배우 같았다. 배우를 했어도 잘했을 텐데. 깔끔하게 말려 올라간 입꼬리를 바라보던 정윤이 이내 고개를 세차게 털었다. 계속 같이 보자고 칭얼거리기에 외장 하드에 있는 드라마나 영화를 몇 편 봤더니 이러나.

"왜?"

"아니에요. 하려던 말 해줘요."

"제가 선배랑 같이 가고 싶은 이유는요. 우선 굉장히 말을 잘 듣고, 또 귀여워요. 제 수준에 딱 맞아요. 이 좁은 집도 양보해주고."

"말을 잘 듣는다는 게 리스너로서 태도가 좋다는 거에요, 아니면…."

민영은 대답하지 않았다.

"내가 애완 인간이에요?"

그 말에는 수줍게 고개를 살짝 끄덕인다. 너무 솔직하니까 할 말도 없었다. 불필요한 정적이 길어졌다. 정윤이야 원래 말이 많은 편이 아니니 이 정적의 원인을 꼽자면 민영도 입을 다물었기 때문이리라.

"진짜 그게 끝이에요? 내가 애완 인간이라서?"

그래도 뭔가 더 의미 있는 대답을 기다리던 정윤이 다소 실망한 기색으로 되물었다. 민영은 대답하지 않았다. 다만 평소보다 더 크게 눈을 뜨고 정윤을 바라보았다. 정윤은 민영의 대답을 기다리던 중에 깨달았다. 민영은 정윤을 보고 있는 게 아니었다.

"비 내린다."

"또 무슨 뜬구름 잡는 소리예요."

말은 그렇게 했지만, 감기 기운 비슷한 것이 생긴 뒤로 민영의 말을 죄다 헛소리로 치부할 수 없게 된 정윤이 민영을 따라 고개를 돌렸다. 민영은 시선은 침대에 붙어 있는 창문에 향해 있었다. 블라인드를 살짝 걷기만 하면 쇠공이 보이는 바로 그 창문. 아까 살짝 올려놨는데 닫는 걸 까먹었다. 까먹을 걸 까먹어야지 이런 걸 다 까먹냐. 정윤은 올라간 블라인드를 다시 내리기 위해 창문 가까이 다가갔다. 그리고 민영이 그랬던 것처럼 놀란 표정으로 굳어버렸다.

"거봐."

민영이 정윤의 곁으로 다가왔다. 아쉽게도 정윤은 체감상 100년 만에 보는 것 같은 빗방울에 놀란 것이 아니었다.

"잠깐만요."

연한 회색빛 아스팔트가 검게 물드는 것보다 먼저 정윤의 눈에 들어온 것은 방진복 차림새를 하고 쇠공 주변을 얼쩡거리는 한 무리 때문이었다.

그들은 오랜 유물을 발견한 고고학자처럼 조심스러운 손으로 우주선 외관을 이리저리 살피다가 겉면에 손을 올렸다. 구구궁, 땅을 울리는 소리가 났다. 당황한 민영이 블라인드를 단박에 걷어 올렸을 때 우주선이 번쩍 빛을 뿜었다. 우주선이 빛을 번쩍인 순간 어떤 계시라도 받은 마냥 빗줄기가 굵어졌다. 둘 다 정신을 놓고 지켜만 보다가 먼저 정신을 차린 민영이 고함을 지르며 밖으로 달려나갔다.

"누가 내 우주선 훔쳐간다!"

우주선이 조금씩 움직였다. 환하게 뚫린 시야로 커다란 견인차가 나타났다. 우주선을 실은 견인차가 시야에서 점차 멀어졌다. 정윤은 고프로를 들고 민영의 뒤를 따라갔다. 민영은 현관 처마에 오도카니 서 있었다.

"이민영 씨, 지금 뭐해요!"

환하게 열린 현관문 밖으로 이만큼 힘차게 뛰어나가 본 게 얼마 만이더라. 이래도 되나 하는 감정보다 무언가를 지켜야 한다는 사명감이 커지자 날씨가 어떻고, 누가 죽었고 그런 일들이 머리에서 자연스레 잊혔다.

운동화 뒤축을 구겨 신고 달려나가는 정윤을 희고 가느다란 팔이 가로막았다.

"가지 마! 이거 보통 비가 아니야."

정윤을 붙잡은 민영의 팔에 처음 보는 새빨간 흉이 져 있었다. 정윤은 저보다 조금 작은 키의 민영을 내려다보았다. 모자를 쓰지 않아 드러난 이마에도 비슷한 흉터가 생겼다. 정윤이 이마의 상처에 손을 뻗었다. 민영은 정윤의 손을 탁, 쳐냈다. 민영과 지내는 동안 이렇게 완강하게 거부당한 것은 처음이었다.

"건드리지 마."

"상처 났어요."

"알아."

정윤은 한여름 장마처럼 쏟아지는 비를 멀거니 바라보는 민영의 팔을 붙잡아 집 안으로 들어온 뒤 현관문을 닫았다. 정윤을 돌아보는 민영의 표정은 아리송했다. 화가 난 것 같기도 하고, 슬퍼 보이기도 하고, 억울해 보이기도 했다.

"일단 닦아봐요."

"안 아파."

"그래도 아파 보이는데…. 미안해요."

딱히 정윤이 잘못한 일은 없지만 그래야 할 것 같아서 사과했다. 민영의 표정은 한 차례 더 변화해서 거의 울먹이고 있었다. 쇠공이 있어야 할 자리가 텅 비었다. 정윤은 우주선을 뺏긴 외계인을 달래는 법을 몰랐으므로 집 안에 널어놓은 옷을 가져와 상처를 닦는 것으로 위로를 대신했다.

"산성비인가."

정윤이 작게 중얼거렸다. 눈앞에서 우주선을 뺏기고 몸까지 다친 민영이 뿜어내는 분노가 자신을 향할 줄 알았더라면 입도 뻥긋하지 않았을 것이다.

"아, 씨. 내가 가자고 할 때 그냥 얼른 허락하지."

"그것도 미안해요."

"왜 계속 같이 가자고 하겠냐? 너 좋아해서 그러잖아. 진짜 멍청이야?"

그 분노가 고백과 함께 터질 줄은 꿈에도 몰랐다.

6

민영이 정윤의 캡슐 집에 입주한 이후로 가장 긴 적막이 흘렀다. 정윤은 상처 부위를 닦아내고 냉장고에 들어가지 못해 미지근해진 생수통을 한가득 품에 안고 왔다. 병뚜껑을 따서 팔에 천천히 물을 붓자 민영이 악 소리를 질렀다.

"망했어!"

정윤은 민영이 말하는 망했다는 게 뭔지는 몰라도 제 탓이 절

반은 될 거라고 예상했다. 민영은 뒤로 넘어가듯 휘청이며 식탁 의자에 앉았다. 정윤은 식탁 모서리에 상처가 스치기라도 할까 봐 민영의 팔을 잡은 손을 놓지 않고 계속해서 물을 부었다.

"아파요?"

"따가워!"

민영은 한차례 분통을 터트리곤 고개를 푹 숙인 채로 침묵했다. 정윤은 새로이 병을 하나 더 까서 상처를 씻어냈다.

"따가워도 조금만 참아봐요."

민영이 고개를 위로 쳐들었다. 정윤의 머리는 바쁘게 돌아가고 있었다. 강한 산성 물질에 대처하는 법과 뺏긴 우주선의 행방, 민영의 고백까지. 정윤은 상처를 물로 씻어내며 고민했다. 뭐라고 해야 하지. 섣불리 입을 뗄 수가 없다.

"그래! 나 감정적이다!"

민영은 그런 정윤을 기다려주지 않았다.

"나 아무 말 안 했어요…."

정윤이 더듬더듬 대답했다. 민영은 멀쩡한 팔을 식탁에 길게 뻗고 머리를 지대 누운 자세로 계속해서 꿍얼거렸다. 혼잣말인데 혼잣말이 아니었다. 혼잣말로 넘기기엔 민영과 거리가 너무 가까웠다. 민영의 눈이 죽은 생선 같았다. 무슨 말이라도 해야 한다는 압박감이 느껴졌다.

"저기…."

"이건 계획에 없던 일이야."

"뭐가요."

"뭐겠어?"

민영이 식탁을 한 손으로 내리쳤다. 눈빛이 칼날처럼 서늘했다. 정윤은 죄목은 잘 모르겠지만, 아무튼 잘못했다는 표정으로 민영을 봤다.

"예전부터! 욱한다는 말 자주 듣긴 했어. 홧김에 지르는 일이 많다고, 그러다 후회할 거라면서. 그래도 우리 좀 잘 되고 있지 않았어? 내가! 그렇게 계획적인 삶을 산 건 아니라도 선배랑은 어떻게 좀 잘! 해보고 싶어서 인내에 인내를 거듭했다고! 그냥 기절시켜서 데려갈걸!"

민영은 정윤이 말을 보태기 위해 입을 열 때마다 언성을 높여 발언권을 앗아갔다. 정윤은 이게 계획된 일인지, 기절시켜 데려갈 계획이 있었는지, 우리가 잘 되고 있던 게 맞는지, 예전부터 민영의 성격이 어땠는지 생각할 새도 없었다.

"선배는."

"네."

"진짜 무슨 생각으로 날 집에 들였어? 궁금해서? 무서워서?"

집주인이 허락하지 않아도 이미 들어올 준비 만만이었던 몇 주 전의 일은 싹 까먹은 걸까. 정윤은 새로운 페트병을 까서 상처에 물을 연신 들이부으며 신중하게 고민했다.

"무섭고 궁금해서. 궁금한 게 더 컸어요."

고민한 시간에 비해 답변이 지나치게 단출했지만 진심이었다. 정윤은 휑한 동네에 갑자기 나타난 여자의 정체가 궁금했으며 잠금장치를 거는 소리를 알아채고 나긋나긋하게 자신을 타이르던 민영이 무서웠다. 비율을 따지자면 호기심 60퍼센트, 공포 40퍼센트.

"별로 궁금해하지도 않았잖아."

민영이 바닥에 발을 굴렀다. 분하고 억울한 눈치였다. 요 몇 주가 정윤에겐 인생을 통틀어 가장 시끄럽게 지낸 시기였지만, 굳이 딴지를 걸진 않았다. 게다가 진짜 중요한 내용은 따로 있다. 혹서기에 난데없이 비가 내리고 땡볕에서 몇 시간씩 일을 해도 멀쩡하던 민영이 상처를 입고 우주선을 빼앗긴 것. 민영이 정윤에게 고백한 것.

가장 먼저 해결을 봐야 하는 일은 상처와 고백이다. 순서는 정확히 알았다. 하지만 민영이 여러 번 말했던 것처럼 정윤은 여자를 모른다. 여자의 마음, 심리에 한 번도 근접한 적 없다.

"내가 뭘 어떻게 하면 돼요?"

민영이 긴 머리카락을 늘어뜨리고 섬뜩하게 정윤에게 말했다.

"그걸 왜 나한테 물어봐? 세상에. 내가 언제부터 선배를 좋아했고 뭐 때문에 반했고 그런 건 안 궁금해? 나는 그냥 선배 안중에도 없는 거였어."

"물어봐도 되는 건지 몰랐어요."

"그럼 물어보라고 지금!"

"혹시 막 불에 타는 것처럼 아파요?"

"마음이?"

"상처요."

"나 별로야?"

"아니요."

"내가 좋다는데 기쁘지 않아?"

기쁜 게 당연하다는 말투였다. 정윤은 미적미적 기뻐요, 하고 대답했다. 거짓말은 아니었다. 더 평화로운 상황이었다면 민영이 바라는 수준의 반응을 보였을 수도 있다.

"귀찮다, 이거지."

"내가 언제 그렇게 말했어요."

"말만 안 했지 무서워서 못 하는 거잖아."

"호기심이 더 컸다니까요."

"왜?"

"하지 말란 짓은 다 하는데 살아 있으니까."

"내가 예뻐서가 아니라?"

"예쁘다고 했으면 싫어했을 거면서."

민영이 짧고 굵은 숨을 뱉었다.

"하!"

부정하지 않는 걸 보면 인정하긴 싫지만 맞는 말이긴 한 모양이다. 예쁘다는 칭찬 지구에서 60년 넘게 사는 동안 지겹도록 들었겠지.

"예쁜 거 알아요."

지겹게 들었을 테지만 혹시 모르니까 또 했다. 민영은 짧은 찰나 입술을 삐죽 올려 웃으며 반색하다가 언제 그랬냐는 듯이 싸늘해졌다. 불에 타는 것처럼 아프진 않은 모양이다.

"아, 뭐. 선배가 외적인 면을 중시하는 사람이 아니라서 좋았던 건 맞아. 그렇지만 이런 졸렬한 내면을 보여주긴 싫었거든? 진짜 몰랐어? 한 톨만큼도 예상 못 했어? 진짜 요만큼도?"

민영이 주먹을 쥔 손에서 검지를 한 마디만큼 내밀며 물었다. 정윤은 고개를 끄덕였다. 우주선을 고치기 위해 있는 줄 알았다. 외계인이 지구인에게 이성적으로 끌릴 줄 몰랐다.

"아까는 귀엽고 수준이 맞고 어쩌고 했잖아요."

"선배는 언어와 언어 사이 행간에 있는 의미를 몰라?"

"말 안 하면 몰라요."

"세상 사람이 다 좋아하면 고백해? 그러면 되게 편했겠다! 서로 마음 몰라서 헤어지는 연인도 없고! 삽질도 안 하고! 출산율도 팍팍 오르고! 맨날 결혼식 있겠네!"

"그럼 인구수가 계속 증가해서 더 빨리 지구가 망했을걸요."

"난 외계인이니까 상관없거든?"

정윤이 한숨을 내쉬었다. 이런 식의 말다툼을 계속한다면 민영의 상처가 부식되고 녹다가 종국에는 대화보다 팔이 먼저 끊길 것 같았다. 정윤은 처음보다 더 넓게 퍼진 상처가 혹시나 옷 소매에 묻어 탈이 나기라도 할까 봐 민영의 옷소매를 위로 살짝 걷어 올렸다. 다행히 팔을 뿌리치거나 하진 않았다.

"상관이 없긴 무슨 상관이 없어요. 우주선 잃어버리고 다친 외계인 됐잖아요."

"우주선은 찾으러 가면 되거든. 상처도 더 심해지지만 않으면 큰 문제 없어. 하지만 지금 받은 마음의 상처는 영원히 가겠지."

"이민영 씨 싫어하지 않아요. 아무것도 모르던 때랑 지금은 달라요. 당연히 호감이 있어요."

"이민영 씨라고 하지 마. 민영 씨라고 해. 저번부터 거슬렸어."

"알았어요. 민영 씨."

"근데 왜 같이 안 가려고 하는데?"

"호감은 있지만, 거기까진 아직⋯."

"지금 나 가지고 놀아?"

"우선 상처부터 어떻게 해봐요, 좀."

"마음의 상처부터 해결해주든지."

미안하게도 그걸 당장 해결할 방법은 떠오르지 않았다. 정윤은 민영을 붙잡은 손에 힘을 주었다. 무슨 말을 해야 민영이 진정할 수 있을지를 고민하며 물난리가 난 바닥을 멀거니 쏘아봤다. 얼마나 격렬하게 뿌렸는지 현관까지 물이 조금 고여 있었다. 집은 닫힌 공간이니까 물이 떨어지면 고이는 건 당연한 일인데, 위화감이 느껴졌다. 정윤의 시선이 바닥에서 천천히 위를 향했다. 민영도 정윤을 따라 고개를 들었다.

"어?"

정윤의 눈이 축축하게 젖은 바닥, 바닥보다 낮은 현관을 지나 바깥과의 경계를 단단히 막아주고 있는 현관문에 닿았다. 정윤이 느낀 위화감의 정체는 현관문이었다. 툭 하면 집 안과 밖을 드나들던 민영 덕에 잠시 잊었다. 캡슐 집은 안에서 닫으면 열 수 없는 구조라는 걸. 민영이 온 이후로 닫히지 않게 쇠망치로 고정해둔 문이 닫혀 있었다. 정윤이 민영을 데리고 들어오며 본능적으로 닫아버렸다.

"선배…."

현관문 앞에선 민영이 정윤을 불렀다. 정윤은 네, 대답하며 마른 수건에 남은 물을 뿌려 적셨다. 팔을 닦아내자 피부가 벗겨지며 검은 찌꺼기가 떨어져 나왔다.

"만약 내가 집 창문이나 현관문을 부수더라도 용서해줘."

"마음껏 부숴요. 내가 닫았으니까…."

민영은 우주여행보다 소중한 집을 박살 내도 된다는 정윤의 승낙에 감동 어린 눈빛을 보냈다. 그 따뜻함이 오래가진 않았다. 애초에 닫지 않았으면 부술 일도 없다는 걸 깨달은 모양이었다. 어차피 문 정도야 금방 뜯어서 나갈 수 있으면서. 또 무슨 말을 하려고. 민영의 눈초리가 뾰족해졌다. 긴장됐다. 또 뭔 소리를 하려는지 예상조차 되지 않았다. 민영의 질문은 대체로 정윤을 당황스럽게 만들었으니까.

"나랑 영원히 사는 게 문짝 사라지는 것보다 싫어?"

바로 이런 질문이 정윤을 곤혹스럽게 했다. 민영은 영원히 사
는 게 싫으냐고 물었지만, 정윤은 타인과 영원히 산다는 걸 생각
조차 해본 적이 없었다.

"나랑 영원히 살고 싶어요?"

"응."

제 질문을 똑같이 되묻는 정윤에게 민영은 한 치의 망설임도
없이 대답했다. 정윤은 저를 빤히 보는 민영의 눈이 마치 호수 같
다고 생각했다. 호수 속에 잠긴 조약돌처럼 새카만 눈동자에는
확신이 있었다. 무슨 근거인지 모를 확신이다. 커다란 은하를 건
너왔으면서 뭐 때문에 자그만 행성에 사는 저를 좋아하는지 당최
이해가 안 됐다.

"내가 왜 좋아요?"

"많은데."

"이해가 안 돼."

"좋은데 이해하고 말고가 어딨어. 선배가 좋은 이유는 내 편 들
어줘서. 내가 본 인간 중에 가장 솔직하고 재밌어서. 지금도 그게
뭔 소리야, 하는 표정 짓고 있어서."

"내가 언제 민영 씨 편을 들어줬는지 기억이 안 나요."

"그렇겠지. 그날 선배는 취했으니까."

"내가 언제요."

정윤은 민영의 앞에서 취한 기억이 없다. 캡슐 집에 들어온 이
후로 술 마신 기억도 없었다. 민영의 말이 사실이 되려면 꽤 오래
된 과거에 접근해야 했다. 내가 언제? 반문하려던 정윤이 설마

하며 물었다.

"회식 날?"

"응."

회식 날이라면 술을 마셨다. 게다가 정부에서 지정한 마지막 소풍이 있던 날에 정윤은 자막팀 막내인 이민영의 맞은편에 앉아 있었다. 음주의 기억은 그 날이 마지막이었다. 그마저도 확실하진 않았다. 감각에 의존한 기억이 대부분이다. 플라스틱 의자가 딱딱했고, 안주는 맛이 없었고, 정윤에게 친근하게 다가오던 동료들 주변에선 알코올 냄새가 진동했다는 식이었다. 그 자리에서 정윤은 이민영이 저에게 오는 술잔을 전부 거절하는 걸 목격했다. 이민영과 관련된 기억은 그게 끝이었다.

"나 그때 안 취했어요."

적어도 정윤의 입장은 그랬다.

"뭐래. 취했거든. 혼자서 홀짝거리다가 나한테 오는 술 다 대신 마셔줬잖아. 싫다는 애한테 왜 그래요, 그러면서."

"내가요?"

"내가 선배 집에 데려다준 것도 기억 못 하겠네."

기억을 못 하는 정도가 아니라 그런 일이 있는 줄도 몰랐다. 이만큼 자세한 내막을 들었으면 이쯤에서 뭐라도 떠올라야 하는데, 전혀 생각나는 게 없었다.

정윤은 충격에 휩싸여 눈만 깜빡였다. 저 민영이에요, 하고 소개하던 이민영에겐 그럴 만한 이유가 있던 것이다. 물론 문을 열고 만난 정윤의 기억은 이미 다 휘발된 상태였지만 어느 정도는 예상한 그림이라고 했다.

"술 계속 마셔서 아마 본인이 취하는 줄도 몰랐을 거야. 젓가락네 번 떨어트려서 남은 일회용 젓가락 선배가 다 썼는데."

그럴 리 없다고 반박하고 싶었으나, 어느 지점부터 회식 날의 기억이 없었다. 신입 이민영이 술을 끝까지 거절했는지 혹은 마셨는지 떠오르지 않던 이유가 설마. 혼란한 정윤을 두고 민영은 그 날을 회상하듯 느릿느릿 말을 이었다.

"그날은 내가 기분이 안 좋았거든. 지구에서 인간 신분으로 또 취직하게 된 것도 싫었고, 회식은 더 싫었어. 싫은데 억지로 있어야 하는 게 제일 싫었어. 그때 나 기억해?"

"기억이 날 듯 말 듯…."

"세간에선 그런 걸 두고 기억이 안 난다고 해."

맞는 말이다. 정윤은 묵묵히 민영의 상처를 젖은 수건으로 톡톡 두드렸다. 민영은 침묵의 간호사가 된 정윤을 가만 놔두지 않았다.

"질의 응답 더 안 해?"

"왜 지구 안 뜨고 취업했는데요?"

"지구를 떠나려면 최소 반년의 시간이 더 필요해서. 그러려면 생필품을 살 돈이 필요하니까. 밥은 안 먹어도 버티는데 물 없이는 버틸 수가 없는 몸이거든. 생필품 중에 물이 가장 비싸잖아…."

"왜 반년이나?"

"우주선이 묻힌 장소가 캡슐 집 개발 지역에 포함되는 바람에 공사하느라 우주선을 들켰어."

"그전까지 안 들킨 게 더 신기해요."

"터를 잘 잡았거든. 본래는 개발 제한 구역인데, 망조가 드니까 공공의 약속 같은 건 중요하지 않게 된 거지. 역사학자며 과학자며 다 같이 내 우주선을 옮기려고 난리 쳤대. 조작법도 모르면서. 문제는 내가 그걸 너무 늦게 알았다는 거야."

민영이 깊은 한숨을 내쉬었다.

"새벽에 우주선을 몰래 옮기고 작동시키려고 보니까 고장이 나서 그만. 이걸 고치지 않으면 지구를 떠날 수가 없잖아. 그래서 면접 봤어. 만만해 보이는 곳으로."

"우주선이 고장 나는 바람에 반년간 고치려고 남았다는 거예요?"

"회식에서 나 대신 술 다 마시는 인간 만나기 전까진 그랬단 거지. 어쩐지 회식에 참석하고 싶더라니."

"민영 씨는 미래를 예지하는 능력이 있거나 그래요?"

"선배는 뭐든 진지하게 받아들여서 좋아. 내가 마음만 먹으면 평생 데리고 놀 수도 있을 것 같아."

"진지하게 받아들이는 걸 알면 좀 진지하게 대답해줘요. 근데 왜 안 가고 남아 있었어요?"

정윤의 경우에는 마지막 외출이 될 수도 있으니 가지 말라며 주위에서 붙잡아댄 탓에 늦게까지 파란 플라스틱 의자에 앉아 있었다.

"아는 사람을 만나서."

회상만 해도 피곤한지 민영이 인상을 찡그렸다. 뒷얘기를 듣지 않아도 누군지 예상이 갔다. 정윤이 민영의 상처에 눈을 딱 붙이고 물었다.

"강명혁 씨 맞죠? 둘이 원래 아는 사이랬으니까."

"옛날에. 엄청 옛날에. 난 걔를 까먹고 있었는데 걔가 날 알아봤어. 무슨 귀신 보는 것처럼 굴어서는 자꾸 쳐다보는데, 술 취해서 이상한 소문 낼까 봐 감시했어. 외계인들이 자꾸 사라졌으니까. 나도 그렇게 될 수도 있다는 생각에."

당시 민영의 상황도 녹록지 않았던 모양이다. 너나 할 거 없이 목숨을 지키기 어려운 시대라는 게 퍽 와 닿았다.

"그때 선배가 맞은 편에서 날 계속 봤잖아. 엄청 탐탁잖은 표정이었던 거 알아?"

그랬던가? 기억이 안 났다. 정윤이 기억하는 민영은 날아오는 술잔을 파리처럼 쫓아내던 모습뿐이다. 구체적인 상황을 들어도 기억이 희미했다.

"첨엔 선배가 날 싫어하는 줄 알았어. 하도 째려보길래. 알고 보니까 내 주위에 있던 진상들을 싫어한 거더라고. 난 시키지도 않았지만, 선배가 중간부터 흑기사를 자청해준 덕에 맨정신으로 집에 갈 수 있었는데 그때 선배 차 끌고 왔었잖아. 차마 취객이 운전대를 잡게 놔둘 수가 없었어. 그래서 선배 조수석에 태우고 내가 데려다줬는데, 네비가 집 주소를 줄줄 불렀어. 그때 선배 집 주소를 외웠지. 불러주는 대로 운전하고 가는 동안 선배는 창문 열고 얼굴로 바람이나 쐬고."

"거짓말."

정윤이 회식 장소에 차를 끌고 간 건 맞다. 당연히 제가 운전대를 잡고 돌아온 줄 알았다. 청승맞게 조수석에서 창문 열고 바람 쐬면서 술주정을 부린 게 아니라.

"진짜로! 새끼손가락 걸고 약속."

민영은 정윤이 만나본 사람 중 가장 정직한 표정을 지으며 새끼손가락을 내밀었다. 정윤은 그 손가락에 자신의 새끼손가락을 거는 대신 새로운 물을 따서 민영의 팔뚝에 물을 끼얹었다.

"산성이 강한 약품이 묻었을 때는 흐르는 물에 오래오래 씻어야 하는 거 알죠?"

"흥. 산성 아니야. 지구엔 없는 물질이야."

"그 비슷해 보여서요."

"그런 거 말고 그 회식 날 있던 일이 더 궁금하지 않아?"

"기억이 안 나서 안 궁금해요."

"그럼 더 궁금해야 하는 것 아니야?"

"보나마나 추태나 떨었겠죠…."

민영은 한참 정윤을 흘겨보았다. 무언의 압박을 이기지 못한 정윤이 전혀 궁금하지 않음에도 수년 전 자신이 떨었던 추태를 알려달라고 부탁했다.

"그때 선배는."

민영은 신이 나서 말했다.

"예에."

"가는 내내 바람만 쐬고 한마디도 없었어! 나를 형체가 있는 무인 주행 서비스로 알았던 거지."

"아니에요."

정윤이 작은 목소리로 항변했다. 기억은 안 나지만 일단 아니라고 우겨봤다. 민영은 귓등으로도 듣지 않고 제 할 말을 이었다.

"근데 딱 이 동네에 도착하니까 나한테 말을 막 거는 거 있지? 다른 사람이랑 같이 집 가는 거 오랜만이라고. 집 앞에서 내려주니까 자기 차인 줄도 모르고 데려다줘서 고맙다고 세 번은 말했을걸. 그게 너무 웃겼어. 아침부터 짜증 나던 게 꽉 사그라들더라고."

"그리고요?"

"끝이야. 난 같이 있을 때 재밌는 사람이 좋아. 그래서 선배가 좋아."

이야기를 마친 민영이 팔뚝의 상처를 손으로 긁었다. 정윤은 상처를 긁으려는 민영의 손을 붙잡아 말리며 말했다.

"거짓말하지 마요."

민영이 무엇을 기대했는지 모르겠지만, 정윤은 어떻게 반응해야 할지 알 수 없었다. 정윤은 한 사람을 좋아할 때 오래 지켜보고 만나야만 확신을 얻는 편이었다. 단 하루, 그것도 짧은 시간 만난 상대에게 푹 빠지기란 드라마나 영화 또 만화 따위의 미디어 매체에서나 가능한 판타지였다. 그때부터 지금까지 좋아했다고? 정말 말도 안 되는 얘기다. 이민영이 입사한 지가 3년이다. 3년씩이나 되는 짝사랑의 상대가 저라는 사실이 가장 말도 안 됐다. 내가 뭐라고.

"뭐야. 더 할 말 없어?"

할 말은 많았다. 정윤의 내면은 전에 없이 소란스러웠다.

"이해가 안 돼요."

"포기해. 선배는 죽어도 나 이해 못 해."

"그럼 이제 앞으로 어떻게 할 거예요?"

민영은 씩씩하게 말했다.

"우주선을 되찾으러 가야지."

"그게 어딘 줄 알고요."

"우주선의 주인이 나니까. 내가 살아 있는 한 내 우주선은 나한테 계속 위치를 전달해. 나한테 죄책감 느끼지 마. 기분 나빠. 내가 먼저 너 좋아한 거야."

현관문에 손을 댄 민영이 이내 생수통을 쥔 자세로 뻣뻣하게 굳은 정윤의 어깨를 한 대 퍽, 두들겼다.

"숙맥."

"그래요. 저 숙맥입니다. 외계인이 인간보다 사랑을 잘하네요."

정윤이 자포자기한 심정으로 말했다. 민영은 큰 소리를 내며 웃었다. 집 안에는 물난리가 났고 집 밖에는 난데없는 소나기가 내렸지만, 민영의 웃음소리는 언제나처럼 시원했다. 덩달아 따라 웃게 만드는 목소리라고 늘 생각했는데 오늘은 웃음이 안 났다. 민영이 혼자 떠날 것 같았다. 실컷 민영을 거절해놓고 이제 와 아쉬웠다.

정윤은 축축한 러그를 돌돌 말아 화장실에 처박았다. 민영은 찰박찰박 소리를 내며 부지런히 돌아다녔다.

"뭐 찾아요?"

정윤은 좁은 베란다를 여기저기 들쑤시는 민영을 보며 말했다. 민영은 손을 쭉 뻗어 답을 대신했다. 언제 샀는지도 모를 구급상자였다.

"연고 바르게요?"

"거즈 붙이게."

"거즈가 두껍지 않을 텐데."

"그냥 감고만 있어도 돼. 어디 스치지만 않으면 괜찮아. 난 외계인이니까 지구인들보다 회복력이 열 배는 좋아. 이러고 있으면 알아서 나아."

구급상자 속 살균 봉투를 뜯어 거즈를 꺼낸 민영이 상처가 난 팔에 둘둘 거즈를 감았다. 정윤은 거즈를 고정할 테이프를 뜯어 손가락에 붙여 민영에게 내밀었다. 집이 고요해지자 바깥의 빗소리가 선명해졌다. 민영의 마른 팔뚝에 하얀 거즈가 돌돌 감겼다.

"선배, 우산이랑 우비 있어?"

"우산은 있는데 우비는 없어요."

테이프로 거즈를 고정한 민영이 냉장고에서 생수 세 통을 꺼냈다. 구석에 박아둔 가방을 챙겨와 안에 든 물건을 빼고 생수를 넣었다. 민영의 노트북도 피서를 마친 여행객처럼 납작하게 접혀 가방에 들어갔다.

정윤은 민영이 하는 짓을 불안하게 지켜봤다. 이민영이 또 통통 튈 준비를 하고 있었다. 정윤이 볼 수 없는 곳으로 가려 했다.

"나 우산이랑 자동차 빌려줘."

"지금요?"

야박하게 마음의 준비를 할 시간도 주지 않았다. 다친 환자 주제에 우산이랑 자동차는 왜 빌려달라고 한단 말인가. 가방과 생수도 마찬가지였다. 노트북은 또 왜.

"응. 어차피 설득해도 안 들어먹을 거면 지금 빨리 여길 뜨게."

"이거 혹시 시위예요?"

"배려인데."

정윤은 조용히 경악했다. 배려라고? 함께 떠나자고 했다가, 좋아한다고 했다가, 이번에는 다친 몸으로 나가겠단다. 배려는 무슨 배려야. 이대로 민영이 나간다면 마음이 편치 않을 것이다. 그러니까 이건 시위였다. 정윤의 마음을 들쑤시는 종류의 시위.

"다쳤으면서 어디 가요."

"마음이 찢어졌다고 걷지 못하는 건 아니니까."

정윤은 그 자리에 드러눕고 싶어졌다. 차라리 날 죽여. 날 죽이고 가. 요동치는 속마음과는 달리 나오는 말은 차분하기 그지없다.

"비라도 그치면 그때 가요. 속보 떴는지 볼까요?"

"절대 안 떴을걸."

"절대 안 뜨는 게 어딨어요."

"세상에는 상식적으로 이해하기 어려운 현상이 있잖아? 이것도 그런 현상의 일종이라고 생각해."

"민영 씨처럼요."

정윤은 도무지 민영을 이해할 수 없었다. 지금 내리는 소나기가 보통 비가 아니라고 본인이 말한 주제에. 심지어 부상으로 보통 비가 아님을 증명하기까지 했으면서 대체 왜 굳이 나가려 하는지.

"민영 씨 만나고 오늘이 제일 납득 안 돼요."

"나도 다 사연이 있거든. 근데 지금 시간이 없어."

"시간 없는 건 다 똑같잖아요. 지구에 사는 사람들 어차피 다 주어진 시간은 똑같은데 왜요."

"그런 문제가 아니라⋯. 왜 이래? 선배답지 않게."

나다운 게 뭔데, 하고 묻고 싶어지는 말이었다. 정윤도 알고는 있었다. 문 부수게 두고 떠나는 뒷모습을 배웅하는 것이 민영이 알고 있는 안정윤이겠지. 하지만 인간은 가끔 그 틀에서 벗어나야 하는 순간이 있다. 정윤은 바로 지금이 그때라고 생각했다. 민영이 나가면 죽을 것 같으니까. 정윤의 소중한 사람들은 다 나가서 죽었으니까. 민영이 죽는 건 싫었다.

"걱정돼요. 나갔다가 죽기라도 할까 봐서. 그니까⋯."

상처가 나을 때까지만이라도 여기서 지내라고 타협이라도 해보려는 순간 민영이 가방에서 권총을 꺼냈다. '쏴 죽여서라도 나가겠다는 건가? 대체 얘 뭐지.' 정윤의 머리에 온갖 의문과 약간의 배신감이 휘몰아쳤다. 허망한 기분이 들었다.

"그래요. 나 죽이고 가요."

"내가 선배를 왜 죽여. 아이 진짜!"

정윤이 죽음을 각오하고 눈을 감았을 때 덜컹, 묵직한 무언가가 움직이는 소리가 났다. 민영이 정윤을 스치고 앞으로 뛰쳐나갔다. 등이 서늘했다. 천천히 뒤를 돌자 활짝 열린 문 너머에 민영의 우주선을 들고 갔던 이들과 같은 차림의 누군가가 서 있었다. 흰 방진복을 입고 얼굴에는 방진 마스크를 쓰고, 두툼한 장갑을 낀 손에는 고압 분사기 노즐을 들고 있었다. 마스크 속 검은 얼굴이 잘 보이진 않았지만, 눈이 마주쳤다.

"누구세요."

"그런 걸 지금 물어봐서 뭐해!"

민영은 크게 팔을 휘둘렀다. 방진 마스크를 쓰고 있는 얼굴에 정확히 권총의 손잡이 부분이 명중했다. 어깨에 메고 있던 묵직한 통이 바닥에 떨어졌다. 민영에게 제대로 얻어맞고 기절한 침입자를 두고 민영이 정윤에게 소리쳤다.

"선배, 우산이랑 차 키!"

정윤은 책상 서랍을 뒤져 차 키를 찾았다. 우산의 행방이 묘연했다. 우산은 차에 있었다. 차에는 늘 여분의 우산을 하나씩 마련하고 다녔다. 우산을 가져오려면 이 비를 뚫고 주차장에 가야 하는데, 민영에겐 불가능할 것이다. 그럼 어떻게 하지. 내가 가는 수밖에.

도대체 이게 무슨 상황이며 우주선을 훔쳐간 도둑놈이 왜 하필이면 정윤의 집에 들이닥쳤는지, 쏟아지는 비가 보통 비가 아니라면 대체 무엇인지. 캐묻고 싶은 말은 많았지만, 지금은 그럴 때가 아니었다.

정윤은 차 키를 꽉 쥐고 운동화를 신었다. 차는 공동 주차장에 있다. 우산은 차 안에 있을 것이다.

민영과 침입자를 단둘이 둬도 괜찮을지 잠깐 걱정이 되었으나 그래도 설마 살인을 하진 않겠거니, 이민영의 한 가닥 남은 도덕성을 믿어보기로 했다. 정윤은 의아한 눈길로 저를 쳐다보는 민영의 어깨를 꾹 움켜쥐었다.

"어디 가는데!"

"차랑 우산 다 가져올게요. 기다려요."

폭우 속으로 뛰어들기 전 민영을 돌아보며 중요한 당부를 남기고 달렸다.

"죽이지 마요. 절대 죽이면 안 돼요."

7

"선배!"

"나 멀쩡해요!"

검은색 카니발이 앞마당 울타리를 크게 받았다. 첫 접촉사고였다. 육체적인 충격은 있었지만, 다행히 정신적으로 큰 충격은 없었다. 고작 접촉사고로 놀라기엔 그보다 훨씬 큰 일이 한꺼번에 들이닥쳤다.

정윤은 공동 주차장으로 가던 중 기이한 장면을 목격했다. 정윤의 집에 침입했던 괴한과 같은 차림의 무리가 띄엄띄엄 벌어진 간격의 캡슐 집에 들어가 있거나, 들어가려고 하는 중임을 보았다. 그들은 무언가를 찾고 있었는데, 민영이 우주선의 주인 이야기를 했던 게 마음에 걸렸다.

시간을 지체하면 민영이 위험해질 것 같아 달려간 공동 주차장에는 믿을 수 없는 광경이 펼쳐져 있었다. 토목 현장에서나 볼법한 무인 굴착기 여러 대가 일렬로 늘어섰고, 건물 해체 작업에나 쓰이는 렉킹볼이 묵직하게 매달려 있었다. 해석의 여지가 없었다. 이 일대 캡슐 집을 부수기 위한 용도가 분명했다.

정윤은 3년 만의 운전을 다소 폭력적이게 할 수밖에 없었다. 차에서 내린 정윤이 우산을 꺼내 현관으로 달려갔다. 정체 모를 침입자는 현관문에 기대어 앉아 있었다. 별다른 반응이 없는 걸 보니 여전히 기절한 상태일 것이다.

"선배!"

무림고수처럼 인기척을 알아채 낯선 괴한을 제압한 민영은 언제 그랬냐는 듯이 올망졸망한 표정으로 제법 묵직한 가방을 품에 안고 있었다.

정윤은 민영에게 우산을 씌워 조수석에 무사히 앉힌 후 집으로 돌아와 옷을 갈아입고 간단한 물건을 챙겼다. 마음이 급했다. 뒤에서 당장에라도 굴착기가 쫓아 올 거 같았다. 운전석에 앉은 정윤이 액셀을 밟았다. 검은 카니발이 총알처럼 튀어나갔다. 민영은 두 눈을 질끈 감고 외쳤다.

"조심해! 차가 전복돼도 나는 살지만, 선배는 죽어!"

"알아요!"

멈추면 둘 다 죽을 게 분명했으므로 정윤은 좀 더 속력을 올렸다. 몸이 붕 떴다. 현실이 아닌 것만 같다. 하지만 분명한 현실이다. 운전대를 잡으니 정신이 또렷해졌다.

"어디로 가야 하는데요!"

와이퍼가 정신없이 앞유리창에 들러붙는 빗물을 닦아냈다. 민영은 가방을 꽉 껴안고 눈을 감았다. 수맥을 잡는 사람처럼 팔을 뻗어 직선 방향을 가리켰다.

"이쪽!"

정윤은 없는 종교를 끌어모아 부디 차가 전복되는 일이 없길 기도했다. 다행히 정윤을 보호해주는 신이 있는지, 아니면 민영의 능력인지 차는 안전히 주택가를 빠져나왔다. 정윤은 시내 건물이 보일 쯤에 속도를 줄였다. 얼마나 긴장을 하고 있었는지 비가 멎었다는 것도 모르고 있었다. 조수석에서 멀미가 난다는 둥, 괴로워하던 민영은 짧게 정윤이 운전한 차를 탄 소감을 전했다.

"30년 같은 3분이었다."

"이제 또 어디로 가요?"

"조금 더 가야 해. 우주선이 보내는 신호를 탐지해야 하는데 지금은 신호가 미미해. 방향만 잡혀. 계속 직진."

"알았어요."

"근데 이제 선배는 같이 안 와도 되는데."

민영이 껴안고 있던 가방에서 노트북을 꺼내며 말했다. 내가 이래 보여도 다 계획이 있거든. 정윤은 민영의 말을 한 귀로 듣고 한 귀로 흘렸다.

"계획이라는 단어는 사치인 거 같아요. 비가 그쳐서 다행이긴 하네요."

"그친 게 아니야. 우리가 범위를 벗어난 거야. 봐봐."

민영이 손을 정윤의 뒤쪽으로 뻗었다. 정윤은 뒤를 돌아보았다. 민영의 말대로였다. 정확히 캡슐 집이 모인 주택가에만 자욱한 연기가 껴 있었다. 캡슐 집 단지가 시작되는 곳에 낯선 기계들이 바닥에 다닥다닥 설치되어 있었다. 마치 그림으로 그린 것처럼 안과 밖이 구분된 상태였다.

"저건 인공 강우야. 평범한 비도 아니고."

"그건 알겠어요. 민영 씨는 다쳤는데 난 멀쩡하니까요. 그보다 아까 주차장에서 굴착기를 봤어요. 또 멀어서 제대로 보진 못했지만, 방진복 입은 사람도 많이 봤어요. 주변 집을 다 확인하고 있더라고요. 그 사람들이 찾는 게 민영 씨에요?"

"아. 그게."

"아까 그랬잖아요. 우주선 주인이 있으면 계속해서 신호를 보낸다고. 그래서 민영 씨를 찾아서…."

정윤은 별로 입에 올리고 싶지 않은 말은 삼켰다. 민영은 알아들은 눈치였다.

"내 일이라니까?"

"그게 어떻게 민영 씨 일이에요."

"내가 너한테 관심 끌려고 우주선을 좀 오래 외부에 노출했어. 들키는 게 당연해. 선배는 지금부터 이 노트북 가지고 비어 있는 캡슐 집 단지에 가. 나랑 같이 있으면 이제 진짜 위험해."

민영은 잠깐 뜸을 들이다가 말했다.

"예전에 나한테 초능력 있느냐고 물어봤잖아?"

"그걸 이제 알려주는 거예요?"

"말하기 싫었으니까. 이걸 초능력이라고 불러도 될지 모르겠어. 내가 보기엔 그냥 무기일 뿐이라서. 선배는 이해 못 할 거야."

"이해는 진작 포기했어요. 그냥 알고 싶은 거예요."

정윤은 민영의 말을 기다렸다. 민영은 들리지 않을 만큼 작은 목소리로 무어라 구시렁거리다가 말했다.

"저 인공 강우에 쓰인 비는 내 초능력이야."

"비를 내리게 할 수 있다고요?"

"아니. 그런 건 못해. 저 비의 성분이 내가 몸속에 품고 태어난 독이랑 같아. 3세대들은 동족상잔의 능력을 타고났거든. 외계인에게만 효과가 있는 화학 무기인 셈이야. 멸망 직전에 태어난 세대라서 그렇대. 고온이나 전자기파에도 영향받지 않고 건강하고 힘도 세고. 독주머니가 있어. 이쯤."

이쯤, 하며 민영이 명치 부근을 가리켰다.

"다 내 업보야. 떠날 사람은 진작에 다 떠났어. 이제 남은 외계인은 몇 없을 거야. 있어 봤자 저번처럼 우주선 잃어버린 미아가 됐겠지. 아마 죽었을 거야. 난 선배 덕에 살았지만."

"멀쩡한 우주선만 수거해가는 거면, 민영 씨 우주선은 쓸모가 없는 거 아니에요?"

"사실 진작 다 고쳤어. 근데 선배랑 더 있고 싶어서…."

거짓말을 했다, 뭐 그런 뉘앙스였다. 어차피 정윤은 민영을 상식적으로 이해하기 포기했으므로 그냥 그렇구나, 넘겼다. 민영이 입술을 삐죽 내밀었다.

"나 화나지 않았어요. 놀린 것도 아녜요."

"미안해서 그래. 나 때문에 상황이 이상하게 돼버렸잖아."

"미안하면 내가 돕게 해줘요."

"선배가 위험해진 게 미안한 건데 뭘 도와주려고 하냐고."

미안하려면 진작 미안했어야 한다. 정윤은 이미 단단히 휘말린 상태였다. 이제는 전으로 되돌리려 해도 방법이 없었다.

"어느 집단에서 우주선을 훔쳐갔는지 정확히 알아요?"

"정확히는 몰라. 그래도 가장 가능성이 있는 집단을 찾으라면 역시 정부가 아닐까. 이미 전적이 있잖아."

"그건 좀 무섭네요."

"그래서 난 혼자 가도 된다고 한 거야."

"그래도 같이 갈래요."

민영이 꼭 정윤 같은 표정을 했다. 얘 왜 이래, 이건 또 뭐야, 아휴 정말. 민영의 머릿속에 지나갈 문장들이 휜했다.

"같이 가요."

정윤은 민영에게 몇 번이고 같은 말을 되풀이했다.

"나 좋아해?"

"좋아해요. 우주여행 할 정도는 아니지만요."

"내가 너 같은 인간은 정말 처음 본다."

결국, 민영이 백기를 들었다. 정윤은 처음으로 민영을 이겨 먹었다. 신호를 따라 함께 가되, 운전은 민영이 하기로 했다.

"우주선 뺏겼을 때는 머리가 하얘졌는데. 그 덕에 선배랑 드라이브를 다 해보네. 기분이 어때? 진짜 지구가 1년 뒤에 망할 거 같아?"

"몰라요. 좀 무서워요."

여기까지 따라 나왔지만, 그래도 역시 무서운 건 무서운 거다. 민영은 바람 빠지는 소리를 내며 웃었다.

"선배는 가끔 어떻게 지금까지 살아 있는지 궁금하더라. 그런 점이 귀여워서 좋지만…."

"그런 소리 그만 해요."

"짜증 내는 것도 섹시해."

정윤은 민망하라고 하는 민영의 칭찬에 정직하게 민망해졌다. 평생을 같이 살진 못해도 남은 시간은 거뜬히 살고도 남을 줄 알았는데 이런 식이라면 하루도 못 산다.

"꽤 멀리까지 가져갔나 봐."

"그렇게 커다란 굴착기가 몇 대나 있었는데, 목격담이 있지 않을까요?"

"만약 오늘 우주선 철거 작업이 단체로 시작된 거면 이슈로 나오진 못할 거 같아. 검열당할 테니까. 근데 있잖아. 선배."

"네."

"예전에 임상희라는 애가 그랬는데, 3세대는 다 감정이 예민하대. 언젠가 실수할 거라고 맨날 말했어. 그게 오늘일까?"

"그 친구 좀 이상해요."

"걔가 좀 그렇긴 해."

"난… 드라이브 나와서 좋아요. 아, 덥다."

"3세대들이 정보를 판 건 아닐까? 인간한테 협력할 만큼 지구를 사랑하게 됐다던가. 예전부터 소문은 돌았어. 지구에 협력하는 외계인이 있다고. 임상희가 그때 처음으로 총을 만들어줬어. 우리끼리도 너무 믿지 말자고 하더라고."

정윤은 먼 타국의 지나간 문화 이야기를 듣는 기분으로 민영의 말에 대답했다.

"그래서 그 친구랑 멀어지려고 죽었어요?"

"아이 참. 걔는 자꾸 집에 인간을 들였다니까. 지금은 그 마음을 완전 이해 못 하는 건 아니지만. 나는 걔랑 달라. 선배 데리고 지구 떠나고 말 거야."

민영의 표정이 불퉁했다.

"우주선부터 얼른 찾아야겠네요."

"서울 땅 파면 주인 없는 우주선 엄청 많이 나올 텐데."

"그걸 훔쳐 타려고요?"

"그러고 싶지만, 불가능이야. 시동을 걸려면 그 우주선에 최초로 등록한 외계인의 정보가 필요하거든."

"그럼 빈 우주선은 다들 2인 1조로 타고 가서 남은 건가요."

"아니. 그냥 우주선 주인이 죽었다고 보는 편이 낫지."

"오늘처럼 우주선을 뺏고 죽인 거예요?"

정윤은 외계인 하나를 상대하기 위해 인공 강우까지 쓴 집단
의 비열함에 치를 떨었다.

"그런 건 아냐. 그냥 알던 얼굴들이 뉴스에 나오는 걸 자주 봤
어. 떨어져 지내자고 한 애들이 있고, 더 똘똘 뭉쳐 살던 애들이
있는데 뭉쳐 살던 애들이 떼죽음을 당했어. 불에 타죽은 시체라
고 하면서 던져놓으면 모를 줄 알겠지만 다 알아. 그냥 모르는 척
한 거지. 거기 계속 있었으면 나도 걔들이랑 똑같은 꼴이 됐을걸."

"우리 도망간 거 알면 같이 죽겠네요."

"걱정 마. 선배는 내가 지켜."

"그러기엔 너무 늦었어요. 이젠 서로서로 지켜야 해요. 둘이서
안 되면 다른 사람 도움도 받아야 하고요."

"내가 인간의 도움을 받다니."

"민영 씨가 저를 지키니까 저도 민영 씨를 지킬 거예요."

"진짜 나 좋아해?"

"죽지 말라는 거죠."

정윤에게 민영은 이 지구에서 가장 마지막으로 지켜야 하는
존재가 되었다. 연인이라든가, 가족처럼 거창한 이름을 붙일 수
없지만 확실한 건 내버려둘 수 없다는 것. 딱딱하게 굳은 감정이
겨울잠을 끝내고 일어나는 것만 같았다. 거기에 이름을 붙이기엔
아직 형태가 없지만, 긍정적인 감정이었다.

민영이 도로 한가운데에 차를 세웠다. 폐점한 가게가 즐비한

의정부 시내였다. 그나마 도심이라고 부를 만한 높은 건물이 남아 있긴 해도 한산하기 그지없었다. 몇 년이나 버려진 것치고는 멀끔했다. 사람 없이도 돌아가는 것들이 많아서일까? 이곳이고 저곳이고 죄다 인간성을 상실했다.

"노트북 켜줘. 아직 의정부 시내라서 인터넷 연결이 될 거야."

정윤이 민영의 노트북 전원을 켰다. 민영은 차가 멈춘 사이에 문을 열고 밖으로 나갔다. 의정부에는 인구가 몰리지 않아서 제법 멀쩡한 가게가 많았다. 점원 대신 매장을 지키는 키오스크의 인사 소리가 작게 들렸다.

"인터넷 연결됐어요."

"난 먹을 거 찾아올 테니까 일단 다크 웹에 접속해서 강명혁이 있는지 봐줘."

정윤은 부팅된 노트북에 인터넷을 연결했다. 다행히 캡슐 집과 네트워크를 공유할 수 있는 반경 안에 있어서 속도가 좀 더딘 걸 빼면 인터넷 접속이 가능했다. 다크 웹에 들어가기 전 먼저 일반 인터넷 채널을 확인했다. 상단에 떠 있는 채널에 들어간 정윤이 빨간 속보를 마주쳤다.

무인 굴착기 불필요한 건물 해체 작업 첫 돌입.

"아, 이런 씨."

정말 정부에서 하는 짓인가 봐. 그게 아니고서야 이런 타이밍에 갑자기 무인 굴착기 관련 속보를 낼 리 없었다. 지금 상황에 대한 댓글을 달아봤자 음모론자 취급을 받으며 삭제당할 게 뻔했다. 목격담이 있다고 해도 정부가 뿌린 속보가 있으니 그러려니

할 것이고 채널에 채팅을 남겼을 때 운이 나쁘면 역으로 꼬리를 잡힐지도 모른다.

얼굴도 모르는 누군가가 약을 올리는 것 같았다. 그동안 무신경하게 지웠던 댓글들이 머리에 떠올랐다. 그와 같은 입장이 될 줄은 몰랐다. 정윤은 지금 넓디넓은 인터넷에서 갈 수 있는 곳이 한 군데뿐임을 깨달았다.

"선배, 비상식량 가져왔어."

"남은 게 있어요?"

"많이는 아니고 조금."

번들째 묶인 과자와 음료수가 민영의 품에 한 무더기 안겨 있었다. 한 군데가 아니라 여러 곳을 털었는지 종류도 다양했다. 어떻게 유통기한이 긴 제품을 잘 가져 왔다고 칭찬하니 선배 먹을 건데 당연하지 않겠냐고 어깨를 으쓱였다.

"강명혁한테 무슨 도움을 요청하려고요?"

"몰라. 일단 급하다고 해. 걔는 그런 거 있어. 명예욕 같은 거. 도와달라고 하면 분명 도와줄 거야."

어쩐지 고개가 끄덕여졌다. 정윤은 민영의 아이디로 로그인한 다크 웹 참여자 목록에서 강명혁을 찾아 채팅방에 입장했다. 강명혁은 무인 굴착기 관련 얘기를 하다 말고 민영에게 아는 체를 했다.

[강명혁] 이민영?

[이민영] 저 안정윤입니다. 사정이 좀 복잡한데, 강명혁 씨 도움이 필요해요.

[강명혁] 진짜 둘이 사귀어요?

[이민영] 제가 지금부터 하는 말 다 믿어야 해요.

정윤은 빠짐없이 강명혁에게 오늘 하루 있던 일을 털어놓았다. 그 채팅방에 있는 모든 음모론자에게 털어놓는 것이나 비슷했다. 아무도 의심하지 않고 정윤의 말을 들어줬다. 이렇다 할 정보는 얻지 못했지만, 좋은 아이디어를 따왔다.

[강명혁] 실시간 방송을 켤 수만 있으면 좋을 텐데요.
[이민영] 켜봤자 웹이면 어차피 썰리는 거잖아요.
[강명혁] 파일을 복사해서 뿌릴 순 없나요?

지금 당장 촬영하기도, 파일을 퍼트리기도 불가능한 일이다. 민영이 전자제품매장이라도 털어올까요, 물었다. 바쁘게 움직이던 정윤의 손가락이 멈췄다. 불가능한가?

[강명혁] 어려운가요?
[이민영] 아니요.

불가능하지 않다. 정윤은 주머니에서 달그락거리는 고프로를 꺼냈다. 정윤이 집에서 챙겨나온 간단한 물건에 속하는 유일한 소지품이었다. 고프로에 내재된 작은 메모리 칩에는 지난 민영의 모습뿐 아니라 갑작스러운 소나기와 커다란 구 형태의 사물을 옮기던 이들의 상황이 고스란히 담겨 있었다.

[이민영] 근데 강명혁 씨 도움이 없으면 불가능해요.

[강명혁] 뭘 하면 되는데요?

[이민영] 제가 영상을 보내면 그걸 저희 채널에 올려주세요. 사전 고
지 없이 바로 올려야 해요.

강명혁의 드라이브 주소를 얻어낸 정윤이 영상을 노트북으로
옮겨왔다. 영상을 보내는 동안 음료수로 목을 축이며 다른 채팅
방의 상황을 확인했다. 다크 웹에는 커다란 구를 싣고 가는 견인
차 목격담이 남아 있었다. 마포구였고 1시간 전에 채팅방이 열렸
다. 정윤은 남아 있는 채팅 기록을 찾았다.

[지구멸망] 나 여기 방금 견인차 지나갔는데 뭐냐?

[Danny] 동영상 마약 했냐? 그거 끝까지 보면 LSD 효과 난대.

[지구멸망] 그딴 걸 왜 해. 여기 마포구인데 이쪽 사는 애 없냐? 진짜
지나갔어, 겁나게 큰 차. 엄청 큰 쇠 추 끌고 가고 있었어.

정윤은 고속도로, 견인차의 키워드를 넣어 채팅방을 검색했
다. 오늘 올라온 글도 있고, 어제 올라온 글도 있으며 일주일 전
글도 보였다. 우주선을 뺏긴 외계인이 민영 혼자는 아니라는 얘
기다. 당장 오늘만 있던 일도 아니고, 꾸준히 모은 듯했다.

정윤은 상암, 합정, 영등포 등지에서 커다란 견인차를 목격한
사람이 제법 있다고 민영에게 전했다. 양화대교나 마포대교, 안
양천도 자주 언급되었다고 했다.

"오늘 뜬 목격담도 마포구를 지나쳐갔대요. 아까 굴착기 속보
도 뜬 걸 보면 정부에서 보낸 군인들인 것 같아요."

"국회의사당으로 가면 되겠다."

"왜 지금 우주선을 훔치는 걸까요."

"아마도 우주선의 기술을 훔쳐서 그걸로 대형 비행선을 만들지 않을까. 자본가들이나 정치인들이나 유명인들을 태우고 가야 할 테니까?"

"영화 같지 않네요. 어린이들이나 노약자, 임산부를 태우는 게 아니라니."

"현실이 다 그래."

영상이 다 전달된 걸 확인하고 차에 시동을 걸었다. 다음 목적지는 당산동이었다. 또 민영이 운전대를 잡았다. 의정부시를 벗어나자 인터넷 접속은 완전히 뚝 끊겼다. 빈 도로를 주행하는 동안 땀이 뻘뻘 났다. 자동차는 고작 선팅으로 창문을 덮은 게 끝이지만 피부가 까지거나 하는 증상은 없었다.

평범하게 더웠다. 몹시 더운 한국의 여름이었다. 매해 갱신되는 최고 더위. 밖에 잠깐 서 있기만 해도 일광화상을 입어 온몸의 피부가 뜯겨나가는 멸망의 더위가 아니라 그냥 땀이 뻘뻘 흐르는 더위였다. 다 거짓말이었구나. 이 세상엔 진짜보다 가짜가 더 많은 거 아닐까. 정윤은 의심도 않고 가짜 방공호에 들어갔으므로 화를 낼 자격이 없다고 생각했다. 다만, 허탈했다.

"에어컨 틀어줄까?"

"괜찮아요. 환경보호 해야지."

정윤의 농담에 언제나처럼 뽀송뽀송한 민영이 실없이 웃었다. 민영은 운전 도중 차를 세워 우주선이 보내는 신호를 물색했다. 정윤은 반쯤 녹은 반죽이 되어서 차창에 머리를 기대고 차가 출발하기를 얌전히 기다렸다.

"선배, 물 줄까?"

"마실 힘도 없어요."

"내가 도와줄까?"

"도와주긴 뭘 도와줘요."

정윤은 뭔 소릴 하는 거야, 하고 고개를 돌렸다. 편의점에서 쟁여온 빨대의 비닐 포장을 뜯던 민영이 눈을 깜빡였다. 필요 없어? 라는 문장이 눈동자에 콱 박혀 있었다. 정윤은 조용히 감사합니다, 하고 빨대를 받았다.

"무슨 생각을 한 건데?"

"아무 생각도."

"지금 내가 선배 좋아한다고 의식하는 거?"

"아니요."

"손끝도 안 닿게 하면 돼?"

"남사스러워서 진짜…."

정윤이 투덜거리며 창문을 찔끔 내렸다. 찌는 듯한 더위가 느껴졌다. 이상하게도 의욕이 샘솟았다. 이상한 각본에 어쩌다 끼어든 엑스트라가 된 기분이었다. 이야기의 주인공이 이민영인 희한한 드라마.

8

하늘은 아침처럼 환하지만, 어느덧 오후였다. 긴 교외선을 지나 강변북로에 진입했을 때 민영이 정윤에게 말했다.

"선배, 좋은 소식이랑 나쁜 소식이 있어. 뭐부터 들을래?"

"좋은 소식이요."

"이제 슬슬 가까워졌어. 신호가 또렷하게 잡혀."

"나쁜 소식은요?"

"걸어가야 할지도 몰라."

정윤이 계기판을 살폈다. 파워다운 경고등이 점등된 상태였다. 생각보다 나쁜 소식은 아니었다. 거대한 헬기가 우리를 뒤쫓아오기 시작했어, 따위의 극단적 불행만 떠올린 터라 구동용 배터리 부족은 나쁜 소식 축에도 끼지 못했다. 차는 느릿느릿 거북이 같은 속도로 서울 시내로 진입했다.

"차 밀고 갈까?"

"그렇게 수고롭게 할 필요 없잖아요."

"걸어가다 우리 둘 다 잡히면 어쩌려고."

"그땐 민영 씨가 나 지켜줘요. 나도 민영 씨를 지킬 테니까."

정윤은 민영을 돌아보지도 않고 말했다. 꼭 서로 지켜줘요. 민영은 결연히 알겠다고 했다. 서로서로 지켜주는 관계. 가족이나 연인이나 친구보다 괜찮은 것도 같았다.

당산동에 진입했을 때 차 배터리가 전부 떨어졌다. 근처 충전소를 찾았지만, 작동을 멈춘 지 오래였다. 당산동은 동네 전체가 정전 상태였다. 꼼짝없이 여의도까지 걸어가게 생겼다. 민영은 가방에 노트북을 담았다. 혹시 몰라 구겨 넣었던 챙모자는 정윤에게 빌려줬다.

의정부 시내와는 달리 죽은 도시가 된 당산동에는 멀쩡한 매장도 없고, 건물도 부서진 잔해들이 많았다. 한차례 폭풍이라도 지나간 것처럼 스산했다.

정윤은 묵직한 민영의 가방을 한쪽 어깨에 메고 유일하게 멀쩡히 남아 있는 당산 지하철역에 들렀다. 다행히 지상에 있는 지하철이라 전기가 끊긴 상태라도 유리창 너머로 햇빛이 들어오는 덕에 화장실이 어디 있는지, 자판기의 위치가 어딘지를 찾느라 고생할 필요 없었다. 그렇지만.

"혹시 모르니까 붙어 걸어요."

정윤은 주변을 이리저리 살피느라 정신없는 민영의 옷자락을 제 쪽으로 쭉, 당겼다. 순순히 당겨와준 민영이 정윤을 보며 히히 웃었다.

"데이트 같다."

"민영 씨는 우주선 뺏기고 다치고 난리 났는데 데이트 소리가 나와요?"

"응."

민영이 해맑고 당당하게 대답했다. 본인이 그렇다는데 아니라고 할 수도 없는 노릇이다.

정윤은 민영의 모자로 부채질을 했다. 어디선가 먼지 냄새가 훅 끼쳤다. 서울에 들어와서부터 계속해서 느꼈지만, 분위기가 판이했다. 의정부가 버려진 도시에 가까웠다면 서울은 망가진 도시의 잔재들만 남은 것처럼 보였다.

조그맣게 난 당산역 창 너머로 멀리 캡슐 집 주택단지가 보였다. 정윤은 빈 의자에 앉아 노트북을 켰다. 목적지까지 가기 전에 소형 기지국이라도 사용해볼까 싶었다.

"무섭다."

민영이 전혀 무서움을 타지 않는 것 같은 목소리로 말하며 정윤의 팔에 팔짱을 꼈다.

"뭐가 무서운데요."

"저기 바닥에 쓰레기가 굴러다니면서 무서운 소리 내잖아."

민영이 바닥에 즉석조리 식품의 플라스틱 덮개와 과자인지 빵인지 모를 간식의 포장 껍질을 가리켰다. 쓰레기가 낙엽처럼 굴러다녔다. 정윤의 시선이 나부끼는 포장지에 박혔다. 배가 고파서는 아니었다. 누가 이곳에서 지내나? 하는 의문이 들었다.

"어두운 것도 무섭고."

정윤은 민영에게 반쯤 딸려가는 상태로 말했다.

"전기가 끊겼나 봐요."

"에이, 무드 없어. 근데 선배. 가까운 곳에 주택가가 있는데 왜 전기가 끊겼을까? 캡슐 집 단지가 가까우면 보통 신호가 복잡하단 말이야. 신호끼리 충돌하게 되니까. 그런데 여긴 너무 한산하다. 이상해."

"집이 다 비었나…."

서울에 있는 캡슐 집이 비어 있을 확률은 희박하지만, 대충이라도 알아볼 방법이 있었다. 정윤은 당산 2동 소형 기지국에 인터넷을 연결해 지역 채널에 접속했다. 활성화된 지역 채널의 개수를 확인하기 위함이었다.

폐쇄된 채널이 대부분이고 활성화된 채널은 하나 있었다. 단순한 동네 네트워크가 아니라 한 명의 호스트와 다수의 게스트가 동시 접속이 가능한 모바일 메신저에 가까웠다. 제목도 없고 소개말도 없었다.

"얼른 가요. 조짐이 안 좋네요."

"팔짱 끼고 가도 돼?"

"상처는 괜찮아요?"

"선배가 물로 씻어낸 효과가 있나 봐. 난 이걸 앞으로 사랑의 힘이라고 부르려고."

정윤이 할 말을 잃고 민영을 쳐다보았다. 기가 찼다. 애는 누굴 닮았을까. 외계인이라는 걸 알면서도 그런 생각이 들었다. 누가 보면 정말 나들이 나온 줄 알겠다. 민영은 잠깐 울적했던 시간을 제외하곤 쭉 산뜻하고 태평했다. 안전불감증이다. 그래도 너무 걱정만 하는 것보단 나은가? 한숨은 나지만 싫은 건 아니었으므로 정윤은 민영이 하는 짓을 전부 그래요, 허락했다.

채널을 간단히 살펴본 정윤이 민영에게 한쪽 팔을 내준 채로 노트북의 전원을 끄려는 찰나 라이브 시작 알림음이 울렸다. 기막힌 타이밍이었다. 접속자는 채널의 관리자인 호스터였다. 호스터를 시작으로 열댓 명의 인원이 채널에 들어왔다.

민영이 불쑥 화면을 들여다보았다. 곧이어 호스터의 채팅이 올라왔다.

[진수정] 누구?

"우리 얘긴가요?"
정윤이 대답을 하기도 전에 호스터의 채팅이 다시 올라왔다.

[진수정] 너희 얘기 맞아ㅋㅋ

문장 끝에 키읔 두 개가 연이어 붙었다. 정윤의 모골이 송연해졌다. 진수정은 어디선가 두 사람을 관찰하는 듯한 태도로 채팅을 올렸다. 정윤이 사위를 둘러 보았지만 어두컴컴한 역사에는 아무도 보이지 않았다.

"그냥 나와요, 얼른."

"셔터 내린다는데?"

"그니까 그 전에 가자고요."

정윤이 노트북을 납작하게 닫았다. 왔던 길로 되돌아가는 도중 귀를 베는 것처럼 날카로운 굉음이 역 전체에 울렸다. 셔터 내린다는 채팅이 단순히 채널을 닫는다는 의미이길 간절히 바랐으나, 아무래도 역 셔터를 내린다는 뜻이었던 모양이었다. 민영이 정윤의 팔을 슬쩍 놓아주며 말했다.

"걱정하지 마. 별거 아닐걸."

별거 아니겠지만, 혹시 모르니까 민영은 가방 속에서 권총을 꺼냈다. 칠판을 손톱으로 긁는 듯한 소음이 계속해서 이어졌다. 별거 아닌 일에도 죽을 수 있는 정윤을 대신해 민영이 용감하게 외쳤다.

"누구야? 죽기 싫으면 나와."

민영의 선언에 화답하듯 두 사람과 가까운 3번, 4번 출입구가 완전히 닫혔다. 정윤은 개찰구 근처에서 죽기 싫으면 나오라고 소리치는 민영에게 다가갔다.

"반대편으로 가봐요."

"선배. 나 해본 적은 없지만 100명하고 싸워도 안 질 자신 있어. 선배도 죽지 않을 자신이 있다고 해줘."

"없어요."

"아니야, 있어."

재능을 일깨워주려는 민영에게 미안하지만, 자신 없었다. 정윤은 민영의 팔을 붙잡아 제 쪽으로 데려왔다. 살 자신도 없고 민영이 100명과 싸우는 걸 보기도 싫었다.

"근데 왜 100명이야?"

"사람이 많으니까."

민영이 덤덤하게 말했다. 정윤은 뒤늦게 들려오는 발소리를 인지했다. 셔터 조작음에 정신이 팔려 미처 듣지 못했다. 민영은 캡슐 집에 침입했던 괴한을 때려잡았을 때처럼 인기척에 먼저 반응한 모양이었다.

정윤의 머리에 온갖 상상이 휘몰아쳤다. 우리가 여기까지 오길 미리 기다리고 있던 군대일까? 군대라면 정부군일 텐데. 정부 소속의 군대라면 여기까지 참고 기다릴 필요가 있나? 꼬리에 꼬리를 물고 이어지던 의문은 발소리가 멎으며 동시에 사그라들었다.

시야가 불확실한 탓에 정확히는 알 수 없으나, 조용히 모여든 무리는 어림잡아도 열 손가락을 다 접어야 할 만큼 많았다. 정윤은 부디 나쁜 인간들이 아니기를 빌며 선언했다.

"항복합니다."

"응? 왜? 난 항복 안 해."

민영이 호기롭게 권총을 고쳐 잡았다. 어차피 위협용이면서.

"항복은 인간이나 하는 거야."

정윤이 뒤에서 말리든 말든 민영의 의지는 확고했다. 가장 가까운 곳에서 몸을 드러낸 인물이 민영과 마주 보고 섰다. 민영에게 가려 보이지 않을 만큼 키가 작고 체격이 왜소했다.

"항복하라고 한 적 없거든."

누가 됐든 본보기를 보여주리라고 한껏 자세를 취하고 있던 민영이 예상보다 앳된 목소리에 총구의 방향을 위로 바꾸었다.

지하철 계단에서 척척 내려와 개찰구 앞에 선 소녀는 엉망으로 자른 단발머리에 학교 문장이 붙은 체육복을 입고 있었다. 목소리가 아니었다면 성장이 좀 느린 남자애로 착각할 만큼 다부진 인상이었다. 노란 바탕에 검은 자수가 놓인 이름표가 옷핀에 꿰여 체육복에 매달려 있다. 진수정. 호스터였다.

"선배, 얘 완전 어린애인데?"

"어린애? 너도 나나 비슷해 보이는데. 애인이랑 데이트라도 나왔냐?"

"그래 보여?"

"어."

진수정이 민영을 위아래로 훑으며 말했다. 정확히 나이 또래가 비슷해 보인다는 건지, 정윤과 커플처럼 보인다는 건지 대답하진 않았으나 정윤의 눈에 민영의 적대감 그래프가 단박에 수직 강하하는 것이 보였다. 저 푼수.

"다른 목적이 있어서 온 건 아니에요. 잠깐 쉬었다 가려고 들렀습니다."

정윤은 민영의 손을 붙잡아 내리며 말했다. 다행히 진수정을 필두로 모인 이들은 남을 해칠 목적은 아닌 모양이었다. 싸움을 걸고자 했다면 이 무리의 보스 격인 진수정을 앞에 내세우진 않았을 테고, 주변 시선에서 살의나 적의보다는 호기심이 크게 느껴지기 때문이기도 했다.

"선배, 얘 좋은 애다."

"제정신 아닐 거라고는 생각했는데 진짜 제정신 아니다, 너."

진수정에게 '너'가 아니라 '언니'라고 알려주려는 민영을 말리는 정윤에게 짧게 머리를 깎은 한 남자가 다가왔다.

"이 동네 사람이 아니죠? 여기까지 어떻게 왔어요?"

"의정부에서 왔어요. 운 좋게 차를 타고 왔고요. 여기 들어온 건 정말 우연이에요. 차가 방전됐거든요."

"역시 정부에서 보낸 군대는 아니었군요. 못 보던 얼굴이라 아닐 줄 알았어요. 여자랑 같이 있기도 하고."

남자는 본인을 정부군 출신이라고 소개했다. 당산 1동과 2동, 영등포 행정 구역에 모인 시위대를 진압하다가 역으로 시위대에 들어오게 되었다는 것이다. 남자는 자세한 내막을 말하진 않았으나 정윤은 어련히 석연치 않은 사고가 있었겠거니, 짐작했다.

당산 2동 소형 기지국의 네트워크는 경비용으로 쓰인다고 했다. 방금처럼 출입자가 보이면 각자 핸드폰으로 채널에 접속해 알리는 것이다.

"여긴 시위대 아지트인가요?"

"그렇게 됐네요."

"시위대는 다 사라진 줄 알았어요."

"그럴 리가 있나요. 어느 날 갑자기 사라지진 않죠. 오히려 그 편이 더 이상하지 않아요? 있어요. 어디든 있을 거예요. 나올 수 없게 막고 있는 거겠죠."

음모론자의 채팅을 기계적으로 삭제하던 날이 떠올랐다. 그들이 모두 옳은 건 아닐 테지만, 나올 수 없게 막고 있다는 말은 부정할 수 없다. 정윤은 그저 고개만 끄덕였다. 남자의 말이 맞았다.

"저희는 여의도로 갈 거예요."

"두 분이서요?"

"가야 해서요."

"걸어서요?"

"생각보다 걸을 만하더라고요."

정윤이 태평하게 말했다. 남자는 고개를 가로저었다.

"여기서 노들로를 뚫고 가는 건 불가능해요. 바로 추적당할 거예요. 우리도 여기서 평생 살 목적으로 있는 게 아니에요. 샛강을 건너가지 못하는 거죠. 지금까지 잡히지 않고 온 것도 기적인데 여의도를요?"

"추격당하지 않았는데요?"

정윤의 말에 남자가 아연실색했다. 안색이 하얗게 질렸다. 남자는 이번에도 이유를 말하지 않았으나 정윤은 어쩐지 알 것 같았다. 너무 평화롭다고 생각했다. 공기마저 굳어버린 듯한 도시 속에서 요란하게 움직이는 정윤과 민영은 쉽게 포위망을 빠져나왔다. 만약 정부에서 일부러 정윤과 민영이 여의도까지 올 수 있도록 방해하지 않은 거라면, 시위대의 거취를 고스란히 내보인 셈이다. 남자와 정윤은 비슷한 생각을 했고 제발 아니기를 바랐다.

멀리서 민영이 정윤에게 총총 다가왔다. 팔에는 거즈 대신 붕대가 단단히 감겨 있었다. 체육복 상의 주머니에 손을 찔러넣은 진수정이 민영의 뒤를 설렁설렁 따라왔다.

"선배, 얘가 본 적 있대. 우주선."

"그게 무기가 아니라 우주선일 줄 몰랐는데."

진수정이 떨떠름하게 말했다. 정윤의 복잡한 머릿속을 알 길 없는 민영이 동그란 우주선이 인체공학적으로 얼마나 좋은지, 따위를 지어내 항변하려는데 남자가 중간에 말을 가로챘다.

"수정아, 이 사람들 아무래도 미행당한 거 같아."

진수정은 대수롭지 않게 대답했다.

"알아. 그래서 셔터 내렸잖아. 지금 1번 2번 5번 6번 3번 4번

382

출구 쪽에 접근했는데, 4번 출구에 사람이 제일 적어. 9호선 출구까지 막지 않은 걸 보면 여길 완전 쥐잡듯 잡진 않을 건가 봐. 아니면 거기까지 갈 필요가 없다고 생각하는 걸 수도 있고."

"사람들 대피시킬까?"

"야, 진수현. 요란 떨지 마. 너만 아는 거 아니야 다 눈치챘어. 맨날 자기 혼자 똑똑한 줄 알아. 할머니 할아버지랑 애들은 다 9호선 쪽으로 보낼 건데 네가 같이 가."

"그럼 너는?"

"상황 봐야지. 뭔 일이 있대도 너랑 마주쳤던 날보다 충격은 아닐 테니까 걱정은 하들 말아라."

진수정이 장난스레 웃으며 진수현의 정강이를 아프지 않게 툭, 찼다. 남매였구나. 시위대와 정부군이 대치하는 상황에서 만났으리라. 행동거지만 봐선 진수현보단 진수정이 더 군인이고 그 중에서도 장군 같았다. 남녀노소를 불문하고 모인 집단에서 대장을 겸할 만큼 책임감이 강한 성격으로 보였다. 정윤은 웃어야 할 상황이 아님을 알면서도 어색하게 웃었다. 씩씩한 남매 사이에 어색하게 낀 이방인이 하나.

"난 모르는데?"

그리고 어느 무리에도 속하지 않는 외계인이 하나. 어디에도 포함되지 못한 민영이 눈을 깜빡였다. 진수정은 들으란 듯이 혀를 차다가 말했다.

"미행이 뭔지는 알지?"

"알지, 당연히."

"네 덕에 우리가 털릴지도 몰라. 지금 군인들이 이쪽으로 오고 있거든."

"군인? 그럼 우리 얼른 도망쳐야 해."

"와. 양심 없네."

"어쩔 수 없어. 나 살인하면 안 돼."

민영이 무심하게 말했다. 정윤이 이마를 짚었다. 틀린 말은 아닌데, 적절한 말도 아니었다. 진수정은 별 대꾸 없이 주머니를 뒤적거려 핸드폰을 꺼냈다. 핸드폰이 연이어 진동했다. 개찰구 앞까지 나와 있던 시위대가 분주해졌다. 왔구나. 뭔가 떴구나. 정윤은 정신이 나갈 것 같았다.

"야, 외계인."

"이민영이라니까?"

"암튼 너 팔 다친 거 보니까 우리보다 조금 센 거지 그렇게 금강불괴 무적도 아니지 않아?"

진수정이 민영의 상처에 눈짓했다. 실제로 인간이 만든 외계인 대항용 무기에 당한 것이기도 했다. 마찬가지로 비슷하게 죽어나간 동료도 있었다.

"방심해서 그래."

"그럼 앞으로 방심하지 말고 가라. 4번으로 나가. 4번은 다섯밖에 없으니까."

"알겠어. 고맙다?"

"말투 재수 없어."

그러든 말든. 민영은 망설임 없이 돌아섰다. 진수정 또한 마찬가지였다. 개의치 않는 걸음이 두 갈래로 나뉘었다. 진수현은 정윤에게 가볍게 목을 까딱인 뒤 진수정을 따라갔다. 정윤은 민영을 따라가야 마땅했지만 발길이 떨어지지 않았다. 마음에 무거운 빛이 생긴 기분이었다.

"선배! 빨리 와!"

정윤은 어렵사리 발길을 옮겼다. 4번 출입구에 선 민영이 챙모자를 쓰고 턱 언저리에 고정끈을 대강 묶었다. 손에 망치가 없고 쇠공도 없지만 처음 정체불명의 여자가 나타났을 때가 떠올랐다. 정윤은 걸음을 빨리했다. 민영은 쭈그려 앉아 지면과 닿은 셔터 틈을 벌려 손을 끼우고 있었다.

"선배. 내가 생각을 해봤거든."

"뭐를요."

"만약 군인이 있으면, 선배는 이제 날 위해서 도울 일이 없잖아. 게다가 인간은 너무 약하고 기상천외한 방법으로 죽기도 하고. 이런 셔터 같은 것도 조작 기구가 없으면 올리지도 못하고."

그건 네 힘이 센 거라고 정윤이 반박했으나 민영은 그게 문제라고 했다.

"내가 선배를 지키지 못하면 죽잖아. 같이 안 가고 싶어. 나 혼자 가는 게 편해."

정윤의 말문이 턱 막혔다. 이제 와서? 정윤은 상의도 없이 혼자서 이상한 해답을 던져놓고 셔터를 손으로 들어 올리는 민영의 챙모자를 잡아당겼다.

"민영 씨 혼자 가겠다고요?"

화를 내야지 마음먹은 것과 달리 좀 억울한 말투가 나왔다. 진짜 억울한가? 민영이 정윤을 때리진 않았지만 마치 뒤통수를 세게 얻어맞은 기분이긴 했다. 집에서 총에 겨눠졌을 때보다 더한 배신감이었다. 정윤은 그 억울하고 얼떨떨함을 유지한 채로 말했다.

"여기 포위당했다는데요?"

"에이. 그건 다 내가 처리하고 가지. 그리고 내가 여의도에 딱

들어가면, 아마 지원군이 와도 다 철수할걸? 왜냐면 나 잡으러 여의도로 지원 와야 할 테니까. 선배는 여기 남아서 인간들이랑 안전하게 있는 게 나을 거 같아. 여기까지 온 거 내가 다 책임질게."

"그럼 방금 왜 따라오라고 했어요."

"이 얘기 하려고."

"와, 진짜 싫다…."

"응?"

정윤은 확신했다. 이건 억울한 게 맞았다.

갑자기 같이 떠나자더니 갑자기 좋아한다고 고백하고, 집 잃은 사람 만들어 놓고, 이제 혼자 떠난다고. 민영과 함께 지내는 동안 갑작스러운 일이야 한두 가지가 아니긴 했어도 지금처럼 억울하고 분한 적은 없었다.

"민영 씨는 사람이 왜 그렇게 이기적이에요."

"나 사람 아닌데."

"지금 장난하는 거 아니거든요."

"나 진짜 인간 아닌 거 알잖아."

"그래요. 외계인이 왜 그렇게 이기적이에요. 뭘 혼자 가요? 같이 가요. 기분 나빠. 내가 이민영 씨가 시키는 대로 다 해야 해요?"

여태껏 시킨 대로 잘한 주제에 갑자기 반항심이 치솟았다. 하지만 정말이지 싫었다. 이제 와 떨어질 거면 따라오지도 않았을 거였다. 정윤은 그 이유를 진작 민영에게 말했다. 같이 떠나고 싶고 사귀고 싶은 감정인지는 모르겠지만, 좋아한다고 말이다. 그건 민영과 함께 떠나진 못할지라도 혼자 위험을 뚫고 가는 걸 두고 볼 감정은 아니었다.

"선배가 안전하려면 여기 있는 게 더 좋을 텐데?"

"내가 민영 씨랑 가고 싶은 거니까 나도 데려가요."

"뭐야?"

"뭐가요."

"나 좋아해?"

"까먹었을 줄 알았다. 좋아한다고 했잖아요."

알쏭달쏭하게 정윤을 올려다보던 민영이 바닥에 끼우고 있던 손을 빼고 일어섰다. 민영이 들어 올리려던 셔터가 다시 내려앉으면서 쿵, 소리가 났다.

"같이 갈 거 아니면서."

"그래도 나 데려가요. 데리고 나왔으니까 끝까지 데려가요. 나 쓸모없는 거 알면서 데리고 나왔잖아요. 그니까 데려가라고."

민영은 두 손을 탁탁 마주쳤다. 민영의 동작에 맞춰 바닥이 콰르릉, 울렸다. 정윤과 민영이 동시에 고개를 돌렸다. 3번 출입구를 가로막은 셔터가 올라가면서 나는 진동이었다. 민영은 정윤에게 한걸음 떨어졌다.

"이따가 얘기해. 나 양심 있는 외계인이라 도와줘야 하니까."

"아니. 지금 같이 가요."

정윤이 함께 가겠다는 강한 의지를 담아 붕대가 감긴 민영의 팔에 팔짱을 꼈다. 민영은 정윤을 힘으로 내동댕이치지 않고 착 붙은 정윤을 질질 끌어 진수정에게 성큼성큼 다가갔다. 개찰구 입구에서 노인과 아이를 먼저 안으로 들여보내던 진수정이 민영에게 짜증을 냈다. 아직도 안 가고 뭘 하고 있느냔 거였다. 민영은 진수정에게 정윤을 넘겼다.

"이거 잠깐만 맡아줘. 내 애완 인간."

애완 인간, 하면서 잠깐 정윤을 노려본 민영이 군홧발 소리만으로도 긴장한 시위대를 파고들었다. 파고들었다기보단 민영이 옹기종기 모인 인파를 밀치면 낙엽처럼 쓸려나간 것이나 비슷했다.

민영이 하려는 짓은 누가 봐도 명확했다. 진수정이 민영에게 고함쳤다.

"야, 미쳤어!"

"아가씨 위험해, 왜 이래요!"

민영은 주위의 만류를 들은 체도 하지 않았다. 외려 셔터의 두께를 정확히 알아보려는 듯이 손등으로 두어 번 두드렸다.

"쟤 혼자서 왜 저래! 우리 다 같이 망하자고 이래?"

진수정이 앞으로 나가려는 정윤을 꽉 붙들고 물었다. 다 같이 망하기는 어차피 망해가는 행성에서 살면서 그딴 게 중요한가. 정윤은 속으로만 생각했다. 민영이 혼자서 저러는 이유는 혼자서 저래도 되기 때문이고, 정윤은 알면서도 혼자 보내기 싫을 뿐이었다. 혼자 남겨지기 싫은 것일 수도 있었다. 이것도 일종의 이기주의일까?

"아저씨, 정신 차려! 얼른 저 사람들 따라가!"

드센 손길이 정윤의 등을 후려쳤다. 정윤은 도망치는 무리에 합류하지 않고 민영에게 가려 했다. 진수정이 가까스로 정윤의 옷을 붙잡고 늘어졌다.

"아저씨 여깄으면 죽을 수도 있어. 저 사람들 따라가요!"

"난 괜찮으니까 먼저 가요. 쟤를 혼자 두고 갈 수가 없어서요."

예전에도 이런 선택의 순간을 겪었다. 정윤은 그날의 선택으로 고아가 되었지만, 지금껏 죽지 않고 살아남았다. 그럼 이번에는 어떨까?

민영은 바닥에 주저앉은 시위대에게 물러나라는 고갯짓을 했다. 역사 내 인간들이 무사히 개찰구 근처로 빠진 것을 확인하고 묵직한 셔터에 귀를 가까이 댔다. 잠시 소란스러웠던 주변이 조용해지자 일정한 신호음이 들렸다.

삐 삐 삐.

희미하게 들리는 신호음이 무어라고 인지하기도 전에 민영이 묵직한 셔터를 종잇장처럼 구겼다. 두꺼운 철문이 민영의 손이 닿은 부분만 높게 찌그러져 커튼 같은 형태가 되었다.

민영이 셔터를 강제로 위로 올리면서 부착되어있던 폭발물이 민영의 발치에 떨어졌다. 그 광경은 느린 동작으로 정윤의 눈에 담겼다. 다음 행동을 하기도 전에 쾅, 폭발물이 터졌다. 민영의 챙모자가 정윤 쪽으로 휙 날아왔다.

정윤은 본능적으로 귀를 감싸고 몸을 크게 떨었다. 개찰구가 출입구와 그다지 멀지 않았던 터라 귀가 먹먹하고 눈과 코가 따가웠다. 눈가를 팔뚝으로 비비다가 민영이 사라졌음을 알았다. 서 있던 자리는 말 그댈 폭탄을 맞아 엉망인데 민영은 온데간데 없었다. 정윤이 망연해하는 사이 먼저 용감하게 뛰쳐나간 건 진수정이었다. 부서진 파편을 홀쩍홀쩍 건너뛰었다.

평범한 화기에는 티끌만큼의 영향도 받지 않는다던 의정부 출신 외계인의 말이 허세가 아니라 진실일 줄 몰랐다. 진수정은 역 입구 계단에서 피어오르는 연기를 따라갔다.

정윤도 민영의 챙모자를 들고 출입구로 향했다. 지하철 지붕에 수없이 많은 구멍이 생겼다. 올라올 땐 없던 홈이다. 계단 밑에서 털썩털썩, 자빠지는 소리가 들렸다. 정윤은 연기 속에서 넝마가 된 옷을 입고 머리카락을 탈탈 털며 나오는 민영을 확인하고 가슴에 손을 얹었다. 단전부터 한숨이 우러러 나왔다.

"이게 말이 돼?"

진수정의 혼잣말에 민영이 응, 하고 대답했다. 민영은 빗장뼈에 박힌 탄환을 손으로 뽑아내 던졌다.

"선배, 내가 이쪽을 뚫었으니까 여기로 가자. 너희는 9호선 쪽으로 가."

민영이 바닥에서 통통 뛰었다. 미처 손과 눈이 닿지 않는 부위에 박힌 탄환이 영롱한 구슬 소리를 내며 떨어졌다. 사방으로 몸을 털다가 울먹거리는 정윤을 보며 배를 잡고 웃었다.

"웃어요? 지금 이게 웃겨요?"

"그럼 뭐 슬퍼야 해? 선배 울어?"

"안 울어요."

"근데 표정이 왜 그래? 나 죽는 줄 알았구나?"

민영이 얄밉게 이죽거렸다. 죽을 줄 알았던 건 아니다. 하지만 만에 하나라는 가능성에 흔들린 것은 맞았다. 정윤이 히히 웃는 민영을 피해 고개를 돌렸다.

"내 표정이 뭐요."

"귀엽다고."

"됐어요."

보나 마나 볼품없는 표정이겠지. 정윤은 광대 부근을 손으로 눌렀다. 안면근육을 어떻게 쓰는지 까먹은 기분이었다. 민영의 뒤로 쓰러진 군인들이 보였다. 쓰레기처럼 쌓여서 간간이 꿈틀거렸다.

"선배, 마지막으로 묻는 건데, 진짜 나랑 같이 가고 싶어?"

"네."

"죽을 수도 있는데도?"

"민영 씨가 그랬잖아요. 어떻게 지금까지 살아 있는지 모르겠다고. 나도 잘 모르겠으니까. 두고 가지 마요. 나 챙겨줘요."

"알았어. 선배 지금 그때 같다. 술 취해서 중얼중얼하던 때."

"추하다는 거죠?"

"웃기고 재밌는데? 꼭 지켜줄게."

정윤은 나이 먹을 만큼 먹은 외계인 앞에서 노인 같은 소릴 하고 말았다고 자조했다. 하지만 마음은 전보다 가벼워진 느낌이었다. 우주선을 되찾으면 이 외계인과 함께 지구를 떠나버릴까, 생각이 무심코 들었을 정도로.

진수정의 도움으로 민영은 누더기가 된 옷을 새로 갈아입었다. 9호선으로 대피한 시위대를 대신해 진수정이 홀로 정윤과 민영을 배웅했다. 차마 무사히 안전히 가길 바란다는 말은 나오지 않는다고 했다. 대신 자신의 핸드폰을 정윤에게 넘겼다.

"뒤따라 갈게. 어차피 이제 여기선 못 살 테니까."

정윤은 진수정의 어깨를 툭툭, 두드렸다.

"밖은 좀 더워요."

그리고 이어서 말했다.

"근데 아예 못 나올 정도는 아니에요."

계단 아래에 기절한 사람들의 옷을 뒤적거려 정윤이 제 몸을 지킬 만한 무기 몇 개를 얻어낸 민영이 정윤에게 얼른 오라고 손짓했다. 정윤은 진수정에게 재차 인사를 하고 역 밖을 빠져나왔다. 최종 목적지인 여의도 국회의사당으로 갈 시간이었다.

9

여의도는 깔끔하게 정돈되어 있었고 캡슐 집 단지가 없었다. 도시 자체에 방부제를 쳐둔 것 같았다. 정윤은 한 시대의 종말이란 결국 인간성의 상실이 아닐까 생각했다.

"뭔가 함정 아닐까요."

정윤은 절대 지나갈 수 없다던 노들로를 안전하게 통과하고 황량한 풍경의 여의도에 아무 일도 없이 도착하고부터 의심에 빠졌다. 주위에 있는 CCTV가 전부 누군가의 눈 같았다. 무서운 건 아니었다. 정윤은 민영의 챙모자를 얻어 쓰고 주위를 경계하며 걸었다. 뭐든 와라. 나에겐 이민영이 구해다준 총이 있다. 비록 실제 사격은 한 번도 해본 적 없지만.

"선배."

"네."

"왜 이렇게 긴장하고 있어?"

"민영 씨가 너무 느슨한 거 아니고요?"

"느슨해지지 않으려고 노력하는데, 옆에 좋아하는 사람이 있으니까 저절로 느슨해져. 데이트 같아."

"이러다 무서운 소나기 내리면 어쩌려고."

"우산 챙겼잖아."

민영이 편의점에서 털어온 자동우산을 팡, 펼쳤다. 아까도 그렇게 느슨하게 있다가 큰일 날 뻔했던 건 싹 다 잊은 모양이다.

민영은 막힘 없이 걸었다. 직진. 또 직진. 몇 년 새 사계절이 여름으로 통일된 나라답게 건물로 우거진 사하라 사막을 걷다 보니 국회의사당의 본관이 보였다. 아지랑이 위로 피어오른 신기루 같았다. 민영의 미간은 둥그런 형태의 지붕과 가까워질수록 좁아졌다. 수신호가 복잡하게 얽힌다고 했다. 기지국 때문은 아니라고 했다. 지하철 노선도처럼 신호가 엉켜 있다는 것이다. 거기엔 민영만 알아볼 수 있는 색이 있는데, 그게 민영의 우주선인 셈이다. 가까울수록 신호가 더 굵고 강해지고 멀수록 희미하다고 했다.

"거리가 가까울수록 신호가 강해지는데, 느낌이 안 좋아."

샛강 보행 육교를 건너던 중 민영이 말했다. 확실한 신호가 두 개라나. 그게 누군지는 알 수 없으나 배신자 혹은 포로 둘 중 하나일 것이다. 정윤은 진수정에게 받은 핸드폰을 꺼냈다. 수신과 발신이 전부 가능했다.

통신이 연결되자 지나간 재난 경보가 연이어 떴다. 정윤은 온갖 업그레이드 알람을 무시하고 포털사이트에 접속해 속보를 확인했다. 불필요한 건물을 해체한다는 뉴스가 상단에 고정되어 있었다.

참 여러 가지로 해석하기 좋은 말이었다. 졸지에 불필요한 건물에 살던 불필요한 인간이 된 정윤이 허탈하게 웃었다. 정윤은 전화번호부에서 진수현을 찾아 전화를 걸었다. 발신이 불가하다는 안내음이 들리다가 저절로 끊겼다.

"아무래도."

민영이 제 자리에 멈췄다.

"어?"

"같이 살아서 나가긴 힘들지도 몰라. 다른 외계인이 근처에 있어. 여기서 노숙하는 게 아니라면 우리가 가는 곳에서 날 기다리고 있을 거야. 우리 편은 아닐 거고, 날 죽이는 법은 확실히 알고 있겠지."

"왜 그런 말을 해요."

"항복하면 살아서 생포해줄까?"

"우릴 죽이려고 했잖아요."

"그러네."

민영이 10년 전의 기억을 회고하듯 말했다. 정윤도 마찬가지였다. 하루도 되지 않은 사건이 벌써 까마득했다. 현실감이 느껴지지 않기도 했다. 죽음의 위기가 적어도 두 번은 있었는데 말이다. 정윤은 갑자기 나타난 누군가가 이 상황을 꿈이라고 주장한다면 어쩐지, 하고 대답할 수도 있었다.

서울 시내에서 마주친 시위대도 거짓말이고 화학 인공 호우도 거짓말이고 집은 멀쩡하고 정윤은 그 안에서 평화롭게 자고 있다거나. 눈을 뜨면 여전히 혼자이겠지. 그건 좀 외롭겠다. 생각이 바뀌었다. 꿈이 아닌 편이 낫다.

"살아서 다행이에요."

"그렇지?"

"끝까지 살아서 우주선 되찾아요."

용케 여기까지 왔으니까. 정윤이 자신에게 다짐하듯 말했다. 정윤은 대단히 정의로운 목표를 이룰 마음은 없었다. 지구에 떨어진 외계인이 타고 갈 이동수단을 되찾아주기만 하면 그만이다.

"여기 와본 적 있어?"

"예전에요."

"방송국에서 일할 때?"

"네. 정말 모르는 게 없다."

"좋아하니까."

정윤은 좋아해서라기보단 뒤를 캤다는 표현이 더 정확하다는 걸 알았지만 굳이 지적하지 않기로 했다.

국회의사당은 민영과 정윤이 알던 모습과는 많이 변해 있었다. 정원은 말라 비틀어졌고 분수는 바닥을 보인 지 오래돼 보였다. 분수대 한가운데의 동상이 원래 뭐였는지 기억도 안 났다. 국회의사당 본관의 거대한 처마와 기둥 사이에 설치된 기하학적 쇠창살이 정윤과 민영에게 경고하듯 차갑게 반짝거렸으며 외벽에 난 창문에는 다 새카만 페인트가 칠해져 있었다.

"악당들의 아지트네."

"그러게요."

"우린 지금 한국 최고의 악당이 살고 있을 수도 있는 아지트에 둘이서 들어가는 거야."

"왜 겁줘요."

"팔짱 껴도 돼."

팔짱 껴달라는 소리를 참 무섭게도 한다. 정윤은 못 이기는 체 팔짱을 꼈다. 민영이 킥킥 웃었다. 정윤은 민영의 도움을 받아 겁먹지 않고 거대한 벽을 통과하기 위해 꼭 올라가야만 하는 긴 계단 앞에 섰다. 다리가 불편한 사람을 위해 만들었다는 에스컬레이터가 멀쩡히 순환하고 있었지만 두 사람은 계단을 오르기로 했다. 민영은 대각선으로 맨 가방 속에서 권총을 꺼냈다. 머릿속이 시끄럽다며 손으로 머리를 탁탁, 두드렸다. 정윤도 따라 권총을 꺼냈다.

"누구 하나 죽겠다 싶으면 망설이지 말고 튀자."

"우주선이 저기 있는 건 맞아요?"

"확실해."

안으로 들어가는 문은 민영과 정윤을 기세로 쫓아내려는 듯 비범하게 컸다. 민영은 전혀 겁먹지 않았다. 육중한 문 따위는 민영의 의지를 꺾을 수 없었다. 우주선과 민영 사이에는 두꺼운 벽으로는 끊을 수 없는 초감각적인 고리가 연결되어 있는 것 같았다. 민영은 누구 하나 죽겠다 싶으면 도망치자고 했지만, 정윤의 머리엔 우주선을 되찾아 떠날 민영이 자연스레 그려졌다. 좀 서운한가. 잠깐 그런 생각이 들었다. 정윤은 괜한 마음을 옆으로 밀어두며 말했다.

"진짜 크네요."

"원래 커."

"늘 이 앞에 사람이 북적거려서 잘 몰랐어요."

가장 마지막 계단까지 올라온 정윤이 아래를 보며 말했다. 민영은 왜 뒤를 돌아보느냐고 했다. 여기까지 왔으면 앞만 보고 가자며 씩씩하게 정윤을 이끌었다. 민영은 검게 칠해진 정문으로 다가갔다. 손잡이가 아니었다면 네모나게 뚫린 블랙홀이라고 착각했을 만큼 검었다.

민영은 망설이지 않고 문을 잡아 열었다. 천장까지 뻥 뚫린 형태의 내부도 외부와 비슷하게 검은 페인트가 전체적으로 발려 있었다. 아무것도 보이지 않았다.

안쪽에 뭔가 있는 것 같은데, 이렇게까지 검을 수가 있나. 뒤따라온 정윤이 챙모자를 벗으며 인상을 구겼다.

"앞이 잘 안 보여요. 스위치가 있을 텐데."

이렇게 큰 건물은 구역마다 점등 버튼이 따로 있을 것이다. 정윤이 벽을 더듬어 옆으로 움직였다. 문이 열린 크기만큼 들어오는 네모난 빛만으론 벽의 윤곽을 확인할 수가 없었다. 벽에 몸을 바투 기대고 움직이던 중 낯선 목소리가 들렸다.

"불 켜줄게요."

스위치 찾기에 열중하던 정윤이 화들짝 놀라 쏜살같이 민영의 옆에 붙었다. 말소리가 두 번 세 번 울려대는 통에 스피커에서 나오는 소리인가 했다. 이내 건물 전체에 불이 켜졌다.

정윤의 눈에 가장 먼저 들어온 것은 간격에 맞춰 줄 선 우주선이었다. 정윤은 넓은 홀이 꽉 찰 만큼 쌓인 우주선과 우주선의 주인처럼 홀 가운데에 선 젊은 여자를 불안하게 살폈다. 그녀는 반갑게 민영과 정윤을 맞이했다. 자신들이 여기까지 오기를 기다린 사람처럼 보였다.

절대 건널 수 없을 거라 단언하던 여의도를 열어준 사람일까? 만일 그렇다고 해도 좋은 마음은 아닐 것이다. 언제부터, 어디서부터 기다렸는지 몰라도 보통 사람이 아님은 확실했다. 정윤은 민영의 손을 붙잡았다. 정윤이 보여줄 수 있는 최고의 신뢰 표시였다.

"괜찮아. 나 쟤 알아."

민영이 정윤의 손을 잡으며 말했다. 정말 민영은 여자를 아는 눈치였다. 여자 또한 민영을 알아봤는지 먼저 민영에게 다가왔다.

"나 기억나?"

여자가 반색하며 말했다.

"당연하지."

민영이 차갑게 대답했다.

"40년 만인가? 50년? 살아 있었네, 이민영."

"너야말로 살아 있었네. 진작 떠났을 줄 알았는데."

정윤은 여자가 한 말의 의미가 죽었어야 할 놈들이 살아서 여기까지 왔다는 건지 정말 살아남은 인간을 오랜만에 봐서 한 소린지 구분하지 못했지만, 민영은 분명하게 알아들은 눈치였다. 수십 년 만의 해후치고 민영의 태도는 다소 쌀쌀맞았다. 민영이 늘 호신용이라고 부르던 권총의 잠금장치를 탁 풀었다. 민영은 쌀쌀맞은 데다 무시무시했다.

"그걸 아직도 가지고 다니니? 민영아 넌 하나도 안 변했다."

"넌 너무 많이 변했다."

"오래 살기 위해선 변화가 필요하잖아. 그래도 아는 얼굴이지?"

"알지. 임상희, 네 애인이었잖아."

한국 최고의 악당이 꼭 사람일 거라곤 말하지 않았지.

민영이 여자를 임상희라고 불렀다. 여자의 이름은 정윤에게도 익숙했다. 지금 민영이 겨누고 있는 권총을 만들어준 바로 그 친구였다. 민영과 오래전에 헤어졌음에도 대화에 끼어 나온 이름이다. 임상희. 민영보다 더 어려 보이는 외모의 여자는 어깨까지 닿는 단발머리에 검은 정장을 입고 있었다.

정윤이 단편적으로 판단할 수 있는 건 거기까지였다.

아는 얼굴, 애인, 따위의 대화에 정윤은 낄 수도 없었고 이해하기도 어려웠다. 문득 일전에 민영이 했던 말이 떠올랐다. 남의 신분을 빼앗아 사는 방식에 능통했다던 임상희. 오랜 유적처럼 변하지 않고 보존된 것이 지구에서 민영의 삶이라면 임상희는 정반대의 삶을 살았나보다, 정윤은 짐작했다.

"애인까진 아니었어. 네가 너무 감정적이라 애인이라고 한 거지. 넌 집에 네려오면 다 애인인 줄 알았잖아?"

"보통 다음 신분이 될 인간을 데리고 소꿉놀이를 하진 않거든?"

"신뢰가 중요하니까 그렇지. 늙지 않는다는 건 주목받기 쉬운 일이잖아."

"굳이 그렇게 하지 않아도 필요할 때 죽여서 뒤집어쓰면 그만이잖아."

민영은 정윤이 생전 처음 보는 표정을 지은 채 임상희에게 말했다. 임상희는 입을 가리고 수줍게 웃었다.

"맞아. 그런 방법도 있지. 더 보편적이고. 대신 지루하잖아."

정윤의 정신이 아득해졌다. 임상희는 제정신이 아닌 외계인이었다. 짧게 주고받은 대화만으로도 감지할 수 있을 정도로, 어딘가 이상했다. 임상희가 정윤을 힐끔 바라보았다. 턱짓으로 정윤을 가리키고 말했다.

"그 남자는 네 다음 신분이니?"

"난 다음 신분 같은 거 없어. 얜 나랑 같이 지구 뜰 거야. 내 우주선 내놔."

정윤은 그러겠다고 허락한 적 없지만 지금 따지고 들 필요는 없을 것 같아 고개를 끄덕였다.

"나도 갈 건데 우리 같이 갈까?"

"거짓말하지 마. 배신자. 네가 우리 정보를 팔아넘겼지?"

"지나간 얘기는 하지 말자. 피곤해. 나도 그렇게 다 잡아다 족칠 줄은 몰랐어. 사실 네가 살아 있는 것만으로도 유감이 커. 이민영, 왜 여기까지 따라왔어? 난 진짜로 네가 안 오길 빌었어. 죽으라고 비도 내려줬잖아."

민영은 임상희에게 이렇게 만날 바에야 죽는 게 나았을 거라고 했다. 쥐도 새도 모르게 사라져서 이런 일에 가담하고 있을 거라면 죽었어야만 했다. 배신자가 있으니 조심하라며 무기를 만들어줬던 동료가 배신자였을 줄은 몰랐겠지.

"처음부터 날 지켜봤어?"

"그렇게 한가하지 않았어. 보고를 받았을 뿐이야. 우주선 몇 개가 의정부시에 있다고 말이야. 물론 위치를 찾는 과정에서 널 보긴 했지만 납치하지 않았잖아? 네 몸에 독을 주사하지도 않았고."

임상희는 대단한 배려를 베풀기라도 한 것처럼 말했다. 어느 도시를 가도, 어느 국가를 가도, 심지어 다른 행성에서 왔다고 해도 나쁜 놈들은 다 비슷하게 나쁘구나. 정윤은 발끝이 저릴 만큼의 긴장감과 임상희가 주는 불쾌함에 혀를 찼다.

"당산역에 군대를 보낸 것도 너냐?"

"나 아니야. 양몰이에 외계인이 껴 있다는 걸 알고 여기서 기다렸을 뿐이야."

임상희가 다시 정윤을 보았다. 양은 인간이고, 양을 몰고 뛰는 개는 정부군이었다. 민영이 훼방을 놓는 바람에 임상희는 민영이 죽지 않았음을 안 것이다. 여의도가 잠잠했던 이유가 분명해졌다.

"죽이려고?"

임상희가 고개를 끄덕였다. 그러면 안 돼? 하고 묻는 듯했다. 임상희가 민영에게 한 걸음 다가왔다.

"그렇지만 네가 협력한다면 이 인간이랑 같이 떠날 수도 있겠지."

"지랄하네."

민영은 다정하고 부드럽게 달래는 임상희의 말에 꿈쩍 않았다. 오히려 신랄한 욕을 했다. 아무도 속지 않을 거짓말이라 그랬다. 누가 봐도 임상희는 민영을 죽이고 정윤까지 죽인 뒤에 다시 본인이 속한 어떤 세력으로 돌아갈 게 뻔했다. 지금 이 의미 없는 대화조차도 민영의 관심을 붙잡아두기 위함이었으니까.

민영은 발소리를 죽이고 저와 정윤의 뒤편에서 접근 중이던 방진복 차림의 군인을 돌아보았다. 동족의 헛소리로 시선을 끌어 보려 했지만, 민영은 임상희의 예상보다 더 빠르고 기민했다.

민영과 눈이 마주친 군인이 화들짝 놀라 움직임을 멈추었다. 역시나 방진 마스크로 얼굴을 가린 군인은 하얀 방진복에 노즐이 달린 고압 분사기 통을 등에 가방처럼 메고 있었다. 캡슐 집을 떠나기 전 본 침입자와 같은 차림이었다. 정윤이 아니라 민영을 노리는 것이었다.

정윤은 권총을 꺼내 방아쇠를 당기려 했고, 군인은 노즐을 수평으로 잡고 손잡이를 꽉, 눌렀으나 두 사람보다 민영의 행동이 더 빨랐다. 민영이 권총의 슬라이드를 올리고 방아쇠를 당겼다. 픽 소리를 내며 날아간 동그란 탄환이 군인의 하얀 방진복에 파란 무늬를 남기며 터졌다.

"어?"

정윤이 멍청하게 신음했다.

"잘못 쐈어."

잘못 쏜 게 아니라 저건 페인트볼이잖아. 찰나의 순간 정윤이 속마음으로 '어떡해!'를 외쳤다. 정윤에겐 권총이 있지만 역시 권총을 쏘는 건 어려웠다. 살아 있는 누군가에게 실탄을 쏘기란 생각보다 큰 용기가 필요했다. 이도 저도 아니게 태어나서 도움이라곤 되지 않는구나.

정윤은 중요한 순간마다 영 힘을 쓰지 못하는 제 결단력을 한심하게 여기며 날아올 반격에 대비하기 위해 민영의 허리를 당겨 안았다. 비록 무기를 사용해 위험을 제거해줄 순 없지만, 방패가 되는 건 큰 용기가 필요하지 않았다. 정윤은 이 순간을 위해 여기까지 오게 된 것만 같았다.

"선배, 내가 원래 명중률이 약간 떨어져."

"뭐라고요?"

당연히 민영의 생각은 정윤과 달랐다. 민영의 눈에 모든 장면이 느리게 보였다. 이게 목숨이 달려서 그런 건지, 정윤이 안았기 때문인진 모르겠으나 하여간에 누군가 '너랑 이 남자는 여기서 죽을 운명이 아니다.'라고 말하는 것 같았다.

옷 한가운데에 묻은 물감을 확인한 군인이 고개를 갸웃거렸다. 그리고 민영이 방아쇠를 두 번 당겼다. 연거푸 힘없는 발포 소리가 났다.

민영은 군인들의 얼굴, 미간과 눈 근처를 노리고 쏘았다. 어차피 이건 인간에게 먹히는 탄이 아니다. 시야를 페인트탄으로 차단하고 달려가 팔꿈치로 명치를 때렸다. 임상희가 화사하게 웃음을 터트렸다. 민영은 휙 뒤로 넘어가는 인간을 두고 임상희를 향해 총구를 내밀었다.

"아직 네 발은 더 남았어."

"날 쏘겠다고?"

"당연하지. 독을 빼돌린 것도 너고, 같은 동족한테 실험한 것도 너잖아. 그니까 나도 네가 만들어준 무기로 널 죽이는 거지."

"대단한 비기라도 있는가 봐. 내가 보기엔 애들 장난감 같은데."

"맞아보면 알걸."

정윤은 파란색, 하늘색 물감으로 범벅된 군인에게서 기시감을 느꼈다. 저 예쁘고 아기자기한 색, 민영의 가방에서 보았다. 과거 정윤은 민영에게 왜 같은 색을 두 개씩 가지고 다니냐고 물었었다. 민영이 제대로 답하지 않고 넘어가기에 그 색을 좋아하는가 보다

했다. 그게 외계인 대항용 권총에 사용되는 무기였을 줄이야.

민영이 쏜 총알은 단순한 페인트탄이 아니었다. 민영이 들고 다니는 아크릴 물감을 이용해 만든 일종의 실탄이었다. 명확히 따지자면 아크릴 물감에 민영의 무기인 독을 섞었다. 그렇기에 인간에겐 아무런 효능도 없다. 하지만 상대가 외계인이라면 다르다.

"그럼 나도 반격해야지."

임상희가 웃으며 품속에서 정윤의 것과 같은 종류의 권총을 꺼냈다. 외계인들끼리 지구에서 만든 무기로 쌈박질을 한다는 게 좀 우스운 상황이지만, 민영과 정윤은 웃지 못했다. 임상희의 손은 정윤을 가리키고 있었다.

수많은 동족에게 실험하고, 죽이고, 우주선을 약탈하면서도 들지 않았던 죄책감이 인간에게 느껴질 리 없다. 정윤은 민영의 가장 큰 약점이었다. 하여튼 3세대가 문제라니까 유난히 감정적이야. 임상희는 몸을 주춤거리는 민영에게 말했다.

"내가 그랬지. 너는 너무 감정적이라고."

"맞아."

민영은 인정했다. 그리고 방아쇠를 한 번, 두 번, 세 번, 네 번 당겼다. 한 발은 빗장뼈에 또 한 발은 손에 남은 두 발은 얼굴에. 민영은 천천히 임상희의 피부 가죽이 부식되고 흘러내리는 꼴을 보았다. 인간의 신분을 물건처럼 낡기 전에 새것으로 갈아 끼우던 외계인의 마지막으로 꼭 잘 어울렸다.

"내가 머뭇거리면 나한테 또 그딴 말 하느라 정신 팔릴 줄 알았어. 임상희, 너는 남의 머리 꼭대기에 앉아서 논다고 착각하는 취미가 있잖아."

"이런, 씨…"

임상희는 노기 어린 얼굴로 정장 재킷을 벗어 얼굴을 닦아냈다. 살점이 떨어져 나와 엉망이 되는 줄도 모르고 비벼댔다. 무어라 뭉개지는 발음으로 욕지거리를 내뱉는 모습에 통쾌함을 느낄 새도 없이 군대가 국회의사당 안으로 몰려왔다. 민영은 재빨리 정윤을 끌고 뛰었다. 뒤통수가 서늘하다고 느낀 것은 총성이 울린 다음이었다.

"아…!"

정윤의 단말마에 민영이 안 돼, 소리를 질렀다. 임상희는 반은 검고, 빨개진 채로 정윤에게 한 발을 더 쏘았다. 어깨와 팔에 이전까지 경험해본 적 없는 고통이 느껴졌다. 정윤이 헛숨을 내쉬었다. 어깨가 너무 아팠다. 이렇게 아플 수 있나 싶을 정도로 아팠다. 어깨에 손을 대자 피가 흥건했다. 임상희는 킥킥 웃었다.

"잘난 척은. 이민영, 약점은 숨기고 다녀야지."

임상희는 그런 유언을 남기고 말라비틀어진 생선처럼 바닥에 쓰러졌다. 죽지 않았을 수도 있었다. 정윤은 제발 임상희가 죽었기를 빌었다.

민영은 정윤을 공주처럼 들어 올리고 가까운 벽이란 벽을 발로 찼다. 문이 없으니 구멍을 뚫어야 했다. 군대는 점점 더 민영과의 거리를 좁혀왔다. 민영은 정윤을 껴안고 무작정 빠르게 달렸다. 회의장과 회의장 사이의 벽을 허물며 달렸다. 정윤은 얌전히 민영의 품에 안겨서 손가락을 꼼지락거렸다. 한 손에는 핸드폰을 다른 한 손에는 고프로의 전원을 켜서 화면을 촬영하고 이상하고 덤덤한 내레이션을 넣었다. 말끝이 바들바들 떨렸다.

"여기는… 국회의사당. 저는 외계인이 쏜 총에 맞아서 죽어가고 있습니다."

"와, 와, 와. 정윤아, 선배. 죽는 거 아니지?"

"아파요. 어깨가 빠진 거 같아."

"고작 어깨에 총 맞았다고 죽는 거 아니죠?"

정윤은 평범한 인간이므로 고작 어깨에 총 맞았다고 죽을 것 같고, 롤러코스터처럼 빠르게 움직이는 민영의 속도를 감당하기도 버거웠다.

"다들 보고 있으면, 도와줘요."

민영은 달리느라 미처 듣지 못한 말이 고프로에 고스란히 녹음되었다.

벽을 뚫고 또 옆 벽을 뚫고 네모난 건물에 난 회의장이 다 하나가 되도록 달리던 민영은 의석이 있어야 할 자리를 차지한 거대한 직사각형의 상자를 보았다. 상자들은 행렬로 늘어져 있다. 거대한 공동묘지를 보는 것 같았다.

민영은 멀리 있는 상자 쪽으로 달려가 정윤을 살포시 내려놓았다. 철로 만들어진 상자에는 ON/OFF 버튼이 보였다. 바닥에 앉은 정윤의 시야에는 버튼이 아니라 음각으로 새겨진 글씨가 보였다. 이름만 들어도 다 알고 있는 유명한 정치인이었다.

상자의 정체는 냉동 챔버였다. 미래를 위해 현재를 기꺼이 버린 인간들이 모였다는 점에선 묘지와 비슷했다. 민영은 제 팔을 감싸고 있던 붕대를 풀어 지혈이 필요한 부위를 꽉 막았다. 정윤이 통증에 어깨를 웅크렸다가 서서히 몸에 힘을 뺐다. 고통 완화에는 도움이 안 됐다.

군홧발 소리가 났다. 벌레처럼 은밀하게 움직이고 있었다. 민영은 냉동 챔버의 입구를 잡아 뜯었다. 민영보다 크기가 커서 방패로 쓰기에 적합했다. 정윤이 갑작스러운 찬기에 몸을 부르르 떨었다.

"냉동인간이죠?"

"응."

냉동인간 틈에 총에 맞은 생물이 숨어 있다니. 좀 어이없었다. 어쩌면 이 건물 자체가 이미 우주선인 건 아닐까? 똑같이 생긴 냉동 챔버에 연예인이며 정치인이며 유명 셀럽 따위가 잠들어 있겠지. 기괴했다.

"선배, 조금만 참아. 아파서 죽을 것 같겠지만 죽으면 안 돼."

그게 내 맘대로 되나. 정윤은 기절하고 싶었다. 만약 기절했다가 정신을 차릴 수 있다면 꼭 총은 다 버려버리라고 말해야지. 안에서 들끓는 아픈 신음을 꾹 삼키며 생각했다.

"선배, 이거 다 깨뜨려버릴까?"

"그럼, 다 죽잖아."

"협박용으로. 아니 협상용."

왜, 라는 말이 목구멍에 걸려서 나오지 않았다. 민영의 생각이 훤히 보였다. 여기 있는 사람들의 목숨을 담보로 거래하려 하겠지. 거래 좋아하는 애니까. 심지어 지금은 절박해 보이기까지 했다. 아마도 자신이 이렇게 다치는 바람에.

"이걸로 협상을 해보자. 총상은 어떻게 해줘야 하는지 잘 모르니까. 죽지 말고 기다려. 알겠어? 절대로 죽지 말고 기다려."

민영이 정윤을 두고 일어섰다. 민영의 뒷모습이 흐릿했다. 코가 알싸한 약품 냄새와 피 냄새가 뇌를 지배하는 것만 같다. 정윤은 고프로를 바닥에 세워놓고 주머니에서 핸드폰을 꺼냈다. 조금 전 시작한 실시간 방송에 앞서 나가는 민영의 뒷모습이 나오고 있었다.

406

죽지 않고 기다릴 자신은 없어도, 이 거지 같은 상황은 제대로 전달되는 중이다.

진수정의 이름으로 로그인이 된 아이디에는 제법 많은 가상 화폐가 쌓여 있었고 그 화폐로 채널을 개설할 수 있었다.

외계인 실황 국회 의사당

민영을 팔아넘긴 건 미안하지만, 이런 야비한 수를 써서라도 다른 이들의 도움이 필요했다. 이제 정윤의 방송은 수백만 명의 시청자가 보고 있다.

고통 때문인지 출혈 탓인지 정윤의 시야는 흐려졌다가 선명해지길 반복했지만, 카메라 렌즈는 누군가가 전원을 끄지 않는 이상 또렷하게 촬영을 해낼 테니까. 정윤은 고군분투하는 민영의 모습을 꼭 어딘가에 담고 싶었다. 기왕이면 기록할 수 있는 장소에다 말이다. 그리고 이 영상을 많은 사람이 바로 지금 보았으면 좋겠다고 생각했다.

10

천장의 스피커에서 극심한 잡음이 들렸다. 정신이 혼미한 와중에도 매끈한 바닥에 새 운동화를 끌 듯이 나는 소음에 정윤이 앓는 소리를 냈다. 실시간 채팅창도 덩달아 시끄러워졌다. 이게 무슨 소리냐고 묻는 채팅이 마구잡이로 올라왔다. 그중 몇몇은 청각보단 시각에 집중했다. 하얀 방진복을 집은 무리가 점차 불어나자 안절부절못하는 것이다.

다친 정윤을 지켜야 하는 민영은 하는 수 없이 무리에 포위될 수밖에 없었다. 정윤은 수십 명, 어쩌면 수백 명일 군대에 둘러싸인 민영을 보았다.

저들이 이상한 화학 무기를 동시에 민영에게 발포한다면, 전부 다 피할 순 없을 것이다. 하지만 정윤은 우울한 결말을 멋대로 상상하지 않고 민영을 믿기로 했다. 지금 보여주고 있는 장면은 한 외계인의 말로 따위가 아니라 히어로 무비의 하이라이트였다. 정윤이 찍는 비디오의 장르는 극사실 다큐멘터리 따위가 아니라 모두가 열광하는 권선징악의 이야기가 될 것이다.

"내 계획은 말이야."

민영은 냉동 챔버의 문짝을 방패처럼 들고 말했다.

"여길 다 부술 거야."

군대를 향한 얘기인지 아니면 천장에 설치된 스피커를 향한 얘기인지는 불분명했다. 하여튼 포부를 밝힌 민영은 주위를 둘러보았다. 누구 질문 있는 사람 없어? 하는 표정은 아니었다. 정윤은 왜 군대가 움직이지 않는지 이해할 수 없었다. 도망가지도 않고 공격도 하지 않았다. 최소한의 안전을 위해 노즐을 붙잡고 있는 것만 같았다.

"그리고 우주선도 다 박살 낼 거야."

민영은 냉동 챔버 방패를 들고 앞으로 걸었다. 머리, 가슴, 배, 과녁처럼 분할된 신체에 정윤이 쏘지 못한 권총을 가장 가까이 있는 군인에게 들이밀었다. 여전히 미동도 없었다. 사실은 인간이 아닌 거 아닐까. 정윤이 그런 생각을 할 때 스피커에서 찢어지는 소음이 났다.

그때 가장 앞서 있던 이가 방진복을 뒤적거려 네모난 사물을 앞으로 내밀었다. 작은 화면이 떠 있었다. 화상 회의를 할 때처럼 간단한 화면이었다. 정윤은 그 화면 속 남자가 누군지 정확히 확인할 순 없었지만, 목소리만큼은 알았다.

— 화통한 성격의 아가씨군요.

"이건 또 뭐야."

뭐긴 뭐야. 1년에 한 번 볼까 말까 한 국가 최고 권력자 중 한 사람이었다. 대통령이라는 개념은 사라졌으나, 통치자는 남아 있었다. 통치라는 어감이 주는 위압감도 함께.

— 더 많은 피를 볼 필요가 있습니까?

"진짜 많은 피 한번 보여줘?"

위에서 명령만 내리는 인물이 직접 나섰다는 사실에 놀란 정윤과 달리 민영은 지구의 시민이 아니었으므로 그다지 주눅 들지 않았다.

— 나는 우리의 이해관계가 제법 맞을 것 같아요.

이해관계, 라는 단어에 반응한 정윤이 구석에서 몸을 일으켰다. 어깨가 아팠지만 아픔 따위는 신경 쓰이지 않을 만큼의 중요한 말이었다.

"내 생각에 우리의 이해관계는 여기서 다 같이 죽는 거밖에 없는 거 같으니까, 국립묘지 잔디나 깎아놔."

국립묘지는 진작 다 밀린 것도 모르고 민영이 말했다. 궁금하지도 않겠지. 민영은 권총의 방향을 화면으로 내렸다. 방아쇠를 당기려는 민영의 뒤통수에 대고 정윤이 목소리를 쥐어짜 외쳤다.

"우리 둘 다 살려주면… 협조할게요!"

큰 소리를 냈다고 하늘이 노래졌다. 정윤은 거친 숨을 몰아쉬었다.

"협조는 무슨 협조야. 선배, 미쳤어? 아니 괜찮아?"

"미친 건 민영 씨가 미친 거고요. 들어, 들어나 보자고요….."

지금 자기가 뭔 소리를 하는 건지도 모르는 것처럼 사색이 된 얼굴로 정윤이 한 걸음을 걷고 비틀거렸다. 민영은 묵직한 철제 문짝을 바닥에 내던지고 당장에 달려가 정윤을 부축했다. 정윤은 민영만 들을 수 있도록 작게 속삭였다.

"원래 높은 분들께선 자리가 하나 비면 그 자리를 채우고 싶게 돼 있어요. 민영 씨는 모르겠지만 인간의 심리가 그래요. 임상희 가 죽었으니까, 그 자리를 다른 외계인으로 채우고 싶어서 저러 는 걸 거예요."

"난 걔랑 완전 다른 외계인인데?"

"그걸 저 사람이 어떻게 알겠어요."

"그래도 기분 나쁜데."

"같이 살아야 하잖아요."

기분 나쁘지만. 민영은 금방이라도 넘어갈 듯이 숨을 쉬며 제 옷자락을 꽉 붙든 정윤을 위해 이번 한 번만 정윤에게 동의하기 로 했다.

"저기. 생각해보니까. 그 말이 좀 맞을지도 몰라….."

민영이 입꼬리를 내리고 정윤의 생각을 전달했다. 지금 자신은 안정윤의 입이다. 그렇게 생각하니 협조니, 뭐니 하는 것도 괜찮 았다. 무엇보다 더 시간을 끌었다간 정윤이 죽어버릴 거 같았다.

— 좀 더 크게 말해주지 않겠습니까?

"아니, 그니까 나를 임상희 대신해서 쓰고 싶은 거 아냐?"

민영이 제 품에 늘어져서 쌕쌕 숨을 몰아쉬는 정윤을 향해 눈빛을 쏘았다. 이거 맞지, 하고 묻는 표정이었다. 굳이 솔직하게 얘기할 필요는 없었지만 어설픈 거짓말보단 낫겠거니 정윤은 고개를 끄덕였다.

— 두 분 다 임상희와 같은 존재인가요?

민영이 정윤에게 다시 눈빛을 보냈다. 아니라고 해요? 정윤은 고개를 저었다.

"아니야!"

아닌 게 아니라고 하라고요, 이 바보야…. 얼른 대답을 정정해야 하는데 정윤은 몸이 점점 무거웠다. 깊은 물 속에 빠진 것 같기도 하고 중력이 제 발을 아래로 잡아끄는 것 같기도 했다. 고통이 연해질수록 정신이 현실에서 멀어졌다. 정윤은 계속해서 아래로 내려가는 눈꺼풀을 말리지 않고 눈을 감고 길지 않은 순간 생각했다.

'내가 여기서 기절하면 쟤는 일을 말아 먹을 텐데. 그간 화상 회의마다 보여줬던 태도를 봐선 찬물 끼얹는 거에 도가 텄는데. 그럼 나만 죽는 게 아니라 쟤도 여기서 죽을 거고 여기까지 온 보람도 사라지는 거야.'

그러자 영원히 감겨 있을 것 같던 눈꺼풀에 힘이 들어갔다. 이럴 줄 알았으면 집에서 홈 트레이닝이라도 할 걸 그랬다. 후회가 막심했다. 정윤은 보통 인간의 기준으로 초인적인 힘을 발휘해 민영의 손을 꽉 붙잡았다. 그냥 죽으면 되는걸. 어차피 이런 결말을 예상하고 살았던 주제에 갑자기 왜 삶이 아까운가 하면.

'난 쟤가 끝까지 어떻게 살아갈지 궁금하니까.'

정윤은 민영이 살 수 있는 데까지 살길 바랐다. 이런 곳에서 누굴 죽이거나 죽거나 하는 게 아니라 그냥 오래 살길 바랐다. 받은 기침을 하던 정윤이 붙잡았던 민영의 손에서 힘을 빼고 말했다.

"우리 둘 다 외계인이에요. 저희를 살려준다면 다른 외계인의 우주선이 어딨는지 거취는 어딘지 다 말하겠습니다."

정윤의 말에 민영이 입을 쩍 벌렸다. 총 맞고 피 질질 흘리는 외계인 같은 거 세상에 없다. 정윤도 알았다. 그렇지만 죽고 싶지 않았다. 이미 죽음에 더 가까워진 것 같긴 하지만 말이다. 끊어지기 쉬운 한 가닥 희망이라도 있다면 붙잡아야지. 정윤은 창백해진 낯빛으로 말했다.

"이 조건으로 협상합시다. 살려주세요."

민영은 얼른 얼떨떨한 감정을 추스르고 정윤의 말을 따라 했다.

"살려주면 협조할게."

— 두 분 중 누가 더 우주선을 깊이 알고 있죠?

"병원에 데려가줘. 그럼 말할 게."

— 뭘 믿고 당신들을 보내야 하죠?

민영은 대답하지 않았다. 인내심의 한계가 임박했다. 정윤의 체온이 아까보다 더 차갑게 떨어진 것 같다.

— 지금 대답하지 않으시면 두 분 다 제거하는 수밖에 없어요. 어느 쪽이 더 우주선을 빠르게 이륙시킬 수 있죠?

"……."

— 내가 두 사람의 목숨을 쥐고 있다는 걸 잊지 마십시오.

"당장 병원에 데려가겠다고. 나보다는 얘가 더 우주선에 빠삭하단 말이야. 근데 지금 죽어가잖아. 임상희가 쏜 총에 맞았다고."

임상희가 쏜 총은 일반 권총이었다. 하지만 이미 이 남자가 일전의 상황을 다 지켜보고 있었다면 어쩌나, 내심 걱정했으나 다행히 그만큼 철저하진 않았다. 하기야 목소리만 찬조 출연하신 분께

선 이런 사고도 예견치 못했을 것이다. 그러니 다급함도 숨기지 못하고 으름장이나 놓는 걸 테지.

— 이미 죽은 것 아닌가요.

정윤은 말이 없었다. 민영이 초조하게 정윤을 불렀다. 정윤은 대꾸하지 않았다. 진짜 죽은 건 아니었다. 죽음의 문턱에 걸친 상태는 맞았다. 다만 대답하지 않은 이유는 따로 있었다.

정윤이 해야 할 일은 간단했다. 죽지 않고 시간만 끌면 된다. 되도록 길게. 이 작전은 정윤만 할 수 있다. 이민영도 모르는 계획이 정윤에게 있었다. 직전에 떠오른 작전이었고 가장 필요한 과정까지 착실히 수행했다. 정윤의 시선이 건물 입구와 아슬아슬하게 세워둔 고프로에 닿았다.

외계인 실황 따위의 제목으로 열었던 실시간 방송은 당연히 강제로 폐쇄됐지만, 이슈를 다루는 채널은 이런 물때를 놓치지 않았다. 강명혁이 올린 영상도 퍼지고 있을 것이다. 고프로의 배터리가 떨어져도, 채널이 폐쇄되어도 상관없다. 화성행이라는 먼 미래를 기약하지 않아도 된다면 누군가는 문을 부수고 밖으로 나올 것이다.

정윤은 소란을 일으킨 죄로 강명혁과 이민영과 함께 나란히 직장에서 잘리게 될 수도 있지만, 괜찮았다. 역시 밖으로 나와서 직접 촬영하니까 더 좋다.

— 우주선의 작동 원리를 임상희보다 더 자세히….

남자의 목소리가 깜빡거렸다. 민영이 회장 밖을 쳐다보았다. 많은 데이터가 동시에 충돌했다.

길지도 짧지도 않은 시간이 지나고 멀리서 반가운 발소리가 들렸다. 한 사람이 내는 게 아니라 수많은 사람이 몰려오는 소리였다. 정윤은 이제 대답할 수 있었다.

"…씨발, 몰라. 내가 그걸 어떻게 알아."

"씨발 몰라! 그걸 얘가 어떻게 알아!"

민영은 앵무새처럼 정윤의 말을 따라 하며 고꾸라지는 몸을 지탱해주었다. 긴장이 풀리고 눈앞이 흐려지는 바람에 제대로 볼 순 없었지만, 정윤 자신이 아는 사람도 있을 테고, 전혀 모르는 집단도 있겠거니 생각했다. 어느 쪽이든 반가웠다. 우리 여럿이서 모이니까 좋네요. 할 수만 있다면 그런 소릴 했을 것이다. 아쉽게도 힘이 빠져서 말을 할 수가 없었고, 죽지 말라는 민영의 외침이 들렸다. 정윤은 민영의 손을 꽉 잡았다. 민영 씨, 나 꼭 살려줘요. 그 말이 입에서 나오지 않아서 물고기처럼 뻐끔거렸다.

이내 알아들을 수 없는 고함과 함성이 터졌다. 얼마나 빠른 속도로 달려왔는지 모를 인파가 국회의사당을 덮쳤다.

쓰러진 정윤의 심장에 귀를 가져가 보고 손목의 맥박을 짚어도 보고 인중에 손가락까지 가져가서 들숨과 날숨을 확인한 민영이 자리에서 벌떡 일어났다. 무사히 당산역을 빠져나온 진수정이 체육복의 소매를 완전히 걷어 올리고 겁 없이 선두에 섰다.

민영은 정윤을 업어 들었다. 조금 먼 곳에 있던 강명혁은 그 지역 사람들과 힘을 합쳐 큰 버스를 몰고 왔다. 세상에는 문을 닫고 살지 않았던 사람이 제법 있던 모양이다. 정윤은 "오랜만이다, 야." 하고 눈치도 없이 반가워하는 강명혁의 목소리를 듣다가 정신을 잃었다. 왜 이민영한테 반말이지. 정신을 잃는 와중에 그런 생각을 한 것도 같다.

＊

정윤이 꿈질꿈질 눈을 떴다. 사후세계라면 더 근사할 거라 믿었는데 수없이 많은 이민영이 정윤의 뒤를 쫓아다녔다. 제발 그만 오라고 애원해도 죽지 말라면서 죽일 것처럼 따라다녔다. 피해서 도망 다니다 정신을 차리니 병원이었다. 천국인가? 보통 영화나 드라마에서 보면 흰 천장을 보고 꼭 그런 생각을 하던데 정윤은 그런 낭만도 없이 병원이구나 했다. 천국 가긴 그른 삶이라는 걸 알아서 그렇다.

"선배! 강명혁, 좀 와봐! 이거 살아서 눈 뜬 거 맞지?"

그리고 천국이라기엔 너무 소란스럽고 시끄러웠다. 민영이 내지르는 소리가 들렸다. 천국에 외계인이 있을 리 없다. 정윤은 안도의 한숨을 내쉬었다.

정윤의 시야에 민영이 뛰어들었다. 뭐 울거나 그랬을까 했는데 전혀 그런 기색은 없고 신난 강아지 같았다. 민영 다음으로 나타난 중년의 남자는 강명혁이었다. 떠나기 전에 강명혁에게 그간 민영을 촬영했던 데이터를 다 보냈는데, 명혁은 정윤이 실시간 생방송을 켜기 전에 무작정 인터넷에 영상을 다 올렸다고 했다. 멋지게 편집해서 올리지 못해서 미안하다고 사과를 한 명혁이 미적미적 말을 덧붙였다.

"근데 둘이 무슨 관계예요?"

정윤은 다시 눈을 감았다. 뭐라고 해야 할지 몰랐으므로.

"저번에 어떤 애가 그랬는데, 사귀는 사이인 줄 알았대."

물론 3초도 되지 않아서 다시 감았던 눈을 떴다. 민영의 해맑은 대답을 나서서 해명해야 했다.

"사귀는 사이는 아니고. 그냥 같이 살았어요."

목소리가 푹 잠겨 나왔다. 입안이 까끌까끌했다.

"그게 사귀는 거 아니야?"

"내 생각도 그래."

정윤은 잠시 그런가 하고 고민하다가 두 사람을 병실에서 내쫓기를 선택했다. 아무래도 사귄다고 하기엔 좀 그랬다. 정신도 없고 좀, 그랬다. 누군가에게 설명하긴 어려운 기분이었다. 나쁜 건 아니었다.

*

세상이 예전처럼 돌아가려면 더 오랜 시간이 필요하겠지만, 적어도 바깥을 두려워하지 않을 수 있게 됐다. 두꺼운 옷을 입고 선크림을 바르고 나와서 허물어진 건물의 잔해를 치우는 이들을 심심찮게 볼 수 있었다. 정윤의 집은 반파되었으므로, 민영의 집으로 퇴원해야만 했다. 차라리 병원에 있으면 안 되느냐고 부탁도 해봤으나 급하게 만들어진 병동에서 오래 있어봐야 건강이 더 나빠질 거라는 소리만 들었다.

민영은 우주선 탈환에 성공했다. 남은 우주선은 국회의사당에 쳐들어왔던 무리에 있던 몇몇 과학자들이 공개적으로 관리하기로 했다. 민영은 우주선을 놓고 또 인간들끼리 싸우면 어떻게 하느냐고 불만을 내비쳤다. 정윤은 속 편하게 생각하기로 했다. 한국에만 외계인이 있겠나. NASA 같은 곳에도 외계인이 드글드글하겠지. 알아서 잘들 하겠지. 우주선이건 뭐건 떠날 사람들한테나 중요한 문제일 것이다.

며칠간 정윤과 민영은 한집에서 예전처럼 실없는 대화를 나누며 살았다. 이번에는 정말로 유예기간이 있었다. 민영은 한번 떠나기로 했으니 결정을 번복하지 않을 거라고 했다. 그 말에는 그러니까 너도 같이 가자는 제안이 꼬리표처럼 붙어 있었다.

"난 지구에서 살 거예요."

"왜 안 가는데. 내가 그렇게 싫어?"

정윤은 깁스한 팔을 붙잡고 당장이라도 부술 것처럼 힘을 주는 민영을 노려보았다.

"민영 씨는 지금 그런 말이 나와요? 인간 여자의 마음은 다 아는 주제에 인간 남자의 마음은 아무것도 모르네요."

"헛소리 그만하고 같이 가자고."

"싫어요."

많은 일이 있었음에도 정윤의 대답은 변하지 않았다. 민영은 정윤을 달랬다가, 협박했다가, 애원했다가, 화를 냈다. 식탁을 주먹으로 쾅 내려치는 소리에 정윤이 고개를 돌렸다. 다시 한 번 왜냐고 물어보길 바랐는데 정말 화가 났는지 삐졌는지 마지막 날까지 민영은 "나 곧 가" "나 없어도 잘 살아" "나 내일 진짜 가" 따위의 이별 인사만 미리 해댔다.

정윤이 넌지시 민영에게 지구에 남을 생각은 없는지를 물었지만, 민영은 그럴 생각은 없다고 단호히 대답했다. 이번엔 정윤이 반문했다.

"왜요?"

"괜찮은 행성을 찾아서 지구가 진짜 망할 것 같으면 데리러 올 거니까."

정윤이 하, 큰 소리로 웃었다. 민영은 이게 웃기냐고 했다. 정윤은 그렇다고 했다. 죽을 때까지 맞는 구석이 없을 줄 알았던 외계인과 텔레파시가 통한 기분이었다.

그냥 보내기엔 아쉬움이 커서 이별식이라도 거하게 열어주려 했더니 민영은 사람 많은 곳에는 죽어도 가기 싫다고 했다. 정윤은 강명혁이 올린 영상으로 일약 스타가 된 민영이 아마도 연예인 병 비슷한 것에 걸린 거 같다고 멋대로 생각했다.

하여튼 그리하여 결국, 마지막 날 밤도 둘이서 보내게 되었다. 민영은 별다른 짐을 챙기지 않았다. 정윤은 무너진 집에서 가져온 민영의 물건을 건넸지만 쿨하게 거절당했다.

"어차피 다른 행성에 가게 되면 거기서는 또 그 행성의 환경에 맞춰서 살아야 할 테니까. 거긴 아무도 없을 수도 있고."

정윤은 벌써 외로움을 타는 민영에게 진실을 말해주기로 한다.

"내가 왜 지구를 떠나지 않느냐면요⋯."

민영이 누워 있는 침대에 팔을 괴고 정윤이 속삭였다.

"만약에 민영 씨가 거기 갔는데 다시 이곳으로 돌아오고 싶을 때 이 집이 비어 있으면 좀 쓸쓸할 테니까요."

이채하

1993년에 서울에서 태어났다. 공포영화 감상과 유사과학을 남의 일처럼 보는 것을 좋아한다. 즐거운 일을 직업으로 삼기 위해 언제나 재미를 따라다니고 있다. 아직은 글 쓰는 일이 가장 재미있다. 향후 몇 년은 글 쓰는 일이 가장 재미 있을 예정이다.

도망치지 않고 뭣하느냐

초판 1쇄 발행   2021년 9월 8일

지은이	김주영, 이정인, 이채하, 이현섭
멘토	김주영
펴낸이	박은주
편집장	최재천
기획	김아린
편집	설재인
디자인	김선예, 서예린, 오유진
마케팅	박동준

발행처	(주)아작
등록	2015년 9월 9일(제2021-000132호)
주소	04050 서울특별시 마포구 양화로 156
	LG팰리스빌딩 1428호
전화	02.324.3945-6 **팩스** 02.324.3947
이메일	decomma@gmail.com
홈페이지	www.arzak.co.kr

ISBN   979-11-6668-626-9 03810